markus theisen

es stirbt sich gut am laacher see

eifelkrimi

ELV

markus theisen

es stirbt sich gut am laacher see

eifelkrimi

ELV

Eifeler Literaturverlag 2024

1. Auflage 2024

In der Verlagsgruppe Mainz

Printed in Germany

Eifeler Literaturverlag
Verlagsgruppe Mainz
Süsterfeldstraße 83
52072 Aachen
www.eifeler-literaturverlag.de

Gestaltung, Druck und Vertrieb:
Druck & Verlagshaus Mainz
Süsterfeldstraße 83
52072 Aachen
www.verlag-mainz.de

Umschlaggestaltung: Dietrich Betcher
Abbildungsnachweis (Umschlag)
https://commons.wikimedia.org/wiki/File:Laacher_See_im_
Herbst_2018.jpg#/media/File:Laacher_See_im_Herbst_2018.jpg

ISBN-10: 3-96123-094-3
ISBN-13: 978-3-96123-094-5

… gewidmet Anke, Karin und Andreas, die mich zurück ans Licht holten.

Kapitel 1

Am Laacher See, 14. Oktober 1996

Montagabend, circa 18:15 Uhr. Ute stöhnte genervt, denn im Radio spielten sie mal wieder dieses Lied vom Zitronenbaum. Sie mochte den Song gelinde gesagt so sehr wie Zahnschmerzen. Die achtunddreißigjährige Geschäftsfrau schaltete das Gedudel aus und legte den Kugelschreiber zur Seite. Wie bereits an den allermeisten Tagen der vergangenen zwölf höchst intensiven Monate, hatte sie sich auch heute wieder der Verwirklichung ihres bislang größten Vorhabens gewidmet. Ein Projekt, dass alles in den Schatten stellen würde, was sie bis dato angegangen war. Nahezu ihr komplettes derzeitiges Leben war darauf ausgerichtet. Herzblut, Energie, Leidenschaft. Es brauchte in der Tat all ihre Kraft und Ausdauer, um sich gegen die immensen Widerstände und die massive Kritik, welche ihrem Vorhaben entgegenschwappte, zu behaupten. Anstinken gegen all die Oberbedenkenträger, Umweltspinner, Angelheinis, Hinterwäldler und ewig gestrigen Landeier mit ihrem Gelaber von der Verschandelung der Natur und der Bewahrung des Status quo. Zigmal hatte Ute geschimpft, dass es diesen engstirnigen Holzköpfen schlichtweg an Weitblick mangele. »Sie wollen einfach nicht kapieren, welche riesengroße Chance der Region durch die Lappen geht, wenn unser innovatives Projekt nicht umgesetzt wird«, hatte sie ihren Gegnern entgegengeschmettert. Und nicht nur einmal! Clever. Beharrlich. Kompromisslos. Ute interessierte es schlichtweg nicht die Bohne, dass sie sich durch ihr unnachgiebiges Auftreten eine Reihe von Feinden gemacht hatte. Doch zu ihrem Glück gab es in der Sache nicht nur Widerständler und Kritiker, sondern auch Fürsprecher, die ein gewichtiges Wörtchen bei der Entscheidung mitzureden hatten. Einen Fürsprecher, vielleicht denjenigen mit dem größten Einfluss, hatte Ute, gerissen wie sie war, mittels ganz besonderer Zuwendungen bereits zu Beginn der geplanten Unternehmung auf ihre Seite gezogen. Und übermorgen würde endlich die finale Entscheidung fallen. »Die Sache bekomme ich schon gewuppt. Du wirst sehen. Schon bald könnt ihr mit den Bauarbeiten beginnen«, hatte ihr einflussreicher Fürsprecher noch bei ihrem gestrigen Stelldichein vollmundig getönt. Denn nur durch Fortschritt und Innovationen wäre der Laacher See gut gerüstet für das nächste Jahrtausend. Und auf Fortschritt und Innovationen lege er bekanntermaßen enormen Wert.

Wie gewöhnlich war Ute auch heute seit den frühen Morgenstunden auf den Beinen. Denn selbst, wenn das Projekt noch nicht in trockenen Tüchern war, so gab es natürlich auch in der Planungsphase Arbeit in Hülle und Fülle. Leerlauf? Fehlanzeige! Aber heute, an diesem grauen, herbstlichen Montag, war ihr stets proppenvoller Terminkalender förmlich aus allen Nähten geplatzt. Abstimmungen mit dem eingebundenen Architekturbüro, der Bauleitung in spe und einer Zimmerei aus dem benachbarten Städtchen Mendig. Danach ein Ortstermin mit dem Accountmanager einer Telefongesellschaft bezüglich Angebotsunterbreitung zur hochperformanten Anbindung des Areals ans öffentliche Telefonnetz, inklusive Installation einer modernen Infrastruktur. Und als krönender Abschluss noch ein mehrstündiges Meeting mit den anderen Mitgliedern der Geschäftsleitung sowie einigen Mitarbeitern ihrer Firma, der »*Wohlfühlen am Laacher See GmbH*«, kurz *WaLS GmbH* genannt. Mit dabei auch ihr finanzstarker Investor, ohne dessen Zutun ein Vorhaben dieser Ausmaße für sie und ihre Firma kaum realisierbar wäre. Nachdem schließlich auch der letzte Punkt in ihrem Terminkalender abgehakt war, hatte sich Ute sofort von den anderen verabschiedet.

»Nichts wie weg«, lautete ihre Devise. Sie musste einfach für sich sein. Allein in aller Abgeschiedenheit den Tag Revue passieren lassen, die erhaltenen Informationen verinnerlichen, um konkrete Rückschlüsse daraus zu ziehen. Dieses abendliche Abkapseln war inzwischen für die Geschäftsfrau zu einem liebgewonnenen Ritual geworden. Für sie spielte es überhaupt keine Rolle, ob der Arbeitstag so anstrengend wie der Heutige, oder eher ruhig gewesen war. Utes Refugium für jene stillen Stunden war ein geräumiger Wohnwagen. Der Caravan, abgestellt in der hintersten Ecke des Campingplatzes unmittelbar am Laacher See, diente einerseits als mobiles Firmenbüro am Ort des geplanten Geschehens – und andererseits ihrer abendlichen Entspannung. Entspannung in Form von abermaligen Checks der relevanten Projektunterlagen inklusive des Businessplans. Sowieso war ihr Businessplan für Ute quasi die Bibel. Ihr fester Glaube beruhte auf Gewinn. Dem maximalen Gewinn! Verlust war einer jener Begriffe, welcher für gewöhnlich nicht in ihrer Denkweise, oder ihrem Sprachgebrauch vorkam. Zudem vertraute sie, von wenigen Ausnahmen abgesehen, nur ihren eigenen Fähigkeiten. Kurz gesagt, die Business-Lady war eine ziemlich pedantische, egozentrische Powerfrau wie sie im Buche stand. Tief aus ihrem Inneren heraus trieb es sie förmlich an, über alle und alles die ständige Kontrolle haben zu müssen. Und das, obwohl sie doch haargenau wusste, dass die Unterlagen perfekt und die Leute in ihrer Firma absolut fähige Kräfte waren. Aber so war Ute nun mal gestrickt. Sie wollte nichts, aber auch rein gar nichts dem Zufall überlassen. Vertrauen darauf, alles Mögliche laufe sicher auch ohne ihr intensives Mitwirken, war weiß Gott keines ihrer Markenzeichen.

Und wenn ihr von den Kollegen der Geschäftsleitung mal wieder unter die Nase gerieben wurde, sie wäre ein nerviger Kontrollfreak und solle den Leuten einfach mal vertrauen, entgegnete die Angesprochene mit einem zynischen Grinsen, dass Vertrauen nur was für naive Träumer sei. In der Tat. Ute war sich ihrer Macken durchaus bewusst. Ihr war auch klar, dass diese ihr Leben hin und wieder erschwerten. Doch als taffe Geschäftsfrau, die wirklich mit allen Wassern gewaschen war, gab es für sie letzten Endes nur eines, was zählte: Ihren Erfolg! Dafür, komme was da wolle, scheute sie sich auch nicht, über Leichen zu gehen. Eine fatale Eigenschaft, welche ihr Auftreten sowohl im Business als auch im privaten Umfeld charakterisierte.

Fast 19 Uhr. Ute rieb sich mit Daumen und Zeigefinger ihrer Rechten die müden Augen und machte für heute Feierabend. Sie langte hinter sich nach dem bauchigen Cognac-Schwenker. Dann zog sie die schmale Schreibtischschublade auf, nahm die schlanke Cognacflasche heraus und schüttete zwei Fingerbreit der goldbraunen Flüssigkeit ins Glas. Sie zündete sich einen Zigarillo an. Mit geschlossenen Augen und zurückgelehnt im Bürostuhl mit Kopfstütze, genoss sie in aller Ruhe. Eine wohlige Wärme stieg in ihr auf. Neben aller Konzentration aufs Business, wusste sie die Annehmlichkeiten des Lebens durchaus zu schätzen. Doch selbst jetzt, in einer Phase der schieren körperlichen und geistigen Entspannung, kreisten ihre Gedanken wie automatisiert ums Projekt. Vor ihrem geistigen Auge sah Ute, in welcher Pracht das bis dato so altbackene Campingplatzgelände schon im Sommer nächsten Jahres erstrahlen könnte. Mehrere luxuriös ausgestattete Chalets. Geräumige Stellplätze für große Wohnwagen und Wohnmobile. Ein First-Class Restaurant zum fürstlichen Speisen. Eine hochmoderne Wellness-Einrichtung mit allem Pipapo wie Whirlpools, verschiedenen Saunen und Solarien. Ein fünfzig Meter langer Holzsteg hinein in den See. An dessen Ende eine weitläufige Plattform zum Sonnenbaden, mit Sprungturm und Riesenwasserrutsche. Out- und Indoor-Möglichkeiten für Yoga- und Pilates-Kurse. Und Events, hochgradige Events! Theaterstücke, Klassik-Konzerte, Opernaufführungen! Ja, und als Highlight: eine Seebühne! So wie die in Bregenz! Es würde einfach traumhaft werden! Alles nur vom Feinsten für die betuchten, gut situierten Gäste. Die Anwesenheit von knauserigen Schmalspur-Campern mit ihren ramponierten Wohnwagen, saufenden und herumgrölenden Prolls und sonstigem Volk schlichten Gemütes, welches sich bisher für ein paar lumpige Mark hier in der Anlage vergnügt hatten, sah Utes Businessplan nicht vor. Daraus hatte sie schon zu Beginn, als sie mit ihrer Firma das Campingplatzareal am Laacher See übernommen hatte, keinen Hehl gemacht. So bekamen zum Beispiel auch langjährige Dauercamper eine fette Preiserhöhung förmlich von ihr um die Ohren gehauen, worauf die allermeisten prompt die sprichwörtlichen Koffer packten. Und ebenso wenig sollten jene Landeier der Umgebung zu ihrer neuen Kundschaft gehören, die sich in den Sommermonaten für zwei Mark Eintritt mit deren verranzten Kühltaschen auf der Liegewiese herumlümmelten. Nein, nein, nein! Edel, luxuriös, adäquat für die gehobenen Ansprüche der besseren Gesellschaft muss die künftig über Landesgrenzen hinweg bekannte First Class Anlage bitteschön werden. Nicht mehr und nicht weniger! High Society am Lake Laach! Genau das! Weg mit dem alten Tinnef von vorgestern. Wer braucht schon Minigolf? Für Ute stand unumstößlich fest, dass die bevorstehende Entscheidung der Verwaltung nur zu Gunsten ihres zukunftsorientierten Vorhabens ausfallen konnte!

Den Cognac-Schwenker geleert, den Zigarillo geraucht. Gegen 19:30 Uhr klappte Ute den prallgefüllten Ordner zu und steckte ihn zurück in ihre Aktentasche. Sie warf sich die neue silberfarbene, auf Taille geschnittene Daunenjacke über, knipste das Licht aus, stieg mit der

Aktentasche in der Hand aus dem Wohnwagen hinaus ins Freie und verriegelte die Seitentür des Caravans. Eine kühle Windböe ließ sie frösteln. Sie stellte die Aktentasche neben sich auf den Boden und zog eilig den Reißverschluss ihrer Jacke bis unters Kinn zu. Im schmutziggrauen Licht der Abenddämmerung ging sie die wenigen Meter bis ans feinsandige Ufer des Sees. Drüben an der gegenüberliegenden Seeseite ragten die Kirchtürme der Benediktinerabtei Maria Laach schemenhaft empor. Vor dem dahinter befindlichen bewaldeten Hang wirkten sie auf Ute wie stumme Kolosse einer längst vergangenen Epoche. Also dem krassen Gegenteil jener Dinge für welche sie stand. Die Frau mit den gold-blonden, glatten, schulterlangen Haaren schloss nochmals für wenige Momente ihre Augen. Nur das Rauschen des Windes in den Bäumen und die sanfte Brandung des Wassers am Ufer waren zu hören. Ute hielt inne und atmete die herbstlich frische Luft, welche ihr von Seeseite kühl ins Gesicht wehte, bewusst tief ein … und aus, … ein … und aus, … ein … und aus, … EIN!

Kapitel 2

Etwa zur gleichen Zeit, gute dreißig Kilometer vom Laacher See entfernt im griechischen Restaurant »Kreta« in Koblenz. Beide Gasträume taghell erleuchtet. Darin eine wahrhaft stilechte Dekoration bestehend aus reichlich Terracotta-Amphoren unterschiedlicher Größe, Epoche und Herkunft. Aus strahlendweißen Mini-Skulpturen des Gottvaters Zeus höchst persönlich und dessen emsigem Briefträger Hermes, der schönen, verzückt schauenden Helena sowie natürlich von Dionysos, dem geneigten Oberwinzer des Olymps. Aus hie und da als schnöde Blumenständer aufgestellten, der Antike nachempfundenen, hüfthohen Kunststein-Säulen. Und ja, selbstverständlich auch aus an den Wänden aufgehängten, verschnörkelt eingerahmten Postern, typischer kretischer Motive, wie man sie aus den einschlägigen Urlaubsprospekten oder von Postkarten her kannte. Zur fein abgestimmten, musikalischen Untermalung der visuellen Szenerie erklang aus an der Decke aufgehängten, neuzeitlichen Lautsprecherboxen gedämpftes folkloristisches Bouzouki-Geschrammel von CD. Vermutlich, um das landestypische Liedgut in vollen Zügen genießen zu können, unterhielten sich die Gäste an den Tischen betont leise miteinander. Im krassen Gegensatz zum Restaurant-Personal, welches warum auch immer, im Bereich der Theke lauthals herum palaverte. Intensive Grillaromen mit Knoblauchnote in Kombination mit einer aufdringlichen »Echt Kölnisch Wasser«-Wolke und eine ordentliche Zigarettenqualm-Schwade betörte die anwesenden Nasen. Und die an einen warmen, kretischen Frühlingstag angelehnte Raumtemperatur, trug dafür Sorge, dass niemand, aber auch wirklich niemand zu frieren brauchte.

Das traditionsbewusste Betreiberehepaar Eleni und Filippos Peleponidis des exponiert in Rheinnähe, unweit diverser Schiffanlegestellen und des Deutschen Ecks gelegenen, griechischen Restaurants »Kreta«, unternahm in der Tat alles, damit sich ihre Gäste wie in einer Taverne im Griechenland-Urlaub fühlten. Neben ihrer herzlichen Gastfreundlichkeit waren die Peleponidis für schmackhaft zubereitetes Essen, insbesondere den äußerst leckeren Fisch und nicht zuletzt wegen der üppigen Portionen, bis weit über die Koblenzer Stadtgrenzen hinaus bekannt. Aber wie häufig an gewöhnlichen Montagabenden war das bei Einheimischen und Touristen äußerst beliebte Lokal, auch heute nur mäßig gut besucht. Obwohl, wenn man es genau betrachtete, bezog sich diese leicht ernüchternde Feststellung nur auf den größeren Hauptraum, worin etwa zehn der insgesamt knapp dreißig Tische belegt waren. Denn der kleinere Nebenraum war seit 19:00 Uhr komplett ausgebucht. So tummelte sich darin eine rund zwanzig Personen umfassende Gesellschaft, größtenteils bestehend aus Angehörigen beziehungsweise Ehemaligen des hiesigen Polizeipräsidiums.

Einer aus diesem erlauchten Kreise, ein gewisser Doktor Wolfram Jakob, hatte das Séparée bereits vor Wochen für den heutigen Abend reserviert. Der Grund des illustren Stelldicheins: Das Nachfeiern seines sechzigsten Geburtstags mit befreundeten Leuten aus seinem beruflichen Umfeld. Dass sich überwiegend Kriminalpolizei, Kriminaltechnik und Rechtsmedizin an der langen Tafel herumlümmelte, lag auf der Hand. Denn Doktor Jakob, eine echte Koryphäe in seinem Metier, war der führende Rechtsmediziner in der Region Koblenz. Und in dieser Eigenschaft arbeitete er regelmäßig mit den Ermittlern der Kripo bei der Aufklärung diverser Tötungsdelikte und Mordfälle zusammen. Dass er in Polizeikreisen meist nur Jaki oder Gruft-Jaki genannt wurde, störte den Wissenschaftler nicht. Er konnte sich auch überhaupt nicht mehr daran erinnern, wer ihm den Spitznamen einst verpasst hatte. Irgendwann war »Gruft-Jaki« halt da gewesen. Gero von Hübenthal, seines Zeichens Erster Kriminalhauptkommissar a.D., trank einen Schluck Bier. Er stellte das halbvolle Glas zurück auf den Tisch, wischte sich mit dem Handrücken den Schaum vom Mund und erhob sich. Wie das Geburtstagskind und einige andere der Anwesenden, hatte auch Gero einen speziellen Spitznamen. So bekam der Spross rheinischen Landadels nicht zuletzt wegen seines majestätischen Habitus einst den Titel »der Lord« verliehen. Da von Hübenthal allerdings in seiner aktiven Dienstzeit zum einen eine Führungskraft war und ihm zum anderen dieser leicht, despektierlich anmutende Spitzname nicht behagte, verbat er sich vehement, damit angesprochen zu werden. Und da alle im Präsidium seinem Wunsch mehr oder weniger gerne nachkamen, fiel die Bezeichnung »der Lord« nur dann, wenn er selbst nicht zugegen war.

Geschwind knöpfte der hünenhafte Pensionär sein dunkelgraues Jackett zu. Alle anderen, die mit ihm an der langen Tafel saßen, nahmen keine Notiz von ihm und plauderten munter weiter. Gero von Hübenthal hüstelte vornehm. Dann griff er sich das silbrige Messer des Bestecks und klopfte damit »ding ding ding« dreimal sachte gegen den oberen Rand seines Bierglases. Zumindest ein Teil der Anwesenden unterbrach daraufhin seine Unterhaltungen und schaute hinüber zur Quelle des klirrenden Geräusches. Nach zwei weiteren »ding ding ding«-Runden genoss der hartnäckige Dingeler endlich die ungeteilte Aufmerksamkeit aller. An das Geburtstagskind gewandt, welches linksseitig einige Armlängen von ihm entfernt hockte, jubilierte Gero sodann mit feierlichem Unterton in der Stimme: »Geschätzter Doktor Jakob. Bester Gruft-Jaki. Hoch verehrter Jaki. Lieber Wolfram. Zunächst möchte ich mich bei dir im Namen aller hier Anwesenden für die Einladung bedanken. Gerade für pensionierte Leute wie mich, die schon eine

Weile raus aus dem Polizeigeschäft sind, ist es doch stets eine Freude, euch aktive Kriminaler und Kriminalerinnen wieder mal zu treffen und mit euch über alte Zeiten zu plaudern. Und wenn dann der Anlass unserer Zusammenkunft noch ein solch erfreulicher ist wie heute, ist das umso schöner. Ihr könnt euch sicher gut vorstellen, dass ich ab und zu nochmal sehr gerne mit von der Partie wäre bei einer spannenden Gangsterjagd. Ja, so ist das. Oft schwelge ich in den Erinnerungen an unsere erfolgreichen gemeinsamen Jahre. Niemand konnte uns entwischen. Niemand! Was ich damit sagen will, mein lieber Wolfram …« »Mach' es nicht so spannend, Gero!«, kommentierte Hauptkommissar Fritz Weller den melancholisch angehauchten Redeschwall seines ehemaligen Vorgesetzten. »Los beeil' dich mit deiner Rede. Der Jaki hat mächtigen Hunger und wir könnten auch ein *kleines Häppchen* vertragen!«, fügte der korpulente Kriminaltechniker Gunther Glöbmann kurzatmig hinzu und strich sich sachte über seinen voluminösen Bauch. Prompt erntete er schallendes Gelächter der kompletten Feiergesellschaft. »Okay, okay, ich habe ja verstanden«, ergriff der unterbrochene Festredner augenzwinkernd und verschmitzt lächelnd wieder das Wort, nachdem das allgemeine Tohuwabohu abgeebbt war. »Wir haben also zusammengelegt und hoffen, dir, lieber Jaki, mit unseren Geschenken eine Freude zu machen.« Von Hübenthal beugte sich etwas ungelenk nach unten und wuchtete eine dunkelbraune Holzkiste hoch. Dann steuerte er, besagte Kiste an den seitlich angebrachten massiven Eisengriffen tragend, gewichtigen Schrittes auf den Jubilar zu. Dieser war in freudiger Erwartung bereits aufgestanden. Zunächst bekam Wolfram Jakob vom pensionierten Kriminalbeamten die doch unerwartet schwere Holzkiste überreicht. Dann zog Gero aus der Innentasche seines Jacketts noch rasch einen grünen Briefumschlag hervor und drückte diesen dem Geburtstagskind ebenfalls in die Hand. Und mit feierlichem Klang in der Stimme gratulierte Gero majestätisch erhaben: »Also dann, mein lieber Jaki, nun also nochmal hoch offiziell … nachträglich von uns allen herzlichen Glückwunsch zu deinem runden Wiegenfeste und weiterhin alles, alles Gute. Wir hoffen, dir mit unseren kleinen Geschenken eine Freude machen zu können.« Wolfram bedankte sich etwas verlegen. Er richtete prophylaktisch seine blau-weiß karierte Fliege, schaute bewegt in die Runde und entgegnete in seiner markanten, leicht piepsigen Stimme: »Herzlichen Dank. Ihr seid ja verrückt! Ihr sollt mir doch nichts schenken. Andererseits … was solls. Man wird ja nur einmal sechzig!« »Komm' pack schon aus«, forderte Uschi Schalupke, die Sekretärin des Kommissariats, vehement. Jaki lachte und gehorchte. So fand er in der Holzkiste sechs Flaschen 1994er Weißburgunder seines bevorzugten Mosel-Winzers vor. Und im grünen Briefumschlag den fetten Gutschein eines hiesigen Reisebüros sowie eine bunte Glückwunschkarte, worauf alle Anwesenden mehr oder weniger leserlich unterzeichnet hatten. Wolfram huschte beim Überfliegen der Namen ein Schmunzeln um die Mundwinkel. Denn Gero hatte nicht wie erwartet mit »Gero«, sondern in der Tat mit »der Lord« unterschrieben. »Dankeschön, Herr Lord«, flüsterte Jaki seinem Gegenüber zu. »Keine Ursache. Ich bin ja jetzt Pensionär«, nickte dieser augenzwinkernd.

Wie gerufen kreuzte der Wirt im Gastraum auf, um die Getränke-Lage zu checken. »Filippos, eine Runde Ouzo für alle!«, folgte des Jubilars prompte Order. »Und unser Essen nicht vergessen«, grummelte es leicht mürrisch aus der Ecke in welcher Gunther Glöbmann hockte. »Endaxi!«, entgegnete Peleponidis nickend, schwirrte von dannen und schwuppdiwupp servierte er jeder und jedem ein Gläschen gut gekühlten griechischen Anis-Schnaps. Dem munteren »Jámas!«, des Wirtes, knüpfte sich Jakis euphorisches »Jámas!« nahtlos an, worauf das mehrstimmige »Jámas!« seiner geladenen Gäste echogleich widerhallte. »Und runter mit dem Zeug«, dachte sich Fritz Weller, der Ouzo eigentlich nicht mochte, aber kein Spielverderber sein wollte. Er leerte das Gläschen in einem Zug, zog eine leidende Grimasse und spülte mit reichlich Sprudelwasser nach. Einer Prozession gleich pilgerten schließlich sämtliche Gratulantinnen und Gratulanten hin zum Geburtstagskind und drückten ihm mit teils rührseligen Glückwunschworten das schwitzige Patschehändchen. Darunter die bereits erwähnten Uschi Schalupke, Gero von Hübenthal, Fritz Weller und Gunther Glöbmann. Ihnen folgten mit Doktor Jakobs rechter Hand, Edgar »de Lang« Huber und seinem Konstanzer Pendant, Frau Doktor Anja »Hasi« Hasenfurth-Kimmel, ein Kollege und eine Kollegin aus der Rechtsmedizin. Er hatte sich mit Frau Doktor in der Vergangenheit bereits einige Male vertreten und seitdem waren sie miteinander befreundet. Per glücklichem Zufall befand sich die Medizinerin auf der Rückreise von einem Seminar, welches am vergangenen Wochenende in Bremen stattgefunden hatte. Selbstredend nahm sie die Chance gerne war, ihren geschätzten Berufskollegen persönlich zu beglückwünschen. Daher hatte sie sich kurzerhand ein Hotelzimmer in Koblenz gebucht und würde erst morgen früh zu ihrem Wohnort am Bodensee weiterfahren.

Dann kamen die wie Gero inzwischen pensionierte Kommissariatssekretärin Regina Weber. Kurti Marschall, der hauptverantwortliche Haustechniker im Polizeipräsidium und Jakis guter Kumpel. Erkennungsdienstler Hans Müller, genannt »Lockenkopf« aufgrund seines mächtigen Afros, den er noch bis in die Mitte der 1980er Jahre trug, ehe er dem Haarausfall anheimfiel. Kommissar Bruno Klopfer, der alte Hallodri von der Sitte. Kommissarin Anette Eckstein, Hauptkommissar Wellers temporäre Partnerin, solange sich seine etatmäßige Partnerin Kommissarin Stefanie Franck-Pauly im Mutterschutz befand. Erster Hauptkommissar Max Loh, Spitzname »Lomax«, der bürgerliche Nachfolger des Lords. Und noch ein paar andere aus den Reihen des Präsidiums. Wenige Minuten später wurden die bestellten à la carte-Speisen zur Freude aller, insbesondere eines ziemlich hungrigen Kriminaltechnikers, vom Wirtsehepaar Peleponidis aufgetragen. Neben Beilagen wie Brot, Tsatsiki, Dolmades und Oliven servierten sie einige, ordentlich belegte »Hermes-, Zeus-, Kreta- und Bauern-Teller mit reichlich Bifteki, Souflaki, Soutzoukakia und vor allem Gyros. Deftige Moussaka für Uschi Schalupke und Anja Hasenfurth-Kimmel. Einen großen fleischlosen Rhodos-Salat für Anette Eckstein, da Vegetarierin. Und für die anderen Psári, also Fisch. Eleni und Filippos wünschten der Feiergesellschaft ein herzliches »Kali orexi« und das Schlemmen zu Doktor Jakobs Ehren und zu seines Portemonnaies Lasten begann. Beziehungsweise hatte in Gestalt von Gunther Glöbmann längst begonnen. »Jaki, alter Knabe, du hast wirklich nicht zu viel versprochen«, sagte Gero zum Jubilar und nickte anerkennend, »die gegrillte Dorade ist wirklich köstlich. Selten auswärts so hervorragenden Fisch gegessen. Da kommen sogar die Laacher See-Felchen nicht mit. Und das will was heißen.« In den darauffolgenden Stunden, welche wie im Fluge vergingen, ließen sich alle die servierten Speisen und Getränke schmecken. Währenddessen philosophierte man ausgiebig über alte Zeiten, die natürlich besser waren als die heutigen. Und so manche Anekdote machte die Runde. Solange, bis der muntere Trupp vom inzwischen sehr müde aus der Wäsche schauenden Wirt, kurz nach 23:00 Uhr mit einem leicht gequält wirkenden »Kali nichta, meine Freunde«, aus dem Restaurant gekehrt wurde.

Während eine Gruppe, bestehend aus dem Geburtstagskind, sowie Fritz, Uschi, Kurti, Lockenkopf, Hasi, Bruno und Regina kurzentschlossen noch auf einen

Scheidebecher in den nahegelegenen Irish Pub weiterzog, machten sich die Übrigen auf den Heimweg. »Hey, komm doch noch mit auf einen Absacker«, hatte Jaki auch Gero aufgefordert, »als Pensionär kann man doch morgens ausschlafen!« »Ja, das ist wohl war, … normalerweise …«, entgegnete der Ruheständler schulterzuckend, »doch ausgerechnet morgen klingelt mein Wecker schon um fünf. Denn weißt du, seitdem ich ihm Ruhestand bin, gehe ich hobbymäßig angeln. Ich habe sogar vor einem Jahr den Angelschein gemacht. Tja und ausgerechnet morgen in aller Herrgottsfrühe, fahre ich mit meinem Schwager an den Laacher See. Wir haben dort ein Boot gemietet und gehen auf Hecht.« »Nicht schlecht, Herr Specht«, staunte Jaki, »also heut Abend Dorade und morgen Hecht! Nicht schlecht, nicht schlecht!« »Mal sehen, was sich machen lässt. Ist halt immer auch ein bisschen Glücksache, was und ob man überhaupt was fängt«, entgegnete der Petri-Jünger nachdenklich. Hatte Gero bis dato entspannt geklungen, wurde er nun spürbar aufgeregter: »Doch vielleicht geht uns endlich der sagenumwobene ›Pitter‹ an den Haken. Der mit Abstand älteste, größte und gefährlichste Hecht, welcher seit Jahrzehnten im Laacher See sein Unwesen treibt. Gänse, Stockenten und Blesshühner soll das gefräßige Monstrum schon verschlungen haben. Selbst kleine Hunde, die arglos im Wasser plantschen, sind vor ihm nicht sicher. Geschwind wie ein Torpedo jagt Pitter seine Beute. Blitzschnell schnappt er zu und nimmt seine Opfer mit hinab in die dunkle, kalte Tiefe des Sees. Aus Pitters kräftigem Maul mit den messerscharfen Zähnen gibt es kein Entrinnen mehr!« Mit seinen Händen stellte der euphorische Angelfreund das zuschnappende Maul des sagenumwobenen Raubfisches nach. »Ganz zu schweigen von der einen Schwimmerin, die neulich auf ungeklärte Weise im Laacher See … verschwunden ist«, kommentierte Weller augenzwinkernd

Geros kuriose Erzählungen, welche seiner Meinung nach freilich nur Anglerlatein waren. »Ja Fritz, von der verschwundenen Schwimmerin habe ich auch gehört!«, pflichtete Lockenkopf dem Kommentar Wellers bei, obwohl er ahnte, dass dieser die Story frei erfunden hatte, nur um Gero ein wenig zu foppen. Und Lockenkopf wäre nicht Lockenkopf, wenn er nicht noch einen draufsetzen würde: »Nicht zu vergessen der Schlittschuhläufer, Mitte der 80er, als der Laacher See zugefroren war. Der Gute wollte sich nur mal eben den Schuh neu binden, als das Ungeheuer urplötzlich durch die Eisdecke brach, ihn mit seinem Maul am Bein packte und runterzog. Ja, so war das! Niemand konnte den armen Sack mehr retten. Das Einzige, was im Frühjahr von ihm ans Ufer gespült wurde, waren dessen zerbissene Schlittschuhe. Die waren wohl nicht so ganz nach Pitters Geschmack!« »Geschmack ist ein gutes Stichwort. Denn aus Pitter könnte man sicher ne ordentliche Hechtsuppe kochen. So groß und kräftig wie der Knilch inzwischen sein dürfte«, scherzte Gunter Glöbmann, ehe er sich verabschiedete. »Ich gebe ja zu, dass es durchaus sein kann, dass die ein oder andere Geschichte nicht so ganz stimmt«, räumte Gero schmunzelnd ein. »Doch so ein Hecht kann bei ordentlichen Lebensbedingungen durchaus über zwanzig Jahre alt, über zwanzig Kilo schwer und fast einen Meter fuffzisch lang werden. Und das ist kein Anglerlatein, meine Herren, das sind die Fakten. Und die Bedingungen des Laacher Sees sind hervorragend. Zumindest noch!« »Noch?«, fragte Jaki interessiert. »Ja ja, zum einen gibt es immer wieder diese Gerüchte, dass Gülle und Kunstdünger von angrenzenden Feldern ins Wasser des Sees gelangen. Naja, und zum anderen plant der neue Betreiber des Campingplatzes umfangreiche Änderungen. Und diese Änderungen gehen nicht ohne massive Eingriffe in die Natur. Doch noch ist nicht entschieden, ob der Betreiber überhaupt die erforderlichen

Genehmigungen bekommt. Und naja, vielleicht löst sich das komische Vorhaben einfach in Wohlgefallen auf. Mir wäre es recht.« Unmittelbar darauf hatte sich Gero mit einem raschen, jedoch sehr herzlichen »also dann noch viel Spaß und bis bald mal«, verdrückt. Jaki, Fritz und Lockenkopf erwiderten mit einem ebenso herzlichen »ja, bis bald mal und guten Fang!« und stiefelten den übrigen Nachtschwärmern flugs hinterher, die bereits in Richtung Irish Pub vorausgegangen waren.

Intermezzo

Vor circa 13.000 Jahren

Morgendämmerung an einem Sommertag, eines ungemütlich kalten Sommertages. Kalt, doch nicht mehr so kalt, wie es die Sommertage noch ein paar tausend Jährchen zuvor gewesen waren. In jener Zeit, in der es so lausig kalt war, dass einem sogar im Hochsommer vor Kälte die Zehen abfielen. Denn warme Wollsocken waren damals wie heute noch gar nicht erfunden. Nun allerdings blieben immerhin in den Sommermonaten die meisten Zehen dran. Was in den Wintern war, das stand auf einer anderen Höhlenwand gemalt. Auch gab es seit je her kaum Brennholz in der Gegend. Brennholz, um ein gemütliches Lagerfeuer zu entfachen. Das wenige Brennholz reichte nur für ein Feuerchen an den Feiertagen. Und Feiertage waren selten. Ja, es war in der Tat eine ungastliche, kalte Zeit. Und eine ungastlich kalte Gegend. Eine Gegend welche man sehr, sehr, sehr viel später »Ost-Eifel« nennen würde. Doch damals vor circa 13.000 Jahren, war sie nur eine hügelige Steppenlandschaft. Und Steine, viele Steine. Viele graue Steine. In dieser kargen Gegend lebten neben Wildtieren tatsächlich auch wenige Menschen. Zottelige Menschen in Tierfellen. Männer wie Frauen langhaarig, barttragend und ohne Wollsocken. So wie jene im Steppenweg 13, in der steinernen Behausung der Familie Häggnärr. Und wie immer um diese Tageszeit gab es Frühstück bei den Häggnärrs, was draußen auf der steinigen Terrasse vor ihrerBehausung eingenommen wurde.

»Mensch Härri, hast du einen fahren lassen? Es tut schon wieder schwer nach faulen Eiern stinken!«, nörgelte Ärna Häggnärr ihren Gemahl an und rümpfte die Nase. »Nö!«, antwortete Härri Häggnärr gelassen.

»Komm schon. Du tust doch lügen. Es tut bei uns in letzter Zeit immer nach faulen Eiern stinken. Und außerdem tut alles wackeln. So wie eben. Also tu nicht reden. Du *hast* einen fahren lassen. Nää, nää, nääh! Das ist ja nicht zum aushalten«, schimpfte Ärna lauthals. Härri antwortete ihr nicht, sondern rollte nur mit seinem rechten Auge. Mit dem Linken ging das nicht, das hatte er nämlich neulich verloren. Glück im Unglück … Denn er war auf einen Baum geklettert. Hoch oben angekommen erfasste ihn ein heftiger Windstoß. Er verlor den Halt und stürzte hinab. Ehe es ihn unten böse zerbröselte, war es ihm im allerletzten Moment gelungen, sich mit seinem linken Auge an einem abgebrochenen Ast festzuhalten … Währenddessen giftete Ärna aufgebracht weiter: »Und kümmern tun tust du dich auch um nichts! Immer groß versprechen tun, aber nichts machen tun. Das kann der feine Herr Häggnärr!« Der Einäugige schaute genervt, blieb aber still. Er hatte schließlich für alle Fälle ein Geheimrezept, um seine übellaunige Gattin zu besänftigen, besser gesagt, sie gefügig zu machen. Stiekum tastete Härri nach seiner mächtigen Keule, fand sie aber nicht. »Mist, die Keule tut drinnen liegen«, erinnerte er sich. »Härri, du wolltest doch auch einen Fisch fängen gehn. Hast du letztens schwer gesagt. Und wo ist er, der Fisch? Häääh?!«, maulte Ärna indessen kräftig weiter. Dann jedoch robbte sie dicht an ihren Gemahl heran, lächelte und säuselte verzückt: »Mensch Härri, ich tät doch so gerne noch mal Fisch essen. Denn immer nur Grass, Kräuta und Mäus essen ist schwer langweilig. Und unseren Kindern Häns und Hänriätte tut es auch schon aus die Ohren rauskommen. Tu dir nur mal die Zänn von denen ankucken. Die paar Zänn, die die noch haben, sind vom Grass schon ganz grün geworden!« »Aber Ärna, tu *du* dich doch mal umgucken. Wo soll ich dann hier bei uns einen Fisch fängen?«, entgegnete Härri schulterzuckend und erklärte weiter: »Ich tue nicht einfach so bis an den großen Fluss laufen. Das ist zu gefährlich. Außerdem täte der Fisch bei dem langen Rückweg schon schwer stinken, bevor ich wieder hier wäre. Und im nahen Bach gibt es nur Fröschen. Und Fröschen tun nicht lägga schmäcken, nur quäken. Bleibt nur der See, von dem ich neulich geträumt habe. Und im Traum sah ich den See hier in unserer Gegend. Nur gefunden habe ich den See bisher noch nicht.«

Urplötzlich rumorte es ganz gewaltig unter den Häggnärrs. Ganz in ihrer Nähe tat sich der Boden feurig fauchend auf. Ein Gestank von unendlich vielen faulen Eiern durchströmte die Luft. Und der Himmel verfinsterte sich schlagartig. »Härri, hast du schon wieder einen fahren lassen? So schwer stinken und rumpeln, hat es hier ja noch nie! Und woher tut denn das Feuer kommen? Und warum habe ich warme Füße? Und warum tut es oben auf einmal dunkel werden?« Härri konnte sich weder einen Reim auf die merkwürdigen Geschehnisse machen. Noch war es ihm möglich, die nicht weniger merkwürdigen Fragen seiner Gattin logisch zu beantworten. Nur bei einer Sache war er sich sicher: Dieses Mal hatte er zum fauligen Eiergeruch nichts beigesteuert. »Kommt, wir tun schnell hinein gehen! Und dein Fisch Ärna muss noch etwas warten. Ich tue mich später darum kümmern. Versprochen!«, antwortete Härri. Zum Schutz vor den seltsamen Ereignissen drängte er Frau und Kinder eilig in ihre Behausung. »Jaja, immer später, immer alles später tun. Mal sehen was du dann wieder für eine Ausrede haben wirst«, grummelte Ärna angefressen, während Härri soeben seine schwere Keule erspäht hatte.

Kapitel 3

Dienstag, der 15. Oktober 1996

Punkt acht Uhr im Koblenzer Polizeipräsidium. Kriminalhauptkommissar Fritz Weller, achtundfünfzig Jahre alt, betrat sein Büro. »Morgen Anette«, murmelte er kaum hörbar vor sich hin. Die junge Kollegin, die seine Tochter hätte sein können, saß an ihrem Schreibtisch. Sie löste ihren Blick vom PC-Monitor und schaute den Ankömmling an, der gerade hinter sich die Bürotür ins Schloss warf. »Morgen, Chef«, grüßte sie schwungvoll zurück, »na, noch lange im Irish Pub gewesen?« Kommissarin Eckstein war der sprichwörtliche frühe Vogel und lange schlafen nicht ihr Ding. Daher hatte sie wie üblich, wenn nichts Besonderes anstand, auch heute Morgen ihre Arbeit bereits vor einer guten Stunde wieder aufgenommen. Putzmunter strahlte sie ihren ziemlich müde wirkenden Kollegen mit einem freundlichen Lächeln um die Mundwinkel herum an. Kleine Augen, leicht verkatert und eine blasse Gesichtsfarbe. Weller war in der Tat schon frischer zum Dienst angetreten. Er zog seine schwarze Lederjacke aus und hing sie an den Kleiderhaken neben der Zimmertür. Anschließend fläzte er sich träge in den Bürostuhl und rieb sich mit Daumen und Zeigefinger seiner Rechten die Augen. »Na ja«, begann Fritz nach einer gefühlten Ewigkeit mit der Beantwortung von Anettes Nachfrage, musste jedoch aufgrund eines nervigen Hustenreizes abrupt unterbrechen. »Verdammte Qualmerei in den Kneipen«, schimpfte er mit belegter Stimme, hustete abermals und begann von Neuen: »Also, was ich sagen wollte, im Irish Pub haben wir nur ein Bierchen getrunken. Dann allerdings kam jemand auf die glorreiche Idee, noch in den ›Goldenen Stern‹ weiterzuziehen. Und weil alle mitgegangen sind, bin ich halt auch mit. Na jedenfalls, es war schon nach drei als ich schließlich zu Hause gewesen bin. Pennen konnte ich natürlich auch nicht sofort und nur ein paar Stunden später klingelte schon wieder dieses Miststück von Wecker.« »Soso, im ›Goldenen Stern‹ wart ihr noch!«, entgegnete Anette schelmisch grinsend, »und war das Brigittchen auch da?« »Natürlich. Keine Frage«, bestätigte Fritz, »das Brigittchen trifft man doch quasi immer vor oder im ›Goldenen Stern‹ an. Jaki, unser Geburtstagskind, hat sie auf ein Glas Schampus eingeladen. Und das Brigittchen ließ sich natürlich nicht zweimal bitten. Herzlichen Glückwünsch, Jaki und bleib gesund, gää! Du bist ein guter Kerl und net so ein Hejel, wie so manch ein Anderer, gää! Das Brigittchen hat Jaki in ihrer typischen Art gratuliert und ihm noch einen dicken Schmatzer aufgedrückt.« Weller hielt kurz inne und musste schmunzeln. Einerseits, weil er wieder die Bilder vom drallen Brigittchen und dem leicht überrumpelten Jubilar vor Augen hatte. Andererseits war ihm gerade eingefallen, dass sich Bruno Klopfer, der alte Filou, mit der alteingesessenen Dame des Koblenzer horizontalen Gewerbes kurz darauf verdrückt hatte. Und danach zu Gesicht bekommen hatte er weder den Kollegen von der Sitte noch die vollbusige, blonde Prostituierte. »Kommt noch was?«, fragte sich Anette. Sie konnte nicht genau abschätzen, ob ihr breit grinsendes Gegenüber bereits mit seinen Ausführungen bezüglich letzter Nacht fertig war. Wie sich kurz darauf herausstellte, sollte nichts mehr kommen. Zumindest verlor er kein Wort mehr über etwaige Vorkommnisse in der einschlägig bekannten Koblenzer Kneipe.

»Auch nen Kaffee?«, fragte der Hauptkommissar stattdessen seine Kollegin, die ihm postwendend ihren leeren Kaffeebecher über den Schreibtisch hinweg entgegenreckte. Weller bot seiner temporären Partnerin gerne diese kleine Gefälligkeit an. Ein Angebot, welches er sicher nicht allen im Präsidium unterbreiten würde. Doch bei Kommissarin Eckstein, auch wenn sie nur die Schwangerschaftsvertretung seiner regulären Partnerin Stefanie Franck-Pauly war, machte er eine Ausnahme. Denn trotz des Altersunterschieds von dreißig Jahren lagen die Beiden auf einer Wellenlänge und ergänzten sich im Arbeitsalltag bestens. »Bin gleich wieder zurück. Uschi hat bestimmt schon welchen gekocht. Und dann kümmern wir uns weiter um den seltsamen Vorfall im Mayener Eifelmuseum.« »Geht klar, Chef, ich hatte vorhin begonnen, die Zeugenaussagen nochmal zu checken«, gab die forsche Kommissarin zur Antwort, »vielleicht finden sich darin ja doch brauchbare Hinweise.« »Okay. Danke dir«, entgegnete ihr Gegenüber nickend. Anette Eckstein konzentrierte sich daraufhin wieder auf den PC-Monitor, während ihre flinken Finger grazil über die Tastatur tanzten und sie zwischendurch noch äußerst virtuos die Maus mit ihrer Linken bediente. Ihr gewiefter Umgang mit der modernen IT beeindruckte Weller sehr. Denn er war, besonders was das Tippen auf der Tastatur anging, eher von der ungelenken Sorte, die das »Zwei-Finger-Suchsystem« perfektioniert hatte.

Bereits im Türrahmen stehend drehte sich der Hauptkommissar nochmal zu seiner eifrigen Kollegin um. »Ist der alte Nachtwächter schon wieder bei Bewusstsein?« »Gestern war er es noch nicht«, antwortete Anette Eckstein und schaute auf, »ich rufe direkt mal im Krankenhaus an. Vielleicht gibt's ja was Neues.« »Gut. Und sobald der Knabe wach ist, fahren wir hin und befragen ihn zur Tatnacht. Dann bekommen wir hoffentlich handfeste Angaben zu *dem* Täter oder *den* Tätern.« »Na, hoffentlich. Denn die Täterbeschreibung der Museumsleiterin von demjenigen, der sie gefesselt und geknebelt hat, war doch ziemlich vage. Dunkle Jacke, blaue Jeans, schwarze Strumpfmaske. Mittelgroß, mittelschwer. Und die wenigen Worte, die der Einbrecher von sich gegeben hat, klangen mitteldeutsch. Alles irgendwie ziemlich mittel.« »Und höchstwahrscheinlich hatte der Knilch unter seiner Sturmhaube auch einen Mittelscheitel«, entgegnete Weller seiner leicht mürrisch schauenden Partnerin schmunzelnd und fuhr mit einem guten Schuss Ironie fort: »Also dann, Kommissarin Eckstein. Ist doch alles ganz einfach. Wir schreiben einen ziemlich mittelmäßigen Ossi in dunklen Klamotten und Strumpfmaske zur Fahndung aus. So einen müsste man in der finsteren Eifel doch leicht finden, oder?« »Ganz bestimmt, Chef«, antwortete Anette augenzwinkernd und lächelte ihren grauhaarigen Kollegen an, »und wenn nicht, würde es für den Anfang schon mal reichen, wenn uns die Museumsleiterin die genaue Aufstellung der gestohlenen Gegenstände rüberwachsen ließe. Denn ehrlich gesagt, kann ich mir beim besten Willen nicht vorstellen, dass jemand nur wegen ein paar schnöden Kritzeleien das Risiko, beim Einbruch erwischt zu werden, auf sich nimmt. Und beispielsweise alte Münzen oder tolle Edelsteine liegen lässt.« »Anette, glaub mir. Es gibt nichts was es nicht gibt«, entgegnete der erfahrene Kripobeamte, »für die Einen mag es nur ein wertloser Fetzen Papier sein und für die Anderen ist es die sprichwörtliche *Blaue Mauritius.*«

Das finale Röcheln der Kaffeemaschine hieß Weller im Abteilungssekretariat willkommen. Von Uschi Schalupke war zwar nichts zu sehen, doch konnte man ihre Nähe leicht erahnen. Denn erstens lag das markante Parfum der Sekretärin wie üblich blumig in der Luft. Und zweitens fluchte es wie ein Rohrspatz »Mist, so ein Mist!«, gefolgt von einem erleichtert klingenden »Hab ich dich« unterm Schreibtisch. Quasi auf dem Fuße tauchte die junge Verwaltungsbeamtin mit hochrotem Kopf aus der Versenkung auf. »Moin Uschi, schon schwer in Action?«, grüßte Weller die Sekretärin locker. »Guten Morgen Fritz, ja kann man sagen, ist mir doch mein Radiergummi runtergefallen, und wie könnte es anders sein, in die äußerste Ecke geplumpst.« »Ob Anette und ich wohl eine Tasse von deinem leckeren Kaffee haben können?« Fritz wartete Uschis Antwort gar nicht erst ab, sondern nahm die volle Glaskanne einfach aus der Maschine. Es gab für ihn schließlich keinen Grund daran zu zweifeln, dass seine eher rhetorisch gemeinte Nachfrage verneint werden könne. Beim Einschenken von Anettes Becher konterte Uschi mit einem leicht herausfordernden Unterton in der Stimme: »Und wenn ich jetzt sagen würde, nein, heute nicht, da dein Chef gleich Besuch bekommt und der Kaffee dafür bestimmt ist. Was wäre dann?« »Tja, was wäre dann?«, entgegnete Fritz innehaltend. Er stellte den vollen, dampfenden Pott neben der Kaffeemaschine ab, nahm sich eine von Uschis Tassen mit der Aufschrift »Kollege mit Herz« aus dem Wandregal und goss diese ebenfalls voll. Weller warf einen Blick auf den Tassenspruch und fuhr augenzwinkernd fort: »Dann, liebe Uschi, würde unser Lomax, weil er ja ein echter Kollege mit Herz ist, sicher sagen, natürlich können meine Mitarbeiter den Kaffee holen und ich koche mir halt neuen. Ganz bestimmt, das würde unser guter Lomax sagen.« Uschi Schalupke antwortete nicht darauf, sondern verbarg hinter vorgehaltener Hand ihr spontanes Lachen, war doch ausgerechnet bei Wellers Spekulationen zum Verhalten seines Vorgesetzten in der Kaffeesache, dieser von ihm unbemerkt ins Zimmer gekommen. »Guten Morgen zusammen! Das ist aber sehr nett, lieber Kollege, dass sie mir schon einen Kaffee eingeschenkt haben«, sagte Max Loh in gespielt gesäuseltem Tonfall zum Hauptkommissar, der sich ertappt umdrehte. Dabei schwappte ein Teil des Kaffees über den Rand des Potts auf den Fußboden. »Morgen Herr Loh, stets zu Diensten«, entgegnete Weller schlagfertig wie eh und je und reichte seinem Vorgesetzten den besagten Kaffeebecher. »Wie kommen Sie mit dem Eifelmuseumsfall voran, Hauptkommissar Weller«, wollte Loh wissen und nippte am dampfenden Heißgetränk. Der Angesprochene brachte seinen Abteilungsleiter auf den aktuellen Stand der Ermittlungen und goss sich dabei einen neuen Kaffee ein. Mit der Aufforderung, ihn auf dem Laufenden zu halten und einem Lob an Uschi Schalupke, dass ihr Kaffee heute ganz besonders gut schmecke, verschwand der Erste Kriminalhauptkommissar wieder von der Bildfläche. Hatte Fritz aufgrund ihrer nächtlichen Tour durchs Koblenzer Nachtleben und des damit verbundenen wenigen Schlafes nach dem Aufwachen noch keinen rechten Appetit aufs Frühstück gehabt, überkam ihn nun jedoch mit etwas Verspätung so ein gewisses Hungergefühl. Daher stiefelte er fix hinab in die Kantine, welche im ersten Stock des Präsidiums gelegen war, und kaufte ein paar belegte Brötchen.

Anette Eckstein legte gerade den Hörer auf die Gabel, als Fritz Weller mit zwei Kaffeepötten und einer Brötchentüte bewaffnet zurück ins Büro kam. »Einmal Kaffee, die Dame, und für Sie als Vegetarierin ein Käsebrötchen«. Er reichte seiner jungen Kollegin das Mitgebrachte. Die Kommissarin bedankte sich, biss ins Brötchen und trank einen Schluck Kaffee. »Der alte Nachtwächter ist noch nicht wieder bei Bewusstsein«, grummelte Anette leicht missmutig darüber, dass es im aktuellen Fall nicht so schnell voran gehen wollte, wie sie es sich wünschte. Weller nickte kauend. Sein Telefon läutete. Er ging mit vollem Mund ran und murmelte ein fragendes »Hemm?« in die Sprechmuschel. Nach ein paar Sekunden, intensiven Zuhörens und ohne, dass er ein Wort gesprochen hatte, entgegnete der Kripobeamte nüchtern: »Verstehe, danke Ihnen. Wir machen uns direkt auf den Weg!« Er legte auf und leerte seinen Kaffeebecher in einem Zug. Zu seiner Partnerin, die ihn fragend ansah, sagte der Hauptkommissar schnörkellos: »Wir müssen sofort zum Laacher See. Es gibt eine Tote.

Die Uniformierten aus Mayen sind schon vor Ort. Ach ja und der Finder der Leiche ist übrigens ein alter Bekannter. Ein gewisser Herr von Hübenthal!«

Währenddessen auf dem Waldparkplatz am Naturkundemuseum, oberhalb des Klosters Maria Laach: *»Mensch, ich dachte, sie verschwindet auf nimmer Wiedersehen! Du hast doch gesagt, der Laacher See sei ein ideales Grab! Auferstehung unmöglich! Genau das waren Deine Worte!« »Hey, was regst du dich auf? Lass sie doch gefunden werden. Lass die Polente doch herumschnüffeln. Lass sie doch alle möglichen Leute befragen. Vertrau mir einfach! Uns passiert nichts!« »Vertrauen?« »Ja klar. Natürlich kannst du mir vertrauen. Ich habe schließlich versprochen, dir zu helfen. Denn jetzt, wo wir uns wiederhaben, bin ich für dich da. Und wenn ich etwas verspreche, dann stehe ich zu meinem Wort.« »Ich bin dir sehr dankbar, dass du direkt zugestimmt hast, als ich dich fragte. Denn allein würde ich es nicht schaffen. Und natürlich habe ich großes Vertrauen in dich und unseren Plan. Es gibt schließlich noch reichlich zu tun und ihr Abgang war ja erst der Anfang.« »So ist es!« »Naja, und seit unserem Besuch im Eifelmuseum haben wir zudem noch einen echten Joker in der Hinterhand.« »Den haben wir allerdings!« »Doch noch spielen wir ihn nicht aus.« »Ja, unser Joker muss sich noch etwas gedulden.« »Es war wirklich ein großes Glück, dass wir uns nach all den Jahren ausgerechnet hier wiedergetroffen haben!« »Ja, die Welt ist echt klein!«*

Kapitel 4

Hinaus aus Koblenz über die Bundesstraße B9, dann Blinker rechts und ab auf die Autobahn A48 in Richtung Trier bis zum Kreuz Koblenz. Runter auf die A61 und weiter in Richtung Köln/Bonn bis zur Abfahrt Mendig. Dort rechts abbiegen und noch wenige Kilometer über die Landstraße L113, hin zum avisierten Zielort. Nach einer rasanten Fahrt vom Präsidiumsparkplatz hinein ins vulkanische Herz der Osteifel, bei der Fritz Weller die 150 agilen Pferdchen seines neuen Dienstwagens, eines dunkelgrünen BMW 320i Touring, ordentlich galoppieren gelassen hatte, erreichte er mit Anette Eckstein auf dem Beifahrersitz kurz vor neun Uhr den Laacher See.

Wie ihnen unterwegs von der Leitstelle per Funk mitgeteilt worden war, sollten sie direkt zum Campingplatzgelände kommen. Dort würde man sie entsprechend einweisen. Circa zwei Kilometer hinter der Benediktinerabtei Maria Laach bog Weller also schräg gegenüber der Abzweigung nach Burgbrohl und Glees von der L113 ab. Am schmalen geteerten Zuweg hin zum Campingareal lag linkerhand ein holperiger Schotterparkplatz. Es war noch keine vier Wochen her, dass Fritz am Laacher See gewesen war und wie viele andere seinen Wagen dort abgestellt hatte. Denn wie bereits seit Mitte der 1970er an einem lauen Sonntagmorgen im September, hatte auch in diesem Jahr der sehr beliebte »Rund um den Laacher See« Volkslauf, Laufbegeisterte aus Nah und Fern zu den diversen Rennen an den See gelockt. Inklusive eines gewissen früheren Modernen Fünfkämpfers, der schon immer gerne joggte und bei der diesjährigen Austragung, wie üblich bei Volksläufen, die Zehn-Kilometer-Distanz absolviert hatte. Und rechterhand passierten sie jenen ominösen Minigolfplatz, worauf eben dieser frühere Moderne Fünfkämpfer vor einigen Jahren sein höchstpersönliches, sportliches Waterloo erlebt hatte. Jedenfalls war es ihm damals so vorgekommen. Was war geschehen? An einem sonnigen Sommernachmittag trug es sich zu, dass Fritz von Karin, seiner Frau, und Tom, ihrem gemeinsamen Sohn, bei einer Runde Minigolf von den beiden gnadenlos abgezogen worden war. Damals hätte er, sportlich und ehrgeizig wie er war, vor lauter Frust bezüglich seines Unvermögens am liebsten in den Schläger gebissen. Heute, mit reichlich zeitlichem Abstand und über die Jahre etwas gelassener geworden, konnte Fritz bei der Erinnerung daran, frei nach dem Kölsche Motto »Mer muss och jünne künne«, sogar über seine herbe Pleite schmunzeln.

Unmittelbar hinter dem Minigolf-Parcours erstreckte sich entlang des Seeufers das weitläufige Areal eines ortsansässigen Segelbootclubs. Zwischen herbstlich belaubten Bäumen hindurch konnte man zahlreiche, in Ufernähe vertäute Jollen erkennen. Nach einer sanften S-Kurve steuerten Eckstein und Weller schnurstracks auf die nahe Einfahrt des Campingplatzes zu. Für gewöhnlich hinderte ein heruntergelassener Schlagbaum sämtliche Ankömmlinge an der direkten Zufahrt. Heute Morgen allerdings war die Barriere hochgeklappt. Der BMW rollte mit Schrittgeschwindigkeit in die Anlage. Nach wenigen Metern stoppte Weller seinen Untersatz in Höhe eines rechts am Rand parkenden grünweißen Opel Vectra der Schutzpolizei. Das aktuelle Standardmodell der uniformierten Einheiten stand dicht an einem kleinen, schlichten Holzhaus. Lässig an den Dienstwagen gelehnt, eine junge Schutzpolizistin. Anette kurbelte das Seitenfenster hinunter. »Hauptkommissar Weller und Kommissarin Eckstein von der Kripo. Man hat uns angefordert«, machte sie ihren Partner und sich selbst der uniformierten Beamtin bekannt und zeigte ihr die beiden Dienstausweise. Die junge Polizistin löste ihren Po von der Fahrertür. Sie machte einen Schritt auf den dunkelgrünen Kombi zu, beugte ihren Oberkörper nach vorne und schaute ins geöffnete Seitenfenster. »Polizeimeisteranwärterin Anja Scherer. Guten Morgen zusammen. Ja, sie wurden bereits angekündigt«, wies sich die Uniformierte ebenfalls aus, grüßte die Kriminalkommissare und fuhr mit ihrer Einweisung fort: »Ihr Fahrzeug stellen sie am besten vorne links ab, dort wo sonst die Wohnwagen stehen. Die beiden Finder der toten Frau, der Erkennungsdienst und weitere Kollegen von der Polizeiinspektion Mayen sind bereits hinten am Seeufer auf der Liegewiese.« Sie deutete in die Richtungen der beschriebenen Bereiche. Weller und Eckstein mussten ein wenig schmunzeln. Betonte die Auszubildende doch jedes ihrer Worte so exakt, als halte sie ein immens wichtiges Referat im Polizeischulunterricht. Der Hauptkommissar lugte schräg aus dem Seitenfenster nach oben und entgegnete bewusst förmlich: »Dankeschön Polizeimeisteranwärterin Scherer. Ich nehme an, die Leiche selbst werden wir auch auf der Liegewiese finden, oder?« Er lächelte die Auszubildende freundlich an. »Äääh, selbstverständlich, Hauptkommissar Weller«, antwortete die angehende Polizistin etwas schüchtern auf die leicht ironische Nachfrage des alten Beamten. Ihre eigentlich hellen Wangen röteten sich leicht. Weller nickte freundlich und bedankte sich sehr höflich bei ihrer jungen Kollegin für deren ausführliche Erläuterung. Entsprechend unterwiesen fuhren sie daraufhin auf das Campingplatzgelände.

Soweit es die Kriminalbeamten von ihrer derzeitigen Position aus sehen konnten, standen auf den ausgewiesenen Stellflächen des weitläufigen Areals nur einige wenige PKW und Kleintransporter. Wohnwagen oder Wohnmobile hingegen – Fehlanzeige. »Offenbar haben sie die Camping-Saison am Laacher See längst beendet. Und Dauer-Camper wie am Rhein, die das ganze Jahr ihrer Leidenschaft frönen gibt's hier wohl auch keine«, schätzte Anette. »Und es zeltet auch niemand«, fügte Fritz augenzwinkernd hinzu und erntete das Lächeln seiner Partnerin. Er parkte ihren Dienstboliden neben dem blauen Kleintransporter des Koblenzer Erkennungsdienstes. Quasi mit dem Aussteigen setzte fisseliger Nieselregen ein. Dazu frischte der kühle Westwind böig auf. Auch die tiefhängende, graue Wolkendecke steuerte ihren Teil zur aktuellen Tristesse bei. Die herbstliche Osteifel zeigte sich an diesem Morgen in der Tat von ihrer ungemütlichen Seite. »Haben die im Radio nicht irgendwas vom Goldenen Oktober gefaselt, oder habe ich mich verhört?«, grummelte Fritz leicht missmutig. Er schlug den Kragen seiner schwarzen Lederjacke hoch und zog den Reißverschluss bis unters Kinn zu. Dass seine grauen Haare nass wurden, nahm er knurrend in Kauf, denn ein Regenschirm gehörte nicht zur Ausstattung ihres Fahrzeuges. »Ich fürchte, da hast du dich verhört. Denn die Vorhersage lautete, dass ein atlantischer Tiefausläufer im Anmarsch ist«, konterte Anette. Sie zog sich die Kapuze ihres weinroten Anoraks über, sodass nur noch wenige Strähnen ihrer dunkelblonden Kurzhaarfrisur, welche entfernt an jene von *Madonna* erinnerte, zu sehen waren. Unmittelbar nach den Kriminalbeamten trudelte auch die Rechtsmedizin in ihrem fuschneuen Renault Rapid mit Edgar »de Lang« Huber am Steuer und Beifahrer Doktor Wolfram »Gruft-Jaki« Jakob ein. Flugs stellten sie den hellgrauen Kastenwagen neben den Fahrzeugen der anderen Ermittler ab. »Schönen guten Morgen allerseits! So schnell sieht man sich wieder!«, grüßte ein bestens aufgelegter und gar nicht müde scheinender Gruft-Jaki. Im Gegensatz zu ihm brachte »de Lang« mit einer wenig lebensbejahenden Gesichtsfarbe und tiefen Augenringen nur ein angestrengtes »Guude« über die Lippen. Mit der feuerroten Matte, total blass um die Nase und komplett in eine beige Montur gekleidet, wirkte Doktor Jakobs schlaksiger Mitarbeiter wie ein überdimensionales Streichholz … mit einer mittelmäßig heftigen Bierfahne. »Morgen zusammen. Ja, so geht's! Vor ein paar Stunden noch beim bumsfidelen Brigittchen und jetzt schon wieder bei einer wahrscheinlich kaum noch fidelen Leiche!«, entgegnete Weller locker. Er deutete auf den blauen Kleintransporter der KTU und fuhr fort: »Lockenkopf, Glöbmann und Co. sind auch schon da.« »Ganz zu schweigen von Gero von Hübenthal«, ergänzte Kommissarin Eckstein, »denn er war es, der die Tote gefunden und uns angerufen hat.« »Ausgerechnet Gero!«, feixte Jaki lauthals. »Yepp, ausgerechnet unser Lord«, bestätigte Weller lachend. Und untermalt mit einem betont agilen *»also dann Avanti, Avanti Kollegas, die Arbeit ruft«*, gab der Hauptkommissar dem gähnenden Edgar mit der flachen Hand einen leichten Schlag zwischen die Schulterblätter und die vier begaben sich sodann zu den anderen.

Sie passierten linkerhand den mitten auf dem Campingplatzgelände befindlichen schmucklosen Gebäudekomplex, welcher ein Restaurant, einen Imbiss, einen kleinen Supermarkt und die sanitären Anlagen beherbergte. Jetzt, außerhalb der Saison, wurden diese Einrichtungen nicht bewirtschaftet, beziehungsweise waren außer Betrieb. Nur wenige Meter davon entfernt, dicht bei der örtlichen und aktuell ebenfalls unbesetzten Station der Deutschen Lebensrettungsgesellschaft DLRG, herrschte zumindest in weiten Teilen ein geschäftigeres Treiben. Wie den Kriminalbeamten von ihrer uniformierten Kollegin bei der Einfahrt ins Gelände mitgeteilt worden war, tummelten sich KTU, weitere Polizisten der PI Mayen und die Finder der Toten am Rande der Liegewiese in unmittelbarer Ufernähe. »Es wird doch gezeltet«, sagte Fritz schmunzelnd zu Anette, hatte doch der Erkennungsdienst einen weißen Faltpavillon aufgebaut. Bis auf die Wetterseite, welche eine heruntergelassene Plane schützte, war der mobile Unterstand ringsum offen. Mittig unter diesem baldachinartigen Obdach auf ihrem Rücken liegend, die Tote.

Kapitel 5

»Petri Heil!« »Petri Dank! Mensch, da seid ihr ja endlich«, erwiderte Gero von Hübenthal Fritz Wellers saloppen Anglergruß und hieß die Ermittlergruppe leicht vorwurfsvoll willkommen. In seiner dunkelgrünen Anglerkluft und dem olivfarbenen Dschungelhütchen sah der hünenhafte Lord in den Augen der meisten Anwesenden nicht nur ungewohnt, sondern auch ziemlich verschroben aus. Denn bis dato kannten sie den früheren Kriminalbeamten eigentlich nur in Schlips und Kragen. Sogar jener protzige, güldene Siegelring mit Familienwappen, welcher der Spross alten rheinischen Landadels quasi immer trug, zierte dessen erlauchtes linke Patschehändchen bei der Fischjagd offensichtlich nicht.

»Tja Leute, dass ich sehr gerne noch mal in die Polizeiarbeit reinschnuppern würde, habe ich euch gestern Abend ja oft genug gesagt. Doch dass es so schnell geht, ja damit konnte nun wirklich niemand rechnen. Und ich selbst am allerwenigsten.« Gero schnaufte einmal kräftig durch, nahm das Hütchen ab, strich sich mit der Hand über seine Platte und setzte es wieder auf. »Okay Gero, dann schieß mal los!«, forderte Hauptkommissar Weller seinen ehemaligen Vorgesetzten umgehend auf, bevor dieser vor schierer Ungeduld platzte. Der Lord deutete auch sofort auf einen in einen schweren Bundeswehrparka und schwarzen Springerstiefeln gekleideten Mann, welcher gerade etwas abseits von ihnen, mit einem uniformierten Polizisten redete und legte, wie Weller befürchtet hatte, reichlich ausschweifend los: »Also. Dort drüben mein Schwager Ernst, um genau zu sein, er heißt Ernst Heinz Minkelfeld und ist der jüngere Bruder meiner Frau Elvira. Er ist neulich fünfzig geworden. Eieiei, war das eine Party sag ich euch. Es gab selbstgeräucherte Forellen und reichlich Hochprozentiges. Mensch, was waren wir blau. Ernst wohnt mit seiner Frau Ingeborg und den drei Söhnen Horst, Rainer und Rolf in Polch in der Gartenstraße. Die Jungens gehen noch zur Schule und Ingeborg arbeitet halbtags an der Kasse im Supermarkt. Ernst ist auch Erster Vorsitzender des Polcher Angelvereins. Außerdem lebt Ingeborgs Mutter Helga noch bei ihnen, in der kleinen Einliegerwohnung.« »Gero. Gero! Alles schön und gut mit eurer Familiengeschichte und herzlichen Glückwunsch nachträglich für deinen Schwager Ernst Heinz Minkelfeld. Doch bitte, komm zur Sache«, fuhr Weller dem munter plappernden Lord freundlich aber bestimmt in die Parade. Er zeigte dabei auf die Leiche, die soeben von den beiden Rechtsmedizinern in Augenschein genommen wurde. »Oh entschuldige! Ich bin da wohl leicht abgedriftet.« »Aber nur ganz leicht«, entgegnete der Hauptkommissar ironisch, worauf Gero, der natürlich um seine Eigenart wusste, ein wenig verlegen fortfuhr. Dabei konzentrierte er sich nun mit Bedacht darauf, das Geschehene möglichst schnörkellos wiederzugeben. Was ihm auch weitestgehend gelingen sollte.

»Nun gut, fokussieren wir uns auf das Wesentliche, mein guter Fritz. Also. Ernst und ich sind wie geplant heute Morgen kurz nach sechs mit dem Ruderboot raus auf den See. Wahrlich kein schönes Wetter, doch zum Fischen ideal. Ein Stück hinterm Campingplatz und rund hundert Meter vom Ufer entfernt haben wir unsere Angeln schließlich ausgeworfen. Denn in diesem Bereich fängt man für gewöhnlich ziemlich gut. Trotzdem tat sich fast zwei Stunden nichts. Nichts wollte anbeißen. Rein gar nichts! Und das, wo wir doch hervorragende, Angelruten, Schnüre, Rollen und zudem noch funkelnigelnagelneue Blinker im Einsatz hatten. Wenn ich ein Hecht wäre, habe ich zu Ernst gesagt, ich würde mir den Köder schnappen. Solch tolle Blinker gibt's sicher nicht jeden Tag. Aber wie heißt es so treffend, der Köder muss dem Fisch schmecken, nicht dem Fischer. Naja, wir hatten den Glauben an einen Fang schon fast verloren, da, urplötzlich ein enorm heftiger Ruck. Ein Biss! Ein Biss! Wir waren uns sicher, es konnte nur ein großer Hecht am Haken hängen, so stark wie der Ruck war. Ich drillte also wie ein Besessener und kämpfte mit dem Koloss, dass sich meine Angelrute nur so bog. Ernst hatte ganz schön Arbeit damit, unser schaukelndes Boot halbwegs ruhig zuhalten. Denn auf ein Bad im kalten Laacher See hatten wir bei diesem Wetter wahrlich keine Lust. Ich kämpfte also weiter mit dem widerspenstigen Biest. Meine Angel bog sich mehr und mehr, dass wir Sorge hatten, die teure Rute bräche jeden Augenblick durch, oder die Schnur würde reißen. Dass ist ein mächtiger Brocken, sagte ich zu meinem Schwager. Er meinte daraufhin, wenn es tatsächlich der dicke Pitter ist, kommst du mit ihm in die Rhein Zeitung. Ich sah schon das Bild und den Artikel vor meinem geistigen Auge. Und nach einer gefühlten Ewigkeit schien der alte Knabe durch mein Drillen endlich müde zu werden. Denn allmählich gelang es mir, ihn hoch zu befördern. Ernst hatte den Köcher griffbereit zum Rauswuchten des Riesenviehs. Und da, nur noch wenige Zentimeter unterhalb der Wasseroberfläche, sahen wir seine silbrigen Umrisse. Es musste ein wahrhaft riesiger Hecht sein. Bloß bewegte er sich jetzt gar nicht mehr. Pitter hat bestimmt einen Herzinfarkt bekommen, frotzelte mein Schwager. Und nur zwei, drei Kurbelumdrehungen weiter, hatten wir unseren unglaublichen Fang. Den Köcher brauchen wir nicht, sagte ich ernüchtert und schockiert zugleich zu Ernst. Denn am Haken hing kein fetter Hecht, sondern jene tote Frau mit der silbernen Jacke, die drüben auf dem Rasen am Seeufer liegt. Der Bund ihrer Hose hatte sich den Haken geschnappt, wenn ich das mal so lockerleicht sagen darf. Jedenfalls befestigten wir die Leiche schließlich seitlich am Boot und sind zum nahen

DLRG-Steg gepaddelt. Noch bevor wir an Land waren, alarmierte ich euch mit meinem C-Netz-Telefon, dass ich sicherheitshalber immer bei unseren Angelausflügen dabeihabe. Wir legten die Frau schließlich ganz vorsichtig auf die Wiese. Bloß keine Spuren zerstören, habe ich meinen Schwager instruiert. Tja, Kollegen und Kolleginnen, und jetzt seid ihr dran!«

Gero starrte die Ermittler erwartungsvoll an. Er schnaufte abermals kräftig durch, lüftete kurz das Dschungelhütchen und wischte sich über seine Platte. Er wirkte müde. Die originalgetreue Wiedergabe der Geschehnisse, bei welcher er zur schauspielerischen Höchstform aufgelaufen war hatte ihn offenbar geschafft. Eher beiläufig schaute Gero auf seine linke Hand und wurde schlagartig puterrot. »Verdammt, verdammt«, knurrte er erzürnt, »mein guter Siegelring ist weg! Verdammt, verdammt!« »Vielleicht liegt das Teil in eurem Fischkutter«, mutmaßte Weller und deutete mit seiner Nase auf das angebundene Ruderboot. »Ja, vielleicht«, antwortete von Hübenthal angefressen«, »denn wenn nicht, ist der Ring für alle Zeit verloren. Spricht ja nichts dagegen, wenn ich unseren Kutter danach absuche, Fritz, oder?« »Nee, Gero. Kein Thema. Mach ruhig. Nimm aber bitte einen der Erkennungsdienstler mit, damit vorher, falls noch nicht geschehen, ein Blick auf euren Kutter geworfen wird. Denn der Transport der Toten hat sicherlich Spuren am Boot hinterlassen. Und wenn dem so ist, hätte ich von diesen Spuren sehr gerne ein paar schöne Fotos und so weiter. Na, du kennst die üblichen Abläufe ja noch.« Der pensionierte Kriminalbeamte nickte. »Apropos tote Frau«, legte Weller nach, »weiß man schon, um wen es sich dabei handelt?« »Weiß man«, grummelte der hilfreiche Leichenfinder und angesäuerte Ringverlierer in Personalunion und fuhr fort, »einer der Mayener Schutzpolizisten kannte sie aus der Zeitung. Die Frau, beziehungsweise ihre Firma, ist seit Kurzem die

Betreiberin dieses Campingplatzes. Laut des uniformierten Kollegen hat die Firma wohl vor, alles grundlegend umzumodeln. Es sollen, wie sagt die Jugend so treffend, *echt krasse* Änderungen sein, die, was man so hört, einigen Leuten deutlich zu weit gehen würden. Einheimischen, Umweltschützern und …« Gero stoppte abrupt und kratzte sich am Ohr. »Und?«, hakte Weller fordernd nach. »Und auch ein paar Laacher See-Fischern. Es gibt Befürchtungen. Befürchtungen, dass vermehrter Krach an Land und Tumult im Wasser, die ganzen Fische verscheucht.« Dann breitete von Hübenthal seine Arme in Richtung des Sees prophetengleich aus und säuselte wehmütig: »Denn gerade hier in den welligen Wassern beißen sie besonders gut. Eigentlich.« Fritz Weller, berüchtigt für spontane, ironische Einlagen, setzte eine ernste Miene auf, fixierte sein Gegenüber aus schmalen Augen heraus und antwortete streng: »Soso! Zornige Angler also. Das Klientel werde ich besonders intensiv durch die Mangel drehen und mit Ihnen, Herr von Hübenthal, werde ich beginnen.« Gero war zunächst still. Kein Wort mochte über seine Lippen kommen. »Glaubt der Jeck etwa, ich habe die Frau getötet?«, schoss es durch seine Hirnwindungen. Dass sich Weller einern seiner ganz speziellen Scherze mit ihm erlaubt hatte, diese Möglichkeit war ihm nicht in den Sinn gekommen. Und noch ehe er seine Entrüstung über die unverschämte Spekulation des Hauptkommissars kundtun konnte, löste dieser die angespannte Situation auf: »Kleiner Scherz, Gero. Alles okay. Außerdem gehe ich stark davon aus, dass du ganz sicher kein Motiv und zudem ein wasserdichtes Alibi hast. Aber wegen deinen verärgerten Angel-Freunden und -Freundinnen werde ich später nochmal auf dich zukommen. Nur den Namen der toten Frau müsste ich bitteschön sofort wissen!« »Ach ja gut! Geht in Ordnung! Ich dachte schon, du dachtest, ich hätte …«, schnaufte Gero, grübelte kurz und gab nachdenklich an, dass, wenn er sich recht entsinne, Marx … Anna, oder Ulrike … ihr Name sei. »Ute Marx!«, meldete sich Kommissarin Eckstein mit dem korrekten Namen zu Wort und erklärte weiter, »habe ich gerade von Hauptwachtmeister Zeitvogel erfahren. Außerdem wartet der Ehemann der Toten, ein gewisser Knut Marx, seit zehn Minuten im Wohnwagen, der ganz hinten in der äußersten Ecke des Geländes steht. Einer der uniformierten Kollegen ist bei ihm.« »Wohnwagen?« Obwohl er den Hals mächtig reckte und sich auf die Zehenspitzen stellte, konnte Weller das weiße Camping-Vehikel nirgends ausmachen. »Den siehste von hier aus nicht«, schmunzelte Anette angesichts der angestrengten Verrenkungen ihres in die Jahre gekommenen Partners und zeigte in die bewusste Richtung. »Okay, danke dir, Anette. Dann geh schon mal zum Ehemann und sprich mit ihm. Hoffe, er ist in der Verfassung, uns ein paar Antworten und Infos zu geben. Und frag ihn auch, weshalb sich die Firma einen Wohnwagen auf den Campingplatz stellt. Und ob seine Frau gestern vielleicht hier war? Ich rede noch kurz mit unseren Medizinmännern und komme danach zu euch«, gab der Hauptkommissar ihre nächsten Schritte vor. »Und wenn ich euch helfen kann, wisst ihr ja, wo ihr mich findet. Ich gehe derweil auf Ring-Suche, mein Schatz«, kommentierte Gero missmutig die Sachlage mit einer sarkastischen Anspielung auf einen Ausspruch aus Tolkiens »Herr der Ringe«-Epos. Dann krallte er sich Gunther Glöbmann, ehe dieser durch den ekeligen Nieselregen an ihm vorbeigestiefelt war. Und gemeinsam mit dem schwergewichtigen KTU-Mitarbeiter widmete er sich, wie Weller angeordnet hatte, dem am hölzernen DLRG-Steg vertäuten Ruderboot. Kommissarin Eckstein eilte wie besprochen zum wartenden Ehemann der Toten, währenddessen sich der Hauptkommissar auf direktem Weg unter den Pavillon, zu den emsigen Rechtsmedizinern und der weniger emsigen Leiche gesellte.

Kapitel 6

»Hey Fritz, weshalb guckte unser passionierter Petri-Jünger denn andauernd so miesepetrig, als du mit ihm gesprochen hast? Er sah ja aus, wie ne beleidigte Leberwurst in grüner Pelle!« Durch Doktor Jakobs Gesicht huschte ein verschmitztes Grinsen. »Beleidigen? Ich?«, entgegnete der Ankömmling dem Pathologen schulterzuckend und grinste zurück, »Nee Jaki, *ich* beleidige doch niemanden. Meine Äußerungen sind mitunter etwas ironisch das gebe ich ja zu, aber beleidigen tue ich keinen. Und erst recht nicht unsere Durchlaucht.« Doktor Jakob nickte augenrollend, da ihm Wellers typische Eigenarten aus jahrelanger gemeinsamer Ermittlungsarbeit bestens geläufig waren. Denn um einen lockeren Spruch, oder einen Scherz, welcher nicht immer bei allen gut ankam, war der Hauptkommissar, wie er soeben erneut bewiesen hatte, selten verlegen. »Außerdem«, legte Weller nach, »hat Gero seinen geliebten Siegelring wohl bei der Bergung oder beim Transport der Leiche verloren. Und über dieses Missgeschick war er natürlich not amused. Wer würde da nicht bedröppelt aus der Wäsche schauen?«

Dann folgte ein weiterer markanter Wesenszug des Kripomanns. Denn wie kaum ein anderer konnte er von jetzt auf gleich den lustigen Clown in der Kiste verschwinden lassen, um sich nur eine Millisekunde später, völlig fokussiert und sachlich, den anstehenden Aufgaben zu widmen. Das lockere Grinsen um seine Mundwinkel verblasste. »So. Genug damit zu den Befindlichkeiten unseres ehemaligen Kollegen. Kommen wir zur Toten.« »Ich habe es befürchtet«, entgegnete Wolfram Jakob, der wie Weller auch mit einer ordentlichen Portion Ironie gesegnet war. »Und Jaki, gibt es denn schon Hinweise darauf, wie die Lady in ihr feuchtes Grab geraten sein könnte?« Noch ehe sich der angesprochene Rechtsmediziner zu Wellers Frage äußern konnte, murmelte dessen Mitarbeiter Edgar Huber leise, doch für die beiden deutlich hörbar, vor sich hin: »Im feuchten Grab. Ja, darin war sie, die Ärmste. Im feuchten, feuchten Grab.« Doktor Jakobs akribische Rechte Hand war gerade dabei, sich Notizen zu machen. *De Lang* stand neben der auf ihrem Rücken liegenden Frau und hatte seinen Oberkörper leicht über sie gebeugt. Ohne weitere Erläuterungen von sich zu geben, lugte er kurz über den Rand seiner Kladde in die fragenden Gesichter und kritzelte anschließend, stumm wie ein Fisch, weiter. »Dann bringen wir mal ein bisschen Fleisch an die richtige, aber ziemlich dürftige Antwort meines gewissenhaften, aber heute offenbar nicht sonderlich redseligen Kollegen Edgar Huber«, grummelte der rechtsmedizinische Leiter der Pathologie Koblenz mit einer gewissen Strenge in der Stimme. Er warf besagtem Kollegen, der so tat als habe er das Gemecker seines Chefs nicht gehört, einen grimmigen Blick zu.

Seinem Mitarbeiter gegenüber hockte sich Doktor Jakob anschließend neben den Brustkorb beziehungsweise den Kopf der Toten und bat den Hauptkommissar, es ihm gleich zu tun. Die Hände geschützt in blauen, medizinischen Handschuhen, drehte der routinierte Wissenschaftler den Kopf der Frau sehr behutsam ein Stück weit nach rechts. Dann schob er sachte einige ihrer nassen, mit Algenfragmenten durchsetzten, blonden Haarsträhnen zur Seite, sodass am Hinterkopf der Toten ein enormes Hämatom zum Vorschein kam. »Hmm, ich bin zwar kein Rechtsmediziner, doch Suizid können wir sicher ausschließen. Würde ich meinen«, kommentierte der Kripobeamte die massive Verletzung. Natürlich war Weller kein Wissenschaftler. Doch die Art und Weise der heftigen Kopfverletzung ließ wenig Spielraum bei der Frage, ob hier ein Selbstmord oder Fremdverschulden vorlag. Aufgrund dessen spielte er sogleich einen denkbaren Ablauf der Tötungshandlung durch: »Könnte also gut sein, dass die Frau, vielleicht sogar hier auf dem Campingplatz, heimtückisch von hinten erschlagen wurde. und man ihren leblosen Körper danach in den See warf. Gut möglich, dass man sie mit einem Boot raus aufs Wasser brachte und dann …« Völlig synchron schauten Weller und die beiden Rechtsmediziner hinüber zum noch immer im Nieselregen nach seinem Siegelring suchenden und dabei vor sich hin fluchenden Lord, inklusive dessen am DLRG-Steg vertäutem Ruderboot. »Nee Fritz. Du glaubst doch nicht allen Ernstes, dass Gero irgendwas …?« »Weiß man's, Jaki?«, antwortete der Hauptkommissar augenrollend mit einer Gegenfrage und stellte sich wieder aufrecht hin. »Naja …«, murmelte der Rechtsmediziner nachdenklich und ging ebenfalls aus der Hocke, »klar gibt es nichts, was es nicht gibt, … aber Gero? Nee, nee!« »Dann sehen wir zu, dass wir in Sachen des Lords schnell Klarheit bekommen. Denn wenn die Frau gestern Abend getötet wurde, kann ich ihn definitiv von der Liste der Verdächtigen streichen, war er doch auf irgendsoeiner Geburtstagsfeier«, entgegnete der Kripobeamte augenzwinkernd, der im Grunde genommen ebenfalls daran zweifelte, dass sein ehemaliger Vorgesetzter vom Paulus zum Saulus mutiert war und als Pensionär Menschen kaltblütig um die Ecke brachte. »Und das Alibi seines Schwagers müssen wir noch checken«, machte sich Weller eine Gedankennotiz. »Okay Jaki, dann mal Butter bei die Fische! Könnt ihr denn zumindest ungefähr einschätzen, seit wann die Frau tot ist? Beziehungsweise, war sie noch am Leben, als sie in den See … fiel?« »Tja Fritz! Ob sie da noch gelebt hat, kann ich dir erst mit Gewissheit sagen, wenn wir sie auf dem Tisch haben. Und der Zeitpunkt ihres Ablebens? Naja, grob geschätzt vor mindestens fünf und höchstens vierundzwanzig Stunden, würde ich ad hoc meinen. Weißt du, eine genaue Berechnung des Todeszeitpunktes ist bei Wasserleichen grundsätzlich nicht so ganz trivial. Denn dabei gibt's reichlich Aspekte zu betrachten: Wie zum Beispiel, die Wassertemperatur. Der Verwesungsgrad des Körpers. Wie stark die Fäulnis daran ausgeprägt ist. Löst sich die Oberhaut bereits ab? Liegt eine Waschhautbildung vor?« »Waschhautbildung?«, unterbrach Weller die Aufzählung des Rechtsmediziners, »wie wenn man in der Badewanne einpennt, irgendwann durchs kalte Wasser wieder wach wird und feststellt, seine Finger sind verschrumpelt und blass geworden?« »So in etwa, Herr Hauptkommissar«, bestätigte Doktor Jakob dessen laienhaften Vergleich, »das Phänomen der Waschhautbildung stellt sich für gewöhnlich schon bei einem recht kurzen Wasseraufenthalt ein. Wir sprechen hierbei von ungefähr dreißig Minuten. Außerdem, und das gilt speziell für einen unfreiwilligen Freiwasserbesuch wie er hier offenbar vorliegt, muss unbedingt untersucht werden, ob sich Algen auf dem Leichnam häuslich eingerichtet haben, oder was für eine genaue Berechnung ebenfalls von essenzieller Wichtigkeit ist, ob es an den sterblichen Überresten Fraßspuren von Fischen und/oder Insekten gibt. Doch wie gesagt, und da erzähle ich dir auch nichts Neues, sämtliche Fakten gibt's nach der Obduktion.«

»Also Stücke rausgebissen wurden aus der Frau zwar nicht, zumindest soweit ich bislang erkennen kann, aber kommt her, seht selbst und staunt«, forderte Edgar Huber die beiden auf. Hubers Chef und der Hauptkommissar ließen sich nicht lange bitten und traten an den neben der Leiche knieenden Rechtsmediziner heran. Er hatte vorhin den Reißverschluss des silberfarbigen Anoraks, welchen die Frau trug, behutsam aufgezogen und beim anschließenden Blick auf deren Halsbereich eine bizarre Entdeckung gemacht. Denn der Bereich rund um ihre Kehle wies eine Vielzahl von aneinandergereihten punktierenden Wunden auf, deren markante

Anordnung und Muster auf das Gebiss eines großen Raubfisches schließen ließen. Der eilig herbeigerufene Petrijünger Gero von Hübenthal als ausgesprochener Kenner der Materie bestätigte ihre Einschätzung: Die Male am Hals der Frau deuteten tatsächlich auf die Zähne eines riesigen Hechtes hin! »Post mortem?«, fragte Weller in die Runde und runzelte die Stirn. »Wir werden sehen«, orakelte Doktor Jakob geheimnisvoll, »wir werden sehen.« Der Hauptkommissar verabschiedete sich daraufhin von den Rechtsmedizinern und seinem ehemaligen Vorgesetzten.

Ganz bewusst hatte er übrigens darauf verzichtet, Gero mit seiner höchst spekulativen Vermutung bezüglich dessen möglicher Mordbeteiligung zu konfrontieren. Denn der routinierte Kripobeamte wollte bei der aktuell noch ziemlich dürftigen Faktenlage nicht für unnötige Aufregung sorgen. Ungeachtet dessen hatte Gero den Glauben daran, dass er seinen alten Siegelring jemals wiederfinden würde, inzwischen aufgegeben. Mit sichtlich bedröppeltem Gesicht unter dem durchnässten Dschungelhütchen hatte der Leichenfinder melancholisch angehaucht verlautbart, dass das güldene Familienerbstück wohl oder übel für alle Zeiten in den dunklen Wassern des Laacher Sees verloren sei. Und dass er sich schweren Herzens damit abfinden müsse. »Na Gero, manchmal spuckt der Laacher See auch wieder was aus«, wurde er von Weller schulterklopfend aufgemuntert, ehe dieser nach einem Fingerzeig auf ihr morgendliches Fundstück davongeeilt war.

Mit eingezogenem Kopf stiefelte der Koblenzer Kriminalermittler durch den ungemütlichen, osteifeler Nieselregen. Auf seinem kurzen Fußweg hin zum abgestellten Firmen-Caravan der Betreibergesellschaft wies er fix einen der herumlaufenden Mayener Schutzpolizisten an, bitte noch das Alibi von Gero von Hübenthals Schwager, diesem Herrn Hugo Hotte Hinkelberg wie auch immer der Knilch heißt, bezüglich den letzten 24 Stunden zu überprüfen und ihn anschließend darüber zu informieren. Der uniformierte Kollege, es war Hauptwachtmeister Jörg Zeitvogel, lächelte daraufhin. Kannte er doch den richtigen Namen des Schwagers, weil er dessen Aussage zum Hergang des Leichenfundes vorhin protokolliert hatte. »Geht klar, Herr Hauptkommissar, ich werde Herrn Ernst Heinz Minkelfelds Alibi für die fragliche Zeit checken und gebe Ihnen anschließend eine Rückmeldung«, antwortete Zeitvogel freundlich und korrigierte Weller dabei eher charmant, denn oberlehrerhaft. »Minkelfeld! Genau. So wie das kleine Kaff auf dem Maifeld«, entgegnete dieser locker, »na dann mal los, Kollege. Der richtige Name ist stets die halbe Miete!«

Kapitel 7

»Herr Knut Marx, der Ehemann des Opfers. Das Ehepaar Marx, sowie der britische Staatsbürger Mister Allister Fitzroy sind die Verantwortlichen der »*Wohlfühlen am Laacher See GmbH*«. Die »*Wohlfühlen am Laacher See GmbH*«, kurz *WaLS GmbH* genannt, ist die neue Betreiberin des Campingplatzes. Und das, Herr Marx, ist mein Chef, Hauptkommissar Fritz Weller, Kriminalpolizei Koblenz.« Sofort als ihr Partner im Wohnwagen aufgekreuzt war, hatte Anette Eckstein, die mit ein paar grundlegenden Infos gespickte Vorstellungsrunde übernommen. Obwohl die junge Kriminalbeamtin in der Regel recht selbstbewusst auftrat und ziemlich taff agierte, fühlte sie sich in Marx` Gegenwart unwohl. Was daran lag, dass dieser sich in ihrem bisherigen Gespräch ihr gegenüber sowohl in seinen Äußerungen, wie auch in Gestik und Mimik als ziemlicher Chauvinist aufführte. Und ob bewusst oder unbewusst, behielt er sein vor ekelhafter Überlegenheitsgeilheit strotzendes Verhalten auch jetzt noch bei: »Weshalb soll ich überhaupt hier im Wohnwagen bleiben? Warum darf ich nicht zu meiner Frau? Wieso verdammt nochmal ist Ute überhaupt tot?! Und wenn man mich schon ohne weitere Informationen hierher zitiert wie einen Schuljungen, will ich endlich Antworten, Chef! Also pronto! Schließlich bezahle ich Ihr aller Gehalt mit meinen Steuergeldern! Ihre nette Kollegin, die bestimmt noch in der Ausbildung ist, konnte, wollte oder durfte mir meine Fragen nicht beantworten. Also, Chef! Ich höre!« zischte Marx fordernd. Der rothaarige Vollbartträger warf der jungen Kommissarin einen knappen, abwertenden Blick zu, ehe er den müde wirkenden Kriminalbeamten zornig anstarrte. Trotz Marx` ungehobelter Worte blieb der Hauptkommissar zumindest äußerlich völlig ruhig.

Nachdem Weller die Tür des Caravans nach dem Betreten hinter sich zugezogen hatte, machte er sie nun in aller Seelenruhe wieder sperrangelweit auf. Nicht etwa, weil es im Campingvehikel miefte, als würde ein toter Hecht in der Ecke liegen. Keineswegs. Denn an der Atemluft hier herinnen war nichts auszusetzen. Vielmehr beabsichtigte der routinierte Polizist, das erhitzte Gemüt des Ehemanns mit ausreichend Frischluft herunter zu kühlen. Innerlich dagegen ärgerte er sich sehr über dessen schäbiges Verhalten seiner jungen Partnerin gegenüber. Anette Eckstein kotzte Knut Marx` widerliches Machogehabe in der Tat mächtig an. Doch hatte sie ihm kein energisches Kontra gegeben, sondern Rücksicht walten lassen. Denn obwohl sie noch nicht so lange als Kommissarin arbeitete, hatte sie inzwischen eines aus den vorangegangenen Fällen gelernt: Hinterbliebene reagieren mitunter sehr, sehr unterschiedlich und unerwartet auf den plötzlichen Verlust von ihnen nahestehenden Menschen. »Zunächst einmal, Herr Marx, auch von meiner Seite, ein aufrichtiges Beileid«, kondolierte Weller dem Ehegatten betont würdevoll, »wir bedauern sehr, dass Ihre Frau verstorben ist.« Der Hauptkommissar erntete vom Angesprochenen ein kaum erkennbares Kopfnicken, begleitet von einem dahin genuschelten »Dankeschön«. Ein »Dankeschön« welches eher wie eine oberflächliche Gefälligkeit, denn eine ehrliche Meinung rüberkam. Nach kurzem Innehalten fuhr der Kripobeamte sachlich, doch energisch fort. Mit einem Blick, der wahrlich keinen Zweifel an seiner Entschlossenheit ließ. »Seien Sie gewiss, Herr Marx, wir finden heraus, wie es zum Tod Ihrer Frau kam. Und da Sie nach schnellen Fakten verlangen, ein Fakt steht jetzt bereits fest. Ihre Frau ist weder eines natürlichen Todes gestorben, noch ist von Suizid auszugehen.« »Mord!?«, blaffte Marx zurück, »wollen Sie etwa behaupten, Ute sei ermordet worden? Das ist doch völliger Humbug! So einen Bockmist habe ich schon lange nicht mehr gehört! Wer bitteschön soll meine Frau ermorden wollen?« Der bis dato im Bürostuhl sitzende Schlipsträger war wie ein Kastenteufel aufgesprungen und stand jetzt mit hochrotem Kopf zwei Armlängen entfernt vor dem Hauptkommissar. »Herr Marx, bitte beruhigen Sie sich und setzen Sie sich wieder hin!«, befahl Kommissarin Eckstein schroff.

Weller und Marx sahen die junge Beamtin an. Anette wurde es warm in ihrer Jacke. Sie wunderte sich selbst ein wenig über ihre Forschheit. Doch ihre glasklare Ansage zeigte tatsächlich die erwünschte Wirkung, denn der aufgebrachte Mann folgte ohne Widerrede ihrer strengen Aufforderung und entgegnete kleinlaut: »Ähh ja. Tschuldigen Sie beide bitte. Sorry, Sorry. Manchmal gerate ich einfach zu schnell in Rage. Aber dass Ute tot sein soll, will mir nicht in den Kopf. Und dann dazu noch ermordet. Verstehen Sie, das sind einfach zu viel der Hiobsbotschaften für mich. Eben hatten wir noch gemeinsame Pläne und die Welt gehörte uns, und einen Moment später ist alles anders. Ute war schließlich die treibende Kraft und das Herz unserer Firma. Und sie wurde von allen Mitarbeitern sehr, sehr geschätzt.« In der Folge beantwortete ein sichtlich angefasst wirkender Knut Marx die ihm gestellten Fragen mit gesenkter Stimme. Sein zuvor an den Tag gelegtes Chauvi-Verhalten schien sich in Wohlgefallen aufgelöst zu haben. So war es nach seiner Aussage, Utes Wunsch gewesen, einen Wohnwagen hier direkt am Ort des Geschehens zu platzieren. Und das, obwohl ihre Firma seit einigen Monaten auch im nahen Mendig in der Bahnstraße Büros angemietet hatte. »Tja, Herr Hauptkommissar Weller, Frau Kommissarin Eckstein, wie soll ich es sagen? Ute hatte halt ihren eigenen Kopf und sehr genaue Vorstellungen, wie Dinge abzulaufen hatten. Halbe Sachen gab es bei ihr per se nicht. Entweder alles oder nichts. Wenn sich Ute etwas vorgenommen hatte, investierte sie ihre ganze Energie in das betreffende Vorhaben, um es erfolgreich abzuschließen. Und dieses Vorhaben hier am Laacher See war ihr ganz besonders wichtig. Hier wollte Sie ihre Träume verwirklichen. Ja, es war ihr Königsprojekt, wie sie die Umgestaltung dieses einfachen Campingplatzes in eine First-Class-Location oftmals nannte.«

»Die eigenen Träume verwirklichen zu wollen, finde ich grundsätzlich nicht schlecht«, antwortete Weller in ruhigem Tonfall, »doch wie ich erfahren habe, gab beziehungsweise gibt es auch reichlich Gegenwind. Gegenwind von Personen, die von Utes Königsprojekt nicht begeistert waren.« »Diese Art Leute, Herr Hauptkommissar, die an allem was zu kritisieren haben, ja auf diese Art Leute, stößt man leidigerweise bei fast allen Projekten. Und wenn man wie hier am Laacher See etwas echt Epochales plant, kommen diese Leute natürlich auch aus ihren Löchern gekrochen und maulen herum. Selbstgefällige Vulkanologen. Picklige Müslifresser. Verlauste Umweltluschen. Angelheinis. Legendentrottel. Diese kleingläubigen Hinterwäldler haben uns jede Menge Steine in den Weg geworfen, das war unschön. Diese Schnarchnasen wollen einfach nicht kapieren, welch enorme Chancen sich durch unsere Neugestaltung dieser altmodischen Campinganlage für die Region auftun. Absolut! Den allen traue ich eine Reihe von Bosheiten zu, aber bitteschön doch keinen Mord. Obwohl …« Marx hielt inne und grübelte. »Obwohl?«, griff Kommissarin Eckstein dessen Ansatz nachfragend auf. »Na da ist diese eine militante Zicke von den Umweltschützern.« »Und weshalb ausgerechnet sie?«, hakte die Beamtin nach. »Das kann ich Ihnen sagen, Frau Kommissarin. Wir hatten in der jüngsten Vergangenheit schon ein paar Mal das zweifelhafte Vergnügen mit ihr und ihrer seltsamen Gefolgschaft. Dazu dann noch die Schmierereien an unserem Bürogebäude und Farbbeutelattacken auf unsere Fahrzeuge sowie hier auf den Wohnwagen. Sie brauchen sich nur die Rückseite anzusehen. All das kann nur von denen gewesen sein. Na jedenfalls haben wir Anzeige erstattet.« »Okay, vielen Dank für die Infos. Wie heißt die Frau und wo können wir sie finden?« »Ester Endress ist der Name dieser liebenswürdigen Person. Und wenn Sie ihr und ihrer arbeitsscheuen Bagage auf die faulen Zähne fühlen wollen, fahren sie nach Mendig. Direkt neben dem Freibad befindet sich ein alter Bauernhof. Auf dem Gelände lungern sie für gewöhnlich herum. Offiziell geben Sie sich als Künstlerkommune. Künstler! Dass ich nicht lache! Und neuerdings gibt die Dame auch noch Yoga-Kurse. Na, prima! Bei dieser Öko-Tante, Frau Eckstein, Herr Weller würde ich an *Ihrer* Stelle anklingeln und *deren* Alibi und das ihrer *Kommune* sehr genau unter die Lupe nehmen. Aber sorry, ich rege mich schon wieder zu sehr auf. Sie sehen ja selbst, wie sehr mich die Angelegenheit aufwühlt.«

»Apropos Alibi. Nur damit wir Sie ausschließen können, Herr Marx«, meldete sich Hauptkommissar Weller zu Wort, »wo waren Sie denn in den vergangenen vierundzwanzig Stunden?« »Verdächtigen Sie mich etwa meine Frau ermordet zu haben?« »Reine Routinefrage, Herr Marx. Je schneller wir Gewissheit haben, umso besser für uns und für Sie, nicht wahr?« »Ja, ja. natürlich. Sie haben ja Recht«, knurrte der Angesprochene leicht genervt. »Also den gestrigen Tag verbrachte ich in diversen Besprechungen. Dafür gibt es reichlich Zeugen. Das letzte Meeting in der Firma dauerte schließlich bis 18 Uhr. Ute war natürlich auch dabei. Sie verabschiedete sich danach, um an den Laacher See zu fahren. Ihr Wagen, das schwarze BMW Z3 Cabrio, steht übrigens nebenan auf einem der Wohnwagenstellplätze. Na, jedenfalls habe ich meine Frau seit gestern Abend nicht mehr gesehen.« »Hmm, dann stellen sich mir zwei kurze Fragen«, wandte sich Kommissarin Eckstein an Knut Marx, »kam es ihnen nicht ungewöhnlich vor, dass ihre Frau gestern

Abend nicht nach Hause kam, und was haben Sie nach Feierabend gemacht.« »Auf Ihre kurzen Fragen habe ich kurze Antworten«, entgegnete der rothaarige Bartträger schnoddrig, »es kam häufig vor, dass Ute spontan woanders übernachtete und nein, ich habe für die Zeit nach Feierabend kein Alibi, denn ich verbrachte den Abend und die Nacht alleine in unserer Ochtendunger Mietwohnung. Sie müssen also meinen Worten vertrauen, Frau Kommissarin.« »Nun gut Herr Marx, wir werden ihre Angaben überprüfen«, antwortete Weller und fuhr fort, »wie soll es denn nun mit Ihrem Königsprojekt weiter gehen? Jetzt, wo, wie Sie eben sagten, Ihre Frau als treibende Kraft fehlt.« »Sofern wir morgen grünes Licht bekommen, ziehen wir alles genauso durch, wie es geplant ist. Ute hätte es so gewollt. Die neue Anlage wird genau nach ihren Vorstellungen entstehen.« »Und werden sie grünes Licht bekommen?«, bohrte Weller hartnäckig nach. »Das bekommen wir, Herr Kommissar. Das bekommen wir. Ute hatte einen ausgesprochen guten Draht zu Entscheidungsträgern der hiesigen Verbandsgemeinde sowie der Stadt Mendig. Der Mendiger Bürgermeister Grünauer und Teile des Stadtrates waren von Beginn an von unserem Konzept begeistert. Daher ist die morgige Entscheidung nur noch reine Formsache. Denn unser Konzept ist gut. Verdammt gut! Außerdem stehen wir in den Startlöchern und können direkt nach dem positiven Bescheid loslegen.«

»Und wenn es widererwarten keine Zustimmung geben sollte?« »Keine Zustimmung? Diese Option Herr Hauptkommissar ist keine Option. Zumindest keine Option bei diesem Projekt. Und wenn das »Go« kommt, ziehen wir alles genau so stringent durch, wie Ute es sich vorgestellt hatte. So und nicht anders. Denn spätestens zur kommenden Sommersaison wollen wir mit unserer neuen Einrichtung an den Start gehen!« »Und wie ich annehme, auch mithilfe ihres britischen

Geschäftspartners. Wie war noch gleich dessen Name?«, blieb Weller dran. »Allister Fitzroy! Allister ist nicht ins operative Business der Firma involviert. Er ist, wie soll ich es beschreiben, die graue Eminenz im Hintergrund und sichert mit seinen britischen Pfund die Finanzierung des Projektes. Der gute Allister war sofort begeistert von unserer Idee, als wir ihm davon erzählten. Nein, aus dem stressigen Alltagsgeschäft hält er sich weitestgehend raus. Ihn interessiert bloß eine ordentliche Verzinsung.« »Okay Herr Marx, verstehe! Aber verraten Sie mir noch eines. Was veranlasst einen Briten, sich in einem Projekt in der deutschen Provinz zu engagieren?« »Allister war ein guter Freund von Utes kürzlich verstorbenem Vater. Die beiden kannten sich bereits seit den 1950er Jahren. Außerdem liebt Allister die Geschichte des Laacher Sees. Er war als Soldat nach dem Krieg das erste Mal hier und hat die Region seitdem schon oft besucht! Allisters Vermögen stammt übrigens von Landverkäufen. Seiner Familie gehörten und gehören riesige Ländereien in der Grafschaft Sussex im Süden Englands.« »Dankeschön Herr Marx für ihre hilfreichen Informationen. Fürs Erste wär's das. Und nochmals unser aufrichtiges Beileid.«

Hauptkommissar Weller beendete die Unterhaltung. Er hatte Marx noch angeboten, dass dieser seine Frau hier vor Ort identifizieren könne, wenn er sich dazu in der Lage fühle. Kommissarin Eckstein würde ihn dann zu ihr bringen. Oder alternativ müsste er halt am morgigen Mittwoch in die Räumlichkeiten der Koblenzer Rechtsmedizin kommen. Wie vermutet gab der Ehemann der Toten energisch an, dass er seine Frau bitteschön direkt sehen wolle. Marx, Weller und Eckstein verließen den Wohnwagen. Es hatte inzwischen aufgehört zu regnen. Wellers junge Partnerin führte den Ehemann des Opfers zum Pavillon der Rechtsmediziner. Der Hauptkommissar warf rasch noch einen Blick auf die Rückseite des Caravans. Wie Knut Marx vorhin angegeben hatte, war diese Seite großflächig mit blauer und roter Farbe *verziert.* Eine *Verzierung,* die aufgrund von Form und Muster leicht auf Farbbeuteltreffer schließen ließ. Weller kam wieder um den Wohnwagen herum. Er blieb davor stehen, atmete tief durch und schaute auf den See hinaus. »Von wegen goldener Oktober«, murmelte er gedankenverloren vor sich hin.

Intermezzo

Über Haare, Bärte und Hechte

Wir schreiben das Jahr 27 unserer Zeitrechnung, nachdem ein gewisser Jesus in Betlehem, Pilatus-Platz 3, Scheune 12, als Kindlein einer gewissen Maria, von Beruf Jungfrau, und eines ebenso gewissen Josef, von Beruf nicht als Heiliger Geist, sondern als Schreiner tätig, das schummrige Kerzenlicht der Welt erblickt hatte. In vielen Landen der Welt herrschte dieser Tage nicht nur der römische Kaiser Tiberius, sondern auch der Sommer. Und im Jahr 27 war es ein durchweg warmer und angenehmer Sommer. Nicht so wie der scheußliche Sommer fünf Jahre zuvor. Ein Sommer, in dem die Kälte sämtliche Bärte stocksteif werden ließ. Ganz zu schweigen von so manch abgefrorener Zehe. Und der Kälte war es damals egal gewesen, ob es ein römischer, jüdischer oder samaritanischer Zeh gewesen war, denn die Kälte war, was Volksgruppen anbetraf, vollkommen neutral. Und was konnte die Kälte schon dafür, dass alle Jahrein Jahraus nur in offenen Sandalen herum latschten. Außer Tiberius vielleicht … er trug unbestätigten Quellen zu Folge gefütterte Sandalen aus purem Gold. Wie eingangs erwähnt gab es gottlob im diesjährigen warmen Sommer nicht den Hauch von Kälte. So aalten sich die Menschen in der Sonne oder genossen in den engen, schattenspendenden Gassen die angenehme Kühle. Und jene, die es sich leisten konnten, gönnten sich eine willkommene Abwechslung vom täglichen Einerlei. Urlaub machen und verreisen war angesagt! Einer dieser mit reichlich Mammon gesegneten Zeitgenossen war Frisörmeister Ben Schmuul aus Nazareth. Denn zu jener Zeit waren Frisörsalons nicht nur ein Ort, um den aller neusten Tratsch zu erfahren, nein, auch das Kämmen und

Scheren der Haare, sowie das Pflegen sämtlicher Bärte mit Eselsmilch waren total hipp. Demzufolge hatten sich Ben Schmuuls Taschen in den letzten Monaten prall mit Silberlingen und Sesterzen gefüllt. Nun war der pfiffige Frisörmeister aus Nazareth nicht nur dafür bekannt, dass er gerne plapperte und arbeitsam war, sondern auch für sein großzügiges Wesen. Ohne lange zu überlegen ließ er seine fünf Mitarbeiterinnen Lena, Hanna, Sara, Mila und die dralle Tina am Geschäftserfolg teilhaben. Er spendierte sich, inklusive der Belegschaft, eine große Reise durch weite Teile des römischen Imperiums. Bens Cousine Bar führte für die Dauer ihrer Abwesenheit, den Frisör-Salon »Bei Bens Barte« vertrauensvoll weiter. Denn zahlungskräftige Kundschaft mit Haaren und Bärten beiderlei Geschlechts gab es in Nazareth und Umgebung wahrlich genug.

Mit »Herodes Tours«, dem ortsansässigen Reiseveranstalter, machten die Sechs zunächst auf dem Flaggschiff »Königin Kleopatra« eine wunderbare Kreuzfahrt durchs malerische Mare Nostrum. Vorbei an der griechischen Inselwelt, Umrundung des römischen Stiefels. Beim Landausflug nach Pompeji konnten die Reisenden den atemberaubenden Blick auf den brodelnden Vesuvius genießen. Nach der Rückkehr aufs Schiff schipperte man die Küste entlang bis zum Hafen von Ostia an der Mündung des Tiber. Hier hieß es, mit Sack und Pack Umsteigen auf die Charter-Galeere »Calpurnia« und Weiterfahrt ins siebenhügelige Rom. Neben den Besichtigungen von ein paar modernen Neubauten wurde der illustren Urlaubsgesellschaft in der ewigen Stadt auch ein lukullisches Highlight geboten: Galadinner in der ersten Pizzeria des Reichs, dem »Da Romulus«. Ben, Lena, Hanna, Sara und Mila gönnten sich die Spezialität des Hauses: »Pizza Remus«, belegt mit kräftigem Wolfsmilchkäse. Einzig Tina, da sie etwas abnehmen wollte, bestellte leicht missmutig den Salat nach Cäsaren-Art.

Nebenbei erwähnt, alle Speisen waren selbstverständlich echt koscher und völlig halal. Gestärkt folgte eine Audienz bei Kaiser Tiberius höchstpersönlich. Dieser nutzte die Gunst der Stunde, waren seinem Hoffrisör Lucius doch vor drei Tagen die Venen geöffnet worden, da er sich heimlich an Tiberius` Vino bedient hatte. So ließ sich der römische Kaiser von den nahöstlichen Frisösen unter fachkundiger Anleitung Meister Schmuuls ordentlich frisieren. Bei der wilden Frisierorgie kam zur Bändigung von Tiberius` widerspenstigen Haaren erstmals Olivenöl zum Einsatz. Das Ergebnis war der Vorläufer der Schmalzlocke, welche viele Jahre später in bisher noch unentdeckten Landen von einem dunkelhaarigen Sangesbarden mit Hüftschwung perfektioniert werden sollte. Angetan von seiner neuen Kopftracht entlohnte der Regent seine Untertanen mit je einer Locke seiner Körperbehaarung. Im Anschluss an ihren Treff mit Tib, führte die Reiseroute weiter gen Norden. Denn dort stand nicht nur sprichwörtlich ein weiterer, atemberaubender Höhepunkt der Tour auf dem Programm: Eine Esel-Safari durch die sommerlichen Alpen! Unter fachkundiger Leitung des römischen Fremdenführers Brutus Prontus Agila, einem ehemaligen Centurio, nahm die Gruppe den Hannibal-Weg, von welchem aus, sie herrliche Blicke über schneebedeckte Gipfel genießen konnten. Ganz nebenbei erfand die findige Reisegruppe beim Überqueren eines der zahlreichen Gletscher das alpine Skilaufen. Genauer gesagt war es Lena gewesen, zu der irgendwoher aus den Wolken eine Stimme gesprochen hatte. Glaubte sie zumindest. »Sandalen! Holz! Holzsandalen!« Ob es nun real war oder ihr nur die dünne Luft dort droben die Sinne leicht vernebelt hatte ist ungewiss. Jedenfalls fanden alle Lenas Eingebung sehr cool. Fix hatten sie ihre Sandalen auf herumliegende Bretter eines zerfallenen Bergkiosks genagelt und die Esel geschultert. Esel auf

Brettern wäre nun auch wirklich zu viel des Guten gewesen. Außerdem hatte die ominöse Stimme diesbezüglich kein Wort zu Lena gesagt. So wedelte man äußerst elegant und ohne, dass man kalte Füße bekam, von den schneereichen Höhen hinunter ins Tal. Hier befreiten sie ihre nun löchrigen Sandalen von den ollen Holzbrettern, und tauschten mit den Eseln die Plätze. Sie mussten sich sputen, da bereits ungeduldig Ausschau nach ihnen gehalten wurde. Angekommen am Fluss Rhenus, wartete bereits die schmale Galeere »Ley« mit Lore, der blonden Schiffskapitänin, auf die Touristen und deren Reiseleitung. Nach einem mürrischen »Na endlich« der Kapitänin als Willkommensgruß, wechselten sie das Transportmittel, der Anker konnte gelichtet werden und die armen Teufel von Galeerensklaven legten sich unter Deck mächtig in die Riemen. Wie auf den anderen Schiffen, mit denen die Nazarether Touristen bislang auf ihrer Reise gefahren waren, genossen sie auch jetzt die Vorzüge ihrer All-Inklusive-Buchung. Das bedeutete: Rundum-Versorgung mit regionalen Köstlichkeiten durch Henk, den emsigen Galeeren-Smutje und galanten Steward in Personalunion. So schipperten sie einige heiße Tage und laue Nächte mit Lores Ley, fürsorglich betreut und untermalt vom liebreizenden Ächzgesang der Rudersklaven, sowie in inniger Begleitung von Heerschaaren von Mücken auf dem seelenruhig dahinfließenden Rhenus flussabwärts. Entlang verträumter Wälder und Auen und dem andauernden Genörgele Milas »Mir ist langweilig. So langweilig! Sind wir bald da?«, bis sie schließlich an der Kaimauer der römischen Siedlung Confluentes, unweit der Mündung des Flusses Mosella in den breiteren Rhenus wieder vor Anker gingen. Und hier, an diesem neuralgischen Punkt war es auch gewesen, an welchem sich Meister Schmuul aufgrund übermäßigen Verzehrs von Traubensaft und Reinklotte, zwecks dringendem Erleichterungswunsches rasch in die dichten Büsche verschlagen hatte, welche hier Gott sei Dank haufenweise vorhanden waren.

War die komplette Reisegesellschaft nach der Überquerung der hohen Alpes verständlicherweise ziemlich ermattet gewesen, mal abgesehen von den Eseln, hatten alle während der gemächlichen Flussfahrt neue Kräfte geschöpft. Kräfte, die benötigt wurden, da sie immer noch nicht am entferntesten Ort ihrer Urlaubsreise angelangt waren. Denn ehe es wieder zurück nach Nazareth ging stand noch ein Highlight, besser gesagt war es DAS HIGHLIGHT des Trips, auf dem Programm: Eine Planwagenfahrt ins wilde Land der noch wilderen Keltenstämme! Wobei die Bezeichnung »wild« zum einen nur für das Angebot im Prospekt des Reiseveranstalters »Herodes Tours« galt, um bei den Urlaubssuchenden eine gewisse Vorfreude auf Abenteuerfeelings zu schüren. Und zum anderen für Kopfbehaarung und Bärte der einheimischen Männer, Frauen, Kinder und Diversen. In der Realität waren Keltinnen und Kelten längst nicht mehr scharf darauf, mit jedem Fremden eine Keilerei anzuzetteln. Deren neu gewonnene Zahmheit lag unter anderem auch daran, dass sie vor einiger Zeit mit den Römern einen für beide Seiten sehr lukrativen Deal abgeschlossen hatten, um ihre urwüchsigen Gegenden touristisch zu nutzen. Ihre unbändige Wildheit zeigten sie in dieser ziemlich friedvollen Zeit quasi nur zur schaurigen Erheiterung der Touristengruppen in Form von ungestümen Tänzen rund um lodernde Lagerfeuer. Und als besondere Attraktion, dass bei den meisten Reisenden sehr beliebte Enthaupten. Dafür wurden den Keltenstämmen von den Römern die Protagonisten gerne zur Verfügung gestellt. Es waren jene, welche in den Augen des Kaisers in Ungnade gefallen waren. Also für gewöhnlich solche wie abtrünnige Legionäre, ungeschickte Hütchenspieler, lausige Theaterschauspieler, et cetera pp.

Nach einer fünftägigen Planwagenfahrt unter der ortskundigen Führung des einheimischen Brüderpaars Ragnar und Bogdan war die nahöstliche Urlaubsgesellschaft am entferntesten Punkt ihrer weiten Reise angelangt. Der verwunschene, kristallklare See, umgeben von sanften, bewaldeten Hügeln. Wie hatte die Mitarbeiterin des Reiseveranstalters noch mit glänzenden Augen gesäuselt: »Sie erwartet dort im wilden Land der Kelten ein blaues Juwel, eingebettet in saftig grünes Geschmeide, welches weit und breit seines Gleichen sucht! Also dieser See ist ein absolutes Muss. Sie können nicht zu den Kelten reisen, ohne an diesem zauberhaften, gar magischen Ort gewesen zu sein!« Und die geschäftige Reiseverkehrskauffrau hatte, wie sich vor Ort herausstellte, wahrlich nicht übertrieben. Denn die Landschaft zeigte sich haargenau so prächtig und erhaben, wie sie es dem Frisörmeister bei dessen Urlaubsbuchung beschrieben hatte. Zudem strahlte eine hochstehende Sonne vom azurblauen Himmel herab, als gäbe es kein Morgen, begleitet vom lieblichen Tirilieren der Vögelchen im dichten Gebüsch. Es war ein traumhafter Tag, so herrlich wie ein köstliches Stück gebratener Fisch. Meister Schmuul und seine Mitarbeiterinnen waren sich rasch einig. Sie hatten keine Lust auf martialische Darbietungen in Form von Feuertänzen und Enthauptungen. Nein, nach den Strapazen der holperigen Planwagenfahrt wollten sie viel lieber die Landschaft genießen, relaxen und sich verwöhnen lassen. Und da den Herodes Tours-Urlaubern quasi jeder Wunsch von den Augen abgelesen wurde, kam die Reiseleitung diesem Begehren ohne zu zögern nach. Flexibel wie sie waren, schürten Bogdan und Brutus Prontus Agila unter Bens freiwilliger Mithilfe das Feuer für ein abendliches Barbecue.

Währenddessen schipperte Ragnar die Frisösen aus Nazareth mit einem hölzernen Floß auf das kleine Eiland, welches mitten im See lag. Die wunderbare Wärme wurde hin und wieder von einem angenehm wehenden Lüftchen aufgefrischt. Die Grillen zirpten und die Knospen sprossen. In ausgelassener Stimmung ließen es sich die Fünf beim Baden, sowohl im Wasser als auch in der Sonne gut gehen. Mila und Hanna waren ins kühle Nass gehüpft. Lena, Sara und Tina aalten sich wohlig auf dem weichen Kissen einer sanften Blumenwiese. Derweil legte Ragnar seine Kleidung ab und machte sich daran, Fische fürs geplante Barbecue zu fangen.

»Tja Mädels, auch wenn ich mich wiederhole. Das ist ein echt toller Urlaub!«, murmelte Tina mit einem Lächeln um die Mundwinkel und räkelte sich zufrieden im grünen Gras. »Was Jay und seine Mischpoke jetzt wohl gerade machen?«, entgegnete Lena mit leichter Melancholie in der Stimme und setzte sich aufrecht hin. »Was sollen die denn schon machen?«, kommentierte Sara auf dem Rücken liegend mit geschlossenen Augen, »die Knilche werden wieder kreuz und quer durch den Sand latschen, hi und da irgendwas preisen, am See Genezareth in Levis Imbiss, Backfische mampfen und sich zum Nachtisch die vom Wacholderstrauch des alten Maddin stibitzten Beeren reinpfeifen. Ich sags euch, ganz sicher machen die denselben langweiligen Kram wie immer.« Sara erntete von Tina und Lena einträchtiges Kopfnicken zur Bestätigung ihrer Vermutung. Die beiden Wassernixen kamen hinzu, hockten sich hin und ließen Haut und Haar in der wärmenden Sonne trocknen. Dann wurde es still auf der Insel, denn die Fünf waren nach und nach in einen ruhigen Schlaf gesunken.

Es verging die Zeit. So lange, bis Lena, Sara, Mila, Hanna und Tina von den schrillen Rufen ihres Meisters jäh aufgeweckt wurden: »Huhuu Huhuu, meine Täubchen! Happi Happi ist bald fertig! Der tapfere Ragnar hat uns einen mächtigen Hecht gefangen. Schaut her! Schaut her!« Ben Schmuul hüpfte so behände wie ein Frosch im Frühling am anderen Ufer herum und winkte den

Sonnenanbeterinnen dabei mit seiner trendigen Herrenhandtasche aus reinem Osterlammleder zu. Soeben bugsierte der nackte, stämmige Kelte einen heftig zappelnden Fisch, der beinahe so lang war, wie er selbst, aus dem Wasser ans Land. »Ragnar hat aber auch einen mächtigen Hecht«, kicherte Tina verzückt. Schon seit ihrem Start in Confluentes hatte sie ein Auge auf den robusten Kelten geworfen. Und diese Bewunderung war beileibe keine Einbahnstraße, denn dem Einheimischen gefiel die fremdländische Touristin ebenfalls sehr. Es knisterte in der Tat mächtig zwischen Tina und Ragnar.

Dem Ruf ihres Meisters beziehungsweise den verlockenden Aussichten folgend zogen sich die Frisösen wieder an. Sie kletterten aufs wartende Floß und wurden zurück geschippert. Nach einem hervorragenden Barbecue und einer traumhaften Nacht, in welcher allerlei atemlose Geräusche zu vernehmen waren, brach der Morgen eines neuen Sommertages an. Dies bedeutete für die nahöstliche Touristengruppe und ihren römischen Reiseleiter: Abschied nehmen vom blauen Juwel im Keltengebiet und Rückreise heim nach Nazareth. Doch nicht für alle. Denn Tina und Ragnar hatten sich unsterblich ineinander verliebt. So beschloss die dralle Frisöse, auf ewig bei ihrem strammen Kelten zu bleiben. Die zwei bauten sich auf der Insel im See ein Haus. Tina eröffnete ihr eigenes Frisör-Geschäft »Haar und Bart«, während sich ihr Gemahl auf den Fischfang und die Ausrichtung von Barbecues spezialisierte. Tina und Ragnar lebten zusammen ein langes glückliches Leben und bekamen insgesamt zwölf Kinder, 45 Enkel und 195 Urenkel.

Ungewiss hingegen blieb, ob Frisörmeister Ben Schmuul und seine Mitarbeiterinnen Lena, Sara, Hanna und Mila überhaupt wieder in Nazareth angekommen sind. Es gab teils sonderbare Gerüchte über ihr Schicksal, wie zum Beispiel, dass eine coole Sara eine gutlaufende Berghütte mit Skiverleih in den schneereichen Alpes geführt, eine ahnungslose Hanna sich als Vulkanologin in Pompeij versucht, eine nörgelnde Mila als Stewardess auf Kapitänin Lores Flussgaleere »Ley« angeheuert und ein ehemaliger Frisörmeister einen florierenden Handel mit Herrenhandtaschen aus Osterlammleder in Gallien betrieben habe. Doch waren dies alles nur Gerüchte. Einzig Lena sei, so glaubte man, ein paar Jahre später an der langen Tafel bei einem Abendessen gesichtet worden. Und dieses Ereignis habe ein Maler sogar in einem Bildnis verewigt …

Kapitel 8

Vom Seeufer her kam ein Kriminaltechniker, wie an Einsatzorten üblich in eine weiße Zellstoffkombi gekleidet, auf den noch immer tagträumenden Hauptkommissar zugestiefelt. Der Wissenschaftler nahm die Kapuze des *Ganzkörperkondoms* ab, sodass seine Glatze zum Vorschein kam. Es war Hans Müller, alias Lockenkopf, einer von Wellers langjährigen Weggefährten in vielen Kriminalfällen. »Hans, was denkst du, wie lange werden wir den Kram hier noch machen?«, murmelte Fritz, dessen starrer Blick nach wie vor hinaus aufs wellige Wasser gerichtet war. Lockenkopf stellte sich neben den gleichaltrigen Kripobeamten, schaute ebenfalls über den verhangenen Laacher See hinaus ins graue, diesige Einerlei und entgegnete philosophisch: »Meinst du damit, wie lange wir für diesen neuen Fall benötigen, bis wir ihn aufgeklärt haben? Oder wie lange wir noch der Firma unsere Arbeitskraft zur Verfügung stellen? Oder wie lange wir überhaupt noch im Antlitz der Zeit über die Erde wandeln?« »Seit einigen Wochen und Monaten fühle ich mich öfters ziemlich alt. Und ich frage mich, will ich wirklich noch sieben, acht Jahre hinter irgendwelchem Mordgesindel herjagen, oder will ich nicht schon früher die Reißleine ziehen? Manchmal schrecke ich nachts auf und habe grausame Bilder von entsetzlich zugerichteten Leichen vor meinem geistigen Auge, mit denen ich in all den Jahren zu tun hatte. Und glaub mir, die Anzahl dieser abscheulichen Bilder reicht mir absolut. Von mir aus brauchen keine neuen Bilder mehr dazu zu kommen. Hans, es ist irgendwann an der Zeit, dass ich die Jahre, die mir noch bleiben, nicht mit Tod und Leid verbringe, sondern mit erfreulicheren Sachen.«

»Willst du etwa in den Sack hauen?«, antwortete Lockenkopf nun wenig philosophisch und schaute den

Grübelnden fragend an. Bislang hatte der Kripobeamte, zumindest mit ihm, noch kein Sterbenswörtchen über sein Seelenleben gesprochen. Doch Müller war sichtlich gerührt, wie offen Fritz jetzt in seiner Gegenwart davon erzählte. Denn er, Weller, und auch Doktor Jakob kannten sich schon seit vielen Jahren. Und schon zu Beginn ihrer Zusammenarbeit Anfang der 1970er hatten die Drei rasch gemerkt, dass sie, was ihre Einstellung im Job und ihren mitunter recht speziellen Humor anbetraf, auf einer Wellenlänge lagen. So waren aus ihnen Freunde und nicht nur Arbeitskollegen geworden. »Karin und ich ziehen wieder zusammen. Endlich, nach über zwanzig Jahren! Ich schaue mir bereits seit einiger Zeit Häuser und Eigentumswohnungen in der Umgebung von Koblenz an. Nix Überkandideltes. Was Schlichtes, in ruhiger Lage und mit einem kleinen Garten«, sagte Fritz leise und sah Lockenkopf mit einem Lächeln um die Mundwinkel an. »Na, jedenfalls wollen meine Frau und ich unsere hoffentlich noch vielen Lebensjahre gemeinsam verbringen. Und über den Zeitpunkt meines Ausstiegs bei der Kripo habe ich mir noch keine genauen Gedanken gemacht. Es wird sicher nicht heute oder morgen sein, doch ganz bestimmt will ich nicht als Methusalem in die Annalen des Koblenzer Polizeipräsidiums eingehen. So viel steht fest.« »Yepp, Fritz. Mit Ende fünfzig kommen einem solch komische Gedanken schon mal. Geht mir übrigens ähnlich. Meine Andrea und ich wollen, jetzt wo die Kinder aus dem Haus sind, was von der Welt sehen. Ausgedehnte Wohnmobiltouren durch Skandinavien, Kanada und Australien. Ja, Australien und dann rüber nach Tasmanien. Einfach total relaxed treiben lassen, ohne Hast und die Gewissheit, dass der Urlaub nach vierzehn Tagen schon wieder zu Ende ist. Einfach abhängen und bloß kein Stress!« »Einfach abhängen und bloß kein Stress«, wiederholte Weller mit leichter Melancholie in der Stimme.

In seinen Gedanken malte er sich bereits rosarot aus, wie es sein würde, als total entspannter Pensionär mit seiner Karin an der Seite. Nach dem kurzen Abdriften in seine mögliche Zukunft, klopfte er schließlich Lockenkopf locker auf die Schulter und meinte lachend: »Hans, wenn der Zeitpunkt gekommen ist, machen wir einfach gemeinsam den Abgang. Okay?« »Okay, geht klar! So machen wirs!«, stimmte Müller dem Vorschlag Wellers postwendend zu und fuhr fort, »doch bevor es soweit ist, lass uns bis dahin noch ein bisschen herumschnüffeln. Und am Rande bemerkt, ohne uns routinierte Koryphäen ist das grüne Gemüse im Präsidium sowieso aufgeschmissen.« »Recht hast du«, bestätigte Fritz augenzwinkernd die nicht ganz ernst gemeinte Aussage des Kriminaltechnikers, »nur gut, dass uns das grüne Gemüse nicht zuhört. Mein Chef zum Beispiel. Unser Lomax würde sicher leicht pikiert auf solche Sprüche reagieren.« »Ja, dass denke ich auch!«, schmunzelte Lockenkopf.

»So, genug herumgesponnen«, besann sich der Kriminalbeamte nun wieder auf die eigentliche Aufgabe und deutete hinüber zur gefundenen Frauenleiche, »gibt's schon sachdienliche Hinweise im Falle der toten Ute Marx, Herr Müller?« »Na klar Herr Weller, kommen Sie mit.« Der Hauptkommissar folgte dem Kriminaltechniker und dessen Aufforderung, schnurstracks hinunter in Richtung See. Circa fünfzehn Meter vom Ufer entfernt, am Rande einer mit feinem Rheinsand aufgeschütteten, geschätzt einhundert Quadratmeter großen und nahezu rechteckigen Fläche, blieb der Wissenschaftler stehen. Linkseitig des besagten Bereichs wuchsen Schilfstauden ein stückweit in den See hinein. Rechts wurde das Areal mittels einer niedrigen Mauer von einem sanft abfallenden, schmalen Verbundsteinpflasterweg abgegrenzt, der seinerseits im trüben Seewasser mündete. Die Umrahmung verlieh dieser Stelle weit am hinteren Ende des Campingplatzes einen buchtartigen Charakter. Aus dem nassen Rheinsand ragten hi und da saftig grüne Grasbüschel heraus. Zudem war der unebene Boden von der Mitte des besagten Areals bis direkt ans Seeufer gespickt mit einiger jener Nummerntäfelchen, welche von der KTU im Rahmen der Beweissicherung verwendet wurden. »Wie unsere hübschen Markierungen schon vermuten lassen, sind hier im Sand höchstinteressante Spuren vorhanden, die dir bei deinen Ermittlungen sicher weiterhelfen, Fritz«, schürte Lockenkopf die Neugier des Kripobeamten. Da die KTU ihre erkennungsdienstlichen Arbeiten in diesem Areal bereits abgeschlossen hatte, konnten sie den feinsandigen Bereich ohne Weiteres betreten.

Der kahlköpfige Kriminaltechniker ging voran, hin zu jenem Nummerntäfelchen, welches sich am weitesten entfernt vom Seeufer befand. Angekommen zeigte er auf mehrere tiefere Schuhabdrücke im Sand. Von ihrer Größe, Form, Absatztiefe und dem Sohlenprofil her, schienen sie von jener schwarzen, knöchelhohen Stiefellette zu stammen, welchen die Tote noch an ihrem linken Fuß trug. Ein Abgleich mit ihrem rechten Schuh war aktuell nicht möglich, da diese Stiefelette, wie die Ermittler annahmen, irgendwo in den Tiefen des Laacher Sees verschwunden war. Mit geschultem Auge hatte der Hauptkommissar nicht nur die von Lockenkopf gezeigten Schuhspuren rasch im nassen Rheinsand gesichtet. Vielmehr auch solche Spuren, wie sie entstanden, wenn jemand beabsichtigt, Abdrücke mit den Händen oder einem Zweig mutwillig zu verwischen. Wie zum Beispiel an der Stelle gleich neben den Schuhabdrücken, wo vom Umriss her durchaus eine Person mit körperlichen Maßen, wie die Tote sie hat, zuvor im Sand gelegen haben könnte. Und haargenau von dieser Liegestelle führte zudem noch ein geschätzt fünfzig Zentimeter breiter »Wischweg« bis ran ans Wasser.

Flugs kombinierte Weller gedanklich die soeben vorgefundenen Gegebenheiten mit seinen zuvor gewonnenen Erkenntnissen. »Und?«, drängelte Lockenkopf gespannt, der spürte wie die Rädchen im Kopf seines Kripo-Kumpels ratterten. Wie erhofft ließ dieser sich wahrlich nicht lange bitten: »Also. Ute Marx beendete irgendwann, höchstwahrscheinlich gestern Abend, sagen wir mal so um 19, 20 Uhr, ihren Arbeitstag. Müde verlässt sie den Wohnwagen, will vielleicht noch die schöne Aussicht übern See genießen, oder nur etwas frische Luft schnappen. Jedenfalls geht sie die wenigen Meter hin zum Seeufer. Ungefähr bis zu jener Stelle, wo euer erstes Täfelchen im Boden steckt. Ute bleibt stehen und lässt ihre Seele baumeln. Da schleicht sich jemand unbemerkt von hinten an sie heran und gibt der Arglosen einen heftigen Schlag auf ihren Hinterkopf, der sie zu Boden gehen lässt. Anschließend trägt oder zieht dieser ominöse Jemand, Utes leblosen Körper hin zum Wasser, verwischt dann die meisten Spuren und …« Der Hauptkommissar stoppte abrupt mit seiner Schilderung des möglichen Tathergangs. Denn *die* Spuren, welche er soeben unmittelbar am Seeufer sichtete, hatte er wahrlich nicht erwartet. »Tja Fritz, genau so erstaunt habe ich auch aus der Wäsche geschaut, als ich *diese* Abdrücke fand«, grinste der Wissenschaftler. »Blut aus der Kopfwunde habe ich im Sand erwartet …« »Ja. Blut im Sand haben wir gesichtet und gesichert«, fuhr Lockenkopf, Weller in die Parade. »Und idealerweise auch das mögliche Tatwerkzeug«, nahm der Kripobeamte einen neuen Anlauf und bedachte sein Gegenüber mit einer auffordernden Geste. »Ja. Einen faustgroßen Basaltbrocken mit Blutresten haben wir im Schilf gefunden. Wie auch eine prallgefüllte Aktentasche mit geschäftlichen Unterlagen, welche wohl der Toten gehörte«, kam Lockenkopf der unausgesprochenen Aufforderung des Hauptkommissars sogleich nach.

»Doch mit solch seltsamen Fußspuren und vor allem Abdrücken, die … Taucherflossen ähneln …«

Weller hielt inne, sah Müller an und wartete abermals auf die Fortführung des bewusst abgebrochenen Satzes, welche prompt erfolgte: »Taucherflossen ähneln! Tja, Fritz mit Taucherflossenabdrücken haben wir beim besten Willen nicht gerechnet. Vielmehr mit den Spuren eines Bootskiels. Und was die seltsamen Fußspuren anbetrifft: Du kannst die Zehen des linken Fußes so oft nachzählen wie du willst, es sind nur drei und keine fünf. Die beiden kleinen fehlen.« Weller strich sich mit der Hand über seinen Kopf und grübelte für einen Moment lang. Dann entgegnete er mit einem süffisanten Grinsen im Gesicht: »Tja, Hans, dass Ute Marx mit einem Basaltbrocken niedergeschlagen wurde, der Brocken mitsamt ihrer Aktentasche in aller Eile danach in den Schilf geworfen wurde, und dass man sie ans Wasser brachte, kann ich alles sehr gut nachvollziehen. Aber bitteschön, von einem Taucher mit acht Zehen als Täter? Und nicht die geringste Spur eines Bootes!? Also was bis jetzt völlig logisch schien, dass die Frau mit einem Boot auf den See hinausgeschippert und dann über Bord geworfen wurde … vergessen? Und stattdessen davon ausgehen, dass ein Taucher oder Schwimmer sie in die Tiefe bugsiert hat? Also wenn dem wirklich so war, muss der oder diejenige schon verdammt ausdauernd sein und zudem über weitreichende Ortskenntnisse in den trüben Gefilden des Laacher Sees verfügen. Und einen Neoprenanzug müsste der Täter oder die Täterin wahrscheinlich aufgrund der niedrigen Wassertemperatur auch getragen haben. Verdammt. Verdammt.« »Fritz, sieh´ die Sache mal positiv. Nun brauchst du im Segelbootverein schon mal nicht zu ermitteln«, munterte Hans Müller seinen Kripo-Kumpel auf. »Wahrscheinlich nicht. Du hast sicher Recht. Und auch Tret- und Ruderbootkapitäne, sowie die Angelfreunde inklusive unseres Lords wären somit fein raus«, pflichtete Weller dem grinsenden Erkennungsdienstler grundsätzlich und mit einem gehörigen Schuss Ironie bei. »Allerdings«, schob er weniger ironisch nach, »rücken diese neuen Erkenntnisse statt den Bootsfahrern, nun die Leute der hiesigen DLRG in meinen Fokus.« Unmittelbar danach verabschiedete sich Weller mit den mehrdeutigen Worten »und manchmal kommt es ganz anders als es scheint«, fürs Erste von Kriminaltechniker Lockenkopf.

Kapitel 9

Das mittägliche Kirchturmglockengeläut im Benediktiner-Kloster drüben am anderen Seeufer wurde allmählich leiser und leiser, bis es schließlich nicht mehr zu hören war. Hauptkommissar Fritz Weller und seine Partnerin Kommissarin Anette Eckstein hatten ihre Arbeiten auf dem Campingplatz zumindest für den Moment beendet. Während des Rückwegs zu ihrem Dienstwagen brachten sich die beiden Beamten gegenseitig auf den aktuellen Stand der Dinge.

Wie Weller und ihr KTU-Kollege Müller, zeigte sich auch die junge Kommissarin überrascht, als sie von den merkwürdigen Spuren im feinen Sand am Seeufer erfuhr. »Okay, Fritz dann werde ich umgehend bei der örtlichen DLRG nachhaken, ob es in deren Reihen eine Person gibt, die an ihrem linken Fuß nur drei Zehen hat und trotz dieses Handicaps enorm gut schwimmen und tauchen kann.« »Gut, mach das. Und falls keiner von denen mit diesen besonderen Eigenschaften aufwarten kann, ist es vielleicht möglich, dass einer von ihnen jemanden kennt, auf den die Beschreibung passt. Es gibt schließlich auch außerhalb der DLRG reichlich geübte Schwimmer. Wenn ich nur an die ganzen Triathleten denke, die häufig im Freiwasser trainieren.« »Und diese Modernen Fünfkämpfer nicht zu vergessen. Nicht wahr, Fritz? Unter ihnen soll es auch richtige Cracks geben, habe ich mal gehört!«, stichelte Anette, nicht böse gemeint, gegen ihren älteren Partner, wusste sie schließlich doch wie viele andere im Präsidium, von Wellers Spitzensportlervergangenheit als Mehrkämpfer, damals, Anfang der 1960er Jahre. Der Endfünfziger schmunzelte und entgegnete wie üblich mit einem Schuss Ironie: »Die soll es geben! Habe ich auch mal irgendwo gehört!« Daraufhin hielt er kurz inne.

Bei Anette erweckte ihr Kollege in diesen Momenten der Stille den Eindruck, als wenn er sich gerade an sein früheres Leben als Spitzensportler zurückerinnerte, womit sie goldrichtig lag. Denn wie auf Knopfdruck fluteten Bilder seiner sportlichen Karrierehighlights Wellers Gedankenwelt, welche wenig später wieder verblassten. Nach jener gedanklichen Pause legte der ehemalige Mehrkämpfer in seinen Ausführungen nach: »Ja, auch in der Gilde der Modernen Fünfkämpfer gibt es mit Sicherheit genügend, die sich im Wasser pudelwohl fühlen. Und bevor du fragst, Laufen, Schießen und Fechten machten mir wirklich Spaß. Springreiten war okay. Hing halt immer von dem Zossen ab, den man im Wettkampf zugelost bekam. Doch wenn ich etwas echt hasste, war es das Schwimmen. Kachelnzählen war nie mein Ding. Auch heute noch lege ich mich lieber irgendwo in einen Whirlpool, als dass ich freiwillig meine Bahnen ziehe oder was weiß ich, durch einen See kraule. Doch obwohl ich die Teildisziplin Schwimmen partout nicht mochte, war ich trotzdem noch recht fix im Wasser. Aber wie gesagt, Spaß machte es mir damals nicht und auch heutzutage nicht. Und daran wird sich nie was ändern, so wahr ich Fritz Weller heiße. Außerdem, Frau Kollegin, um wieder auf den aktuellen Fall zurückzukommen, ich besitze gottlob noch alle meine zehn Zehen. Soll ich den Beweis liefern?« »Warum eigentlich nicht. Sicher ist sicher«, entgegnete Anette mit gespielt kritischem Blick. Sie stellte sich vor, wie der altgediente Kripobeamte barfuß am herbstlichen Laacher See herumlief und musste schmunzeln. Die junge Kommissarin hatte allerdings nicht berücksichtigt, dass der Empfänger ihrer Frotzelei jemand von der ziemlich schlagfertigen Sorte war. Denn Weller, um einen entsprechenden Konter selten verlegen, hatte sich flugs seiner schwarzen Lederhalbschuhe, sowie der gleichfarbigen Socken entledigt, seine total vollzähligen Zehen stolz präsentiert und Socken sowie Schuhe wieder angezogen. »Tja Kollegin, soweit zu mir«, entgegnete er daraufhin ohne eine Miene zu verziehen, »und wie steht es mit *Ihnen*?« Anette stutzte. »Glaubt der Fritz allen Ernstes, ich würde jetzt dasselbe machen wie er und meine Füße entblößen?«, dachte sie sich und fühlte sich etwas überrumpelt. »Alles gut, Frau Kollegin«, schmunzelte Weller augenzwinkernd, »ich weiß aus sicherer Quelle, dass deine ebenfalls noch komplett sind, denn du hast gestern Abend bei Jakis Geburtsfeier offene Schuhe getragen. Übrigens, das Dunkelrot steht dir gut. Aber okay. Und bevor wir zu sehr abdriften, mal was ganz anderes«, wurde der Hauptkommissar nun wieder sachlich, »hat Knut Marx noch was Brauchbares von sich gegeben und was mich besonders interessiert, wie hat er sich verhalten, als er seine Ehefrau identifizierte?« »Hmm, allzu viel gesagt hat er nicht mehr. Nur knapp bestätigt, dass die Tote seine Gemahlin ist. Tja, und sein Verhalten?«, gab sich Kommissarin Eckstein grüblerisch, »sein Verhalten wirkte auf mich irgendwie seltsam.« »Seltsam?«, hakte Weller mit einer Zwischenfrage ein. »Na, ich hatte den Eindruck, dass, immer wenn Marx von seiner Frau sprach, es sich anhörte, als erzählte er von einer, mit der er beruflich zu tun hatte. Wie von einer Geschäftspartnerin oder einer Kundin. Und beileibe nicht wie von seiner Ehefrau, die er liebte und nun schmerzlich vermissen würde. Sowieso habe ich das Wort »Liebe« aus seinem Munde nicht vernommen. Du vielleicht?« »Liebe?«, wiederholte Weller, strich sich nachdenkend über seinen Drei-Tage-Bart und fuhr dann fort: »Also wenn du mich so direkt fragst ... Nein, dieses kleine Wörtchen habe ich auch nicht von ihm gehört. Auf jeden Fall finde ich deine Feststellung höchst bemerkenswert. Den Marx behalten wir zumindest solange im Auge, bis wir genau wissen, wie der Hase läuft, beziehungsweise hier in unserem Fall, wo der Hecht hinschwimmt. Denn wie oft schon, war der Ehemann der Mörder. Ist halt einer der Klassiker. Doch zunächst, Anette, hörst du dich in deren Firma in Mendig um. Mal schauen, was die Belegschaft von ihrer Chefin gehalten hat. Wie heißt die Firma noch gleich?« »WaLS GmbH oder Wohlfühlen am Laacher See GmbH!« »Meinetwegen! Und danach nimmst du Kontakt mit der hiesigen DLRG-Leitung auf. Schnapp dir einen der Uniformierten und fahrt mit einem Dienstwagen. Ich fühle in der Zwischenzeit dieser merkwürdigen Umweltschützer-Künstlerkommune auf den Zahn und spreche anschließend mit dem Mendiger Bürgermeister.« »Geht klar, Chef«, antwortete die Kommissarin nickend, »ich frage einfach den Jörg, ähhh ich meine natürlich den Hauptwachmeister Zeitvogel, ob er mich begleitet.« »Der Hauptwachmeister hilft dir sicher gerne.« Weller grinste verschmitzt.

Nach einer knappen Verabschiedung von ihrem Partner eilte die Kriminalbeamtin wieder zurück aufs Campingplatzgelände, denn sie hatte gesehen, dass eine Handvoll der uniformierten Mayener Beamten, inklusive des Kollegen Zeitvogel, vor dem Hauptgebäude miteinander redeten. Für die junge Kommissarin war der gleichaltrige Hauptwachtmeister wahrlich kein Unbekannter. Einerseits freute sie sich über das Wiedersehen, andererseits erzeugte das Aufeinandertreffen bei ihr auch ein gewisses nervöses Magengrummeln. Ihre zwiespältigen Gefühle lagen daran, dass Anette mit Jörg vor rund sechs Monaten beim Besuch eines Seminars eine sehr intensive Nacht verbracht hatte, es jedoch bei diesem einmaligen Erlebnis geblieben war. Warum auch immer.

Kapitel 10

Hauptkommissar Weller schwang sich in seinen dunkelgrünen BMW 320i Touring, fuhr den Boliden rückwärts aus der Parkbucht und steuerte in Schritttempo auf die Ausfahrt zu. Am offenen Schlagbaum stand sich Polizeimeisteranwärterin Anja Scherer noch immer die Beine in den Bauch. Ihr zur Seite tippelte ein älterer Mann hektisch auf der Stelle herum. Die Uniformierte forderte den Kriminalbeamten in seinem Dienstwagen per Handzeichen auf, dass er anhalten solle. Weller stoppte auf ihrer Höhe und kurbelte das Seitenfenster hinunter: »Na?« »Sorry, Herr Hauptkommissar. Haben Sie eine Minute? Hier der Herr Adolf Schröck möchte unbedingt den verantwortlichen Ermittler sprechen. Er sagt, er habe äußerst wichtige Informationen.« Die Auszubildende verdrehte leicht genervt die Augen, *belaberte* Schröck sie doch seit geschätzt zehn Minuten, die ihr wie endlos lange zehn Stunden vorkamen, ununterbrochen. »Okay, Kollegin Scherer, keine Ursache«, entgegnete der Kripomann freundlich und wandte sich an den Informanten in spe: »Ich bin Hauptkommissar Fritz Weller und hier in diesem Fall verantwortlich. Also! Was möchten Sie mir denn Sachdienliches erzählen?« Während er sich bekannt machte, hatte Weller den Mann, er schätzte ihn vom Alter her auf um die siebzig, rasch gemustert: Graue halbhohe Wanderschuhe. Graue, hochwasserführende Breitcordhose. Graue, abgewetzte, grobe Lederjacke. Darunter ein graues Sweatshirt. Graues, mächtiges Brillengestell mit dicken Gläsern. Dazu buschige Elvis-Koteletten, ein Schnauzer a la Chaplin, solch üppige Augenbrauen wie der Bundesfinanzminister und ein perfekter Kurzhaarschnitt mit linear gezogenem Seitenscheitel. In einer Hand ein zusammengefalteter Knirps. In der anderen eine Herrenhandtasche. Selbstredend ebenfalls alles in den *lebensbejahenden* Farbtönen des Spektrums »grau«.

Wellers' Gegenüber tippelte noch immer. Bei diesem unruhigen Gezappel musste man unweigerlich den Eindruck gewinnen, dass der Graue entweder einen mächtigen Druck auf der Blase hatte, oder begierig darauf aus war, sein fundamentales Wissen endlich teilen zu können. »Wenn Sie was Wichtiges erledigen müssen, tun sie sich keinen Zwang an. So viel Zeit habe ich«, sagte der Hauptkommissar generös und deutete hin zu den nahen Büschen.« »Geht schon. Ich halte es noch eine Weile aus«, entgegnete der Mann, beendete schlagartig seine Herumtippelei und begann sofort, mit seinen wasserfallartigen Ausführungen: »Schön, schön, Herr Hauptkommissar Weller. Ich heiße, wie ihre junge Mitarbeiterin bereits erwähnte, Adolf Schröck, genauer gesagt, Adolf Maria Schröck. Fast jeden Morgen bin ich am Laacher See. Denn der Laacher See, genauer gesagt dessen Entstehung et cetera peepee, ist meine Domäne. Ja, Ja! Ich bin, müssen Sie wissen, nämlich hier am See, und da übertreibe ich keineswegs, der führende Experte beim Thema Vulkanologie. Und ja, und da bin ich sehr stolz drauf, ich war in dieser Eigenschaft sogar schon im Fernsehen. Bestimmt haben Sie die Sendung gesehen. Und wenn nicht, ich habe sie auf Video. Kann ich ihnen gerne kopieren! Ja, Ja! Hee Hee! Da gucken Sie! Nicht wahr nicht! Und wenn denn dann so etwas Ungeheuerliches passieren soll, das so tiefgreifend in die irdischen Strukturen des Sees eingreift wie solch ein schändliches Projekt, habe ich von Anfang an mit aller Vehemenz auf die enormen Risiken hingewiesen. Risiken, die diese ortsfremden Ignoranten überhaupt nicht umreißen können. Tja, Herr Hauptkommissar, doch ich kann es. Denn ich Adolf Maria Schröck besitze das Know-How, die Weitsicht und die Expertise. Aber, ...jetzt da die Dame mit ihren höchstverwerflichen Absichten tot ist, wird mit ihr vielleicht ja auch das ekelhafte Vorhaben ein für alle Mal zu Grabe getragen. Nicht wahr nicht. Ja, Ja, Hee, hee, so so.«

»So so, Herr Schröck,« nutzte Weller die Gelegenheit, als der redselige Dampfplauderer tatsächlich einmal nach Luft schnappte, »woher wissen Sie überhaupt von der Toten und deren Identität? Eine Pressemitteilung haben wir bis dato noch keine herausgegeben.« »Dafür braucht es keine Pressemitteilung, Herr Hauptkommissar. Nicht wahr nicht! Bei uns hier am Laacher See geht sowas Außergewöhnliches immer rum wie ein Lauffeuer. Mundpropaganda, lautet das Zauberwort! Sehen Sie, ich wohne mit Mechthild, meiner Frau, und unserem Sohn Dirk zwar zwei, drei Kilometer von hier entfernt, also auf den Laacher See Höhen, oben im Dörfchen Bell am Fuße des Gänsehalses. Doch glauben Sie mir, mein regionales Netzwerk ist dermaßen dicht und exquisit. Daher weiß ich ganz schnell Bescheid, wenn es besondere Neuigkeiten am und um den Laacher See gibt. Insbesondere wenn es meine Domäne betrifft!« »Ist das so?«, entgegnete Weller etwas unwirsch. Er wusste nun, warum seine uniformierte Kollegin vorhin ihre Augen genervt verdreht hatte. Denn auch ihm ging dieser Experte, schon nach kurzer Zeit mit seinem egozentrischen Getue mittelmäßig auf den Sack. Und obwohl Weller ebenfalls danach gewesen wäre, seine Augen zu verdrehen, ließ er sich von seinem aktuellen Gefühlszustand nichts anmerken. Dass sich der routinierte Ermittler zwang, eine gewisse Diplomatie an den Tag zu legen, hatte zwei Gründe. Der Erste war schlicht und ergreifend, dass sich der Beller bisher fast ausschließlich selbst beweihräuchert hatte und die angekündigten wichtigen Informationen nach Wellers Meinung noch fehlten. Außerdem, um auf den zweiten Grund zu kommen, schien Schröck nicht so clever und gewieft zu sein, wie er sich höchstwahrscheinlich selbst sah. Denn durch seine hartnäckige Ablehnung der möglichen Campingplatzumgestaltung hatte sich der Vulkanologe bewusst oder unbewusst in den Kreis der möglichen Täter gerückt und dem Hauptkommissar ein Motiv für das Tötungsdelikt präsentiert. »Also. So weit zu Ihnen und Ihrem Sachverstand, Herr Schröck. Ich finde es stets nützlich, einen solch erwiesenen Fachmann wie Sie es zweifelsfrei einer sind, in der Hinterhand zu haben. Und bei Bedarf komme ich natürlich gerne auf Ihre hochgeschätzte Expertise zurück. Doch, war es das, was Sie mir so Wichtiges sagen wollten, oder haben Sie noch mehr in petto?«, bohrte der Kripomann jovial nach und warf absichtlich einen Blick auf seine Armbanduhr. Bewusst hielt er die Konfrontation Adolf Marias mit dem offensichtlichen Motiv inklusive der Frage nach dessen Alibi für den geschätzten Tatzeitraum zurück. Noch!

»Sie haben es eilig. Nicht wahr nicht. Verstehe ich. Verstehe ich. Als leitender Ermittler ist man schließlich immer und überall gefordert. Nicht wahr nicht.« antwortete Schröck hektisch. Ohne dass er das prompte, jedoch betont ruhige und langgezogene »Ja« des Kripobeamten überhaupt registriert hatte, stieß der Beller Experte nun eine solch enorme Wortfontäne aus seinem Munde hervor, welcher der Intensität des Wasserausstoßes des Andernacher Kaltwasser-Geysirs wahrlich zur Ehre gereicht hätte: »Ich warne und mahne: Betrachtet die Mofetten! Betrachtet die Mofetten! Das Verhalten der Mofetten sendet uns untrügliche Zeichen! Untrügliche! Jeder, und ich betone *jeder* auch noch so kleine Eingriff ins geologische Gleichgewicht des Laacher Sees kann schwerwiegende Folgen haben! Schwerwiegende!« »Mofetten? Was bitteschön sind denn Mofetten?«, fragte Weller nach, da ihm dieser Begriff rein gar nichts sagte. »Entschuldigung, das können Sie natürlich nicht wissen«, entgegnete sein graues Gegenüber und legte belehrend nach: »*Mofette* ist die wissenschaftliche

Bezeichnung für einen CO2-, also Kohlendioxid-Austritt. Dieser Austritt kann auch Spuren von Schwefel und Methan enthalten. Aber, und das ist hier der entscheidende Punkt, Herr Hauptkommissar, Mofetten sind untrügliche Zeichen für aktiven Vulkanismus! Quasi die Vorboten einer Eruption! Ja, Ja. Hee Hee. So So! Nicht wahr nicht!« »Aktiver Vulkanismus? Vorboten? Mofetten? Herr Schröck, wollen Sie etwa behaupten, dass der Laacher See in Kürze ausbrechen wird? Und wenn ich Sie richtig verstanden habe, ist Ihre Befürchtung darin begründet, dass die geplanten Umbaumaßnahmen des Campingplatzes das geologische Gleichgewicht des Sees ins Wanken bringen und dadurch den Vulkanausbruch forcieren, oder? Und wenn wir schon mal dabei sind, wo findet man diese mysteriösen Mofetten überhaupt? Im Wasser? Oder an Land?« Weller wusste zwar, dass der Laacher See wie auch die Maare in der Dauner Gegend vulkanischen Ursprungs war, doch nie und nimmer hatte er damit gerechnet, dass hier eine baldige Eruption zu erwarten sei. Schließlich befand man sich mitten in Deutschland und nicht auf Sizilien. Entsprechend verwundert sah er den finster schauenden Vulkanologen an.

Dieser begann unvermittelt wieder mit seiner hibbeligen Tippelei. Vermutlich stand auch seine Blase kurz vor einer gewaltigen Eruption, mutmaßte der Hauptkommissar. Er zwinkerte Polizeimeisteranwärterin Anja Scherer zu, die den Dialog der beiden Männer gespannt verfolgte. Mit einer gewissen aufgeregten Betriebsamkeit in der Stimme antwortete Adolf Schröck: »Mofetten findet man am Südostufer des Sees. Dort steigen zahlreiche CO2-Blasen im Wasser auf und man nimmt, je nachdem wie der Wind steht, einen leichten Schwefelgeruch wahr.« »Es stinkt also nach faulen Eiern.« »So könnte man das Phänomen laienhaft beschreiben, Herr Weller«, bestätigte der Experte schmunzelnd und erklärte weiter: »Laacher See-Mönche hatten früher am Ostufer mal ein

Wohnhaus. Aber sie sind gestorben. Alle. Wie man heute annimmt, an einer CO2-Vergiftung. Deswegen, Herr Weller, unser Laacher See Vulkan hier ist nicht erloschen. Keineswegs! Vielmehr ist das Gegenteil der Fall! Nein, nein. Der Vulkan schläft nur! Nicht wahr nicht.« Adolf Schröck unterbrach seine nervöse Herumtippelei. Er drehte dem Kripobeamten den Rücken zu und breitete die Arme weit aus, als wollte er den kompletten See umfassen. In der einen Hand der zusammengefaltete Knirps. Am Handgelenk der anderen baumelte die graue Herrenhandtasche. Mit fast schon orakelhafter Stimme sprach er weiter: »Der entscheidende Vulkanausbruch, quasi der Ursprung von allem, was wir heute hier sehen, fand höchstwahrscheinlich im Jahre 10.930 vor Christus statt. Ob es nun noch weitere zehntausend Jahre dauert bis zum nächsten Ausbruch oder nur hundert, oder ob es vielleicht schon morgen so weit ist, das ist ungewiss.« Dann drehte sich Schröck wieder um, und begleitet von theatralischen Grimmassen und ungelenken Verrenkungen des Leibes, schrie er laut kreischend, dass sogar ein Stockentenpaar verschreckt aufflatterte: »Brodeln! Grollen! Donner! Ausbrüche gigantischen Ausmaßes! Aschewolken bis weit hoch in die Stratosphäre! Mächtige Explosionen und Eruptionen! Heißes Magma! Heißes Magma! Luft, vergiftete Luft! Tödlich! Absolut tödlich!« Im Zuge dieses emotionalen Gefühlsausbruchs verstieg sich Adolf Schröck mehr und mehr in seine Passion. So wie bei Fastnachtsumzügen reichlich Kamelle geschmissen wurden, warf er jetzt mit vulkanologischen Fachbegriffen nur so um sich. Dass der Laacher See kein Maar, sondern eine Caldera sei. Auch dass der Laacher See neben dem benachbarten Wehrer Kessel die größte Caldera in der gesamten Eifel ist und überhaupt die einzige wassergefüllte in ganz Mitteleuropa. Es bei Vulkanausbrüchen eine plinianische Hauptphase gäbe, welche von phreatomagmatischen Explosionen eingeleitet und auch beendet würden. Und dass der höchst schwefelreiche Laacher See-Ausbruch als Auslöser der Klimaanomalie der jüngeren Dryas-Kaltzeit unter Fachleuten wie er einer ist, heftig diskutiert würde. Unmengen an Lava-Krotzen, Basaltgestein, Bims und Tuff, die Wingertsbergwand und so weiter und so weiter.

Fritz Weller und Anja Scherer warfen sich, während Adolf Marias Worthagel auf sie herniederprasselte, einen kurzen fragenden Blick zu und widmeten sich anschließend wieder dem Experten. Dieser sprudelte noch ein paar Sekunden munter vor sich hin, bis dem Hauptkommissar das überbordende Fachchinesisch schließlich zu bunt wurde. »Danke! Das genügt!«, fuhr er Schröck vehement in die Parade und spielte in seinen Joker aus. »Wo waren Sie denn die vergangenen zehn bis fünfzehn Stunden? Zufällig am Laacher See? Sorry, sind reine Routinefragen.«

»Was denken Sie nur von mir? Ich, Adolf Maria Schröck bringe doch niemand um! Ich will doch nur helfen!«, erboste sich der Vulkanexperte aufgrund der dreisten Nachfrage des Beamten. Der Beller sah in diesem Moment aus, wie ein begossener grauer Pudel mit Elvis-Koteletten und Chaplin-Schnäuzer. Er hielt kurz inne und grübelte. Dann huschte ein erleichtertes Lächeln um seine Mundwinkel und voller Inbrunst posaunte Schröck dem unverschämten Kripo-Ermittler mit triumphierendem Unterton in der Stimme entgegen: »Ein Motiv. Ein Motiv. Ja meinetwegen, wenn Sie es so formulieren, dann könnte ich mit meiner strikten Ablehnung des unsäglichen Vorhabens wahrlich ein Motiv für die Tötung der Frau haben. Doch besitze ich daneben halt auch ein Alibi für den Zeitraum, den Sie mir eben nannten. Ein wasserdichtes, würde ich meinen. Denn gestern Abend, Herr Weller, zur fraglichen Zeit war ich mit meinen hochgeschätzten Vulkanologen-Kollegen, dem Ehepaar Dr. Raik und Dr. Anett Böse aus Burgbrohl bei einem vulkanologischen Symposium in Schalkenmehren. Und wir waren erst circa zwei Uhr in der Nacht zurück. Dafür gibt es Zeugen. Viele Zeugen!« Schröck öffnete seine Herrenhandtasche, zog einen zusammengefalteten Flyer der Veranstaltung »Tanz auf dem Vulkan – gestern, heute und morgen«, sowie eine Visitenkarte von sich und eine des Ehepaars Raik heraus und reichte die Dokumente dem Kripobeamten durchs geöffnete Seitenfenster in den Dienstwagen. »Für Ihre Nachforschungen. Können Sie behalten!«, zischte er gönnerhaft. »Danke sehr«, entgegnete Weller. Er nahm die Unterlagen an sich, warf einen flüchtigen Blick darauf und legte die Papierstücke auf den Beifahrersitz. Ohne dass er Schröck dazu aufgefordert hätte, brachte dieser unvermittelt einen weiteren Kandidaten ins Spiel, dem der Tod der Geschäftsfrau sicher mindestens genau so sehr zu Pass kam wie ihm: »Bevor sie mich wegen eines Verbrechens verdächtigen, das ich nicht begangen habe, würde ich an Ihrer Stelle einmal einen gewissen Gisbert Baum befragen. Denn er hat neulich lauthals getönt, dass er die alte Zicke am liebsten mit Betonschuhen im See versenken würde. Dann wäre ein für alle Mal Ruhe!« »So so. Was Sie nicht sagen«, zeigte sich der Hauptkommissar interessiert, »und warum bitteschön ist auch dieser Herr Gisbert Baum gegen das geplante Projekt und wo kann ich den Mann finden? Ist er auch ein Vulkanologe wie Sie?« »Gisbert? Ein Vulkanologe?«, lachte Schröck lauthals auf, »das Einzige was Gisbert an Vulkanischem interessiert ist das Vulkanbräu-Bier. Allerdings ist er gewiss auch eine Art Experte. Doch während ich mich mit wissenschaftlich fundierten Fakten auseinandersetze, ist seine Domäne bloß schiere Spinnerei. Legendenforscher, schimpft er sich. Und ganz besonders interessieren ihn die Legenden rund um den Laacher See und einen verschollenen Schatz. Aber, Herr Weller, das soll er Ihnen alles selbst erzählen. Tja, und finden tun Sie den Gisbert ganz sicher heute Abend punkt 18 Uhr drüben in Mendig in der Vulkanbrauerei. Denn immer Dienstagsabends kippt sich dieser *Forscher* dort einige Biere hinter die Binde und sinniert dabei wahrscheinlich über irgendwelche versunkenen Schätze im Laacher See. Lächerlich!« »Okay Herr Schröck, danke sehr für die Infos!«, nickte der Beamte. »Wars das? Denn so langsam müsste ich nun doch mal, na sie wissen schon …« wollte Adolf Maria vom Hauptkommissar wissen und warf einen verkniffenen Blick hin zum nahen Gebüsch. »Ja, fürs Erste wars das.« Schröck nickte, murmelte ein flüchtiges »Tschüss« und eilte um den Dienstwagen herum in Richtung der Böschung. »Und hinterher geben Sie bitte noch ihre Aussage meiner Kollegin Frau Scherer zu Protokoll, okay!«, rief Weller dem Flüchtenden nach. Dieser winkte zu Bestätigung und tauchte im dichten Gebüsch unter.

Just in diesem Augenblick begann es wieder zu regnen. »Und achten Sie auf die Mofetten! Die Mofetten! Nicht wahr nicht!«, tönte es flehend aus den Hecken. »Jaja, die Mofetten«, wiederholte Weller grinsend und wandte sich an seine uniformierte Kollegin: »Und lassen Sie sich von dem Knilch nicht mehr das ganze Fachchinesisch auftischen, sondern konzentrieren sich fürs Protokoll nur auf die wesentlichen Fakten. Okay, Polizeimeisteranwärterin Scherer?« »Geht klar, Herr Hauptkommissar«, entgegnete die Auszubildende schmunzelnd. Weller verabschiedete sich von Anja Scherer, kurbelte das Seitenfenster hoch und fuhr davon.

Ursprünglich hatte er zwar vorgehabt, der Umweltschützer-Künstler-Kommune einen unverzüglichen Besuch abzustatten. Doch da er inzwischen einen mächtigen Kohldampf schob, beschloss er, sich erstmal zu stärken, denn das an der Landstraße nach Nickenich gelegene Restaurant »Waldfrieden« war nicht weit entfernt.

Kapitel 11

Ungeachtet des tragischen Ereignisses am Campingplatz herrschte in den frühen Nachmittagsstunden wie üblich geschäftiges Treiben auf dem Gelände der an der südwestlichen Seite am Laacher See gelegenen Benediktinerabtei Maria Laach. Dem regnerischen Herbstwetter zum Trotz hatten auch heute wieder zahlreiche Interessierte den Weg zu einem der beliebtesten Ausflugsziele der östlichen Eifel gefunden. Entsprechend laut klingelte es unter anderem im Beutel, sprich in der Kasse des Parkticketverkaufs an der Zufahrt zum weitläufigen Parkplatzgelände unterhalb des Klosters. Es war unschwer anhand der Kennzeichen an den Omnibussen und PKW zu erkennen, dass neben wenigen Einheimischen die meisten Tagesgäste, wie häufig der Fall, aus Nordrhein-Westfalen und den Niederlanden hierhergekommen waren. Viele der Angereisten zog es selbstverständlich zunächst ins Highlight der Abtei: Der in romanischem Stil errichteten Klosterkirche mit ihren sechs Türmen und allem, was sonst noch zum imposanten Gotteshaus dazu gehörte, wie beispielsweise das als »Paradies«, bezeichnete Atrium, also jenen nahezu quadratischen Kirchenvorhof mit seinen offenen Arkaden, welche einen kleinen Garten mit plätscherndem Löwenbrunnen umgaben, inklusive des im 19. Jahrhundert restaurierten Kreuzganges. Im wunderschönen Inneren der Klosterkirche beeindruckten unter anderem die fabelhaften Mosaike an der Ostapsis. Zudem gab es eine mystisch anmutende Krypta, in welcher auch geheiratet werden konnte, eine Heirat natürlich nur von Mann und Frau. Das verstand sich von selbst …

Doch nicht nur die Freuden des gläubigen Geistes kamen in Maria Laach voll auf ihre Kosten, sondern auch jene des vergänglichen Leibes. Denn hier gab es außer den üblichen sakralen Devotionalien wie Christophorus-Anhängern und Co. noch vieles mehr, was des Touristen Herz und Magen begehrte. Und gestärkt nach einem Mahl im feudalen Restaurant, ließ es sich sowohl in der Kunst- und Buchhandlung, wie auch in der Gärtnerei sehr entspannt shoppen. Besonders die Gärtnerei, mit ihrem üppigen, floralen Portfolio stand in der Gunst der Besucher und speziell der Besucherinnen hoch im Kurs. Es gab Bäumchen, Sträucher, Stauden, Kräuter, Gräser und Blumen für draußen und drinnen. Dazu noch Obst, Gemüse und Hochprozentiges aus eigenem Anbau, beziehungsweise aus eigener Herstellung. Hi und da erlaubte sich die Kundschaft kleine Späße. So wurden die Leute hinter den Verkaufstheken zum Beispiel scherzhaft gefragt, ob die Blumenzwiebeln denn gesegnet seien, damit sie im Frühjahr auch schön blühen? War das Gärtnereipersonal gut drauf, entgegnete es mit einem vielsagenden Lächeln. Wenn nicht, dann nicht! So oder so.

Die Kundschaft von überall her wusste die gehobene Qualität der angebotenen Produkte aus klösterlichem Anbau sehr zu schätzen. Egal, wohin man blickte, sah man Menschen mit gefüllten Einkaufskörbchen. Und ein besonderer Renner zu dieser Jahreszeit, waren die Äpfel von den weitläufigen Plantagen, welche sich ebenfalls nur wenige hundert Meter vom Laacher See entfernt befanden.

Bruder Pierre brachte soeben mit der Schubkarre eine Ladung Äpfel der Sorte Jonagold in die Gärtnerei. Geschickt manövrierte er seine gesunde Fracht zwischen den seitlich aufgestellten Blumentopfregalen hindurch, hinein in den links befindlichen Teil des Verkaufsraums, wo Obst und Gemüse angeboten wurde. Der Klosterbruder hatte vorhin in der benachbarten kühlen Halle, in welcher alle geernteten Baumfrüchte lagerten, viele Plastiktüten zu je 1,5 Kilogramm mit den rotgelben Äpfeln befüllt. Minutiös setzte er die durchsichtigen Beutel nun einen nach dem anderen an ihren für Jonagold angestammtem Platz, zwischen Boskoop und Elstar, auf einer Europalette ab. Bruder Pierre, mit bürgerlichem Namen Pierre Claus Kirsten, lebte und arbeitete erst seit einem halben Jahr im Kloster Maria Laach. Er gehörte einer kleinen Gruppe von Laienbrüdern, auch Konversen genannt, an, die nur einfache Gelübde abgelegt hatten, keine Priesterweihe empfingen und in der Regel handwerkliche Aufgaben im Kloster erledigten. Ganz im Gegensatz zu den Patern, also den Priestern des Ordens. Nun verfügte Bruder Pierre nicht über eine handwerkliche Ausbildung. Doch mit Fleiß, Geschick und den weitreichenden Erfahrungen aus seinen einundfünfzig Lebensjahren, brachte er sich überall dort ein, wo man ihn hier im Kloster brauchte. Denn Arbeit gab es mehr als genug. Nicht nur in der Gärtnerei, den Plantagen, sondern auch in den Stallungen, wo Kühe, Schweine und Hühner untergebracht waren, oder in der klostereigenen Kunstschmiede. Und Pierres raue, kräftige Hände wussten, was harte Arbeit war. Anzupacken war ihnen weiß Gott nicht fremd. Alle, die hier in Maria Laach mit dem schweigsamen Bruder zu tun hatten, schätzten ihn aufgrund seiner Hilfsbereitschaft und Geschicklichkeit sehr. Oftmals so gewannen sie bald den Eindruck, verfügte der zwar recht große, doch gleichzeitig ziemlich hagere Mann, unter der dunkelbraunen Kutte über geheime Kräfte, rackerte er doch scheinbar mühelos von morgens früh bis abends spät.

Überhaupt war Bruder Pierre ein sehr bescheiden lebender Mitmensch. Sein ganzer Besitz passte in zwei verschrammte, beige Lederkoffer. In der schlichten Schlafkammer lag nur ein einziges ramponiertes Foto auf dem Nachtisch. In den Nachtstunden, wenn er nicht schlafen konnte, nahm er es oftmals in die Hand und ließ seine Fingerspitzen sanft und liebevoll darüber gleiten. Den einzigen Luxus, welchen er sich tatsächlich in seiner freien Zeit gönnte, war das tiefe Eintauchen in die Natur. Dabei genoss er das Alleinsein in vollen Zügen und sog die Stille, sofern diese nicht durch lautes Herumpalavere gestört wurde, wie ein trockener Schwamm das Wasser in sich auf. Im Übrigen verlor er bezüglich seines vorklösterlichen Lebens als Pierre Claus Kirsten kaum ein Wort. Als die anderen Brüder und Patres ihn zu Beginn seiner Anwesenheit im Kloster danach gefragt hatten, hatte er nachdenklich entgegnet, dass er viel, vielleicht zu viel in seinem Leben gesehen habe und er hier in Maria Laach nun endlich zur Ruhe kommen könne. Und er fügte mit einem freundlichen Lächeln hinzu, dass »Ora et Labora« nun sein Credo wäre. Mehr erfuhren die Ordenskollegen nicht. Auch verzichteten sie darauf, weiter nachzubohren, was sowieso zwecklos gewesen wäre, denn der glasklare Blick Bruder Pierres aus seinen tiefliegenden, stahlblauen Augen heraus, begleitet von leichtem Absenken der Mundwinkel über dem energischen Kinn, verhieß nur eines: Amen, Ende der Auskunft.

Kapitel 12

Kurz vor 15 Uhr an diesem trüben Oktober-Dienstag. Noch immer war der Himmel wolkenverhangen. Irgendwie hatte man zwangsläufig den Eindruck, dass es verdammt nochmal heute überhaupt nicht richtig hell geworden war. Und in drei, vier Stündchen würde die Sonne, aus welchem Allerwertesten sie auch gerade scheinen mochte, irgendwo im Westen hinter einem der höchsten Berge der Gegend, dem »Hochsimmer«, wieder die Biege machen. Kommissarin Anette Eckstein und Polizeihauptwachtmeister Jörg Zeitvogel befanden sich nur wenige Autominuten vom Laacher See entfernt in Mendig, genauer in Niedermendig, dem größeren der beiden Stadtteile. Und hier in einem dreigeschossigen Basaltsteingebäude aus den frühen 1930ern, welches im oberen Bereich der Bahnstraße lag. Darin befanden sich neben einer Versicherung im zweiten und einer Mietwohnung im dritten Stock, im Erdgeschoss sowie in der ersten Etage die Büros der »Wohlfühlen am Laacher See GmbH«. Wie mit Hauptkommissar Weller abgestimmt, hatten sich die junge Kripobeamtin und ihr uniformierter Kollege bei der Belegschaft umgehört. Dabei war es darum gegangen, sich erste Eindrücke zu verschaffen, wie das Ableben der Geschäftsführerin von den Leuten aufgenommen wurde, beziehungsweise wie sie auf ihren Tod reagierten. Zudem würde es interessant sein zu erfahren, wie Ute Marx als Mensch und als Chefin den Mitarbeitern gegenüber aufgetreten war. Und, ganz wichtig, ob jemand unter ihnen war, der oder die, aus welchem Grund auch immer, einen Groll auf die Tote gehegt hatte.

Idealerweise wäre neben allen Beschäftigten und Geschäftsführer Knut Marx auch die graue Eminenz, der britische Investor Allister Fitzroy, bei ihrer Stippvisite zugegen gewesen. Sehr auffällig war dabei wie sich Marx` Auftreten geändert hatte. So zeigte er sich unerwartet umgänglich. Keine Spur mehr von seinem chauvinistischen Großkotzgehabe, mit welchem er vormittags am Laacher See die Kripobeamten *beglückt* hatte. Fast schon fürsorglich hatte der Geschäftsmann veranlasst, dass die Gespräche mit der Belegschaft im Besprechungszimmer der Firma durchgeführt werden konnten. Betont höflich wurde Frau Heuft, sie war die Assistentin der Geschäftsleitung, von ihm gebeten, dass sie Kommissarin Eckstein und ihren Kollegen Zeitvogel doch bitte frischen Kaffee und Plätzchen bringen möge. Und mit den Worten, »wenn sie mich brauchen, ich bin in meinem Büro«, hatte sich der rothaarige Vollbartträger schließlich verdrückt. Die junge Kriminalbeamtin war sehr erstaunt von Marx` Wandlung vom Saulus zum Paulus. Sie nahm an, dass nun doch die Trauer wegen des Verlustes seiner Gattin die Oberhand gewonnen hatte.

Wie zuvor untereinander abgestimmt, hatte der Polizeihauptwachtmeister die Beschäftigten der WaLS GmbH, es waren inklusive Mister Allister Fitzroy insgesamt dreizehn Personen, der Reihe nach für ein kurzes Einzelgespräch mit Kommissarin Eckstein in den Besprechungsraum geleitet. Und während sich seine Kollegin mit den Leuten unterhielt, nahm der Uniformierte alle Aussagen entsprechend zu Protokoll. Wie schon fast zu erwarten gewesen war, verliefen die Gespräche bis auf wenige Ausnahmen alle gleich. Die Leute sagten unisono aus, wie geschockt sie doch waren, nachdem ein sichtlich niedergeschlagener Knut Marx sie nach seiner Rückkehr vom Campingplatzgelände zusammengetrommelt und bezüglich des tragischen Geschehnisses in Kenntnis gesetzt hatte. Entsprechend bestürzt wegen des plötzlichen und völlig unerwarteten Todes der agilen Geschäftsführerin äußerten sich ausnahmslos alle in den Gesprächen mit der Kripobeamtin. Und keiner redete schlecht über die Verblichene. Nur dass sie halt viel verlangte, dafür jedoch gute Gehälter zahlte. »Zuckerbrot und Peitsche«, ließ eine Mitarbeiterin beiläufig fallen. Viele äußerten ihre Befürchtungen, ob und wie es ohne Ute Marx als treibende Kraft, überhaupt mit der WaLS GmbH und dem Laacher See-Projekt weitergehen würde. Befragt danach, ob die Tote »Feinde« gehabt hatte, fiel vereinzelt der Name eines ehemaligen Mitarbeiters. Denn diesem, einem gewissen Christof Henkel, sei vor Kurzem gekündigt worden. Der Grund: Mangelnde Leistungsbereitschaft! Im Klartext: Henkel war ein stinkfauler Strunk! Jedenfalls sei dessen Abgang alles andere als geräuschlos über die Bühne gegangen. Alle hatten mitbekommen, wie Henkel wütend die Bürotür zudonnerte und der Geschäftsführerin, weil sie seine Entlassung forcierte, unverhohlen drohte. Dabei habe er laut gebrüllt, dass man so nicht mit ihm umspringen könne. Nicht mit ihm! Er würde sich das nicht gefallen lassen! Er nicht! Und dass es dem Miststück, gemeint war Ute Marx, noch sehr leid tun würde, ihn rausgeschmissen zu haben! Sehr leid!

Ansonsten schien niemand aus dem aktuellen Mitarbeiterkreis ein Motiv oder einen triftigen Grund gehabt zu haben, die Chefin arglistig dahin zu meucheln. Zudem drängte sich den Beamten keine der befragten Personen weder durch besondere Schwimm- beziehungsweise Tauchfähigkeiten, noch durch das Fehlen der beiden kleinen Zehen des linken Fußes auf. Auch ließ sich niemand von ihnen zu unbedachten Äußerungen beziehungsweise verdächtigem Verhalten hinreißen. Vorausgesetzt die genannten Alibis hielten der Überprüfung stand, konnte die Belegschaft der WaLS GmbH also von der Liste der möglichen Täter oder Täterinnen gestrichen werden. Zumindest für den Moment.

Ähnlich wie mit den Beschäftigten verlief das Gespräch mit dem britischen Investor Allister Fitzroy, doch offenbarte die Unterhaltung mit dem Tweed-Sakko-Träger auch große Unterschiede. Und diese Unterschiede ließ die emotionale Gefühlslage der beiden Beamten eine schiere Achterbahnfahrt vollführen. Denn die Befragung Mister Fitzroys startete zunächst widererwartend humorig. So mussten sowohl Anette Eckstein als auch Jörg Zeitvogel ein wenig schmunzeln, als sich ihnen der Dreiundsiebzigjährige britisch höflich vorgestellt hatte. Glich Marx` Geschäftspartner von seinem äußeren Erscheinungsbild her doch dem menschgewordenen, feuchten Traum deutscher Hausfrauen: Roger Whittaker. Aber im Gegensatz zum weltbekannten Sänger trällerte Allister weder »Albany« noch sonst einen Song aus dessen Repertoire. Vielmehr erinnerte seine Art, sich zu artikulieren, stark an Mister Pumpernickel, Chris Howland, der unter anderem in fünf Karl May-Filmen Anfang bis Mitte der 1960er Jahre in lustige Rollen geschlüpft war. Doch als Mister Fitzroy in hervorragendem Deutsch mit typisch englischem Akzent in gesenkter Stimme davon berichtete, dass er Ute schon als kleines Kind gekannt hatte, musste er weinen. Mit einem leisen »Sorry« entschuldigte er sich nach wenigen Sekunden für seine Tränen. Der ergreifende Anblick des alten Mannes bescherte Anette und Jörg einen gewaltigen Kloß im Hals. Während der Brite die Brille absetzte und seine Augen mit einem grün-beige karierten Stofftaschentuch trocknete, erzählte er spürbar angefasst davon, dass ihre Eltern und er sehr gute Freunde waren. Und als Ute ihn fragte, ob er sich finanziell am Campingplatz-Projekt beteiligen würde, habe er natürlich sofort zugesagt.

Danach hatte sich Allister Fitzroy geräuspert, die Brille wieder aufgesetzt und mit nun wieder festerer Stimme hinzugefügt, dass er den Laacher See wirklich sehr gut kenne. Häufig sei er schon dort gewesen. Das erste Mal sei schon sehr lange her. Im Juni 1945, kurz nach dem Krieg war es gewesen. Und bei diesem ersten Besuch habe er sich einfach unsterblich in die Landschaft verliebt. Zum Ende ihrer Unterhaltung hatte der Veteran ein wenig in seinen Kriegs- beziehungsweise Nachkriegserinnerungen geschwelgt. Auf die Kriminalkommissarin und den Polizeihauptwachtmeister machte er währenddessen, obwohl er kurz zuvor noch getrauert hatte, einen zunehmend beseelten Eindruck. Zuerst erzählte er noch recht bedächtig, dass er Funker bei der Royal Air Force gewesen war, und der Zweite Weltkrieg natürlich für alle Menschen, egal ob Briten, Deutsche und so weiter, eine sehr, sehr schlimme Zeit gewesen war. Dass als kleine *Andenken* daran im Laacher See mindestens zwei, wenn nicht noch mehr Halifax-Bomber liegen würden, wäre ja hinlänglich bekannt. Und eine der abgestürzten Maschinen hatte man noch einige Jahre nach dem Krieg sehen können. Die Kinder dieser Gegend seien sorglos darauf herumgeklettert, solange bis die Halifax schließlich komplett im See versunken war. Der Platz des Untergangs dieser Maschine würde übrigens ungefähr in der Nähe der heutigen Bootsvermietung liegen. Dann hatte der ehemalige Royal Air Force-Funker eine gedankliche Pause eingelegt und verhalten gelächelt, um seine Erzählungen kurz darauf fast schon euphorisch fortzusetzen: »Als Fracht hatten die Flugzeuge natürlich Bomben und Munition an Bord gehabt, für den Krieg gegen Nazi-Deutschland. Doch gab es in unseren Reihen welche, die erfahren haben wollten, dass in einer der Maschinen noch eine andere, sehr viel wertvollere Fracht gewesen war. Ja! Es machte die Runde, dass Teile des prächtigen Bernsteinzimmers in schweren Metallkisten nach England geflogen werden sollten. Diese dort jedoch nie ankamen. Glaubt man den Gerüchten, wurde dieses bestimmte Flugzeug von der Flak vom Himmel geholt und stürzte brennend und heulend in den Laacher See. Doch wie es so ist: Echte Beweise, dass es so war, gab und gibt es keine. Es sind alles nur Vermutungen. Und fragen kann man auch keinen mehr. Denn die paar Leute unserer Royal Air Force, die es vielleicht hätten wissen können, sind schon lange tot.«

»Nun, Mister Fitzroy? Was ist *Ihre* Meinung? Glauben Sie, dass im Laacher See tatsächlich Teile des Bernsteinzimmers herumliegen? Ich dachte, es sei in den Kriegswirren verschollen, oder wurde zerstört, oder befände sich irgendwo in Russland«, staunte Anette Eckstein aufgrund dieser gar abenteuerlichen Spekulation wie sie fand, nicht schlecht. Es war unschwer zu sehen, wie sehr den Alten jene höchst fragwürdige Variante bezüglich des Bernsteinzimmer-Schicksals wohl zu faszinieren schien. »Na, was soll ich sagen. Gut möglich dass es nur eine Spinnerei von besoffenen Soldaten war, die einfach zu viel Scotch und Bier getrunken hatten«, entgegnete Allister Fitzroy schmunzelnd und legte augenzwinkernd nach, »doch, Frau Kommissarin, wie es halt bei solchen Gerüchten ist, ein kleiner Funke Wahrheit steckt meistens drin. Und wenn nicht, so ist es zumindest ein spannendes Märchen.«

Unmittelbar nach dem Abschluss aller Gespräche mit der Belegschaft verabschiedeten sich Eckstein und Zeitvogel beim Geschäftsführer bis auf Weiteres. Dabei bekundeten beide noch einmal ihr aufrichtiges Beileid. Knut Marx bedankte sich leise für die Anteilnahme, sagte ansonsten jedoch nichts mehr zu ihnen. Wortlos und gedanklich die nächsten Ermittlungsschritte durchspielend, stiefelten die beiden von der ersten Etage die hellen Granitstufen des kühlen Treppenhauses hinab zur im Erdgeschoss befindlichen Ausgangstür. Der Polizeihauptwachtmeister, quasi im Stile eines Kavaliers alter Schule, hatte die Hand schon am Türgriff, als sie Schritte vernahmen, welche sich ihnen rasch von oben näherten. Sie bemerkten, das sich jene Person, höchstwahrscheinlich war es eine Sie, da die markanten Klackgeräusche auf das Tragen von Pumps oder sonstigen *hohen Hacken* schließen ließen, trotz der offenbaren Eile bemühte, sachte aufzutreten. Die Zwei drehten sich um und schauten, wer ihnen folgte. Es war die Assistentin der WaLS GmbH-Geschäftsleitung, Claudia Heuft. Noch von der Treppe aus winkte ihnen die adrette Frau im dunkelblauen Business-Kostüm auffordernd zu, dass sie bitte stehen bleiben sollten. »Ist Ihnen noch was eingefallen Frau Heuft?«, antwortete Kommissarin Eckstein mit leicht erhobener Stimme, da sie die nonverbale Bitte erkannt hatte. »Pssst! Bitte leise, um Gotteswillen!«, flehte die blonde Assistentin mit gedämpfter Stimme. Sie legte fix den rechten Zeigefinger auf ihre Lippen. »Na, und?«, kam die Kriminalbeamtin dem Wunsch nach, »was haben Sie denn noch für uns?« Schon während der Befragung vorhin hatte die Kommissarin den Eindruck gehabt, dass der zierlichen Mittdreißigerin zwar etwas unter den feuerrot lackierten Nägeln brannte, sie aber mit sich rang, ob sie sich mitteilen sollte, oder besser nicht. Claudia Heuft war von ihrem spontanen Sprint durchs Treppenhaus leicht außer Atem. Dicht bei Eckstein und Zeitvogel stehend, schnaufte sie zunächst einmal ordentlich durch, kam dann jedoch ohne Umschweife zur Sache. Die Assistentin sah die Beamten aufgrund ihrer geringeren Körpergröße mit leicht in den Nacken gelegtem Kopf an und sagte leise: »Neulich abends ist mir zufällig etwas aufgefallen.« Wie auch im weiteren Verlauf ihrer kurzen Unterhaltung unterbrach Frau Heuft nun für wenige Augenblicke ihren Bericht und schaute sich dabei verstohlen um. Sie wollte unbedingt auf Nummer sicher gehen, dass bloß niemand mitbekam, worüber sie mit der Polizei sprach. »Und was ist Ihnen aufgefallen?«, hakte eine hellhörig gewordene Kommissarin sofort nach. Begleitet von einer eindeutigen Handbewegung drängte sie die zögerlich wirkende Frau, doch bitte zu Potte zu kommen. Es war eine unmissverständliche Geste … »Frau Kommissarin, Sie müssen mir aber unbedingt versprechen, niemandem gegenüber zu erwähnen, dass Sie diese Informationen von mir haben.« »Je nachdem, wie wichtig *Ihre* Informationen für *unsere* Mordermittlungen sind, kann ich Ihnen *das* auf gar keinen Fall versprechen, Frau Heuft. Aber ich werde mit dem nötigen Fingerspitzengefühl vorgehen, okay!« »Hmm, nicht versprechen …«, murmelte die Assistentin zögerlich. Sie starrte suchend vor sich auf den Fußboden als erhoffte sie in den verspielten Grautönen der Fliesen eine zufriedenstellende Antwort zu entdecken, welche ihre Bedenken wegwischte.

In diesen Sekunden des Zauderns ackerte ihr Hirn dermaßen angestrengt, dass die Funken nur so stoben, galt es doch rasch, die Sachlage abzuwägen beziehungsweise mögliche Risiken, welche mit ihrer Aussage einher gehen konnten, zu berücksichtigen. Hatte sie zu Beginn ihrer Grübelei noch flach und hektisch geatmet, zwang sie sich nun zu einigen tiefen Atemzügen. Diese einfache Technik des Luftholens half Claudia Heuft tatsächlich, ihre nervöse Anspannung in den Griff zu bekommen. Schließlich schaute sie wieder auf und stimmte der jungen Kriminalbeamtin mit einem schüchternen Nicken leise zu: »Ja okay, sicher. Ich vertraue Ihnen … und früher, oder später kommt es vielleicht eh raus.« Für Kommissarin Eckstein war der innere Kampf, den die zierliche Frau geführt hatte um sich zu ihrer Aussage durchzuringen, förmlich zum Greifen gewesen. »Gut so, Frau Heuft. Nun, wir hören …«, entgegnete die Polizistin deshalb in ruhigem Tonfall und sah ihre Gegenüber mit einem aufmunternden Lächeln an. Prompt fuhr die Mitarbeiterin der WaLS GmbH nun mit merklich festerer Stimme in ihrer Aussage fort: »Es war vor ungefähr 14 Tagen, am Montag den 30. September. Um 19 Uhr hatte ich endlich Feierabend und war auf dem Heimweg nach Andernach. Und gerade wie ich die ersten Häuser der Stadt passiere, fiel mir ein, dass ich Dussel doch das Geburtstagsgeschenk für Ralf, meinen Freund, im Büro vergessen hatte. Ralf wurde nämlich am 30. September, 37 Jahre alt. Daher kann ich mich auch so gut an das Datum erinnern.« »Okay, herzlichen Glückwunsch nachträglich an Ihren Freund«, kommentierte Anette Eckstein mit einer Portion Ironie und spielte ihrer Gesprächspartnerin den Ball direkt zurück: »Dann haben sie umgedreht und sind zurück nach Mendig in die Firma gefahren, um das Geschenk zu holen, nicht wahr?« »Ja, genau! Jedenfalls war ich gegen Viertel vor Acht wieder hier. Und bis auf das Auto der Chefin war der Parkplatz leer. Das war jetzt auch nichts Außergewöhnliches, weil Frau Marx häufig noch bis spät am Abend entweder im Wohnwagen am Laacher See, oder hier in ihrem Büro arbeitete. Na ja, jedenfalls bin ich schnell hinein ins Gebäude und hoch in den ersten Stock, wo mein Büro ist. Frau Marx` Büro liegt übrigens schräg gegenüber von meinem. Deren Bürotür war an jenem Abend nur angelehnt und so konnte ich ihre Stimme hören. Zuerst nahm ich an, dass sie telefoniert. Doch die Geräusche, die dann aus ihrem Büro kamen, hörten sich sicher nicht nach einem Telefonat an. Nein, nein, es ging auf einmal mächtig zur Sache. Denn sie war nicht allein im Zimmer. Ihr Ehemann konnte es aber nicht sein, der bei ihr war. Denn Herr Marx war Ende September in England zu Besuch bei Mister Fitzroy. Außerdem hätte ich die Stimme des Chefs direkt erkannt. Nein, ein Fremder war bei ihr. Eigentlich soll man über Tote ja nicht schlecht reden, aber die zwei trieben es schon ziemlich dolle in ihrem Büro. Sie waren so sehr miteinander beschäftigt, dass sie mich nicht bemerkten. Und da ich natürlich keine Spannerin bin, habe ich schnell das Geburtstagsgeschenk aus meinem Büro geholt und mich dann stiekum wieder verdrückt. Und jetzt ist die Chefin tot …«

Die Assistentin der Geschäftsleitung schnaufte ordentlich durch, nachdem sie ihre Schilderung von Ute Marx' Schäferstündchen vorgetragen hatte. Sie war einerseits erleichtert, andererseits noch immer verunsichert, was womöglich nun noch auf sie zukommen würde. Kommissarin Eckstein bedankte sich für ihre Aussage und fragte sie, ob Herr Marx etwas von diesen besonderen, abendlichen *Aktivitäten* seiner Frau gewusst haben könnte. »Also, das kann *ich* Ihnen beim besten Willen nicht sagen. Aufgefallen ist *mir* zumindest nichts«, entgegnete Claudia Heuft vehement kopfschüttelnd und mit in den Hüften gestützten Händen. Gewieft wie die junge Ermittlerin trotz ihrer geringen Berufserfahrung schon war, wies sie die Mitarbeiterin der WaLS GmbH daraufhin an, bitte hier bei Polizeihauptwachtmeister Zeitvogel zu bleiben. Solange bis sie wieder zurück wäre. Es würde sicher nur ein paar Minuten dauern. Dann eilte Kommissarin Eckstein durch das Treppenhaus hinauf in den ersten Stock. Hatte sie nun infolge der neuen Informationen doch nochmaligen Gesprächsbedarf mit Geschäftsführer Knut Marx.

Wie angekündigt war die Kriminalbeamtin nur wenige Minuten später wieder zurück bei ihrem uniformierten Kollegen und der angespannt wartenden Assistentin. »Frau Heuft, ich habe ihren Namen nicht erwähnt«, beruhigte die Kommissarin die nervös wirkende Informantin. Mit einem Dank für ihre Offenheit verabschiedeten sich Eckstein und Zeitvogel von der zierlichen, blonden Frau im dunkelblauen Business-Kostüm und wünschten ihr trotz alledem noch einen schönen Tag.

Sofort nachdem sie das Gebäude verlassen hatten, klärte die Kriminalbeamtin ihren Kollegen über den Hintergrund ihres zweiten Besuchs bei der WaLS GmbH auf. So habe sie vorhin fix die Gunst der Stunde genutzt, um Knut Marx auf einen möglichen Liebhaber seiner Frau anzusprechen. Dabei habe sie sich bei ihm selbstverständlich entschuldigt, dass sie ihn mit einer solch delikaten Nachfrage behelligen würde. »Und was hat er geantwortet?«, fragte der Uniformierte neugierig.

»Nicht viel. Nur dass Ute sicher keinen anderen gehabt habe. Er als ihr Ehemann hätte schließlich sofort gemerkt, wenn da irgendwas im Busch gewesen wäre. Ich verabschiedete mich daraufhin wieder von ihm und ging zur Tür. Dann allerdings passierte noch was sehr Seltsames. Denn Marx murmelte plötzlich vor sich hin, das sich für mich so anhörte wie ›andererseits, meine liebe Ute, war dir für ein gutes Geschäft schon immer jedes Mittel recht‹. Oder so ähnlich. Ob er nur gedankenlos vor sich hin laberte, oder ob er es völlig bewusst tat, war mir in dem Moment nicht klar. Jedenfalls drehte ich mich zu ihm um und auf meine Nachfrage hin, ob noch was wäre, winkte Marx bloß ab und schnitt eine genervte Grimasse.« Anette schmunzelte. »Was ist so lustig?«, fragte Jörg. »Ich kam mir vorhin ein bisschen vor wie der olle Columbo, wenn er mit seiner dauernden Fragerei den Verdächtigen aufs Ei geht.« »Okay, Frau Columbo«, entgegnete der Uniformierte mit einem schelmischen Grinsen um die Mundwinkel, »ist der Ehemann in unserm Fall denn verdächtig?« »Der Ehemann ist in solchen Fällen immer verdächtig, Herr Hauptwachtmeister«, konterte seine Kollegin betont oberlehrerhaft und zwinkerte ihm frech zu. »Ich freue mich übrigens sehr, dass wir beide zusammenarbeiten«, strahlte Jörg Anette von der Seite an und machte ihr spontan einen Vorschlag: »Was hältst du eigentlich davon, wenn wir nach Dienstschluss noch was trinken gehen. Ich kenne da ein nettes Lokal.« Sie erwiderte seinen Blick und antwortete mit dem Wissen, wie es nach ihrem letzten »lass uns noch was trinken gehen« endete: »Du meinst also, so ein bisschen über alte Zeiten quatschen und so weiter. Und hinterher vielleicht noch auf einen Kaffee bei dir oder mir und den Abend … ausklingen lassen? Na, mal sehen …« Wieder zeigte Anette ihren vielsagenden Augenaufschlag, der Jörg echt anmachte. Genauso wie damals vor einem halben Jahr.

Doch noch konnten sich die beiden längst nicht in ihren wohlverdienten Feierabend an diesem äußerst ereignisreichen Oktober-Dienstag verabschieden. galt es für sie doch, den ehemaligen WaLS GmbH-Mitarbeiter namens Christof Henkel aufgrund seines von wütenden Abgangs intensiv unter die Lupe zu nehmen. Wie sie im Rahmen der vorhin gelaufenen Befragungen erfahren hatten, lag dessen aktuelles Domizil am Rande des oberen Stadtteils in Richtung Erlenmühle. Also nicht weit entfernt. Da ihnen ihre Mägen trotz des gereichten Gebäcks und des Kaffees während der Gespräche mit den Mitarbeitern nun sprichwörtlich in den Kniekehlen hingen, kauften sie sich in der Metzgerei auf der anderen Straßenseite rasch was zum Kauen auf die Hand. Für Jörg ein belegtes Brötchen mit einer deftigen Scheibe warmer, hausgemachter Fleischwurst. Und für Anette eins mit jungem Gouda.

Als die Zwei mampfend im Dienstwagen saßen, wurden sie von der Leitstelle angefunkt. Man hatte neue Informationen für Kommissarin Eckstein bezüglich des Einbruchs ins Mayener Eifelmuseum. Genauer gesagt betrafen die Neuigkeiten zum einen den Gesundheitszustand des bewusstlosen Nachtwächters. Denn dessen Vitalwerte hatten sich in den letzten Stunden drastisch verschlechtert. Ob der verletzte Mann die kommende Nacht überlebte, wäre demnach höchst fraglich. Und zum anderen hatten es die Diebe laut der Museumsdirektorin in der Tat nur auf jenes mittelalterliche Schriftstück abgesehen gehabt, in welchem es sich schwerpunktmäßig um den Laacher See drehte. Es gäbe davon zwar Kopien, aber es seien halt nur Kopien und nicht das kulturgeschichtlich wertvolle Original. Die Dame habe extra betont, wie immens wichtig das Dokument doch für das Eifelmuseum sei und sie, gemeint war die Polizei, doch bitteschön alles daransetzen solle, das einzigartige Exponat wieder zu beschaffen. »Ist schon ein bisschen komisch«, grübelte Anette, »wir haben eine ermordete Frau, reichlich Leute, denen das Campingplatz-Projekt gewaltig stinkt, und ein gestohlenes, mittelalterliches Dokument. Und bei allem geht es um den Laacher See. Hmm, was meinst du, Jörg? Zufall? Oder hängt das alles zusammen?« »Gute Frage! Vielleicht bringt uns Henkels Befragung weiter.« »Stimmt. Oder der verletzte Wachmann wenn er ansprechbar ist und sofern er nicht vorher stirbt.« »Und ich glaube, es schadet auch nicht, wenn wir wissen, worum genau es in der alten Aufzeichnung geht.« »So sehe ich es auch, Herr Hauptwachtmeister«, nickte Anette ihrem Kollegen zu. »Ob dein Partner bereits neue Erkenntnisse aufgetan hat?«, antwortete Zeitvogel mit einer Gegenfrage. »Könnte sein. Na, ich schätze, Fritz meldet sich schon, wenn er was hat, oder will.«

Kapitel 13

Ungefähr zur selben Zeit stellte besagter Kollege seinen Dienstwagen auf dem nahezu leeren Parkplatz vor dem geschlossenen Mendiger Freibad ab. Fritz fühlte sich etwas träge. Ein Umstand, der höchstwahrscheinlich daran lag, dass er zuvor im Restaurant »Waldfrieden« in aller Seelenruhe ein ziemlich üppiges und verdammt leckeres Mittagsmahl genossen hatte. Eine Tomatensuppe mit Sahnehäubchen als Vorspeise. Der Hauptgang ein perfektes, da pikantes, Balkanschnitzel mit reichlich Kroketten und riesigem, gemischtem Salat. Und zum Nachtisch, einen heißen Espresso mit weißem Mini-Schaumkuss. Als Begleitung einen halben Liter 1995er Spätburgunder trocken von der Ahr und, er war ja schließlich noch im Dienst, eine große Flasche Reginaris-Wasser. Und da er nach dem Mahl offenbar bei der netten Küchenchefin den Eindruck erweckt hatte, noch nicht satt zu sein, überredete die mütterliche Dame ihn noch zu einem wahnsinnigen Stück Schwarzwälder Kirschtorte. Warum Fritz beim Verzehr des Kuchens bloß an einen gewissen Sahne -Schlager von Udo Jürgens denken musste … gute Frage … Nicht zuletzt der reichhaltigen Mahlzeit wegen nahm er sich vor, nach Feierabend, wann immer dieser auch sein würde, noch eine Stunde zu laufen. Die Straßen in seiner Heimatstadt Koblenz waren schließlich auch nachts beleuchtet.

Wie es der Zufall vorhin so wollte, hatte, als er seine Rechnung zahlte, am Nebentisch eine Gruppe Immobilienmakler Platz genommen, unüberhörbar über irgendwelche imposanten Rhein-Villen und deren horrende Kaufpreise palavernd. Unter ihnen war mit Winni Höttges auch ein guter Bekannter von Fritz, denn Winni war nicht nur ein langjähriger Wegbegleiter bei zahlreichen Volksläufen, sondern neuerdings auch sein

Immobilienmakler des Vertrauens in Punkto Haussuche für das Ehepaar Weller. In ihrem kurzen, doch nicht weniger freundschaftlichem Plausch über Gott, die Welt und die nächsten Rennen, berichtete Winni auch von einem sehr interessanten Objekt in Welling, welches er just am heutigen Morgen rein bekommen hatte. Da Hausgröße, Lage und veranschlagter Kaufpreis durchaus Wellers Vorstellungen entsprachen, vereinbarten die beiden direkt für 19:30 Uhr am selben Abend einen Besichtigungstermin. Außerdem war Welling nur vier, fünf Kilometer von Mendig entfernt und lag mehr oder weniger auf seinem Rückweg nach Koblenz, wenn er von Thür über Straßburg kommend, die Auffahrt Polch auf die A48 nehmen wollte.

Fritz Weller schlug den schmalen, leicht abgewetzten Kragen seiner schwarzen Lederjacke hoch und schaute bereits auf sein avisiertes Ziel, denn das Gelände des ehemaligen Bauernhofs grenzte rechterhand, nur getrennt durch einen mit wenigen Bäumen und Büschen bewachsenen niedrigen Erdwall sowie einem schmalen Bächlein, an den kopfsteingepflasterten Freibad-Parkplatz an. Also jenes einst landwirtschaftlich genutzte Gehöft, entstanden in Zeiten Kaiser Wilhelms II., in welchem heutzutage, wie Knut Marx am Vormittag herablassend gepoltert hatte, diese gewisse Ester Endress mit ihrer arbeitsscheuen Bagage herumlungerte. Weller fragte sich, ob er tatsächlich damit zu rechnen hatte, solch fragwürdige Subjekte in den Basaltsteingemäuern anzutreffen. So ein Haufen verkrachter Existenzen, die zwar offiziell vorgaben eine Künstlerkommune zu sein und die neuerdings auch Yoga-Kurse veranstalten würden, aber in der Realität bloß kiffende Schmierfinken waren. Oder gar aggressive Umwelt-Anarchisten, die militant das geplante Campingplatzprojekt torpedierten und dabei den Wohnwagen und die Autos der WaLS GmbH mit Farbbeuteln beworfen oder die Außenwände des Mendiger

Bürogebäudes mit hässlichen Parolen bepinselt hatten. »Wie hatte der Marx noch gleich getönt? Diesen *Künstlern* muss die Polizei, das heißt in dem Fall ich, auf die faulen Zähne fühlen! Na, okay, Herr Marx, dann mal danke für den Hinweis. Aber ob ich hier wirklich jemanden antreffe, der oder die zu einem heimtückischen Mord im Stande ist? Auf jeden Fall gibt es reichlich Projektgegner, soviel steht fest. Warum sollte also nicht jemand von denen …? Okay, Herr Hauptkommissar, dann los. Vielleicht bekommen Sie gleich tatsächlich einige Antworten auf ihre Fragen«, murmelte Weller leicht sarkastisch vor sich hin. Er war inzwischen sehr gespannt darauf, was oder wer ihn hier unweit der A61 am Rande Mendigs erwartete.

Höchst konzentriert und immer noch pappsatt trottete Weller gemächlichen Schrittes durch das offenstehende Tor in den menschenleeren ehemaligen Bauernhof. Aufgrund seines vollen Bauchs hoffte er inständig, dass ihm zumindest in der nächsten Stunde eine Verfolgungsjagd per Pedes erspart bliebe. Ansonsten, »Upps«, wäre die Gefahr recht groß, dass Schnitzel, Kroketten und Salat, garniert mit Schwarzwälder-Kirschtorte und in Begleitung des 1995er Spätburgunder trocken von der Ahr, inklusive der Tomatensuppe mit Sahnehäubchen ein spritziges Comeback feiern würden. Gerade im Begriff, am Haupthaus den Klingelknopf zu drücken, vernahm er plötzlich leises Stimmengewirr, welches dumpf aus dem rechts befindlichen, scheunenartigen Nebengebäude drang. Unmittelbar darauf öffnete sich die dunkelgrün gestrichene Holztür knarrend. Eine großgewachsene Frau in verwaschenen Blue-Jeans und leuchtend oranger Fleecejacke kam heraus und begrüßte ihn mit einem freundlichen Lächeln: »Guten Tag, mein Herr. Kann ich Ihnen helfen? Suchen Sie jemand bestimmtes?« »Kann man so sagen! Ich möchte gerne eine Frau Ester Endress sprechen«, entgegnete Weller in gleicher Art und Weise, während er galant seine Dienstmarke zückte. Die schlanke Frau mit den langen, weißgraumelierten Haaren kam näher, warf einen flüchtigen Blick darauf und antwortete gerade so, als wenn sie bereits mit seinem Erscheinen gerechnet hätte: »Soso, von der Polizei. Tja, ich würde sagen, sie haben Frau Ester Endress soeben gefunden. Sie dürfen auch gerne Essie zu mir sagen.« »Prima. Und ich bin Kriminalhauptkommissar Fritz Weller. Sie dürfen mich gerne Hauptkommissar Weller nennen. Ich ermittle im Mordfall Ute Marx und hätte ein paar Fragen an Sie, wenn Sie gestatten«, konterte der Ermittler schmunzelnd in James Bond-Manier und nannte ihr den Grund seiner Anwesenheit. Essies attraktive Erscheinung gefiel dem Koblenzer Kripobeamten zweifellos. Ihre Beine schienen endlos zu sein und von ihren Gesichtszügen her ähnelte sie dem US-amerikanischen Supermodel Cindy Crawford. Bloß ohne Muttermal über der Oberlippe und vom Typ her etwas spröder. Allerdings, und dass lag sicher an ihren grauen Haaren, wirkte Essie, obwohl sie es vielleicht gar nicht war, mindestens zehn Jahre älter als Cindy. Insgeheim genoss Weller ihren Anblick, blieb jedoch im Laufe ihrer weiteren Unterhaltung betont sachlich. Dabei vermied er es auch, die Frau mit dem kumpelhaften »Essie« anzusprechen, sondern verwendete stets die förmliche Anrede »Frau Endress«. Außerdem konnte ihm, und das war das Entscheidende, trotz des schönen Scheins, gerade eine eiskalte Mörderin gegenüberstehen. Dementsprechend war ein gewisses Quäntchen Obacht angebracht.

Es begann mal wieder zu regnen. Die Hofbewohnerin bat ihren Besucher ins Haus. Ohne dass der Hauptkommissar sie aufgefordert hatte, plauderte Essie zunächst munter aus dem Nähkästchen. Eine Haarsträhne locker zwischen Daumen und Zeigefinger der Linken zwirbelnd, erzählte die hübsche Frau davon, dass sie nach dem Abi Grafikdesign studiert habe und anschließend in einer großen Werbeagentur im Marketing beschäftigt gewesen sei, bis ihr Stress, Erfolgsdruck und Hektik vor gut drei Jahren zu viel geworden waren und sie den Job hingeschmissen hatte, und das außer weitläufigen Verwandten niemand ihrer Familie mehr leben würde. Jedenfalls habe sie als einziges Kind, nachdem auch ihre Mutter im Januar 1993 verstorben war, etwas Geld geerbt. Das Erbe plus der Abfindung, welche sie von ihrem früheren Arbeitgeber beim Ausstieg bekommen habe, genügten, um sich den Traum vom selbstbestimmten Leben mit eigenen Haus und Hof zu erfüllen. »Tja, und so bin ich schließlich hier in Mendig gelandet.« »Sie stammen also nicht aus dieser Gegend, Frau Endress?«, hakte Weller nachfragend ein. »Nein, aus Dortmund!«, winkte die Angesprochene mit einer leicht abwertenden Geste ab, »ich wollte raus aus dem Pott und irgendwohin aufs Land. Und da ich früher als Kind mit meinen Eltern ein paar Mal Camping-Urlaub am Laacher See und an der Mosel gemacht hatte, erinnerte ich mich an diese wunderschönen Landschaften und suchte dort nach einem passenden Haus mit großem Grundstück.« »Okay, verstehe. Und wie unterhalten Sie den Hof? Ich meine, sich solch ein altes Objekt zu kaufen ist das eine, doch wenn ich mich so umschaue, mussten Sie sicher auch gründlich renovieren. Strom- und Wasserleitungen, Heizung, Dach, und so weiter und so weiter. Und dann auch die laufenden Kosten nicht zu vergessen. Oder waren Erbe und Abfindung so üppig, dass sie die Ausgaben locker stemmen können, bis in alle Ewigkeit?« Fritz Weller als Haussuchender war aktuell ziemlich tief im Thema und wusste, welch böse und teure Überraschungen gerade alte Gemäuer in Petto haben konnten.

»Erbe, Abfindung und was Gespartes waren sicher ein schöner Grundstock. Aber nix, was ewig gereicht hätte. Nein, Nein«, schüttelte Essie mit einem süffisanten Grinsen den Kopf, »aber die Bank hat ja genug Geld, die geben einem gerne was davon ab. Und was die

Ausführung der absolut notwendigen Renovierungsarbeiten anbetraf, ich habe halt viele gute Freunde, die handwerklich sehr begabt sind, denn der Hof ist sicher ein Paradies für mich, aber halt auch über achtzig Jahre alt. Und es gab reichlich zu tun, bis es so war, wie ich es haben wollte. Die Vorbesitzerin, wie mir erzählt wurde, war ein echtes Mendiger Unikum, hat bis zu ihrem Tode hier gelebt. Bloß investierte die alte Dame kaum noch eine müde Mark ins Haus und den Hof. Okay, sie sorgte zumindest dafür, dass es nicht reinregnet. Aber viel mehr auch nicht. Und wie Sie eben schon richtig anmerkten, neue Gasheizung, neue Fenster, neue Stromleitungen, neue Badezimmer, neue Küche und noch vieles Neue mehr. Da kommt schon was zusammen. Tja, und wie finanziere ich den Hof? Ich sage es ihnen. Wir, dass sind mein indischer Lebensgefährte Ravi und ich, geben Mal-Unterricht. Zudem haben wir fünf Gästezimmer nebenan in der ausgebauten Scheune und einige Stellplätze für Wohnwagen und Wohnmobile auf der Wiese hinterm Haus, die wir vermieten. Manche Teilnehmer unserer Malkurse verknüpfen ihre Zeit hier bei uns mit einem Urlaub und bleiben oftmals zwei, drei Wochen. Manche nehmen sich eine Auszeit und sind für Monate bei uns. Und Krissi aus Bitterfeld ist quasi ständig hier, weil sie unsere Art des freien und zwanglosen Lebens cool findet. Sie und eigentlich alle unsere Gäste bringen sich nicht nur monetär ein, sondern helfen mit, wenn es was zu tun gibt. Oben im ersten Stock haben wir einen wunderschönen, gemütlichen Raum eingerichtet. Seit einem halben Jahr können wir nun endlich auch Yoga-Kurse geben, was mir ein großes Anliegen war. Und glauben Sie mir, unsere Yoga-Kurse haben echt eingeschlagen wie eine Bombe. Sie sind im Nu ausgebucht! Während sich beim Malen Männlein und Weiblein die Waage halten, werden die Yoga–Kurse hauptsächlich von Frauen belegt. Querbeet, von achtzehn bis achtzig.

Die meisten von ihnen kommen hier aus Mendig und Umgebung. Genervte Hausfrauen, gestresste Mitarbeiterinnen. Sogar die Ehefrauen des hiesigen Apothekers und des Mendiger Bürgermeisters sind unsere Stammkundinnen. Alle kommen sie zu uns auf der Suche nach Wärme, Wohlbefinden, Ruhe und um die Mühen des Alltags eine gewisse Zeit hinter sich zu lassen. Heute Abend um 20 Uhr findet übrigens der nächste Kurs statt. Ja, Herr Hauptkommissar Weller, Achtsamkeit, Entspannung, das Ausleben der Chakren und lernen, sich selbst wertzuschätzen, ganz nach dem Motto ›ich bin eine Insel‹, das sind nicht nur leere Worthülsen. Nein, nein. Das und noch vieles mehr sind die tiefgreifenden Werte, die Ravi und ich unseren Klientinnen vermitteln. So. Und kürzlich haben wir unser Kurs-Angebot nochmals erweitert. Das Thema: Erlangung eines erfüllten Sexuallebens für Paare. Sie und Ihre Frau sind sehr herzlich zu einem unserer Wochenendseminare eingeladen. Denn, Herr Hauptkommissar Weller, ein erfülltes Liebesleben ist auch im fortgeschrittenen Alter bestimmt eine feine Sache, oder? Ich gebe Ihnen gleich unseren Info-Flyer mit, da steht alles Weitere drin. Ach, ja, Gutscheine stellen wir selbstverständlich auch aus. Vielleicht als besonderes Geschenk, mit dem Sie Ihre Frau überraschen können. Weihnachten ist nicht mehr fern.«

Die unerwartet vielseitige Essie zwinkerte dem staunenden Kommissar frech zu. Fritz warf einen flüchtigen Blick auf seine rechte Hand. Seit Anfang des Jahres trug er am Ringfinger wieder seinen goldenen Ehering, der bis dahin eine gefühlte Ewigkeit in der Nachttisch-Schublade herumgedümpelt hatte. Fritz schätzte, dass seiner aufmerksamen Gesprächspartnerin dieses Detail als Grundlage für ihr Angebot offenbar nicht entgangen war. Oder, kam ihm nun auch ein weniger erbauliche Gedanke, machte er vielleicht auf die deutlich jüngere Frau den Eindruck, dass er dringend Nachhilfe in besagtem

Fachbereich benötigte? In eine Mischung aus leichter Verwunderung und gespielter, extremer Lässigkeit antwortete er nickend: »Dankeschön für Ihr Angebot, Frau Endress. Das wäre in der Tat mal ein außergewöhnliches Geschenk. Mann und Frau lernen ja nie aus. Auch bis ins hohe Alter nicht.« Völlig bewusst hatte der Hauptkommissar die geschäftstüchtige Hofbesitzerin einfach mal erzählen lassen, obwohl Yoga- und Kamasutra-Lehrgänge vermutlich rein gar nichts mit seinem aktuellen Mordfall zu tun haben würden. Wie häufig im Erstgespräch mit möglichen Verdächtigen, ließ der Routinier seine Kundschaft zunächst einmal kommen, um sich ein Bild machen zu können. Außerdem beabsichtigte er, dass diese ein gewisses Vertrauensverhältnis zu ihm aufbauten, ehe er mit seinen Fragen ans Eingemachte ging. Galt es doch zu vermeiden, dass sich seine Klientel querstellte. Nach dem facettenreichen Vorspiel sah Weller nun den Zeitpunkt gekommen, um tiefer in die Materie einzudringen. Geschickt griff er dazu eine von Essies vorhin getätigten Aussagen auf: »Um nochmal auf Ihren beliebten Malunterricht zurückzukommen, Frau Endress. Schon in meinen Mordermittlungen habe ich erfahren, dass Ihnen und Ihren Freunden das Malen eine große Freude bereiten soll. Ganz besonders, wenn sie Ihre Kunst draußen in der freien Natur ausüben dürfen. Jene Natur, deren Schutz, wie mir auch gesagt wurde, Ihnen sehr am Herzen liege. Daher könnte ich mir sehr gut vorstellen, dass sich diese zwei Leidenschaften von Fall zu Fall prima miteinander kombinieren lassen, oder, Frau Endress? Was denken Sie?« Bereits im Laufe ihrer vorangegangen Unterhaltung hatte Essie auf Weller den Eindruck gemacht, dass er es mit einer taffen Frau zu tun hatte, die genau wusste, was sie wollte, und mit beiden Beinen fest auf dem Boden stand. Vom Klischee einer abgedrehten Esoterik-Tante, die in wallenden Hare Krishna-Gewändern, verzückt »Namaste« jubilierend, im Teelichterschein, von Räucherkerzenduft berauscht, Klangschalen schlagend und Bäume umarmend in ihrer eigenen kleinen Sonnengruß-Welt auf Zehenspitzen herumtänzelte, schien Essie meilenweit entfernt zu sein.

Wie sich schon bald herausstellen sollte, trügte ihn seine Wahrnehmung nicht. Er hatte die Frau in der Tat sehr gut analysiert. Gespannt auf ihre Reaktion schaute er ihr ins Gesicht. Die Gefragte ließ sich nicht lange bitten. Ohne Umschweife entgegnete sie schnörkellos: »Herr Hauptkommissar Weller, ich weiß bereits von Ute Marx` Schicksal. So etwas spricht sich schnell rum. Und da ich schließlich nicht hinterm Mond zuhause bin, musste ich nur eins und eins zusammenzählen. Deswegen war es für mich nur logisch, dass die Polizei aufgrund meiner beziehungsweise unserer strikten Ablehnung eines solch barbarischen Eingriffs in die Natur des Laacher Sees, der dieses hirnlose Projekt zweifelsfrei wäre, früher oder später natürlich auch bei mir auftauchen wird. Aber okay, kommen Sie mal mit!« Der Kriminalbeamte folgte Essie nach nebenan in die Scheune, hinein ins rustikale Atelier.

Im bullig warm aufgeheizten Raum hinter der dunkelgrünen, massiven Holztür, standen drei Männer und vier Frauen mittleren Alters, pinselschwingend an ihren Staffeleien. Wenige Schritte vor der Gruppe entfernt hockte ein deutlich jüngerer, muskulöser Mann im Adamskostüm und starrer Denkerpose auf einem weinroten Kanapee. Die Malerlehrlinge waren gerade eifrig dabei, den männlichen Akt auf Papier zu bannen. Trotz aller Konzentration auf die Gestaltung ihrer Werke linsten sie neugierig an ihren Staffeleien vorbei und registrierten, dass ihre Lehrerin einen Fremden im Schlepptau hatte. Im Gleichklang ließen sie sofort die Pinsel sinken und warfen dem grauhaarigen Lederjackenträger aufgrund der nun zu erwartenden Unterbrechung ihrer Arbeit einige unwirsche Blicke zu. Prompt gab auch das nackte Modell seine erstarrte Haltung auf, zündete sich eine Kippe an und trank einen kräftigen Schluck goldgelben Whisky aus der Pulle. »Guten Tag allerseits. Ich will Sie auch gar nicht lange stören. Hab nur ein paar Fragen an Sie bezüglich des Mordfalls Ute Marx«, grüßte Weller die Runde, nachdem Essie ihn den Leuten vorgestellt hatte. Im Gegensatz zur Unterhaltung mit der Hofbesitzerin drückte der Kriminalbeamte aufgrund der fortgeschrittenen Tageszeit nun aufs Tempo. Schließlich hatte er heute noch weitere Befragungen auf dem Plan und musste sich deshalb etwas sputen. »Sie malen also nicht nur hier drinnen im Atelier, sondern auch draußen in der freien Natur. Wie zum Beispiel drüben am Laacher See. Sicher der vielfältigen Motive wegen, oder?«, steuerte der Hauptkommissar sogleich auf den Grund seiner Anwesenheit zu. Gespannt auf die Reaktionen der Kunstschaffenden, schaute er aufreizend langsam und schön der Reihe nach in mehr oder weniger genervt wirkende Gesichter. Niemand gab zunächst einen Piep von sich. Auch Essie hielt sich bedeckt. »Na?«, kartete Weller grimmig nach und erntete nach einer gefühlten Ewigkeit endlich eine Antwort. »Am Laacher See zu malen ist sehr schön. Das beruhigt. Möchten Sie eine meiner Landschaftszeichnungen kaufen?« Wellers Blick jagte blitzschnell von rechts nach links außen. Der Brocken von Mann, der dort stand, grinste ihn selbstherrlich an. Dann langte der in brauner Latzhose und grobmaschig gestricktem beigem Rollkragenpullover gekleidete Riese hinter sich in einen Umzugskarton und zog mit einem gezielten Griff ein ungerahmtes Bild heraus. Das Werk in seinen rauen Pranken haltend, ließ er zunächst einen verzückten Blick darüber schweifen und hielt es schließlich dem Polizisten mit der Bemerkung, »für 500 Mark ist es Ihnen« zur Ansicht hin. Ob das Gemälde nun im Stile des Im- oder Expressionismus, des Klassizismus, des Surrealismus, oder welchem Ismus auch immer gehalten, oder ob es nur Höhlenmalerei auf Papier war, Weller konnte sich absolut keinen Reim auf die ihm feilgebotene Kunst machen. Bloß, dass er das komische Ölgemälde, auf welchem er nur mit viel Fantasie einen Tümpel mit Gras drumherum erahnen konnte, unsagbar scheußlich fand, dessen war er sich sofort bewusst. »Wie stehts mit Graffiti und Farbbeutelweitwurf? Haben Sie diese Styles auch auf der Pfanne, Herr …?«, konterte der Hauptkommissar ohne auf das dubiose Kaufangebot einzugehen und sah den Latzhosenbrocken fragend an. »Das ist der Herr Berthold Wissen. Eines unserer vielversprechenden Talente«, brachte sich Essie ein, ehe die Situation womöglich zu eskalieren drohte.

Der Reihe nach stellte sie auch die anderen der Gruppe, darunter die vorhin von ihr bereits erwähnte Krissi, mit richtigem Namen Kristin Mittag aus Bitterfeld, sowie das Akt-Modell Alex Schlegel aus Kottenheim vor. Auch erwähnte sie, weil sie es eben vergessen hatte zu sagen, dass ihr Lebensgefährte Ravi Khan die ganze Woche in Brüssel sei. Er helfe seiner jüngsten Schwester Saira bei deren Umzug in eine andere Wohnung. »Graffiti? Farbbeutelweitwurf? Nein, wir machen nur in Acryl und Öl«, antwortete Wissen daraufhin schnoddrig und steckte seine eigenwillige Laacher See-Interpretation äußerst behutsam wieder zurück in den Karton. »Wir sind sehr gerne in der Natur. Ihr Schutz ist uns extrem wichtig«, fügte er, Weller mit ernstem Blick ansehend, hinzu. »Ist mir bekannt, Herr Wissen. Am Rande bemerkt, Engagements zum Wohle der Natur finde ich übrigens generell klasse. Doch frage ich mich, ob jemand von Ihnen extrem genug ist, um zum Schutze der Natur einen Menschen zu töten?« Im Atelier herrschte nach seinen Worten für Sekunden völlige Stille. Nur der prasselnde Regen auf dem Blechdach des alten Schuppens nebenan war zu hören. Schließlich war es Essie, die auf die ungeheuerliche Anspielung des Kripomanns antwortete:

»Herr Hauptkommissar Weller, wir alle wissen vom Tod der WaLS GmbH-Geschäftsführerin. Und rein menschlich gesehen, tut uns ihr tragisches Ertrinken im Laacher See unfassbar leid. Sie ist doch ertrunken, oder? So haben wir es nämlich beim Einkaufen in einem Mendiger Supermarkt mitbekommen.« »Dazu kann ich Ihnen aktuell nur sagen, dass es kein natürlicher Tod war. Alle Indizien deuten auf Mord hin. Sonst wäre ich schließlich nicht hier«, antwortete der Ermittler wortkarg und erntete spontanes Raunen der Malgruppe. »Doch bitte fahren Sie fort, Frau Endress, denn ich habe den Eindruck, dass sie noch nicht fertig waren.« Und Wellers Wahrnehmung passte. Essie schüttelte sich kurz und legte nach: »Nun, wie eben schon gesagt, wir waren und sind, wie auch viele, viele andere Menschen dieser Region gegen das zerstörerische, idiotische Projekt. Solch einen sinnlosen Eingriff in die Natur mit all ihren unabsehbaren Folgen, wäre so nötig wie ein Kropf. Der Laacher See hat sowieso schon seit Jahren ein Müllproblem. Was meinen Sie, was wir bei unseren freiwilligen Müllsammeltagen, die wir mehrmals im Jahr rund um den Laacher See durchführen, auf den Waldwegen, den Hecken und im Wasser für Dreckszeug finden. Wahre Müllberge türmen sich am Ende auf. Einerseits wollen die Leute die schöne Natur genießen, andererseits schmeißen sie achtlos ihren Müll weg. Und noch was, wo ich gerade achtlos sage. Vorhin, als ich von den Werten innerhalb meiner Yoga-Kurse erzählte, erwähnte ich den Begriff ›Achtsamkeit‹. Achtsamkeit ist total wichtig. Nicht nur bezogen auf das Individuum Mensch, sondern auch auf unser aller Umwelt. Denn wir Menschen sind Teil der Natur. Diese rücksichtslose WaLS GmbH darf einfach nicht am Laacher See herumfuhrwerken, wie es ihr gerade in den Kram passt. Einfach alles plattwalzen und betonieren und das Campingplatzgelände nach Lust und Laune ausdehnen. Außerdem ist der betreffende Bereich mit seiner natürlichen Lebendigkeit und seinen mächtigen Bäumen für uns Yogis ein echter Kraftort zum auftanken. Glauben Sie mir, Herr Hauptkommissar Fritz Weller, uns liegt rein gar nichts am Kaputtmachen von Sachen. Und an einem Mord erst recht nicht. Wir alle, die wir hier sind inklusive Ravi, verabscheuen Gewalt!« »Ja, das tun wir!«, pflichtete die burschikose Frau mit dem blassen, maskulin anmutendem Gesicht, welche dem Ermittler als Krissi vorgestellt worden war, lauthals bei. Nicht nur, dass die Frau mit dem straßenköterblonden Kurzhaarschnitt optisch wie ein Mannweib wirkte, nein, sie hatte zudem auch eine ungewöhnlich kehlig sonore Stimme. »Eijeijei, die Gute hat wahrscheinlich zu DDR-Zeiten ordentlich KARO ohne Filter gequalmt«, dachte sich Weller sogleich mit einer Schippe Ironie. Er war sich sicher, dass er bei oberflächlichem Hinhören und geschlossenen Augen durchaus den Eindruck gewinnen konnte, keine Frau, sondern ein Mann habe gesprochen. »Keine Gewaltanwendung? Auch nicht, wenn es die höchste Not von Ihnen verlangen würde?«, entgegnete der Kriminalbeamte daraufhin und sah mit einer gewissen Strenge reihum in die erstarrten Gesichter der Anwesenden.

Ehrlich. Er respektierte den Enthusiasmus der Leute für ihren unermüdlichen Einsatz zum Schutz der Natur. Zudem sagte ihm sein Bauchgefühl, dass diese Menschen zu einem kaltblütigen Mord kaum fähig wären. Dass diese ominöse Malgruppe nicht hin und wieder ihre Öl- und Acrylfarben gegen Spraydosen und Farbbeutel tauschte, um ihrem Unmut Luft zu verschaffen, dass kaufte er ihnen allerdings nicht ab. Auch, wenn alle ihn gerade anschauten, als könnten sie kein Wässerchen trüben. Ehe sich Anwesende zu einer Antwort genötigt fühlten, legte Weller in Anbetracht seiner Einschätzungen nach: »Also, Vorschlag zur Güte: Sie alle fahren umgehend nach Mayen zur Polizeiinspektion und machen dort eine Aussage bezüglich Ihres Alibis in den vergangenen vierundzwanzig Stunden. Wenn das passiert ist und vorausgesetzt, Ihre Alibis sind wasserdicht, würde das Ihrer Unschuldsbeteuerung für den Mord an Ute Marx eine ordentliche Portion Glaubwürdigkeit verleihen. Außerdem gehen Sie alle wie Sie hier sind in sich und überdenken, welche Maltechniken sie künftig im Freien praktizieren wollen. Okay?« »Ja, okay«, murmelte die Malgruppe im Chor. »Brauchen Sie auch mein Alibi, Herr Hauptkommissar«, wollte Alex, das Model wissen. »Besser ist das«, entgegnete der Beamte und verabschiedete sich einstweilen von den Leuten.

Kapitel 14

Obermendig, unweit des Entenweihers und der Erlenmühle, circa 16:30 Uhr

»Den Christof habe ich schon seit bestimmt zehn Tagen nicht mehr gesehen. Normalerweise parkt er immer drüben im Hof. Aber das Auto ist auch nicht da. Außerdem hat er die Rollläden dauernd unten, der Briefkasten quillt über und die Mülltonnen hat auch keiner rausgestellt«, antwortete Margit Schüller dem Polizeibeamten und seiner Kollegin. Die ältere Frau deutete mit ihrer Nase zum gegenüberliegenden Haus. Die Ermittlerin in Zivilkleidung musste sich anstrengen, aufgrund der exzentrischen Optik der Obermendigerin nicht zu schmunzeln, trug Henkels Nachbarin doch eine geblümte Kittelschürze und mit Lammfell gefütterte graue Hausschuhe. Ihr mit dünnen Härchen bedecktes, faltiges Haupt zierten lila Lockenwickler und silbrige Spängchen unter einem nahezu durchsichtigen Haarnetz. Zwei parallel verlaufende Furchen führten von den Mundwinkeln hinab zum Kinn. Hatte Frau Schüller aufgrund dieser im Fachjargon als »Marionettenfalten« bezeichneten Furchen per se einen leicht mürrischen Gesichtsausdruck, so steigerte sich diese Erscheinung, da sie besagte Mundwinkel nach ihrer Antwort nach unten zog.

Kommissarin Anette Eckstein und Hauptwachtmeister Jörg Zeitvogel hatten, nachdem der entlassene WaLS GmbH Mitarbeiter Christof Henkel vorhin nicht geöffnet hatte, der Einfachheit halber in dessen unmittelbarer Nachbarschaft geklingelt, um sich über seinen Verbleib zu erkundigen. Margit Schüller stand in der sperrangelweit geöffneten Haustür und beäugte die Kommissarin. Deren komisches Grinsen gefiel ihr überhaupt nicht. Sie fand, dass es irgendwas Arrogantes an sich hatte. Im Flur hinter der betagten Frau thronte auf einer eicherustikalen Kommode, quasi als spießige Reminiszenz an die frühen 1980er, ein Wählscheibentelefon in grünbraunbeige gemusterter Brokathaube, Ton in Ton auf einem Miniläufer mit Fransen. Allmählich bahnte sich der appetitliche Duft von angebratenem Fleisch seinen Weg nach draußen. Und irgendwo im Haus plärrte urplötzlich ein TV-Gerät. Frau Schüller verdrehte leicht die Augen und erzählte, dass Ernst, ihr Göttergatte, und sie selbst schon lange Rentner seien. Mit einem Kopfwink in Richtung des lauten Gebrabbels stöhnte sie: »Der Ernst hat mal wieder sein Hörgerät nicht an. Immer wenn er den *Fliege* guckt, vergisst er es. Also ich gucke den *Fliege* ja nicht. So ein Blödsinn. Heute diskutieren da ein Professor, eine Nutt … Entschuldigung ich meine eine Prostituierte und eine Pfarrerin, ob der Genuss von Weihwasser schlank und sexy macht? Was für ein Quatsch! Doch Ernst guckt den *Fliege* gerne. Ich aber nicht!« »Frau Schüller, um wieder auf Herrn Henkel zurückzukommen«, beendete Anette Eckstein das ihrer Ansicht nach völlig belanglose Gelaber der alten Schachtel, »können Sie uns noch mehr über ihn sagen?« Die Dame des Hauses schaute darauf leicht pikiert, kam der Aufforderung dieser jungen Kripo-Schnepfe im weinroten Anorak, die sich offenbar für was Besseres hielt, aber nach. Allerdings strafte Margit bei ihren weiteren Ausführungen die Kommissarin mit Nichtbeachtung. Und fortan wandte sie sich nur noch dem deutlich netteren Polizisten in Uniform zu, der ihr seinerseits stets freundlich zunickte, ansonsten jedoch weitestgehend still blieb: »Herr Wachtmeister, eigentlich sieht man den Christof bei Wind und Wetter laufen und Rennrad fahren. Wie heißt der Sport noch gleich den er macht? Pitralon …, Tieralon …, Trielaron … Na, Sie wissen doch, das, wo noch das Schwimmen dazu gehört. Deswegen war Christof letzten Herbst doch auf Hawaii und hat beim Eiren Määhn mitgemacht.« »Triathlon,

Frau Schüller! Sie meinen Triathlon. Schwimmen, Radfahren, Laufen«, erdreistete sich diese hochnäsige Person mit den dunkelblonden Gruselhaaren sie unverschämt grinsend zu belehren. »Ja genau, das wars, was er macht, Herr Wachtmeister, und zwar bei Wind und Wetter! Christof stand im Sommer mal barfuß nach einem Trainingslauf im Hof. Wir unterhielten uns kurz und dabei deutete er hinab auf seinen Fuß. Ich glaube es war der Linke, könnte mich aber auch irren. Ich sah, dass ihm außen die beiden Zehen fehlten. Jedenfalls lachte Christof und erzählte, dass er schon von Geburt an bloß drei Zehen an dem Fuß habe. Deswegen wäre es fast ein kleines Wunder, dass er mit dieser Fehlbildung überhaupt so gut laufen könne.« Kommissarin Eckstein wurde hellhörig. Sie erinnerte sich sogleich an die merkwürdigen Fußspuren, die heute Vormittag im Zuge der Beweissicherungen am Ufer des Laacher Sees gefunden worden waren, denn bei jenen, die der linke Fuß im feinen Sand hinterlassen hatte, fehlten sonderbarerweise die Abdrücke der beiden äußeren, kleinen Zehen! »Frau Schüller, können Sie uns denn sagen, wo sich Christof Henkel derzeit aufhält? Macht er vielleicht Urlaub? Ist er verheiratet, oder hat er eine Freundin?«, hakte die Ermittlerin nach und schaute Henkels Nachbarin an. Doch die verdrehte Schrulle würdigte sie nach wie vor keines Blickes. Sie nahm ihre Fragen zwar auf, blieb jedoch konsequent bei ihrer eingeschlagenen Linie.

Stoisch sah und sprach Margit nach wie vor nur den freundlichen Herren in Uniform an: »Verheiratet ist Christof nicht, Herr Wachtmeister. Er hat aber eine Freundin. Und genau wie an ihm ist auch an ihr nix dran. Nur Haut und Knochen, sag ich Ihnen. Sie macht nämlich auch dieses Tiera, Trila …, na diesen Sport halt. Christof hatte sie mir mal vorgestellt. Ist ein hübsches Ding. Constanze heißt sie. Ihren Familiennamen weiß ich allerdings nicht. Aber Constanze fährt einen quietschgelben

Ford Fiesta mit Ahrweiler-Kennzeichen. Vielleicht ist Christof ja bei ihr?« »Was ist mit Eltern, Geschwister, Freunden?«, funkte Anette abermals leicht genervt von der schieren Ignoranz der ollen Drudschel dazwischen. »Christofs Eltern, Herr Wachtmeister, wohnen drüben in Nickenich, soweit ich weiß. Und ich meine, er hätte noch eine Schwester und einen Bruder. Und seine Freunde ... ein paar Mal habe ich welche gesehen, mit denen er Rennrad gefahren oder gelaufen ist.« »Okay, und was ist mit den anderen Bewohnern des Hauses? Auf dem Klingelschild steht der Name »Dülkes«. Schlafen die Leute schon, oder sind sie auch verschwunden? Die Rollläden sind schließlich am gesamten Haus unten und geöffnet wurde uns auch von Dülkes nicht.«

Es war unüberhörbar für alle Anwesenden, welch krebitzige Schwingungen die Worte der Kommissarin inzwischen umwaberten. »Dem Ehepaar Dülkes gehört das Haus. Sie sind von Anfang Oktober bis Ende April auf Teneriffa. Haben Geld wie Matsch. Jaja, die Dülkese haben es gut! Sie besitzen auf Teneriffa eine schöne Wohnung mit Blick auf das Meer. Der Schorsch war früher ein ganz hohes Tier bei einer Firma für Herrenhandtaschen und die Walburga war hier in Mendig auf dem Amt. Kinder haben sie aber keine. Dafür, Herr Wachtmeister, Geld wie Matsch. Und solange Schorsch und Walburga auf Teneriffa sind, wohnt nur der Christof im Haus. In der Einliegerwohnung. Und wenn ich mich recht entsinne ist er kurz vor Weihnachten 1993 bei denen eingezogen. Na jedenfalls kümmert sich Christof ums Haus, wenn die Dülkese fort sind. Deswegen zahlt er auch weniger Miete, hat er mir mal erzählt.« Margit Schüller hielt in ihren Ausführungen für einen Moment inne und fuhr nach kurzer Grübelei wieder fort: »Ansonsten ist der Christof ein gepflegter junger Mann. Und immer sehr höflich! Herr Wachtmeister, darf man fragen, warum Sie ihn sprechen wollen? Hat es was mit der toten Frau vom Laacher See zu tun? Wie man hört, soll die Tote Christofs ehemalige Chefin sein. Stimmt doch, oder?« Sie schaute Jörg Zeitvogel erwartungsvoll an. »Fragen dürfen Sie natürlich Frau Schüller. Nur werden wir Ihnen darauf nicht antworten! Das verstehen sie doch sicher!«, entgegnete allerdings nicht der nette Uniformierte, sondern wieder mal die eingebildete Wachtel im Anorak. Kommissarin Eckstein hatte und wusste fürs Erste genug. Wortkarg bedankte sie sich bei der alten Scharteke für deren umfangreiche Informationen. »Und wenn Ihnen noch was einfällt, Frau Schüller, rufen sie uns einfach jederzeit an. Wir sind stets gerne für sie da und haben für Ihre Anliegen immer ein offenes Ohr«, fügte Zeitvogel, um seine Kollegin zu necken, übertrieben höflich hinzu. »Sehr gerne Herr Wachtmeister und auf Wiedersehen. Machen Sie es gut und bleiben Sie gesund. Tschüüühüss!«, frohlockte die Rentnerin zum Abschied und machte die Haustür zu. »Er ist ja nett, aber sie, nää nää, sie ist ein blödes Huhn«, grummelte Margit vor sich hin.

»Doofe Schrulle«, knurrte Anette noch immer leicht angefressen. »Diese hilfreiche alte Dame war doch sehr freundlich«, stichelte Jörg augenzwinkernd. »Zugegebenermaßen waren einige ihrer Angaben wirklich interessant und könnten sich für unsere Ermittlungen noch als nützlich erweisen«, stimmte die Kriminalbeamtin ihrem Kollegen kaum erkennbar nickend zu, »doch idealer wäre es gewesen, wenn wir den Henkel persönlich angetroffen hätten. Naja, was solls. Schwamm drüber über ihr nerviges Gehabe, wenigstens hat sie nicht *nur* irgendwelchen Mist gequatscht.« »Genau, Frau Kommissarin, so sehe ich das auch. Schätze, der Henkel ist unser Mann, oder?« »Er passt zumindest genau ins Täterprofil, Herr Hauptwachtmeister! Denn Christof Henkel hat ein Motiv für die Tat.« »Der Rausschmiss durch seine Chefin!« »Er ist Triathlet, der sogar den ›Iron Man‹ auf Hawaii absolviert hat.« »Vier Kilometer im Meer, da muss man schon ein verdammt guter Schwimmer sein!« »Und ihm fehlen zwei Zehen!« »Bingo!« »Ja, Jörg, aktuell deutet wirklich alles daraufhin, dass Christof Henkel der Mörder von Ute Marx ist. Heißt also, wir müssen den Knilch asap finden. Außerdem besorgen wir uns einen Durchsuchungsbeschluss für seine Wohnung.«

Kapitel 15

Von Zeitvogels Streifenwagen aus funkte Anette Eckstein ihren Partner Hauptkommissar Weller an, galt es doch, Fritz umgehend mitzuteilen, dass sie tatsächlich eine heiße Spur hatten, die zu einem dringend tatverdächtigen Obermendiger mit Namen Christof Henkel führte. Sogleich nachdem Weller ihren Anruf angenommen und sich wie üblich nur mit einem fragenden »Ja« gemeldet hatte, ratterte die Kommissarin wie aus der Pistole geschossen sämtliche Kriterien herunter, mit welchen sich Henkel für die Rolle als Mörder von Ute Marx förmlich aufdrängte. »Klasse, Anette! Hervorragende Arbeit«, lobte der Hauptkommissar seine Partnerin daraufhin. Er war angetan vom Engagement seiner beiden jungen Mitstreiter »Dann leitet sofort die Fahndung nach diesem Henkel ein. Er wird ja nicht vom Erdboden verschluckt sein. Und je schneller wir den Vogel haben, umso besser ist das. Vielleicht können wir ja den Mordfall Ute Marx bald schon als erledigt zu den Akten legen.« »Macht unser Chef etwa schon Druck?«, wollte Anette wissen, denn obwohl sie noch nicht so lange bei der Koblenzer Kripo beschäftigt war, kannte sie die Eigenschaften des Max Loh als Erster Kriminalhauptkommissar. »Ja, so isses«, kam aus dem Äther postwendend zurück, »der nervt schon. Er hat mich vorhin angerufen und wollte wissen, wie der Stand der Ermittlungen ist. Und ob wir bereits brauchbare Hinweise hätten. Und wann mit der Ergreifung des Täters zu rechnen sei. Tja, Anette, de Lomax ist genauso ungeduldig wie sein Vorgänger. Denn der gute Lord Gero konnte eine echte Nervensäge sein, wenn Ermittlungen hin und wieder stockten. Aber okay, ruf den Lomax an und teil ihm die frohe Kunde mit. Und den Durchsuchungsbeschluss für Henkels Wohnung leiere ich gleich bei der Staatsanwaltschaft an.« »Okay, geht klar ich sag ihm Bescheid. Meinst, du, wir bekommen den Durchsuchungsbeschluss noch heute?«, fragte sie und hegte gewisse Zweifel daran. »Na mal sehen, was sich machen lässt. Ich rufe Staatsanwältin Katz an. Bei Irene habe ich noch was gut«, antwortete ihr Gegenüber am anderen Ende der Funkverbindung und klang durchaus optimistisch.

Im Anschluss daran berichtete der Hauptkommissar eher nüchtern als euphorisiert von seinen bisherigen Gesprächen mit weiteren Campingplatz-Projekt-Gegnern. Vom verschrobenen Vulkanexperten Adolf Maria Schröck und seinen sprudelnden, orakelhaften Mofetten. »Und nachdem er mir jede Menge Fachchinesisch über Vulkanismus um die Ohren gehauen hatte, brachte Schröck zum guten Schluss der Unterhaltung noch einen Einheimischen ins Spiel, dem das Vorhaben der WaLS GmbH ebenfalls stinkt. So ließ er mich wissen, dass ich unbedingt auch einen Herrn Gisbert Baum befragen solle. Denn der habe neulich getönt, dass er Ute Marx, die alte Zicke, am liebsten mit Betonschuhen im See versenken würde. Dann wäre sicher ein für alle Mal Ruhe. Auf meine Frage, ob Baum ebenfalls ein Vulkanexperte sei, antwortete Schröck auffällig abfällig, dass sich der versponnene Baum nicht wie er selbst mit wissenschaftlich fundierten Fakten auseinandersetzen würde. Nein. Baum schimpfe sich Legendenexperte und er wäre fest davon überzeugt, dass es im Laacher See uralte Schätze gibt. Na jedenfalls soll dieser Gisbert Baum laut Schröcks Aussage immer Dienstagsabends um 18 Uhr in der Mendiger Vulkan-Brauerei anzutreffen sein. Wahrscheinlich mag Schröck den Baum nicht, denn so wie er sich gebärdete, grenzte sein Verhalten schon ans Denunzieren. Sicherheitshalber nehme ich mir den Märchenonkel nachher noch zur Brust. Obwohl er als möglicher Täter praktisch jetzt schon raus ist. Denn Betonschuhe hatte die Tote schließlich keine an.« Weller lachte angestrengt und fügte sarkastisch hinzu: »Na, bleibt zu hoffen, dass ich irgendwas Brauchbares aus dem Gespräch mitnehme und ich nicht nur meine Zeit bei seinem Gefasel über Nessi und Co. verplempere. Bin echt gespannt, ob er mir auch jemanden präsentiert, den ich unbedingt noch unter die Lupe nehmen soll, weil er oder sie Ute Marx an den Kragen wollte.«

Während Weller von seinem baldigen Brauereitermin berichtete, flüsterte Anette ihrem uniformierten Kollegen zu: »Fritz will sich bestimmt ein leckeres Feierabendbier gönnen«. »Gibt's Fragen?«, wollte der Hauptkommissar prompt wissen, der nur gehört hatte, dass, jedoch nicht worüber die beiden getuschelt hatten. »Nee, alles Rodscha, Fritz«, antwortete Anette postwendend, fühlte sich leicht ertappt und bekam rote Wangen. »Dann ist ja gut«, quittierte ihr Partner mit leicht ironischem Unterton in der Stimme und verlor nun noch ein paar wenige Worte über seinen Hausbesuch bei der malenden Umweltschützerin Ester Endress und ihrer illustren Truppe. »Frau Endress gehört ein ehemaliger Bauernhof gleich neben dem Mendiger Freibad. Dort lebt sie und dort finden auch ihre diversen Kurse statt. Wie giftete Knut Marx heute Vormittag am See? Denen müssen sie mal auf ihre faulen Zähne fühlen! Gut, jetzt bin ich kein Dentist. Doch faule Zähne sind mir in deren Gebissen nicht aufgefallen. Darin muss sich Marx irren!«, scherzte der Kripobeamte in seiner typischen Art und fuhr fort, »außerdem ist auch die Marx`sche Meinung nicht so ganz richtig, dass Ester Endress und ihre naturverbundene Malgruppe eine arbeitsscheue Bagage wäre. Denn ich habe die Hofbesitzerin als sehr pfiffige, ideenreiche Geschäftsfrau kennen gelernt. Zumindest sie ist das krasse Gegenteil von arbeitsscheu, hatte ich den Eindruck. Kurz gesagt, den Vulkanologen und Frau Endress mit ihrer Truppe eint ihre massive Ablehnung des Campingplatzprojektes. Und all diese Leute sind schon ziemlich speziell in ihrer Art. Aber, und vorausgesetzt die Alibis sind schlüssig, kann ich mir nur sehr schwer vorstellen, dass sie überhaupt zu einem Mord fähig sind. Wisst ihr, Mörder haben andere Augen. Und ich habe weiß Gott schon in mehr als genug Mörderaugen sehen *dürfen*. Mörderaugen sind kälter und leerer. Zumindest die Meisten.« Weller war gegen Ende seiner Zusammenfassung ungewohnt philosophisch geworden. Auch kam es Anette und Jörg so vor, als wenn gerade Wellers letzten Sätze recht melancholisch, gar wehmütig klangen. Daraufhin verschlug es den beiden etwas die Sprache. Denn just in diesem Augenblick hätte man meinen können, als trachtete der Endfünfziger danach, in Bälde der Kripo »Adieu« zu sagen.

»Okay, Fritz«, durchbrach Anette schließlich die Stille, »Jörg, also ich meine Hauptwachtmeister Zeitvogel und ich konzentrieren uns erstmal voll und ganz auf die Ergreifung Christof Henkels.« »Sehr gut. Macht das«, erhielt die Kommissarin zur Antwort. Und er fuhr fort: »Ich werde gleich mit dem Mendiger Bürgermeister Paul Grünauer bezüglich des Campingplatzprojektes sprechen. Grünauer ist zur Abwechslung mal ein Förderer des Vorhabens. Na, jedenfalls habe ich vorhin von dessen Mitarbeiterin erfahren, dass ihr Vorgesetzter heute Nachmittag von daheim aus arbeitet. Und gerade fahre ich an seinem Haus vor. Sonnental 26 in Mendig. Nicht schlecht, nicht schlecht. Was für eine schnieke Villa. Bürgermeister müsste man sein.« »Zwei Fragen habe ich noch, Fritz«, entgegnete Anette hastig, »wer übernimmt nun die Befragung der DLRG-Ortsgruppe?« »Hauptwachtmeister Zeitvogel«, wandte sich Weller an den Schutzpolizisten, »bitte kontaktieren Sie deswegen ihren Chef, Anton Kahpunkt Leppe. Sagen Sie ihm, Kriminalhauptkommissar Fritz Weller ersuche ihn um Amtshilfe. Er möge sich um die Alibis und so weiter der DLRG-Leute kümmern. Ach ja und richten Sie ihm einen schönen Gruß von mir aus, dass er mir seit zehn Jahren eine Tüte handgerollte Sahnebonbons schuldig ist. Stichwort: *Manufaktür de Kamäll.* Er weiß schon Bescheid!« »Selbstverständlich, Herr Hauptkommissar«, bestätigte der Uniformierte zackig und schmunzelte, wegen des ungewöhnlichen Grußes. »Und was ist das zweite, Anette«, hakte Fritz eilig nach. »Ich weiß zwar nicht, ob das überhaupt für unseren Fall von Bedeutung ist«, antwortete die junge Ermittlerin nachdenklich, »denn ich erhielt die Info, dass sich der Gesundheitszustand des niedergeschlagenen Wachmanns vom Mayener Eifelmuseum dramatisch verschlechtert habe und die Ärzte derzeit nicht abschätzen können ob er die kommende Nacht überlebt. Außerdem hat die Museumsdirektorin angegeben, dass tatsächlich nur ein mittelalterliches Schriftstück gestohlen wurde. Das Museum habe zwar Kopien, aber dies seien halt nur Kopien. Sie betonte, dass das kulturgeschichtlich enorm wertvolle Original unbedingt gefunden und unversehrt ins Eifelmuseum zurückgebracht werden müsse. Was ich daran etwas merkwürdig finde, ist dass es sich beim gestohlenen Dokument um ein altes Schriftstück handelt, in dessen Inhalt es um den Laacher See geht. Ich fände es daher sinnvoll, wenn auch wir wissen, was in dem alten Text genau beschrieben ist. Ich meine ja nur … nicht, dass am Ende der Mordfall mit dem Raub irgendwie zusammenhängt.« »Prima. Guter Vorschlag. Je mehr Hintergrundwissen wir haben, desto besser ist das. Kollege Zeitvogel, daher noch eine weitere kleine Bitte an Ihren Chef. Er soll sich von der Museumsdirektorin erklären lassen, worum es in der gestohlenen Unterlage geht, Kopien anfertigen und uns umgehend informieren. Von eurer Dienststelle zum Eifelmuseum in der Genovevaburg ist es ja nur ein Katzensprung. Ein paar schnelle Schritte über den Mayener Marktplatz und ruckzuck ist er da. Und er spart sogar noch Sprit, der alte Knickstiefel.« »Und er könnte Ihnen auch ihre

Kamällen vom Lukasmarkt mitbringen«, erlaubte sich der Hauptwachtmeister einen Ulk. »Das könnte er in der Tat, Kollege«, antwortete Weller lachend. Daraufhin verabschiedete er sich für den Moment von den beiden: »Bis später.«

»Bei uns in der Mayener PI wird erzählt, das der Weller früher mal ein richtig harter Hund gewesen ist. Bissig und hartnäckig wie ein Terrier.« »Ja, dass erzählen sie auch bei uns im Präsidium. Und soweit ich weiß, stimmt es auch«, bestätigte Kommissarin Eckstein ihren Kollegen. »Und ist er heutzutage noch genauso bissig wie damals? Ich meine, der jüngste ist Weller ja schließlich auch nicht mehr«, wollte Zeitvogel wissen. »Ich denke, Fritz ist auf jeden Fall noch fit genug für den Job und hartnäckig ist er auch. Ob er noch der harte Hund ist, der er in jüngeren Jahren offenbar mal war, kann ich nicht sagen. Dafür Jörg, kenne ich ihn einfach nicht lange genug. Aber manchmal, wie vorhin, macht Fritz auf mich schon den Eindruck, als hätten ihn die Jahre bei der Kripo ausgezehrt. Und ich meine eher mental, denn körperlich.«

Kapitel 16

»Was denken Sie? So schnell kann ich diese Summe nicht auftreiben.« »Zur Presse? Bitte nicht! Wenn das rauskommt, würden alle mit den Fingern auf mich zeigen. Meine Frau. Parteifreunde. Die Leute im Amt. Einfach alle, die mich kennen. Und das sind viele.« »Egal? Wie kann Ihnen das egal sein? Sie zerstören mein Leben, wenn Sie die Presse informieren. Bitte haben Sie Gnade mit mir. Bitte.« »Eine Anzahlung? Ich könnte Ihnen als Vorschuss 3.000 Mark direkt geben. Soviel Geld habe ich hier. Die restlichen 22.000 erhalten Sie noch diese Woche. Sind Sie damit einverstanden?« »Was? Sie haben von der Aufnahme noch eine Kopie? Also sprechen wir von zwei Kassetten, oder?« »Gut. Eine Kassette bekomme ich also mit der Anzahlung, die andere bei Übergabe des restlichen Geldes.« »Ich vertraue Ihnen, dass es auch wirklich nur diese beiden Kassetten gibt. Und wenn ich gezahlt und Sie mir die Aufzeichnungen ausgehändigt haben, muss ein für alle Mal Ruhe sein damit.« »Was? Wieso ausgerechnet da?« »Na gut. Stimmt. Dort sind wir sicher ungestört. Also meinetwegen. Dann bis heute Abend pünktlich um 22 Uhr.« »Ja, ich komme allein. Sie hoffentlich auch?« »Gut.« Er legte den Telefonhörer auf die Gabel. »Verdammt, verdammt«, zischte er leise. Für seine Unachtsamkeit hätte er sich ohrfeigen können. Nun jedoch beherrschten Wut, Furcht und Unsicherheit seine Gedanken. Er zog die Schreibtischschublade auf und nahm eine blaue Plastikbox heraus. Er öffnete sie und murmelte mit einem zornigen Funkeln in den Augen vor sich hin: »Ganz allein komme ich nicht.« Er nahm den schwarzen Revolver, Kaliber 22 heraus. Lange hatte er das Teil nicht mehr benutzt. Die Knarre lag kalt in seiner Hand. Er checkte, ob noch Patronen in der Trommel waren, denn auf Russisch Roulette hatte er keinen Bock. Die Trommel war voll bestückt. Zufrieden steckte er die Waffe in seine Aktentasche, legte die Plastikbox zurück und schob die Schublade wieder zu.

Kapitel 17

»Paul! Pauuuul! Die Polizei will mit dir sprechen!« Heike Grünauers schrille Stimme hallte wie ein infernalisches Sirenenheulen durch das foyerartige Treppenhaus der großzügigen Villa am Rande Mendigs. Die Ehefrau des hiesigen Bürgermeisters hatte Hauptkommissar Weller vorhin die Haustür geöffnet und sofort, nachdem er sich ausgewiesen und ihr den Grund seines Besuchs offenbart hatte, lautstark nach ihrem werten Gatten gerufen. Die Hausherrin bat den Kriminalbeamten hinein. Der Duft eines schweren, blumigen, gar schwerblumigen oder blumig schweren Parfums, wie auch immer, hüllte sie quasi von Kopf bis Fuß in einen durchsichtigen, doch allgegenwärtigen Kokon. Bloß, dass die Bürgermeistergattin keine graue Raupe, sondern bereits ein ziemlich auffälliger Schmetterling war. Hochhackige, elegante Schuhe. Todschicke, engsitzende Lederhose. Alles in schwarz. Darüber einen feinen, schneeweißen Pullover. Um Heikes schlanken Schwanenhals eine glänzende, feingliedrige Kette, an deren Ende ein verziertes und mit mehreren glitzernden Diamanten besetztes Medaillon, inmitten ihrer hervorragenden, Push-Up geformten Oberweiter ruhte. Bierdeckelgroße, kreisrunde Ohrringe und einige, teils recht protzige Ringe an den Fingern. Kette, Medaillon, Ohrringe und Ringe, sofern es sich dabei nicht um billigen Modeschmuck handelte, in echtem Gold. Perfekt manikürte Hände mit schwarz lackierten Fingernägeln und blondierte, glatte, schulterlange Haare. Ihre dezent mit Rouge betonten hohen Wangenknochen und die rundliche Gesichtsform verliehen der Mendigerin zudem einen osteuropäischen Touch.

Aufgrund dieses optischen Aspektes und ihres leichten Sächselns nahm der Ermittler an, dass die extravagante Dame wohl aus der ehemaligen DDR stammte.

Und Weller wäre nicht Weller, wenn ihn dazu nicht noch ein ironischer Gedanke ereilt hätte: »Mannomann! Eine feine Escort-Service-Lady von drüben als Frau Bürgermeister. Grünauer, Grünauer! Du lässt es aber krachen! Offenbar verdient man als Eifeler Stadtoberhaupt echt üppig!« Da Weller nicht nur ein Kripobeamter, sondern in erster Linie auch ein Mann war, der aufs weibliche Geschlecht stand, senkte er mehr oder weniger bewusst kurz seinen Blick und murmelte fasziniert: »Sehr schön. Wirklich sehr schön.« »Bitte?«, konterte die Mittdreißigerin etwas harsch, da sie natürlich gemerkt hatte, dass dieser grauhaarige Spitzklicker offenbar auf ihre »Berliner« geglotzt hatte. Sie musterte ihn kritisch. »Ich habe nur Ihr Medaillon bewundert. Sehr schöne Arbeit. Ich glaube, so eines würde meiner Frau auch gefallen«, manövrierte sich Weller geschickt aus dieser prekären Lage und sagte dabei zumindest teilweise die Wahrheit. »Hat Paul mir geschenkt. Zum dritten Hochzeitstag«, antwortete Heike Grünauer nun wieder freundlicher. Sie nahm das wertvolle Schmuckstück für einen Moment in die Hand und schmachtete es förmlich an. »Schlimme Sache, das mit der Frau. Mein Mann hat mir erzählt, dass sie am Laacher See gefunden wurde«, sinnierte sie währenddessen leise, doch für den Hauptkommissar gut verständlich vor sich hin. Dann legte sie das goldene Medaillon wieder behutsam an Ort und Stelle, schaute den Hauptkommissar intensiv an und fügte »tragisch, sehr tragisch« mit gesenkter Stimme hinzu. Die Art und Weise wie Heike Grünauer den Kriminalisten während sie redete ansah, erweckte in diesem zunächst den Eindruck, als leide sie mit den Hinterbliebenen der Toten mit. Aber trotz ihrer sehr emphatisch anmutenden Worte, wirkte das Verhalten der Hausherrin auf Weller irgendwie oberflächlich und affektiert. Daher konnte er ihr ihre scheinbare Anteilnahme nicht so recht abkaufen. Eines jedoch stand für ihn zweifelsfrei fest. Das Auftreten und die äußere

Erscheinung des steilen Zahns passte ideal in die pompöse Inneneinrichtung der mondänen Behausung.

So wartete der Eingangsbereich der Villa allenthalben mit hellem, italienischem Carrara-Marmor auf. Wände und Nischen waren reichlich gespickt mit verschnörkelten Kunstobjekten aller Couleur. Als wahres Highlight prangte ein wuchtiger, venezianischer Kristall-Kronleuchter hoch droben an der schneeweißen Decke, inmitten einer aufwändigen Stuckrosette. Ebenfalls unübersehbar hing in Augenhöhe rechts an der Wand ein gülden gerahmtes Poster, auf dem das Hochzeitspaar Grünauer abgelichtet war. Davor, leicht versetzt, thronte ein Strauß roter Rosen in einer violetten Blumenvase majestätisch auf einer hüfthohen, der Antike nachempfundenen weißen Steinsäule. Weller schätzte, dass, ebenso wie die Aufmachung der herausgeputzten Bürgermeistergattin, auch das Haus inklusive Interieur irrwitzig hochpreisig sein musste, was aber nichts daran änderte, dass er die Einrichtung protzig überladen fand und sie ihn förmlich erschlug. »Wie man sieht«, so dachte er bei sich, »ist auch ein Haufen Kohle lange noch keine Garantie für guten Geschmack.« Doch er war nicht hierhergekommen, um seine Expertise bezüglich Ehefrau und Villa zu verkünden. Keineswegs! Für ihn als im Mordfall Ute Marx hauptverantwortlichem Ermittler lag der eigentliche Fokus darin zu erfahren, welche Beweggründe den Mendiger Bürgermeister veranlassten, sich *für* die Realisierung des geplanten Projektes der WaLS GmbH einzusetzen. Eine Meinung, mit der der Regionalpolitiker schließlich im krassen Gegensatz zu denen der anderen Einheimischen stand, mit welchen Weller im Laufe des Tages bereits zu tun gehabt hatte.

Kaum, dass er sich darauf besonnen hatte, erschien Mendigs Bürgermeister Paul Grünauer oben an der Marmorbrüstung im ersten Stock. Die Aura eines mittelalterlichen Basaltbarons, der einen seiner Vasallen gönnerhaft empfing, umgab den Hünen. Piekfeiner dunkelblauer Anzug. Das Jackett mit goldfarbigen Knöpfen, dazu ein elegantes Einstecktuch. Darunter ein hellblaues Hemd mit weißem Kragen und eine Krawatte im Farbton des Anzugs. Perfekt sitzender Seitenscheitel. Brille mit leicht getönten Gläsern. »Tach, Herr Hauptkommissar Weller. Tschuldigung, hatte gerade noch ein Telefonat mit der Kreistagsvorsitzenden und die Tante quatscht immer viel. Doch bitte, kommen Sie hoch. Meine Sekretärin, Frau Haubrichs, hat sie mir bereits angekündigt!« Hatte der Hauptkommissar aufgrund Grünauers Äußerem schon befürchtet, dass dieser ihn nun mit hochgestochenem, überkandideltem Gequatsche *beglückte*, sah er sich diesbezüglich in seiner Vermutung gottlob auf dem Holzweg. Denn der Mendiger Bürgermeister redete mit kerniger Stimme, teils in Mundart, teils im Hochdeutschen, gerade so, wie ihm der Schnabel gewachsen war. Doch Wellers ironische Einschätzung »Basaltbaron«, sollte, wie sich im darauffolgenden Gespräch herausstellte, durchaus zutreffend sein. »Bärli, ich bin dann gleich weg zur Ela auf ein Sektchen. Und um acht bin ich bei Essie zum Yoga. Schauiiie und bis später! Hab dich ganz doll lihiiieb!«, rief Heike ihrem Paul zu und gab ihm einen schmatzenden Luft-Kuss. »Gut, Mausi. Viel Spahaaas!«, säuselte der Koloss daraufhin mit ungeahnt feinem Stimmchen und in ähnlichem Tonfall wie seine Frau, »ich spreche noch mit dem Kommissahaaar, bin dann auch weheeeg. Muss gleich noch ins Altenheim. Rösers Anni wird heute hundert und um 19 Uhr habe ich eine Besprechung mit der Stadtratsfraktion. Wird bestimmt wieder spät werden. Du weißt ja, der Schneider Klaus hat immer viele Fragen. Also schauiiie! Hab dich auch lihiiieb!« Zum Abschied warf der Hüne seiner Angebeteten ebenfalls einen vor Schmalz triefenden Luft-Kuss zu, worauf diese aus dem Sichtfeld der beiden Männer entschwand.

Weller fühlte sich in diesen gefühlsduseligen Momenten völlig fehl am Platze. Offenbar war die Szene Grünauer einem Fremden gegenüber etwas peinlich, denn als der Kripobeamte neben ihm stand meinte er leise: »Bitte vielmals um Entschuldigung, Herr Hauptkommissar. Ich weiß ja, dass ich mich für Heike so manchmal zum Affen mache. Aber was soll's.« Dann zuckte der Hausherr frei nach dem Kölsche Motto »wat willste maache«, mit den Schultern und erklärte: »Ich bin ja froh, dass so ein junger Hüpfer auf einen alten Knacker wie ich es mit meinen sechzig Jahren bin überhaupt noch abfährt. Heike könnte schließlich meine Tochter sein. Manchmal frage ich mich, wie lange sie wohl noch bei mir bleibt, oder ich bei ihr ... Denn auch, was unsere Interessen anbetrifft, sind Heike und ich absolut grundverschieden. Andererseits ziehen sich Gegensätze ja bekanntermaßen an. Na, wir werden sehen.« »Solange der Geldhahn kräftig sprudelt, wird Mausi sicher bei ihrem Sugardaddy Bärli bleiben«, hatte Weller prompt auf der Zunge, doch er entschied sich, den Spruch besser hinter seinen Zähnen zu behalten. Stattdessen antwortete er nur mit einem schlichten »So isses!«, lächelte und schob aufmunternd hinterher, »was soll ich sagen, Herr Grünauer, ich schätze, wir beide sind etwa der gleiche Jahrgang. Und wie bei gutem Rotwein, so ist es auch bei uns, je älter, je besser, oder?!« »Sie gefallen mir, Herr Hauptkommissar! Genauso ist es!«, entgegnete der Bürgermeister, gab dem Beamten mit der flachen Hand einen sachten Schlag gegen den linken Oberarm und lachte schallend. Während der Hauptkommissar dem robusten Stadtoberen zu seinem Homeoffice folgte, vernahm er das Zuschlagen der Haustür. Sekunden später brüllte draußen der schwarze 911er in der Garageneinfahrt infernalisch auf und rauschte dröhnend davon. Mausi, so Wellers korrekte Vermutung, hatte wie vorhin angekündigt die

Villa verlassen um ihre *wichtigen* Sektchen- und Yoga-Termine wahrzunehmen.

Parallel dazu läutete irgendwo im Mendiger Stadtgebiet ein Telefon. Der Hörer des violetten Tastenapparates wurde flugs abgehoben. »Ja, bitte?«, fragte die Stimme. »Ich bin's. Wer sonst?« »Ach schön. Ich bin nur vorsichtig und melde mich nie mit meinem Namen. Ist halt noch ne Angewohnheit von damals.« »Deine Vorsicht in allen Ehren. Aber außer mir kennt deine Nummer doch sowieso nur die Telekom.« »Stimmt auch wieder. Aber wieso rufst du an? Wir haben doch alles besprochen.« »Es gibt eine kleine Planänderung. Einerseits spielt uns ein glücklicher Zufall bei unserem Vorhaben in die Karten, andererseits bekommst du etwas mehr Arbeit. Sollte jedoch kein größeres Problem für dich sein. Also Folgendes …«

Bürgermeister Paul Grünauer drückte die Bürotür ins Schloss. Als aufmerksamer Gastgeber bot er dem Koblenzer Kriminalbeamten sowohl eine Sitzgelegenheit als auch ein Glas Reginaris-Wasser an. Beide gut gemeinten Offerten schlug dieser jedoch mit der Begründung »ist nett gemeint, aber das lohnt nicht, ich bleibe nicht lange« dankend aus. Ohne weitere Umschweife kam Weller zur Sache und trug sein Anliegen vor. »Tja, Herr Hauptkommissar, so ist das in unserer Gegend, »antwortete Grünauer abwinkend, »ewig Gestrige und Oberbedenkenträger haben wir hier mehr als genug. Was habe ich mir den Mund fusselig geredet. Doch den Sturköppen ist selbst mit guten und schlüssigen Argumenten nicht beizukommen. Wie oft habe ich den Dickschädeln erklärt, dass durch die Umgestaltung des Campingplatzgeländes am Laacher See, neue Arbeitsplätze entstehen. Arbeitsplätze, die wir in unserer eher strukturschwachen Umgebung unbedingt brauchen. Und das sowohl in der Bauphase wie auch im späteren Geschäftsbetrieb. Und wenn die First-Class-Unterkunft im nächsten Jahr an den Start geht, würden aufgrund der exquisiten und vielfältigen Angebote ganz neue, zahlungskräftigere Touristengruppen angesprochen. Sowieso müsse der Fokus zukünftig in aller erster Linie auf betuchterer Klientel liegen, welche ihre Knete in rauen Mengen hier in *unserer* Region lässt und nicht woanders. Nur von Urlaubern, die ihr Bier, Kartoffelsalat und Würstchen selbst mitbringen, kann auf Dauer in Mendig und Umgebung niemand existieren. Nicht der Einzelhandel, nicht die Gastronomie und auch nicht die Abtei Maria Laach mit all ihren Geschäften. Ich bin mir absolut sicher, Herr Hauptkommissar, das zukunftsorientierte Projekt der WaLS GmbH würde ordentlich Geld in Kassen und Klingelbeutel spülen. Ganz zu schweigen vom Plus an Gewerbesteuereinnahmen. Dazu eine enorme Image-Steigerung im Bereich Tourismus Osteifel und, und, und ... Also *ich* sehe nur Vorteile. Solch eine Riesenchance für unsere Heimat dürfen wir einfach nicht leichtfertig vertun, predige ich ständig. Außerdem kann, was meine Meinung anbetrifft, das Campingplatzprojekt nur der erste Meilenstein in der touristischen Ausgestaltung der Laacher See-Region sein. Wir haben solch große Potentiale, die nur darauf warten, gehoben zu werden. Herr Hauptkommissar, *ich* hatte einen Traum. Einen Traum von blühenden Landschaften und Wohlstand für alle! Und *ich* weiß, uns gelingt er, der Aufbruch in eine erfolgreiche Zukunft. Ja, *wir* können das! Und wir schaffen das! So wahr ich Paul Grünauer heiße und Mendigs Bürgermeister bin!«

»Politiker!«, dachte sich Weller sarkastisch, denn insbesondere wegen den letzten markigen Sprüchen des Stadtoberen fühlte er sich, als wäre er auf einer Wahlkampfveranstaltung, »fehlt nur, dass der Grünauer gleich noch Fähnchen und Kugelschreiber verteilt.« »Halleluja!«, entgegnete der Ermittler und unterbrach damit den Redeschwall seines schwitzenden Gegenübers. »Ich kann

Ihre Haltung durchaus nachvollziehen. Und gerade deshalb drängt sich mir nun die Frage auf, ob Sie persönlich aufgrund Ihrer Einstellung auch beleidigt, bedroht oder gar angegriffen wurden.« »Ich? Bedroht? Von den Hanswursten? Nein! Das trauen die sich nicht. Und wenn doch, würde ich sie alle ungespitzt in den Boden rammen!«, polterte Grünauer hemdsärmelig und wiegelte gestenreich ab. Verstohlen linste er dabei hinab zu seiner Aktentasche. Dann schaute er den Kripobeamten an und meinte lächelnd: »Aber Herr Hauptkommissar, bitte verstehen Sie mich nicht falsch. Ich bin Pazifist und daher gegen Gewalt. Glauben Sie mir, auch wenn es manchmal anders aussehen mag, hier in Mendig entscheiden wir stets demokratisch. Zugegeben, mein Wort hat Gewicht, doch auch ich muss mich Mehrheiten beugen. So läuft das nun mal. Und was die Zustimmung morgen im Ausschuss wegen des Laacher See-Campingplatz-Projektes anbetrifft, bin ich sehr zuversichtlich das es abgesegnet wird.« »Okay. Und woher beziehen Sie Ihre Zuversicht?«, bohrte Weller nach. Nochmals zählte der Bürgermeister einige jener Vorteile auf, die er vor wenigen Minuten kundgetan hatte und fügte hinzu, dass die WaLS GmbH bei der Planung des Projektes von Anfang an, sämtliche Aspekte des Schutzes von Natur und Gewässer minutiös berücksichtigt habe. »Ansonsten wäre unser Koalitionspartner im Stadtrat gehörig auf die Barrikaden gegangen. Sie werden sehen Herr Hauptkommissar, dass Herumgemeckere der uneinsichtigen Dickschädel wird der Verwirklichung des Projektes nicht im Wege stehen. Morgen haben wir es schwarz auf weiß.« »Verstehe. Das heißt also, Sie bleiben auch nach Ute Marx` Tod bei ihrer Zustimmung. Denn die Verstorbene soll ja die treibende Kraft der WaLS GmbH gewesen sein«, schlussfolgerte Weller. »Sie haben Recht. Utes, ich meine Frau Marx` Tod bedeutet für mich und uns alle einen herben Verlust. Doch ja, selbstverständlich bleibe ich bei meiner Zustimmung. Ich habe mich vorhin mit Knut Marx ihrem Ehemann diesbezüglich unterhalten. Auch er will das Vorhaben im Sinne seiner geliebten Frau weiter vorantreiben. Wie sagt man so schön, the show must go on.«

Ob Paul Grünauer angesichts dieses Zitates nun wie er selbst ein Fan der Rockband Queen war oder auch nicht, Weller war es schnurz, denn er hatte, was er wollte: Kenntnisse zur Person des Bürgermeisters und über seine Beweggründe bezüglich seiner Befürwortung des umstrittenen Vorhabens. Trotzdem hatte der gewiefte Ermittler noch Bock auf einen Nachschlag. So meinte er im Zuge seiner Verabschiedung beiläufig zum Hausherrn, dass dieser im Übrigen ein sehr schönes Anwesen habe, denn insgeheim interessierte es Weller brennend, wie der gute Grünauer, die Villa, den Porsche, den extravaganten Lebensstil seiner jungen Ehefrau und alles drum herum finanzierte. Da auch dieser Mendiger nicht hinterm Mond beheimatet war, hatte er selbstredend sofort geschnallt worauf die Frage des cleveren Hauptkommissars abzielte. Da er jedoch, wie er fand, rein gar nichts zu verbergen hatte, erzählte er auf dem Weg zu Haustür munter, dass seiner Familie hier in der Gegend früher schon zahlreiche Felder und Wälder gehört hatten und heute noch immer gehörten. Und dass diese Flächen reich an Basalt- sowie Bimsvorkommen wären. Außerdem besitze er ein paar Mehrfamilien-Häuser in Andernach, Mayen und hier in Mendig.

»Erika, meine erste Frau, und unsere Tochter Angela haben zwar nach der Scheidung einen großen Batzen abbekommen. Aber wie Sie sehen, Herr Hauptkommissar, ich komme rund«, untertrieb Grünauer gehörig und redete munter weiter, »wie Sie eben sicher festgestellt haben, so eine besondere Frau wie meine Heike eine ist, will auch unterhalten werden. Nur mit meinem Bürgermeistergehalt würde das nicht klappen. Das kann ich Ihnen sagen.« »Heike ist also Ihre zweite Frau?«, fragte Weller interessiert nach. »Ja. So ist es«, bestätigte Grünauer und plauderte munter weiter, »ich war gerade frisch von Erika geschieden, da traf ich sie. Meine Heike. Sie arbeitete im Laacher See-Hotel als Kellnerin. Bei einer Parteisitzung im Besprechungsraum des Hotels habe ich sie kennengelernt. Es hat sofort zwischen uns gefunkt. Sie hat mir heißen Kaffee über die Hose gekippt.« Grünauer schmunzelte und fuhr fort: »Naja, ich wollte schon kräftig lospoltern, doch dann erblickte ich das liebreizendste Geschöpf, das ich je gesehen hatte. Es war die berühmte Liebe auf den ersten Blick.« »Ihre Frau stammt aber nicht von hier.« »Stimmt, Herr Hauptkommissar. Ursprünglich stammt meine Frau aus Sachsen. Genauer gesagt aus Torgau. Also aus der Stadt, wo sich Ende des Zweiten Weltkriegs Amerikaner und Russen die Hände reichten. Heike versucht zwar immer, betont hochdeutsch zu sprechen, doch so ganz kann sie ihre sächsische Herkunft nicht verleugnen. Sie kam nach dem Mauerfall Anfang 1990 hierher an den Laacher See. Übrigens, sie war auch live dabei in der Prager Botschaft, als Genscher am 30. September 89 vom Balkon aus seine berühmte Ausreise-Rede hielt. Ansonsten erzählt meine Frau nur wenig und wenn, dann sehr ungerne über ihre Zeit in der Ost-Zone. Sie hatte halt eine stinknormale DDR-Kindheit. Thälmann-Pioniere, FDJ und das ganze Gedöns. Und soweit ich weiß, sind von ihrer Familie kaum noch welche am Leben. Irgendwo gibt's vielleicht noch eine ältere, Stief- oder … Halbschwester. Keine Ahnung! Aber so oder so, hat Heike schon seit dem Mauerfall nichts mehr von ihr gehört. Ansonsten hat sie drüben nur noch eine sehr weitläufige Verwandtschaft. Heike spricht nicht gerne über ihre Vergangenheit und ich respektiere das. Meine Familie bist nur du, mein Bärli, sagt meine Mausi immer zu mir und schaut mich mit ihren Kulleraugen an!«

Intermezzo

Die Bewandtnis des Hohen C

Eine dichte, graue Wolkendecke lag düster über den hügeligen Landen. Heftige Winde trieben gnadenlos massive Regenschauer vor sich her. Das Getier im Walde, im Felde und in den Wassern schien sich in die allerhintersten Winkel verkrochen zu haben. Waren dies die apokalyptischen Reiter, also die Vorboten einer nahenden Katastrophe, oder bloß stinknormale Phänomene ohne jeglichen Unglücksbezug? Im Schloss auf der kleinen Insel im See herrschte Verdruss. Zum einen über das seit Tagen andauernde miese Wetter, und zum anderen wegen des gar fürchterlichen Schicksals, welches Gretel, die schlosseigene Wahrsagerin, neulich in den fisseligen Gräten eines geräucherten Felchens, das zuvor ihr Abendmahl gewesen war, mit bangem Blick und trüben Augen herausgelesen hatte. Denn jenes kleine Eiland im See ruhte nur auf einer schmalen Steinsäule. Einer Steinsäule, an welcher der Zahn der Zeit heftig genagt hatte und noch immer nagte.

Doch nicht Erschütterungen des Seegrundes, wie man hätte leicht annehmen können, waren die Ursache, welche die abgrundtief hässliche Seeseherin für den möglichen Einsturz der Steinsäule und den damit einhergehenden Untergang der Insel in den Überresten des Fisches erkannt hatte. Nein! Es war der schlichte Gesang! Und zwar nur jener in der Tonlage des Hohen C! In allen übrigen Tonlagen durfte nach Gretels Einschätzung weiterhin musiziert werden, stellten diese nach Aussage der Fischgräten keine Gefahr für den Fortbestand von Steinsäule und Schloss dar. Aber bitte bloß nicht das Hohe C! Deswegen hatte Graf Gerd als hiesiger Herrscher rasch verfügt, das unheilbringende

Hohe C sofort aus sämtlichen Liedern und Weisen zu entfernen und durch das Tiefe C zu ersetzen. Eine drastische Maßnahme, durch welche die meisten Lieder und Weisen seltsam klangen, doch Vorsicht war die Mutter der Porzellankiste. Schließlich hatte Gretel, die alte Unke auch mit ihrer Weissagung recht gehabt, dass ein Stich ins Auge zwar höllisch brannte, dies jedoch keine offene Flamme erzeugte. Und da Graf Gerd nicht nur rasch in seinen Entscheidungen war, sondern mitunter auch ziemlich gewieft, hatte er sich und seinen Untergebenen auferlegt, dass man sich künftig möglichst sonor zu artikulieren habe. Sicherheitshalber stellte man auf sein Geheiß hin auch eine Hinweistafel drüben am Seeufer gleich neben dem Steg auf, worauf per Zeichnung um dringende Befolgung seines Erlasses aufgefordert wurde. Durch Gerds Vorsichtsmaßnahmen wussten alle, was die Stunde geschlagen hatte. Ungünstig war nur, dass jenes Hinweisschild vorhin von einer starken Windböe umgepustet worden war und es seitdem unsichtbar für jedes Menschenauge im dichten Heckendickicht vor sich hin moderte. Aufgrund dieser Unbill erlangte die soeben an jener Stelle eintreffende Rittergruppe mit Gefolge dummerweise keine Kenntnis vom Schwerte des Damokles, welches dieser Tage über Graf Gerds Reich schwebte. Drei Ritter in ihren prächtig silberglänzenden Rüstungen und geöffneten Visieren bestiegen das am Steg befindliche hölzerne Floß.

Der alte, einbeinige Fährmann streckte einen Arm aus. Vorab seine Entlohnung fordernd, hielt er die verknöcherte Hand auf, an der nur noch der Daumen und der kleine Finger vorhanden waren. Nun waren die Edelmänner obligatorisch klamm. Sie besaßen keine Münzen oder Edelsteine, welche sie dem Fährmann als Obolus für dessen Dienste hätten geben können. Doch bemerkten sie sehr bald, dass der Alte, zumindest was seinen körperlichen Zustand anbetraf, nicht mehr so ganz auf der

Höhe der Zeit war. Und diese Wahrnehmung trügte sie nicht. Denn Johann, so sein Name, war der taubstumme Gemahl von Wahrsagerin Gretel und er verfügte zudem über die schiere Sehstärke eines Maulwurfs. Eine Eigenschaft, welche in Anbetracht von Gretels Optik durchaus auch seine Vorteile hatte. So nutzten die cleveren Ritter die Gunst der Stunde und drückten dem wenig rüstigen Fährmann einen rostigen Blechknopf in seine geschundene Hand. Mit gönnerhaften Worten sagten sie zu ihm, dass es ein wertvolles Goldstück sei, was der Fährmann allerdings nicht hörte. Wie Johann es auch immer anstellte, blieb verborgen. Doch flößte er all seine Passagiere, wie auch jetzt die Ritter auf direktem Wege bis dicht an die kleine Schlossinsel heran. Einer der Drei erhob sich. Sodann rief er mit majestätisch kerniger Stimme: »Heer des Eilandes im See! Höret uns an! Wir sind weit gereist und kommen als Freunde! Wir sind Suchende in sehr wichtigem Auftrag!« Kaum, dass seine Worte verhallt waren, lugte ein Mann mit grimmigem Blick über die Zinnen der Schlossmauer. Begleitet von beschwichtigenden Armbewegungen entgegnete der Inselbewohner in tiefer, flehender Tonlage: »Ist ja gut. Ist ja gut! Ich komme ja schon!«

Nur wenige Sekunden später öffnete sich die wuchtige Pforte und der Einheimische trat heraus. Er trug einen grauen Mantel mit Kaninchenfellkragen. Besonders auffällig an seinem äußeren Erscheinungsbild, war die perfekt gepflegte Langhaarfrisur inklusive langem Rauschebart. »Ich bin Gerd. Graf Gerd. Und mir gehört die Laube. Ihr habt nach mir verlangt«, machte sich der Schlossherr bekannt. In der Annahme, dass die Fremden natürlich das aufgestellte Hinweisschild am Steg gesehen hatten, sah Gerd keinen Grund, diese nochmals auf die nun geltenden Sprech- und Sangesbestimmungen in seinem Reich hinzuweisen. Zudem artikulierten sich die unbekannten Rittersleut in der Form, dass ihre

Stimmlagen meilenweit entfernt vom Hohen C lagen. Daher bestand für den Regenten diesbezüglich kein Grund zur Sorge. »Guter Graf Gerd, ich bin Artus, König von Britannien. Mit zwei meiner mir treuergebenen Ritter, dem mutigen Herren Lancelot und dem sauberen Herren Galahad, führte mich unser Weg in Eure Lande. Wir sind Ritter der Tafelrunde und wandeln auf wahrhaft göttlichen Pfaden. Denn uns wurde aufgetragen, nicht zu ruhen, bis wir den heiligen Gral gefunden haben. Um ehrlich zu sein, eigentlich dürfte Lancelot nicht dabei sein, weil er den kleinen Lancelot mal wieder nicht im Griff hatte. Aber was soll's. Ich habe daher entschieden, dass auch er sich ruhig mal an unserer anstrengenden Suche beteiligen kann und nicht nur daheim mit dem Weibsvolk, lecker knickknack, na Ihr wisst schon …« »Ja, ja, ich weiß«, antwortete Graf Gerd augenzwinkernd. Er war gerade echt froh darüber, dass er Frau und Tochter zu Ostern neue Keuschheitsgürtel geschenkt hatte. Jedoch fühlte er sich auch ein wenig gebauchpinselt, dass solch hoher Besuch ausgerechnet ihm seine Aufwartung gemacht hatte. So fuhr er, angetan vom majestätischen Auftreten der Ankömmlinge fort und nickte bewundernd: »Britannien. König Artus. Ritter der Tafelrunde. Nicht schlecht. Nicht schlecht. Ich habe neulich gehört, Euer Volk verstünde sich ausgezeichnet in der Kunst des Fische Angelns. Fast so gut wie die Angelsachsen!« Da Graf Gerd mitunter auch ein Spaßvogel war, hatte er sich das kleine Wortwitzchen nicht nehmen lassen und sich darüber köstlich amüsiert. »Dreister Halunke!«, zischte Lancelot entrüstet, »soll ich dem Schandmaul mit Excalibur einen Kopf kürzer machen?« »Nein, halt ein, mein Freund. Denk an unser Anliegen!«, befahl Artus streng. Dann wandte er sich mit einer gewissen Diplomatie an den Inselherren: »Wie ich sehe, versteht Ihr Euch in guten Scherzen. Auch wir, verehrter Graf, sind stets für einen kleinen Schabernack zu haben, nicht wahr meine

Freunde.« Lancelot und Galahad nickten teils zähneknirschend. Galahad fiel dabei mal wieder sein Visier zu. Genervt klappte er das klapperige Teil, an dem eine gewaltige Schraube locker war, wieder hoch.

»Aber edler König, edle Ritter aus Britannien, weshalb um Himmels Willen, vermutet Ihr den heiligen Gral, oder wie auch immer ihr das Ding nennt, ausgerechnet hier in meinem Reich? Wir haben hier doch noch nicht mal einen Aal, geschweige einem Gral. Und schon gar keinen Heiligen. Nein. Hier gibt's nur Hechte und Felchen. Zudem ist mein Geblüt, weit über unsere Grenzen hinaus bekannt, für die Kunst des Frisierens der Körperbehaarungen, sowie der schmackhaften Zubereitung unserer einheimischen Fische. Ich, werter König Artus bin nämlich ein Nachfahre Ragnars, des stämmigen Fischfängers, und Tinas, der drallen Coiffeurin. Aber wie gesagt, einen heiligen Gral haben wir hier sicher nicht. Wie soll das Teil überhaupt aussehen?« Daraufhin holte die britannische Majestät weit aus und antwortete feierlich: »Der heilige Gral, mein Herr Gerd, ist ein wahrhaft güldener Kelch. Er leuchtet sogar in der finstersten Finsternis so hell und rein wie das Licht der Sonne. Im Traum ist er mir erschienen. Und im Traum sah ich auch den Pfad zu meinen Füßen liegen, welcher uns hierher zu Euch geleitete. Ja, so müsst Ihr wissen, das gleißende Gralslicht erschien hoch droben im Fenster Eures Turmes, edler Herr Gerd. Und als ich ihn dort droben sah, sprach eine göttliche Stimme in meinem Kopf zu mir: »Dort ist der Gral, der Graaal. Artus, endlich bist du am Ziel deiner Suche angelangt!« »Soso, eine göttliche Stimme hat also zu Euch gesprochen. Und ein Licht habt Ihr, König Artus, hoch droben in meinem Turm gesehen?«, entgegnete Graf Gerd skeptisch und warf einen ungläubigen Blick hinauf zum Turmfenster. Offenbar, so dünkte es ihm derweil, hatte dieser Artus wohl zu viel Met intus gehabt, als er glaubte jene besondere Botschaft zu empfangen. Doch da Gerd gastfreundlich war und mit den britannischen Einfallspinseln keinen Ärger haben wollte, verzichtete er darauf, seine Zweifel an der Echtheit von Artus' Aussage zu äußern. Daher wandte er sich betont höflich mit einer logischen Erklärung für die genannte Erscheinung wieder den Dreien zu: »Das einzige Licht, Ihr weitgereisten Herren, welches ab und dann hoch droben im Fenster meines Turmes zu sehen ist, stammt vom glänzenden Schein der gülden schimmernden langen Haare meiner geliebten Frau Gundi, wenn sie im Lichte eines vollen Mondes gebürstet wird, ... äh, also ich meine, wenn sie ihre Haare bürstet. Doch wie eben schon gesagt, wir haben keinen güldenen Kelch und erst recht nicht im Turmfenster. Wenn Ihr mögt, kann ich Euch ein paar geräucherte Felchen oder einen Hecht als Wegzehrung mitgeben, oder falls es beliebt, könnte meine Gemahlin Euch mal einen ordentlichen Haarschnitt verpassen. Sonst allerdings kann ich Euch nichts anbieten! Rein gar nichts!« »Keinen Gral? Nur Fische und eine Frisur? Sonst nichts?« »Tut mir leid, edle Herren aus Britannien. Sonst nichts!« »Und was nun?«, fragten sich Artus, Lancelot und Galahad leicht enttäuscht angesichts der doch recht ernüchternden Aussichten. Mit großen Augen sahen sie sich an und um. Sogar Fährmann Johann zuckte mit den Schultern. »Nun gut, so sei es, edler Graf Gerd. Dann wollen wir Euch nicht länger behelligen und setzen unsere Suche in anderen Landen fort. Denn so wie es den Anschein hat, habe ich die Stimme in meinem Kopf wohl falsch verstanden. Doch Euer großzügiges Angebot *Fisch und Haarschnitt* nehmen wir sehr gerne an.«

König Artus winkte ihrem am Seeufer ausharrenden Gefolge mit dem Ansinnen zu, dass er, Lancelot und Galahad noch ein Weilchen auf des Grafen Eiland bleiben würden. Nun gehörte ihrem Gefolge unter anderem auch der königliche Barde Frederico Gallileo, ein Nachfahre des römischen Centurio Fredericus Mercus Rex an. Und Frederico Gallileo war wahrhaftig ein begnadeter Sänger mit einem exorbitanten Stimmvolumen. Misslicherweise deutete Frederico das Winken seines Gebieters als Aufforderung an ihn, dass er doch bitte etwas Liedgut darbieten möge. Quasi als Geschenk an ihren netten Gastgeber. So holte Frederico Gallileo tief Luft und schmetterte sodann als Ouvertüre seiner Aufführung ein wuchtiges »Ay-Ooooh«, welches glasklar unter und über Wasser zu vernehmen war. Selbstverständlich hatte der geübte Barde dabei haargenau die avisierte Tonlage des Hohen C getroffen …

Was darauf folgte, entsprach im Prinzip der orakelhaften Weissagung von Gretel der Seherin. König Artus mit seinen Tafel-Rittern Lancelot und Galahad entkamen durch Fährmann Johanns heldenhaften Einsatz dem feuchten Grab. Dem Fährmann selbst war das Glück jedoch nicht hold. Er fiel ins Wasser und da er des Schwimmens nicht mächtig war, versank Johann wie das komplette Inselreich des Grafen Gerd in den tosenden Fluten des Sees. Mit dem plötzlichen wie raschen Ableben von Ragnars und Tinas letzten Nachfahren verschwand leider, leider auch die jahrhundertealte Tradition des schmackhaften Zubereitens von heimischen Fischen sowie des perfekten Frisierens der Körperbehaarung. Es waren gar tragische Verluste von Fertigkeiten, von welcher sich die hiesige Bevölkerung niemals vollständig erholen würde. Sogar weit, weit in der Zukunft sollten heimische Fischgerichte nicht mehr so formidable schmecken, sollten Frisuren nicht mehr so perfekt sitzen. Ein sehr, sehr dramatisches Schicksal. Dramatischer als der Inseluntergang selbst …

Den erlauchten Tafelrittern inklusive ihres Königs schien jene See-Episode ihrer Gralssuche offenbar nicht bedeutsam genug gewesen zu sein. Denn das

Versinken des Eilands, ausgelöst durchs Singen eines Hohen C, geriet schon bald in Vergessenheit. Daher wurde in der Geschichtsschreibung auch nichts über die wahren Hintergründe des Unglücks erwähnt ... bis heute, in jenem Moment, da diese Zeilen das Licht der Welt erblicken ...

Kapitel 18

Der erlösende Jingle, der die 18 Uhr-Nachrichten einläutete, hatte der leidigen Radiowerbung ihr pünktliches Ende gesetzt. Sogleich wünschte die Sprecherin ihrer geneigten Hörerschaft ziemlich monoton einen guten Abend und nannte ihren Namen. Im Anschluss an das übliche Begrüßungsgeplänkel gab es als Erstes, wie quasi in allen anderen Nachrichtensendungen in den vorangegangenen Wochen der Fall, auch von ihr ein tägliches Update des US-Präsidentschaftswahlkampfes. Denn dieser ging allmählich in die heiße Phase. Glaubte man den Prognosen, so hatten die beiden Herausforderer, der Republikaner Bob Dole und der unabhängige Kandidat namens Ross Perot gegen den demokratischen Amtsinhaber Bill Clinton kaum eine Chance, denn angesichts von Clintons Beliebtheit rechnete alle Welt bei den am 5. November stattfindenden 53. United States Presidential Elections mit dessen Wiederwahl. Der US-Politik folgte ein Bericht über die vor wenigen Tagen bekanntgegebenen diesjährigen Friedensnobelpreisträger, den osttimorischen Bischof Carlos Felipe Ximénos Belo und den Bürgerrechtler José Ramos-Horta. Unter anderem wurde hierbei kurz auf Belos Zusammentreffen mit dem indonesischen Machthaber und Diktator Suharto eingegangen. Nach einer Meldung, die Insolvenzen früherer DDR-Betriebe thematisierte, dem Wetterbericht, demzufolge es weiterhin ziemlich herbstlich blieb, sowie den Verkehrsnachrichten mit den üblichen Autobahnstaus infolge zahlreicher Unfälle im dichten Feierabendverkehr, dudelte mit »*Wannabe*« der ultimative Hit des Jahres, von den echt spicigen *Spice Girls* aus dem Lautsprecher.

Hauptkommissar Fritz Weller fuhr, die Melodie des allgegenwärtigen Liedchens der hübschen Britinnen unbewusst leise mitsummend, auf den mäßig gefüllten Schotter-Parkplatz der Mendiger Brauerei. Während er seinen dunkelgrünen Dienstboliden rückwärts einparkte wurde er angerufen. Er stoppte sein Mitgesumme, drehte das Radio leise und ging ran. Seine junge Partnerin hatte erneuten Gesprächsbedarf. »Hi Fritz, es geschehen noch Zeichen und Wunder!«, jubilierte Kommissarin Eckstein, »ich weiß zwar nicht, wie du es geschafft hast, doch der Durchsuchungsbeschluss von Staatsanwältin Katz ist tatsächlich schon da! Und wenn der Erkennungsdienst gleich hier vor Ort eintrifft, gehen wir in Henkels Wohnung. Mal sehen, was wir vorfinden!« »Na, ich habe dir doch gesagt, dass ich bei der Staatsanwältin noch was guthabe«, antwortete Weller mit einem geheimnisvollen Unterton in der Stimme, ohne jedoch näher auf den Hintergrund seines ominösen Guthabens einzugehen. Es freute ihn, dass seine langjährigen Connections mit der Staatsanwältin gefruchtet hatten und legte fordernd nach: »Es ist schließlich wichtig, dass ihr rasch vorankommt. Und was ist mit Henkel? Habt ihr den Knaben inzwischen aufgespürt?« »Bisher noch nicht, Chef, doch die Fahndung läuft auf Hochtouren.« »Gut, Anette, bleibt da konsequent dran. Und wenn es irgendwo haken sollte oder von anderer Stelle nicht genug Dampf gemacht wird, sag mir bitte Bescheid, okay?« »Geht schon klar«, antwortete die Kriminalbeamtin. Einerseits war sie gerade etwas sauer auf ihren älteren Kollegen, dass er ihr nicht oder zumindest noch nicht so ganz zutraute, einmal gehörig auf den Tisch zu hauen, wenn es intern klemmte. Andererseits fand sie es echt rührend, wie sich der erfahrene Fritz hin und wieder um sie wie ein Vater um sein Kind sorgte und sie in Situationen unterstützte, in denen es halt nicht schulbuchmäßig verlief. Auf Wellers weitere Frage, ob sie sonst noch was hätten, schob Anette nach, dass sich Hauptwachtmeister Zeitvogels Dienststellenleiter tatsächlich höchstpersönlich zum Museum begeben habe, um mit der Direktorin zu sprechen. »Ach ja, und wir sollen dir vom Ersten Polizeihauptkommissar Leppe noch einen besonders schönen Gruß ausrichten, dass die Angelegenheit mit den Sahnekamellen schon über zehn Jahre her und somit längst verjährt sei.« Obwohl Fritz seine Kollegin nicht sah, hörte er förmlich wie sie bei ihren letzten Worten breit grinste. Kurz und knapp berichtete er nun vom Besuch bei den Grünauers und wagte einen eher skeptischen Ausblick auf sein unmittelbar bevorstehendes Gespräch in der Brauerei. »Ich erwarte eigentlich nicht viel, was bahnbrechende Erkenntnisse zur Auflösung unseres Falles anbetrifft. Aber egal. Manchmal kann auch die kleinste Kleinigkeit von Nutzen sein. Ich bin allerdings sehr gespannt darauf, ob dieser Legenden-Futzi auch so eine verschrobene Marke ist, wie die meisten anderen, mit denen ich heute zu tun hatte. Na ja, ich werde es gleich wissen. Doch unabhängig davon, was uns die Aussage bringt, kommen wir Schritt für Schritt voran. Denn es gibt Neuigkeiten aus der Rechtsmedizin und der KTU! So habe ich vor wenigen Minuten von Wolfram, dem alten Leichenfledderer, erfahren, dass laut den Ergebnissen ihrer rechtsmedizinischen Untersuchungen, Ute Marx` Todeszeitpunkt ziemlich exakt um 20 Uhr des gestrigen Abends war. Nur *ziemlich* exakt und nicht zu hundert Prozent, weil es laut Jakis Expertise aufgrund der äußeren Bedingungen wie zum Beispiel der Wassertemperatur und so weiter und sofort, einen gewissen Toleranzbereich gibt. Doch er beteuerte mehrfach, dass 20 Uhr angesichts dieser Toleranzen eine wirklich sehr, sehr brauchbare Schätzung sei. Im Laufe der Obduktion fanden sie außerdem auch Seewasser in der Lunge des Opfers.« »Die Frau lebte also noch, als man sie …«, konstatierte die Kommissarin und stockte bei der Wiedergabe ihrer Schlussfolgerung. Dieser kaltblütige Fakt hatte ihr etwas die Sprache verschlagen. »So ist es. Sie war sicher bewusstlos, als man sie in den Laacher See verfrachtete, denn Jaki und Edgar haben keine Abwehrverletzungen an ihren Händen gefunden«, erhielt sie einen Augenblick später Wellers prompte Bestätigung. Und der Hauptkommissar legte nach: »Was die beiden jedoch bei ihren Untersuchungen gefunden haben, sind Fesselungsmahle und Schürfwunden an beiden Fußgelenken des Leichnams. Offenbar, so die Einschätzung der Rechtsmediziner, hat der Mörder entweder seinem Opfer ein Gewicht an die Beine gehängt, sodass es unter Wasser bleibt, oder was auch nicht wegen der am Seeufer gefundenen Spuren auszuschließen ist, den bewusstlosen Körper vom Ufer ins und unter Wasser gezogen und mit einem Seil oder ähnlichem an einem Fels oder dickem Ast festgezurrt. Doch der Täter hatte nicht damit gerechnet, dass unser Petri-Jünger Gero heute Morgen auf Hecht geht. Ob der Körper der Toten nun nach Geros Köder schnappte, oder sich der Angelhaken einfach in ihrer Kleidung verfing ist letztlich schnurz. So oder so! Gero, in der Annahme ein Riesenfisch habe angebissen, kämpfte wie ein Berserker mit dem vermeintlichen Ungetüm und riss dabei den festgebundenen Leichnam los. Und wie allerseits bekannt, war seine Verwunderung schließlich groß, dass er keinen widerspenstigen Hecht, sondern eine Frauenleiche nach oben befördert hatte. Petri Heil, sag` ich nur!« »Petri Dank!«, erhielt Weller postwendend die lockere Antwort seiner Kollegin.

Dann legte er nach: »Laut Geros grober Schätzung dümpelte der Köder samt Haken in geschätzt zwei bis fünf Metern Wassertiefe herum. Deswegen gehen Lockenkopf und sein Team von der KTU davon aus, dass ein versierter Schwimmer durchaus dazu in der Lage ist, einen menschlichen Körper in diesen verhältnismäßig geringen Tiefen festzubinden. Außerdem wird die Sicht im See je weiter es runter geht immer mieser. Wenn wir also die Variante mal zur Seite legen, worin die bewusstlose

Ute Marx mit einem Gewicht an den Füssen von einem Boot aus im See versenkt wurde, deutet demnach alles auf einen geübten Schwimmer als Täter hin. Denn ein Taucher mit entsprechendem Equipment, hätte die Frau sicher sehr viel tiefer im See befestigt. »Womit wirklich Vieles, wenn nicht sogar alles, auf den entlassenen WaLS GmbH-Mitarbeiter und Triathleten Christof Henkel als Ute Marx` Mörder hindeutet.« »So ist es, Anette. Einen kleinen Wermutstropfen bei all den neuen Erkenntnissen gibt es allerdings auch. Bezüglich der seltsamen Bissspuren am Hals der Toten, die jenen eines Hechtes ähneln, konnten die Mediziner nicht mehr ermitteln, ob sie dem Körper, Post- oder Pre-Mortem zugefügt wurden. Wie dem auch sei, Christof Henkel ist das Gebot der Stunde. Den müssen wir in die Finger kriegen!« »Geht klar Chef. Ich halte dich auf dem Laufenden« »Danke dir, Anette. Ach ja, und Kollege Zeitvogel soll seinem Chef noch einen schönen Gruß von Hauptkommissar Fritz Weller ausrichten, dass Sahnekamellen-Angelegenheiten ähnlich wie Morde niemals verjähren!« »Okay, Chef und tschüss«, entgegnete die Kommissarin ihrem Partner lachend und beendete das Gespräch.

»Olle Kamellen«, murmelte Fritz schmunzelnd. Dann legte er seine kurz aufgeflammten Erinnerungen an jenen früheren Fall, in dem er mit Anton K. Leppe ermittelt hatte, ad Acta und besann sich wieder auf die aktuellen Herausforderungen. Wiedermal war er froh darüber, in Anette eine intelligente und engagierte Partnerin an seiner Seite zu haben, auch wenn diese nur vertretungsweise mit ihm zusammenarbeitete, bis seine reguläre Partnerin Kommissarin Steffi Franck-Pauly aus dem Mutterschutz zurückkehrte.

»So, nun also noch der Legenden-Futzi, dann sollte es für heute reichen«, grummelte Fritz leicht despektierlich, gähnte heftig und schlappte in die Brauerei. Nach wenigen Metern durchs schlauchartige Foyer, vorbei an den rechtsseitig befindlichen, geruchsintensiven Toilettenanlagen, erreichte er den eigentlichen Gastraum des Brauhauses. Er zog die gläserne Tür auf und trat ein. Das warme Licht der schweren Deckenlampen im Industriedesign verlieh der saalartigen Einrichtung einen Hauch von Gemütlichkeit. Weller sah sich im geräumigen, mit eicherustikalem Mobiliar ausgestatteten Gastraum um. Auf den ersten Blick registrierte er, dass nur knapp die Hälfte der vorhandenen Tische besetzt waren. Bei genauerem Hinsehen allerdings fiel ihm auf, dass er einige der Anwesenden kannte. Es handelte sich dabei um Personen, mit denen er heute im Zuge seiner Mordermittlungen bereits das Vergnügen gehabt hatte. So hockten am Tisch ganz links in der hinteren Ecke, vier Leutchen aus Ester Endress` illustrer Malgruppe. Unter anderem war dieser Typ in brauner Latzhose und beigem Rollkragenpullover darunter, der ihm sein stümperhaft gepinseltes Abbild der Laacher See-Landschaft für sage und schreibe 500 Eier hatte andrehen wollen. Und auch das Mannweib aus Bitterfeld mit dem straßenköterblonden Kurzhaarschnitt und der kehlig sonoren Stimme. Der Hauptkommissar erinnerte sich sogar an die Namen: Berthold Wissen und Kristin Mittag. Jedenfalls hatte Kristin ihn erspäht und während sie etwas zu den anderen sagte, mit ihrem kantigen Kopf in seine Richtung gedeutet. Die drei drehten sich sogleich um. Wissen prostete ihm mit vollem Bierkrug zu, leerte ihn anschließend ohne abzusetzen und wischte sich mit den Handrücken den Schaum vom Mund. Weller indessen grüßte nur verhalten nickend zurück, worauf sich Essies Pinselquälertruppe wieder ihrem unterbrochenen Abendessen widmete und angeregt miteinander tuschelte. Auch an den anderen Tischen wurde geschwatzt, getrunken und gutbürgerlich gespachtelt. Mal mehr, mal weniger. Hi und da klirrten zum Prosit aneinander gestoßene Gläser.

Für Weller als leidenschaftlicher Läufer, der sich gerne draußen in der frischen Luft aufhielt, war die Atmosphäre im Gastraum allerdings eine ziemlich naserümpfende Geschichte. Denn er hatte den Eindruck, dass die Atemluft hier herinnen gefühlt nur aus einem sehr geringen Anteil Sauerstoff bestand. Der große Rest war ein typischer Restaurant-Mix, bestehend aus dem Qualm diverser, höchstwahrscheinlich legaler Rauchwaren, aus einem leicht süßlichem Bierdunst und undefinierbaren Essensgerüchen. Garniert mit Parfum- und Aftershave-Aromen sämtlicher *Geschmacksrichtungen*. Und logisch für ein traditionsbewusstes Brauhaus, prangten ringsum an den weiß verputzten Wänden, historische Exponate der heimischen Bierbrauerszene in Form von Zeichnungen, Fotografien, Krügen, Flaschen und Werkzeugen. Das krasse Pendant zur rustikalen, altbackenen, doch irgendwie auch zur Räumlichkeit passenden Inneneinrichtung, waren die beiden bildhübschen Kellnerinnen. Weller vermutete, dass die zwei jungen Frauen sicher Studentinnen waren, die sich ein paar Mark dazuverdienten. Die Kellnerinnen, eine dunkelhaarig, die andere blond, beide blaue Jeans und schwarze Sweet-Shirts mit dem Brauereilogo auf der Brust tragend, fegten geschäftig im Gastraum umher. Freundlich ihre Kundschaft anlachend, nahmen sie Bestellungen auf, servierten Speisen, Getränke und Rechnungen, kassierten ab und wischten die Tische sauber. Hinter der Theke zapfte ein pickliger Jüngling mit zurückgegelter Matte Bier. Davor schlürften drei zigarettenrauchende Gestalten ihren Gerstensaft und quatschten in für auswärtige Ohren kaum verständlichen heimischem Dialekt miteinander. Weller glaubte die Worte Sperrmüll und Trödelmarkt in dem Gebrabbel herausgehört zuhaben. Nichtdestotrotz herrschte fast allenthalben ein munteres, doch weiß Gott kein aufdringliches Stimmengewirr. Nur der Bereich rechts der Theke war diesbezüglich eine

Ausnahme, denn aus dieser Ecke kam nicht der kleinste Laut. Was wohl daran lag, dass dort nur ein einzelner Mann still auf der Bank hockte. In sich gekehrt, mit gesenktem Kopf, hypnotisierte er den nahezu vollen Bierkrug vor sich auf dem Tisch und rauchte Pfeife. Weller betrachtete den Sitzenden. In der Tat, der eigentümliche Vulkanologe Adolf Maria Schröck hatte offenbar keinen Mist geredet, als er am Vormittag abfällig verlautbarte, man würde den selbsternannten Legendenexperten problemlos erkennen. Und nachdem der Ermittler zuvor alle übrigen Anwesenden kurz in Augenschein genommen hatte, konnte es sich beim Mann auf der Eckbank nur um seinen Gesprächspartner in Spe handeln. Denn wer sonst außer einem Fachmann für Märchen und Sagen, würde schon außerhalb der Fastnachtszeit eine Art mittelalterliches Barett mit seitlich angebrachter Bussard-Feder auf dem Schädel haben. Dazu ein weißes, oben aufgeknöpftes, schlabberiges Baumwollhemd und darüber eine grobmaschige, braune Weste. Und um den faltigen Hals eine schwarze Lederkordel mit Silberkreuz-Anhänger in Größe eines Zwanzigmark-Scheines. Weller schätzte den Alten auf jenseits der siebzig. Er ging zum Tisch und fragte direkt: »Herr Gisbert Baum? Korrekt?« »Wer will das wissen?«, knurrte der Sitzende mürrisch ohne den Kopf zu heben. »Kriminalhauptkommissar Fritz Weller!«, entgegnete der Ermittler angesichts dieses ignoranten Benehmens humorlos. Der Angesprochene schaute sogleich auf und antwortete in einer Mischung aus Verwunderung und freudiger Höflichkeit: »Oh, ein Mann des Gesetzes. Das ist natürlich was anderes. Tschuldigung, dass ich Sie angeschnauzt habe. Aber ich dachte schon, Sie wären auch eine dieser Kanaillen, die mir in letzter Zeit mit ihrer nervtötenden Fragerei über geheimnisvolle Schätze im Laacher See ganz gewaltig auf die Eier gehen. Denn irgendwoher haben diese lächerlichen *Jäger des verlorenen Schatzes* erfahren, dass ich immer Dienstagsabends hier an diesem Tisch sitze und mein Bier trinke und Pfeife rauche. Ungestört. Einfach so und nur ich und in aller Ruhe! Doch für Sie, Herr Hauptkommissar, mache ich sehr gerne eine Ausnahme. Denn ja, ich bin Gisbert Baum. Doch bitte. Setzen Sie sich zu mir. Auch ein Bier? Na, klar doch. Ein Bier geht immer. Hey Peggy, bitte mach dem Herrn Hauptkommissar auch ein Helles. Kannste ruhig auf meinen Deckel schreiben!« »Sehr gerne Berti!«, bestätigte die Bedienung prompt. Nur gefühlte Bruchteile von Sekunden später servierte die heiße Dunkelhaarige ein kühles Blondes mit charmantem Augenaufschlag. Ihre geschäftstüchtige Nachfrage, ob er auch etwas essen wolle, verneinte Weller und lächelte zurück. »Berti, soll ich dir denn mal gründlich deine Pfeife ausklopfen?«, wollte sie nun noch vom Einheimischen wissen. »Später vielleicht, Peggy, später vielleicht«, meinte der Pfeifenraucher daraufhin augenzwinkernd. »Na gut!«, lachte die adrette Kellnerin verschmitzt und fegte wieder davon. »Ich bin zwar eigentlich noch im Dienst«, entgegnete Weller und musste wegen des leicht zweideutigen Dialoges der beiden schmunzeln. Er setzte sich Baum gegenüber an den Tisch und fuhr fort: »Und eigentlich darf ich das Getränk auch nicht annehmen, Beamtenbestechung, Sie verstehen. Aber okay, sagen wir mal, 18 Uhr ist vorbei und ich habe für heute Feierabend. Jetzt kann auch ich, Herr Baum, bei *Ihnen* gerne mal eine Ausnahme machen.« Die Männer prosteten sich zu.

Wie schon einige Male zuvor an diesem trüben Oktoberdienstag geschehen, erläuterte der Koblenzer Kriminalbeamte nun den Hintergrund seines Gesprächsbedarfs. Und wieder ereilte Weller ein Deja-Vu. Denn ganz so, als wenn es das Selbstverständlichste auf der Welt wäre, tönte auch der Barett-Träger, dass er von Ute Marx` Tod natürlich schon wisse. »Solch eine Tragödie, Herr Hauptkommissar, spricht sich hier blitzartig rum.

Dafür braucht es keine Zeitung.« Gisbert Baum trank einen Schluck Bier, nahm einen kräftigen Pfeifenzug, hielt kurz aber andächtig inne und atmete den Vanilletabakqualm wieder aus. Er hustete zwei, drei Mal dermaßen heftig, dass man glatt befürchten musste, seine Lunge käme einem jeden Moment in hohem Bogen entgegengeflogen. Nachdem er sich des Hustenreizes mit Hilfe eines weiteren Schlucks Bier entledigt hatte, sagte der Einheimische mit ernstem Blick und rauer Stimme: »Tschuldigung, Herr Hauptkommissar. Aber dass Schröck die Flitzpiepe mich bei der Polizei anschwärzt, hätte ich mir fast denken können. Schätze, er hat sicher wieder mit seiner lauwarmen Herrenhandtasche gewedelt und von den sprudelnden Mofetten geschwafelt. Und sicher hat er auch damit geprahlt, dass er ein ausgewiesener Vulkanismus-Fachmann sei und ich nur ein versponnener Märchenonkel. Hält sich immer für was Besseres, der Schröck. Es wundert mich sowieso, dass ihm noch keine spitzen Ohren gewachsen sind. Solche wie Spock, dieser Vulkanier vom Raumschiff Enterprise. Kommen Sie, Herr Hauptkommissar, sie brauchen mir nichts zu sagen. Ich kann es mir bildhaft vorstellen.« Gisbert Baum trank noch einen Schluck, zog wieder an der Pfeife, hüllte seine nahe Umgebung weiterhin in Vanilletabakqualm ein und hustete gotterbärmlich. Dann trompetete er wuchtig in sein graues, löchriges Sacktuch und fuhr nun weniger aufgebracht mit der Erläuterung fort: »Wie Sie merken, Herr Hauptkommissar, der Adolf und ich können uns, Tschuldigung für meine drastische Wortwahl, auf den Tod nicht ausstehen. Das ist quasi schon immer so.« »Woran liegt's?«, hakte Weller neugierig nach und nippte am Bier. »Es war ein paar Jahre nach dem Krieg«, antwortete Baum und schwelgte nun in der Vergangenheit, »Adolf und ich gingen Freien. Doch dummerweise bei derselben Frau. Barbara! Die schöne Barbara! Ich sag's Ihnen. Barbara war ein verdammt heißer Feger. Sogar in den scheußlichen BDM-Klamotten während der Hitlerzeit machte sie eine tolle Figur. Na jedenfalls konnte sich die Gute leider nicht für einen von uns entscheiden, weil sie uns beide mochte. Ich weiß nicht mehr, wie oft ich mich mit Adolf um Barbara geprügelt habe. Und so beschlossen wir irgendwann, die Sache ein für alle Mal zu regeln. Wir veranstalteten einen kleinen Schwimmwettkampf, quer durch den Laacher See. Start war dort, wo heute der Campingplatz ist, und das Ziel am gegenüberliegenden Ufer, an einer kleinen Landzunge, genannt die Jägerspitze. Der Sieger würde Barbara bekommen und der Verlierer ließ ab dann von ihr ab. Also schwammen wir und ich gewann. Adolf war zwar mächtig sauer, doch er hielt sich an die Abmachung. Bis er sich auf der Fraukircher Kirmes wieder an Barbara ranschmiss. Und wie es der Zufall wollte, fackelte irgendein Jemand am späten Abend des Kirmessonntags, Adolfs funkelnagelneuen Borgward Llyod 300 ab, den er unterhalb der Fraukirch auf einem Stoppelfeld geparkt hatte. Wer der Feuerteufel war, Herr Hauptkommissar, keine Ahnung! Doch ich hörte von Feuerwehrleuten, dass der *Leukoplastbomber* wirklich brannte wie Zunder.« Baum grinste verschmitzt. Dann legte er nüchtern nach: »Schlussendlich war es so, dass auch ich nur eine kurze Zeit Freude an meinem Gewinn hatte. Denn Barbara brannte 1954, just an dem Tag Anfang Juli, als Deutschland Fußballweltmeister wurde, mit einem Ami, einem Soldaten, auf Nimmerwiedersehen durch. Mitsamt unserem sechs Monate altem Söhnchen Clemens. Das war grade mal zwei Jahre, nachdem Barbara und ich in der Krypta Maria Laach geheiratet hatten.« »Okay, okay Herr Baum, soweit ihre anschauliche Erklärung, warum Sie und Schröck sich nicht ausstehen können. Doch kommen wir nun wieder in die Gegenwart und auf meine aktuellen Ermittlungen im Mordfall Ute Marx zurück. Durch Ihre Aussage von neulich, dass

Sie die alte Zicke am liebsten mit Betonschuhen im See versenken würden und dann endlich Ruhe wäre, stehen Sie natürlich ziemlich weit oben auf meiner Liste der Verdächtigen. Leuchtet ein, nicht wahr?«

Weller sah den Alten durchdringend an. »Ja schon, Herr Hauptkommissar«, entgegnete sein Gegenüber kleinlaut. Als hätte er eine Kompanie juckender Flöhe unter der Dunstkiepe, schob er sein Barett ein paar Mal ziemlich hektisch nach vorne und zurück. »Also, wenn *ich* Hauptkommissar wäre, würde ich mich auch verdächtigen.« »Und?« »Ich habe mich halt sehr geärgert über die gottverbotenen Pläne dieser neuen Campingplatzfirma. Kommen von irgendwo her und meinen, sie können hier in der Osteifeler Provinz rumfuhrwerken, wie es ihnen gerade beliebt. Und das dann noch ausgerechnet am Laacher See. Einem Ort der wahrlich ein unsagbar wertvolles, historisches Kleinod ist. Und zudem ist er die letzte Ruhestätte vieler Verstorbener. Und ich spreche hier nicht nur von Badeopfern oder von welchen die durchs Eis gebrochen und für immer unten geblieben sind aus *diesem* Jahrhundert.« »Sondern?« »Sondern, zum Beispiel auch von jenen, die durch den Untergang der Insel ihr Leben ließen!« »Eine Insel, Herr Baum? Hier im Laacher See? Das muss aber schon verdammt lange her sein!«, stutzte Weller ungläubig und nippte am obergärigen Bier, das ihm überhaupt nicht schmeckte. Die Plörre war ihm schlichtweg nicht bitter genug. »Ja, lange her ist es in der Tat, Herr Hauptkommissar. Sogar sehr lange«, bestätigte der Einheimische und nahm einen kräftigen Schluck aus seinem Krug, »einer Legende nach gab es in früheren Zeiten genau in der Mitte des Sees eine Insel und darauf ein Schloss. Darin lebte ein Graf, der mit harter Hand regierte und sein Volk unterjochte. Er muss ein echtes Scheusal gewesen sein. Grausam fernab jeglicher Vorstellungskraft. Ein boshafter Tyrann ohne Sinn für das Schöne der Welt. Ja, und ein Menschenfresser soll er gewesen sein, der Graf.« »Soso. Ein Menschenfresser. Hat sich das Fleisch sicher roh und blutig reingepfiffen. Oder ist bekannt, ob er sich gerne mal ein Stück Oberschenkel auf den Grill gelegt hat?«, frotzelte Weller. Für ihn war diese komische Insel-Legende bloß ein Ammenmärchen. Nicht allerdings für Gisbert Baum. Er war jetzt voll in seinem Element und plauderte munter weiter, ohne auf die nicht ernst gemeinte Frage des Ermittlers einzugehen: »Doch eines Tages versank die Insel samt Schloss und allen Reichtümern während eines infernalischen Unwetters in den dunklen, kalten Tiefen des Sees. Und mit ihr der schauderhafte Graf, dessen inzüchtige Sippschaft inklusive all ihrer bedauernswerten Untertanen, die armen Teufel. Ob allerdings das tosende Unwetter allein für diese Katastrophe biblischen Ausmaßes verantwortlich war, oder es für das Drama noch andere Gründe gab, kann heute leider, leider niemand mehr sagen. Aber eines ist gewiss.« »Na?« »Seit den Zeiten ihres Untergangs hat bis in die Gegenwart hinein zwar kein Menschenauge etwas erblickt, was mit der Insel und deren Bewohner in Verbindung gebracht werden könnte. Doch ich bin mir sicher. Absolut sicher! Was bis dato nicht ist, kann ja werden, Herr Hauptkommissar. Und manchmal schneller und unerwarteter als man denkt! Das ist halt der Lauf der Dinge. Und nicht nur hier bei uns. Was ich schlussendlich damit sagen will, eine heilige Kultstätte, die der Laacher See nun unbestritten ist, darf einfach nicht durch neumodischen, total überflüssigen Schickimicki wie diese monströse Wellnessoase verschandelt oder gar zerstört werden. Nein! Vielmehr sollen die Toten und ihre Schätze auf ewig in ihrem kühlen, nassen Grabe ruhen. Deswegen stehe ich auch voll und ganz zu meinem Ausspruch mit den Betonschuhen!« »Hört hört!« »Im übertragenen Sinne natürlich. Quasi als Metapher, Herr Hauptkommissar! Ich hätte die Frau niemals ermordet.

Auf gar keinen Fall! Das müssen Sie mir schon glauben! Aber was habe ich der Frau Marx alles erzählt. Angefleht habe ich sie! Unzählige Male! Aber alles war vergebene Liebesmüh. Es hat einfach nichts gebracht. Ja. Ich war richtig sauer auf dieses uneinsichtige Miststü …, tschuldigung, ich vergesse mich schon wieder, weil ihr meine guten Argumente, die gegen das Projekt sprechen, völlig egal waren. Doch trotz allem Ärger mit ihr, umgebracht habe ich die Frau nicht. Wann genau ist sie denn überhaupt gestorben? Wenn ich fragen darf.«

»Dürfen Sie Herr Baum.« Weller nannte dem schwitzenden Legendenforscher Ute Marx` Todeszeitpunkt. »Heureka! Dann können Sie mich von Ihrer Liste streichen«, sprudelte es munter aus ihm hervor. »Denn gestern von 19 bis 22 Uhr hatten wir unseren wöchentlichen Treff des Mendiger Rauchclubs »*Halbe Lunge*«, in Juppis Kellerbar. Es gibt jede Menge Zeugen, dass ich den ganzen Abend mit dabei war: De Reutesch Ais, de Schmitze Piet, et Mintschens Threesje, natürlich de Juppi Geilen und noch eine Handvoll andere. Die können Sie alle fragen. Na, ich würde schätzen, mein Alibi ist wasserdicht. Nicht wahr Herr Hauptkommissar?« Gisbert Baum lachte herzhaft, klopfte mit der Faust dreimal auf den Tisch, nahm einen kräftigen Pfeifenzug und stieß eine gewaltige Vanilletabakwolke aus. Er war sichtlich erleichtert. Denn in seinen Augen stand nun unumstößlich fest: Er war nicht mehr verdächtig, einen Mord begangen zu haben. »Gut, wir werden uns in Ihrem Rauchclub umhören. Und danke für die Hinweise Herr Baum«, kündigte der Kripomann an und legte humorlos nach, »ich habe bei meinen Ermittlungen auch erfahren, dass Bürgermeister Grünauer dem Campingplatz-Projekt positiv gesonnen ist. Haben Sie ihm auch angedroht, ihn mit Betonschuhen im Laacher See zu versenken, wenn er nicht nach ihrer Pfeife tanzt?« »Den Paul? Nein! Gott bewahre! Wo denken Sie hin?«, winkte Gisbert Baum über jeden Zweifel erhaben ab, während das Lachen schlagartig aus seinem Gesicht verschwand, »der Paul ist ein guter Mann. Schließlich habe ich ihn gewählt. Spätestens jetzt, wo diese Frau Marx tot ist, kommt er zur Vernunft und stimmt gegen den Plan. Warten Sie ab. Sie werden sehen!« »Und wenn nicht? Was ist, wenn der gute Paul bei seiner Haltung bleibt?« »Dann, dann ...«, knurrte der Alte mürrisch, runzelte die Stirn und schnappte nach Luft. »Nein, Herr Hauptkommissar«, fuhr er nach einer kurzen Pause gemäßigter fort, »das kann ich mir nicht vorstellen! Nicht der Paul. Warten Sie ab, allerspätestens morgen nach der Ratssitzung ist das vermaledeite Campingplatzprojekt nur noch eine Legende, die schon bald in Vergessenheit gerät.«

»Ja, morgen werden wir es wissen«, dachte Weller bei sich. Er war jedoch überzeugt davon, dass den pfeiferauchenden Legendenfachmann und die anderen Projektgegner eine unliebsame Gewissheit ereilen wird, sofern Bürgermeister Grünauer nicht doch noch auf wundersame Weise, quasi über Nacht, einknickte. Um nicht unhöflich zu erscheinen, trank er einen Schluck von der inzwischen abgestandenen Plörre, die wegen des nicht mehr vorhandenen Schaums einem perfekten Kirmesbier zur Ehre gereicht hätte. Mit dem Unterschied, dass ihm irgendein x-beliebiges Kirmesbier sicher besser geschmeckt hätte, als dieser Sölper. »Zum Schluss, bester Herr Baum, noch eines, dann haben Sie wieder Ruhe vor mir und meiner lästigen Fragerei. Was sind das für Leute, die Sie wegen den mysteriösen Laacher See-Schätzen nerven?« »Das kann ich Ihnen gerne sagen, Herr Hauptkommissar«, zischte der Mythenexperte und nahm wiederum einen ordentlichen Pfeifenzug. Parallel zum Ausatmen grummelte er gereizt: »Die allergrößte Nervensäge war dieser verrückte Engländer Allister Fitzroy mit seinem Akzent wie Mister Pumpernickel. Der Jeck hängt doch auch in der Campingplatzfirma mit drin. Als stiller Teilhaber, wie er mir mal erzählte. Als ob mich das interessiert hätte. Jedenfalls meinte Fitzroy, dass es unermessliche Goldschätze im See gibt. Und zur Krönung faselte er letztens davon, er wisse aus einer gut unterrichteten Quelle, dass womöglich Teile des verschollenen Bernsteinzimmers in einem der britischen Flugzeuge waren, die im Zweiten Weltkrieg abgeschossen wurde und in den See stürzten. Ob mir die Gold- und Bernsteinschätze auch bekannt seien, fragte er mich allen Ernstes. Oder ob ich Aufzeichnungen und Lagepläne hätte. Lächerlich! Ich habe dem Spinner geantwortet, dass das alles Humbug ist und sonst nichts. So wie der drauf war, hatte ich schon befürchtet, dass er als nächstes damit kommt, Excalibur, das sagenumwobene Schwert König Arturs, täte in den Tiefen des Sees liegen. Als wenn König Artus und seine Ritter der Tafelrunde jemals am Laacher See gewesen wären. Total bekloppt, dieser Fitzroy. Total bekloppt. Hat wohl zu viel Tee gesoffen, der verdrehte Engländer!« Weller schmunzelte wegen der lebhaften Erzählweise des Barett-Trägers. »Ja Herr Hauptkommissar«, redete dieser munter weiter, »und wenn Sie sich mal umdrehen und zum Tisch ganz hinten in der linken Ecke schauen, da sitzt so eine Tante aus der ehemaligen Ostzone. Die, die aussieht wie ein hässlicher Mann. Tschuldigung, aber der wollte ich nicht im Dunkeln begegnen. Ausgerechnet diese Vogelscheuche kam letztens angelatscht und fragte mich, ob ich ihr was zu den berühmten Schätzen des Laacher Sees erzählen könne. Ich saß hier an diesem Tisch und träumte vor mich hin. Und zack, steht dieses Gespenst vor mir. Mensch, was habe ich mich erschreckt, das können Sie mir glauben Herr Hauptkommissar!« Weller hatte sich kurz umgedreht und sich dann wieder seinem Gesprächspartner zugewandt: »Sie meinen Frau Mittag, korrekt? Sie gehört zur Malgruppe von Ester Endress wie ich erfahren habe.« »Stimmt. Nicht Morgen, oder Abend. Nein

Mittag! Genau so heißt sie«, bestätigte Baum die Nachfrage des Ermittlers mit einer kleinen Wortspielerei und setzte sogleich seine Ausführungen in unverminderter Art und Weise fort: »Sehe ich etwa aus wie einer der Gebrüder Grimm? Habe ich sie gefragt, als mein erster Schreck verflogen war. Aber die unansehnliche Tante mit den schiefen Zähnen und einem gotterbärmlichen Mundgeruch, der mir die Tränen in die Augen trieb, ließ sich partout nicht abwimmeln. Daher habe ich ihr halt was von der Insel und dem Grafen erzählt. Und vielleicht sonst noch was. Ich kann mich nicht mehr an jede Einzelheit erinnern.« »Kleine Zwischenfrage, Herr Baum. Sie sagten vorhin *war*. Hat sich das Generve inzwischen gelegt?« »Gut aufgepasst, Herr Hauptkommissar. Alle Achtung!«, nickte der Einheimische anerkennend, »vollkommen richtig. Denn dann und wann hat der alte Gisbert eine gar nicht so schlechte Idee. Ich machte einfach Allister und die Mittag miteinander bekannt und zack! Seitdem habe ich Ruhe vor beiden. Ganz schön clever, der alte Gisbert, nicht wahr!« »Ja, ja in der Tat. Das muss ich zugeben, ganz schön clever«, grinste Weller.

Er hatte schon den Abschiedsgruß auf der Zunge, als sein Gegenüber mit sehr gewichtiger Stimme sagte: »Verstehen Sie mich bitte richtig. Ja. Ich glaube an viele Legenden. Und manche sind wahr. Bei manchen ist es nur das berühmte Fünkchen Wahrheit, welches darinnen steckt. Und manche sind wirklich absoluter Kokolores, weil sie vor langer Zeit von Scharlatanen, Ammen und Minnesängern in dunklen kalten Wintern nur zur schaurigen Belustigung der einfältigen Basaltklopper und Bauern, also der Landbevölkerung schlichten Gemütes, frei erfunden worden sind. Doch, Herr Hauptkommissar, was mich in meiner Haltung bestärkt ist die Tatsache, dass es durchaus auch reale Beweise gibt, die den Wahrheitsgehalt von Legenden belegen.« »Soso! Und das wären?«, fragte Weller und nippte ein letztes Mal am Bier. »Na, es gibt doch die Legende um den alten Pitter, der sich schon ewig im Laacher See herumtreiben soll. Die Petrijünger sagen, der Pitter wäre ein riesig großer Hecht. Bloß wurde das Ungetüm bisher weder gesichtet und schon gar nicht gefangen. Doch ICH, Herr Hauptkommissar habe IHN gesehen. Mit meinen eigenen Augen und so wahr ich hier mit Ihnen am Tisch sitze. Doch das Monstrum, das ich gesehen habe, war kein Hecht. Nein. Nein! Soviel Ahnung habe ich als Nichtangler auf jeden Fall. Und vielleicht war es nicht einmal ein Fisch. So schwarz, fett und unförmig wie der riesige Koloss war.« Untermalt vom theatralischen Anheben und Absenken seiner Arme berichtete der Alte weiter: »Ich sah, wie er einige Male auf- und abtauchte. Auf und ab! Auf und ab! Auf und ab!« »Ist ja gut. Noch genauer brauche ich es nun wirklich nicht«, funkte Weller Baum in die Parade und forderte ihn auf, bitteschön zum Punkt zu kommen. Dieser schaute daraufhin leicht pikiert und legte nun wieder ohne Armeinsatz nach: »Neulich in der Abenddämmerung war es gewesen, als ich das Untier in den Wassern, geschätzt hundert Meter vom Campingplatz entfernt, mit Entsetzen gesehen habe. Ja! So war es.« Der Legendenspezi, dessen Stimme gegen Ende seiner Ausführungen furchterfüllt geklungen hatte, sah sich verstohlen um. Weller runzelte skeptisch die Stirn. Ihm schwante etwas: »Mit Verlaub, Herr Baum. Wie viele Krüglein Gerstensaft hatten Sie an jenem Abend denn schon intus?« »Nicht ein Tropfen ist an jenem schicksalhaften Abend über meine Lippen gekommen. Nicht ein Tropfen! Ich war glockennüchtern. Nein, nein Herr Hauptkommissar, ich tische Ihnen gewiss keine Lüge auf. Was ich in der Abenddämmerung im Laacher See gesehen habe war völlig real!«, beharrte der Erzähler vehement auf der Richtigkeit seiner Wahrnehmung. Direkt im Anschluss an Gisbert Baums unglaubliche

Monsterstory, bedankte sich Weller beim heftig schwitzenden Legendenexperten für die Informationen und das Bier und machte sich nach knapper Verabschiedung von dannen.

Wieder allein am Tisch lüftete Gisbert sein Barett und kippte den Inhalt des halbvollen Bierkruges vom Hauptkommissar in seinen. Er trank einen Schluck, ärgerte sich, dass die Pfeife dummerweise ausgegangen war und murmelte »gern geschehen« vor sich hin. Angestachelt von der intensiven Unterhaltung mit dem Kriminalbeamten verstieg er sich in tiefsinnigen Gedankenspielereien. Diese rankten sich nur um ein Thema: Den Laacher See.

Kapitel 19

Die abscheuliche Dunkelheit eines widerwärtigen Herbstabends umfing wie ein alter, verdreckter Mantel, den eigentlich niemand mehr anziehen wollte, die hügeligen Lande der Region um den Laacher See. Im kalten Schein der Straßenlaternen tanzte vom aufbrausenden Wind gepeitschter Sprühregen einen getriebenen Reigen. Unzählige herumwirbelnde Blätter, des eigenen nahen Todes gewiss, bäumten sich ein letztes Mal verzweifelt gegen ihre Bestimmung auf. Das Rauschen der sich in den stürmischen Böen windenden Bäume und Sträucher schien die sonst allgegenwärtigen Laute und Stimmen zu vereinnahmen. Selbst der obligatorische Fahrlärm von der nahen Autobahn A61 wirkte, als hätte er sich darin verfangen. Beinahe hätte man hier am Rande Mendigs annehmen können, er sei heute Abend komplett verstummt, oder die Motoren würden leise flüstern. Kurz gesagt, es waren jene Bedingungen, bei denen man nicht einmal den Hund vor die Tür jagen würde. Paradoxerweise waren es neben ein paar hartgesottenen Läuferinnen und Läufern des hiesigen Laufvereins *LG Laacher See*, nur Leute mit angeleinten Vierbeinern, die sich draußen rumtrieben. Anorak-Kapuze überm Schädel, qualmende Kippe in der griesgrämigen Fresse, verkniffener Blick als habe man selbst ein gewisses Bedürfnis, geleiteten Frauchen und Herrchen ihre besten Freunde zu wahrhaft geheimen Orten zwecks Verrichtung kleiner und großer Geschäfte.

So auch in manch schummriger Ecke des Parkplatzes am geschlossenen Mendiger Freibad. Jedoch wurde besagte Fläche vor dem Schwimmbad zu dieser Abendzeit nicht nur zweckentfremdet genutzt. Nein, wie dafür vorgesehen waren auch gut und gerne zwanzig PKW darauf abgestellt. Gleich nebenan drang aus den Fenstern im ersten Stock des ehemaligen Bauernhauses behutsam gedimmtes, goldgelbliches Licht nach draußen. Dessen wohlig warm anmutender Schein glich einer sonnigen Oase inmitten des tristen und finsteren Einerleis. Ein äußerer Eindruck, der beileibe keine Fata Morgana war.

Denn Ester Endress, die Eigentümerin des Anwesens, hatte den großzügigen Raum für ihre Zwecke wunderschön eingerichtet: In apricot gehaltene Wände mit geschmackvollen Landschaftsfotografien, edler Korkfußboden, mit Seidenbannern in hellen Erdtönen abgehangene Zimmerdecke. Angenehme 25 Grad Celsius Lufttemperatur. In diesem gemütlichen Ambiente und umgeben von sanften sphärischen Klängen begann Ester Endress, die von vielen nur Essie genannt wurde, pünktlich um 20 Uhr, ihre heutige, komplett ausgebuchte Yoga-Soiree. »*Namaste* und einen schönen guten Abend«, hieß Essie ihre fünfzehn Personen umfassende Gruppe ausnahmslos weiblichen Geschlechts, in betont ruhigem Tonfall willkommen. »Meinen sehr herzlichen Dank, dass ihr heute hier seid. Ich wünsche uns allen eine wohltuende Zeit und die pure Freude bei unserem Zusammensein.« Die Stimme der erfahrenen Yoga-Lehrerin klang mild und gütig. Ihre geschmeidigen Bewegungen waren voller Anmut und Grazie. Durch dieses Auftreten erzeugte Essie bei den Anwesenden bereits nach wenigen Augenblicken ein Gefühl von vertrauensvoller Geborgenheit. Ein wahrhaft starkes Gefühl, welches sich im Seelenleben der meisten Teilnehmerinnen während den folgenden neunzig Minuten weiter manifestieren sollte. Bei den Meisten, nicht jedoch bei allen …

Die Frauen im Alter zwischen dreißig und siebzig Jahren stammten aus den unterschiedlichsten gesellschaftlichen Schichten: Business-Ladys, Mütter, Rentnerinnen und Lebedamen. Doch hier in Essies Kurs vereinte sie ihre Yoga-Leidenschaft sowie ihr äußeres Erscheinungsbild. So trugen sie allesamt bequeme

Sportkleidung, welche das gesamte Farbspektrum quasi komplett abdeckte. Von hautengen, kickelbunten Leggins über schlabberige, graue Jogginghosen, und weiten, wallenden Oberteile, manche mit aufgedruckten, lustigen Comicmotiven war alles am Start. Einige hatten Turnschuhe an den Füßen, andere Socken, nur die Leiterin selbst war wie immer barfuß unterwegs. Noch stand jede neben ihrer ausgerollten Gymnastikmatte, die sie zum Kurs mitgebracht hatte. Essie entfachte zwei, drei Räucherstäbchen, deren lieblicher Duft sogleich eine harmonische Symbiose mit den teilweise üppig blumigen Parfüm-Aromen, mit denen sich die Teilnehmerinnen zuvor ordentlich bestäubt hatten, einging. Dann stellte sich die schlanke Yoga-Lehrerin wieder vor die Gruppe. Fix band sie ihre graue Mähne zu einem Zopf und sagte zu den Frauen: »Da wir heute Abend auch neue Kursteilnehmerinnen in unserer Mitte willkommen heißen dürfen, ehe wir loslegen, von mir noch ein paar allgemeine Worte. Und für die alten Häsinnen unter uns ist es eine kleine Auffrischung.« Sie warf sowohl den neuen Schülerinnen als auch ihrer Stammkundschaft ein freundliches Augenzwinkern zu, schmunzelte kurz und fuhr mit ihren Erläuterungen fort: »Jede macht die Übungen so gut sie kann. Wir sind hier beim Yoga und nicht bei Olympia. Höher, schneller, weiter ist nicht *unser* Ziel. Nein. Wir legen Wert auf Wohlfühlen, Entspannung und sehr wichtig, Achtsamkeit. So meine Damen, und nun nach diesen warmen Worten, lassen wir endlich Taten sprechen und nehmen auf unseren Matten zunächst eine bequeme Sitzhaltung, den *Muktasana* ein. Wer möchte, kann gerne auch den halben Lotussitz, den *Ardha Padmasana* wählen, oder setzt sich einfach, wie wir es noch aus der Kindheit kennen, in den Schneidersitz, den *Sukhasana*. Hauptsache, es ist bequem, ihr fühlt euch wohl und euere Popöchen sind schön geerdet.«

Gekonnt führte Essie die genannten Varianten vor. Anschließend nahm sie selbst den *Sanskrit,* also den Lotussitz, in perfekter Eleganz ein. »Nun führen wir unsere Hände vor der Brust in eine Gebetshaltung. Es ist die *Anjali Mudra.* Ein Zeichen der Dankbarkeit. Wir schließen die Augen … und atmen bewusst ein und aus, ein und aus … Nun legen wir die Hände langsam auf den Oberschenkeln ab. Die Handflächen zeigen nach oben, während wir Daumen und Zeigefinger zusammenführen, sodass diese einen Kreis bilden. Die anderen Finger bleiben gestreckt. Wir nennen diese Handhaltung *Chin Mudra,* also Mudra des Bewusstseins oder des Wissens. Dabei halten wir unsere Augen auch weiterhin geschlossen und atmen zehn Mal bewusst ein und aus. Und spüren dabei, wie eine tiefe, angenehme Ruhe allmählich von uns Besitz ergreift.« Alle hatten ihre Augen geschlossen und atmeten wie von ihrer Lehrerin vorgegeben. Und tatsächlich. Mit Ausnahme von zweien, stellte sich nach und nach bei allen der gewünschte, wohltuende Effekt ein. Die eine der beiden Frauen, bei denen es heute in Punkto Relaxen nicht so recht klappen wollte, musste ab und an in die Runde linsen. Sie konnte einfach nicht anders. Insbesondere eine bestimmte Mitstreiterin lag dabei in ihrem Fokus. Mit beißendem Verlangen fraß sich der Blick der Unentspannten förmlich in den Nacken der zierlichen Frau, die genau vor ihr hockte. Ganz so als wolle sie damit das blonde Haupt vom Halse trennen. Nicht wohlige Gelassenheit, sondern brodelnder Zorn und unbändige Wut beherrschten ihr Bewusstsein. Doch die mondäne Mendigerin wusste, dass es schon sehr bald eine Linderung ihrer Pein geben würde. Sehr, sehr bald …

Die Andere war bereits tagsüber ein schieres Nervenbündel gewesen. Auch noch nach Feierabend beim Umziehen und vorhin auf dem Weg vom Büro zu Essies Yoga-Kurs war sie die Hibbeligkeit in Person. Beim fahrigen Aussteigen aus ihrem 94er VW Polo hatte sie sich zu ihrem Ärger noch zwei von ihren frischlackierten, feuerroten Fingernägeln, also jene vom rechten Daumen und Zeigefinger ramponiert. Doch trotz aller Nervosität und Hektik verfügte sie über ein hervorragendes schauspielerisches Talent. Denn zumindest oberflächlich betrachtet, schien sie nun im *Ardha Padmasana*-Sitz die Ruhe selbst zu sein. Ihr Brustkorb hob und senkte sich sanft und gleichmäßig, als wäre alles normal. Aber verborgen vor den Blicken der Öffentlichkeit rumorte eine nagende Ungewissheit tief drinnen in ihr. Drangsalierende Gedanken rankten sich um die schicksalsträchtigen Entwicklungen des heutigen Tages, mit denen sie sich konfrontiert sah, beziehungsweise um jene Niederträchtige die sie selbst heraufbeschworen hatte. Ihr armes Nervenkostüm quälte sich. Es litt wie ein Hund. Stumm schrie es vor Schmerz, als wenn heftige Peitschenhiebe auf nackte Haut träfen und diese mit blutenden Wunden überzögen. Doch die innerlich so aufgewühlte Frau vertraute auch auf die beruhigende Wirkung von Essies Yogakünsten. Das war der Grund warum sie hier und jetzt auf der Gymnastikmatte hockte und sich verbog. Denn für die Angestellte aus Andernach stand eines mit tödlicher Sicherheit fest: Ihre Zukunft würde zumindest auf absehbare Zeit äußerst kräftezehrend werden, obwohl sie den gefährlichen Herausforderungen nicht allein gegenübertreten würde. Zweifel und Angst, aber auch die Gier beherrschten ihr Gefühlsleben. Sie fragte sich, welches der Gefühle letztlich obsiegen würde …

Kapitel 20

Gegen 21 Uhr warf Fritz Weller die Wohnungstür hinter sich ins Schloss und stellte den Eierkarton in den Kühlschrank. Über dreizehn Stunden voller Kurzweil waren an diesem trüben Herbsttag vergangen, seitdem er am Morgen gegen halb acht zum Polizei-Präsidium aufgebrochen war. Das Gespräch in der Mendiger Brauerei mit Gisbert Baum, dem Legendenfutzi, war das chronologisch Letzte, das er heute im Rahmen seiner Ermittlungen im Mordfall Ute Marx geführt hatte. Doch ehe Fritz im Anschluss daran auf direktem Wege zurück nach Koblenz gefahren war, hatte er noch den geplanten Abstecher ins beschauliche Maifelddorf Welling gemacht. Galt es doch, sich möglichst pünktlich, wie mittags im Restaurant *Waldfrieden* mit seinem Kumpel, dem Immobilienmakler Winni Höttges vereinbart, um 19:30 Uhr dort zwecks einer Hausbesichtigung zu treffen. Und Fritz hatte ihre Abmachung auf die Minute genau eingehalten. Beim informativen Rundgang durchs Haus, vom Keller bis hoch auf den Speicher und durch den gepflegten Garten stellte der Kaufinteressent erfreut fest, dass Winni wahrlich nicht übertrieben hatte, als er ihm das frisch hereingekommene Objekt als für ihn und seine Frau quasi wie maßgeschneidert anpries. »Wird dir gefallen, Fritz! Wird dir gefallen! Und deiner Karin auch! Wirst es sehen, Fritz! Das Haus ist allererste Sahne! Also wenn ich dir einen Rat geben darf, sofern es dir gefällt, warte nicht lange mit dem Kauf, sondern schlag schnell zu. Denn das Haus habe ich gewiss nicht lange in der Vermittlung. Solch ein Prachtstück wird ruckzuck weg sein. Sag ich dir! Und beim Kaufpreis ist sicher auch noch was drin!«, hatte Winni das Objekt in Kenntnis von Fritz' Vorstellungen bezüglich einer neuen Unterkunft mit Sachverstand am Mittag prophezeit.

In der Tat! Alles an dem Anwesen passte! Ruhige Lage, ideale Größe, guter Zustand, annehmbarer Kaufpreis und ein Garten. Fritz hatte sich in das schmucke, sehr gepflegte Einfamilienhäuschen, Baujahr 1954, sofort verliebt. Was zudem auch daran lag, dass die verkaufswilligen Noch-Besitzer ihr Eigenheim erst vor wenigen Jahren mit viel Liebe zum Detail renoviert hatten. Fritz wäre am Liebsten schon am nächsten Tag eingezogen. Außerdem, und das war für ihn ein weiteres Highlight, befand sich das besagte Grundstück in einer schmalen Straße am Ortsrand Wellings, die ins nahegelegene Nettetal führte. Eine Lage, welche die derzeitigen Bewohner, ein Ehepaar Anfang vierzig mit pubertierender Tochter, dazu bewogen hatte, eine kleine Hühnerschar zu halten. Also haargenau dasselbe, was Fritz spätestens für sein Leben als Pensionär ebenfalls plante. Beim Anblick des gackernden Federviehs war ihm förmlich das Herz aufgegangen. Leicht ungläubig aufgrund dieses offenbaren Glücksfalles, fragte er die derzeitigen Eigentümer, weshalb sie ein solches Paradies überhaupt veräußern wollen. Grübelnd schätzte Fritz, dass sie die Finanzierung das Hauses vielleicht nicht mehr stemmen konnten. Oder dass sie vielleicht aus beruflichen Gründen wegzögen. Oder, was natürlich auch für ihn als Hauseigentümer in spe mit Hühnerhaltungsinteresse ein mögliches Kaufhindernis wäre, sie fortwährend Kniest mit der direkten Nachbarschaft wegen der Hennen lieblichen Gegackers hätten. Doch mit all seinen Vermutungen lag er falsch. Denn das Ehepaar hatte sich auf Herrn Wellers Nachfrage hin einen verliebten Blick zugeworfen. Und während sich die Dame des Hauses sachte über ihren leicht gewölbten Bauch strich, hatte ihr Mann mit freudigem Unterton in der Stimme erklärt, dass sie nochmal Nachwuchs bekommen würden. Und so schön das Häuschen auch sei, und so viel Arbeit und Geld sie auch hineingesteckt hätten, es für dann vier Personen einfach zu klein wäre. Und deswegen hätten sie bereits ein größeres Haus in Münstermaifeld erworben.

Winni Höttges und der grauhaarige Hausinteressent von der Kripo waren den Leutchen wohl sehr sympathisch gewesen. Denn jeder bekam von ihnen noch einen Karton mit sechs frischen Eiern geschenkt. Sowieso! Auch ohne diese nette Geste war Fritz sichtlich angetan vom Objekt. Er hätte den Kaufvertrag für das Häuschen inklusive Hühnerschar am Liebsten sofort unterzeichnet. Doch es galt auch hierbei, einen Schritt nach dem anderen zu machen. Augenzwinkernd verblieb er mit Winni und dem Verkäufer-Ehepaar so, dass seine Frau Karin natürlich auch in diesem Fall das letzte Wort habe und sie sich das Anwesen selbstverständlich noch ansehen müsse, ehe eine finale Entscheidung getroffen werden könne. Daher vereinbarte Fritz für den kommenden Samstagnachmittag einen weiteren Besichtigungstermin des Wellinger Objektes.

Bevor er sich vom Maifeld nach Koblenz auf den Nachhauseweg begeben hatte, telefonierte er mit Karin. Euphorisch beschrieb er seiner Frau diese unfassbare Neuigkeit in den schillernsten Farben, worauf sie zu seiner Freude entgegnet hatte, schon jetzt kaum erwarten zu können, das wahre Schmuckstück mit eigenen Augen zu sehen. In diesem Zusammenhang traf es sich gut, dass Karin und Fritz schon vor einiger Zeit vereinbart hatten, das kommende Wochenende zusammen verbringen zu wollen. So würde sie mit dem Nachtzug von ihrem derzeitigen Wohnort in Berlin-Reinickendorf kommen und am Freitagmorgen am Koblenzer Hauptbahnhof eintreffen. Sofern die Bahn denn pünktlich sei, hatte Karin noch leicht ironisch beigefügt. Samstag: Hausbesichtigung in Welling. Sonntag: Besuch des Lukasmarktes in Mayen und Anschauen des Abschlussfeuerwerks an der Genoveva-Burg. Und auch drumherum endlich mal wieder ein paar schöne

Stunden miteinander verbringen. Das Programm der beiden stand wie in Stein gemeißelt.

Karin musste herzhaft lachen, als ihr Ehemann ihr von Essies sehr speziellem Paar-Seminar berichtete. Allerdings hielt sich ihre Begeisterung in Grenzen, als Fritz ihr von Essies großzügigem Angebot einer Schnupperstunde erzählte. »Geschnuppert, mein Lieber, wird daheim!«, hatte Karin zwar mit gespielt übertriebener Strenge, aber völlig ernst darauf geantwortet. Und da Fritz seine Angetraute natürlich bestens kannte, ihr nur mit einem sachten »Okay« geantwortet. Schlussendlich freuten sich Karin und Fritz sehr auf das vor ihnen liegende gemeinsame Wochenende. Schließlich hatten sich die beiden seit zwei Monaten nicht mehr gesehen.

Fritz legte Jacke, Dienstmarke und Knarre ab. Und damit auch die Gedanken an seinen aktuellen Fall. Ihm war es in jüngster Zeit schon mehrfach aufgefallen, dass er problemlos seine Arbeit hinter sich lassen konnte. Er vermutete, dass es an seinem Alter liegen musste, denn zuvor hatten ihn seine Fälle noch weit über das tägliche Dienstende hinaus mental und körperlich beschäftigt. Doch mit achtundfünfzig offenbar nicht mehr, zumindest bewusst. Bedeutete: Feierabend ist Feierabend! Obwohl Fritz eigentlich müde war und ihm sein innerer Schweinehund, der Drecksack, ins Ohr säuselte, auf der Couch herum zu lümmeln sei viel gemütlicher, als draußen im Dunkeln bei Wind und Regen zu laufen, raffte er sich wie geplant auf. Zugegebenermaßen etwas widerwillig zog er seine Laufkleidung an. Er verließ daraufhin noch einmal das Haus und trabte los. Auf den ersten hundert Metern fühlten sich seine alten Gräten reichlich träge an. Doch schon nach wenigen Minuten durch Koblenz` beleuchtete Straßen wurden die Schritte des passionierten Ausdauersportlers spürbar lockerer. Er war froh darüber, dem inneren Schweinehund wieder mal ein gehöriges Schnippchen geschlagen zu haben. Denn das

Laufen, egal wann, tat Fritz echt gut. »Entspannen, den Kopf frei kriegen, abschalten. Laufen ist mein Yoga!«, schmunzelte Fritz in sich hinein. Wie so oft, wenn er zur späten Stunde noch eine Runde drehte, zog es ihn zum Deutschen Eck, dann die Promenade am Rhein entlang hin zum Oberwerth-Stadion. Dort sollte dann die übliche Wende sein. Alles in allem, so Fritz' Peilung, würde er sich bestimmt eine gute Stunde zum Wohle von Leib und Seele an der frischen Luft bewegen.

Während sich Fritz Weller kurz vor 22 Uhr dem Wendepunkt seiner spätabendlichen Laufrunde näherte, fieberte jemand oberhalb des Laacher Sees auf ein Ereignis hin. Dieser ominöse Jemand hielt sich dabei ebenfalls an der frischen Luft auf und auch ihm ging es um sein ganz persönliches Wohlbefinden. Jedoch vertraute er im Gegensatz zum laufenden Hauptkommissar nicht auf die entspannende Wirkung des Joggens. Nein! Er schwor hier und jetzt auf die glückselig machende Wirkung von Deutschmark, beziehungsweise auf jene von blauen Bohnen. Er fragte sich, welche der beiden Optionen in den nächsten Minuten wohl zum Tragen kommen wird. Ihm war klar, dass die dreiste Erpresserin beziehungsweise deren Verhalten seine Entscheidung massiv beeinflusste. Würde sie ihm wie vereinbart die erste Kassette bei Übergabe der Anzahlung aushändigen? Oder würde sie aus Geldgeilheit, oder was auch immer, ihm weitere Daumenschrauben anlegen und damit versuchen, ihn auszupressen wie eine Zitrone? Diese beiden Varianten schwirrten in seinem Kopf umher. Letztlich war es ihm scheißegal, ob das Miststück nun durch Geld oder mithilfe seiner 22er ein für alle Mal ihr freches Maul hielt. Hauptsache, sein Ansehen in der Öffentlichkeit würde blütenrein bleiben. Und seine Holde brauchte nun, wo Ute tot war, zumindest jetzt noch nichts von seinen Plänen erfahren. Nein! Sie würde noch früh genug aus ihrem Prinzessinnentraum erwachen. »Und das wird ein jähes Erwachen für dich werden, meine Liebe«, flüsterte er hämisch grinsend vor sich hin, »du hast dich lange genug ohne einen Finger krumm zu machen auf meine Kosten amüsiert. Doch damit ist sehr bald Schluss, Mausi.« Dann jedoch schob er die Gedanken an seine Ehefrau rasch beiseite und lenkte seine Aufmerksamkeit wieder komplett auf die unmittelbar bevorstehende Herausforderung: »Aber eins nach dem anderen.«

Vermeintlich verborgen vor unliebsamen Blicken lauerte der Sechzigjährige, in feinen Zwirn gekleidete Hüne wie ein Luchs auf seine Beute. Das Versteck des wartenden Mannes, umgeben von dichtem Gebüsch, schien perfekt. Ortskundig hatte er genau diese Position ausgewählt. Und um nichts dem Zufall zu überlassen, seinen Wagen rund vierhundert Meter entfernt in einer von der Straße nicht einsehbaren Waldschneise abgestellt. Geschützt von der Dunkelheit war er vorhin per Pedes hierhergekommen und hatte dabei nur sporadisch die Taschenlampe aus seinem Wagen eingesetzt. Nun genoss er die beste Sicht auf den unbefestigten Parkplatz des Naturkundemuseums. Die Fläche, vielleicht so groß wie ein Tennisplatz, wurde mäßig hell von zwei in die Jahre gekommenen Laternen illuminiert. Noch immer war der Parkplatz leer. Und zumindest soweit er sehen konnte, war das Luder nicht im Anmarsch. Unsicher fragte er sich, ob sie vielleicht irgendwo auch auf ihn lauerte. Die Vorstellung, dass sie womöglich in einem anderen Gebüsch am Parkplatz auf ihn wartete, ließ ihn zynisch grinsen. Doch so rasch wie das Grinsen um seine Mundwinkel erschienen war, verblasste es wieder. Mit jeder weiteren Sekunde, die verstrich, stieg seine schiere Anspannung.

Die seitengescheitelten Haare des Ausharrenden waren quasi zum Bersten gefüllt mit Adrenalin. Wie ein Athlet unmittelbar vor dem Wettkampf, war auch er jetzt im Tunnel und völlig fokussiert auf die Sache. Von der Ungemütlichkeit hier draußen oberhalb des Laacher Sees nahm er keine Notiz mehr. Die herbstliche Kühle spürte er kaum. Auch der böige Wind konnte ihm nichts anhaben. Hätte es geregnet, was es aktuell jedoch nicht tat, der Regen wäre ihm gleichgültig gewesen. Unvermittelt knackte es hinter ihm im Gebüsch. Aufgeschreckt schnellte er herum und leuchtete mit der Taschenlampe in die Richtung, aus der er das Geräusch vermutete. Doch außer unwirklich anmutendem Heckendickichts und des sich im Lichtkegel der Taschenlampe spiegelnden Wassers des kleinen Weihers war nichts zu erkennen. »Verdammtes Eichhörnchen«, zischte er genervt, machte das Licht aus und wandte sich wieder dem Parkplatz zu.

Die Taschenlampe griffbereit neben sich auf dem Boden. Eine Hand in der Jackentasche fest an der 22er. In der anderen die zusammengerollten Banknoten der Anzahlung von 3.000 Mark. »Wo bleibt es nur, das erpresserische Miststück?«, murmelte der Wartende verächtlich vor sich hin. »Oder, ob sie sich auf den letzten Drücker besonnen hat und von ihrer Gemeinheit ablässt?«, keimte kurz eine bisher unbeachtete Möglichkeit in seinem Hirn auf. Fahrig nestelte er am Jackenärmel und warf einen nervösen Blick auf seine Armband-Uhr. Punkt 22 Uhr! Die Kirchturmglocke der Abtei Maria Laach schlug und mit ihr ging das Erlöschen der alten Parkplatz-Laternen einher. Nur noch eine Außenlampe am Treppenaufgang zum Naturkundemuseum spendete jetzt ihr funzelhaftes Licht. Und hoch droben vom Abendhimmel herab der Vollmond, da die Wolkendecke urplötzlich aufriss. Aus den Untiefen des ächzenden Waldes drang der schaurige Ruf eines Käuzchens in seine Gehörgänge. Hin und wieder waren Fahrgeräusche von der nahen Autobahn A61 zu vernehmen. Vereinzelt gaben Rindviecher in den nahen Klosterstallungen ihre Kommentare zur Sachlage ab. »Verdammt, verdammt. Wo bleibt sie nur? Mensch, mach schon! Damit ich es endlich hinter mir habe!« Wenn er etwas hasste, dann war es Unpünktlichkeit, nicht nur gerade jetzt in dieser sehr speziellen Situation. Und kaum, dass er es ausgesprochen hatte, wurde sein Flehen erhört. »Na, endlich«, knurrte er leise, denn zwischen den Bäumen hindurch sah er das sich langsam nähernde Licht zweier Scheinwerfer im Zuweg zum Parkplatz, besser gesagt hin zu ihm. »Na, also. Wurde auch Zeit. Gehen wir es an«, grummelte der Hüne und hielt den Atem an.

Der schleichende PKW war nur noch wenige Meter vom Parkplatz entfernt. Gut getarnt in seinem Versteck umfasste er die Knarre fester, fester … immer fester, bis er seinen Griff schlagartig löste und ins Dunkel abtauchte. Dass sich sein Brustkorb beim Luftholen sachte hob und senkte, war ihm nicht bewusst. Er bekam nicht mit, wie jemand mit flinken Fingern aus seinen Jackentaschen die 22er und einige Banknoten herausnahm. Und dass seine Taschenlampe aufgehoben wurde entging ihm ebenfalls. Auch von dem was danach folgen sollte, nahm er schlichtweg keine Notiz.

Der PKW wurde am Rande der Freifläche geparkt und man stellte den Motor ab. Alle Anwesenden im direkten Umfeld, sofern sie denn aktuell dazu in der Lage waren, vernahmen das Knarren einer rabiat bis zum Anschlag angezogenen Handbremse. Und von draußen betrachtet hockte außer der Person hinterm Lenkrad niemand sonst in dem viertürigen Kleinwagen. Scheinbar war sie wie vereinbart alleine hierhergekommen, so die Annahme. Doch diese Annahme sollte sich etwas später noch als dramatischer Trugschluss erweisen. Drinnen im PKW drehte sich die Person am Steuer kurz um, warf einen flüchtigen Blick hinab zur Rückbank und sagte leise: »Bis gleich.« Die Fahrertür wurde geöffnet und wieder geschlossen. Das Licht im Innenraum blitzte auf und erlosch. Die kurze, helle Phase genügte dem im Dunkeln verborgenen Augenpaar zur Gewissheit. Es war die zierliche Frau, wie erwartet. Das hieß, dem nächsten Schritt in der Umsetzung ihres gerissenen Plans stand rein gar nichts mehr im Wege.

Die Blonde verzichtete darauf, ihren metallicgrünen Polo abzuschließen, denn sie war sich sicher, dass ihr Aufenthalt hier auf dem Parkplatz unterhalb des Naturkundemuseums nicht von langer Dauer sein würde. Dummerweise war von der mühsam in Essies Yoga-Kurs erlangten inneren Ruhe nichts mehr in ihrem Bewusstsein vorhanden. Doch kneifen kam für sie nun nicht mehr in die Tüte. Außerdem war sie es schließlich selbst gewesen, die genau die vor ihr liegende »Aktion« heraufbeschworen hatte. In der Gewissheit, falls es widererwartend brenzlig werden würde, einen vertrauten Joker in der Hinterhand zu haben, riss sie sich zusammen. Trotzdem war ihr Nervenkostüm aufs äußerste angespannt, als ihre Augen fahrig die finstere Umgebung in Richtung des kleinen Weihers absuchten, also jenen Bereich, den sie am Nachmittag telefonisch mit ihm vereinbart hatte.

Oben am Abendhimmel hatte sich die Wolkendecke wieder vor den Mond geschoben. Nur die Treppenfunzel spendete ein klägliches Licht. Die Frau zog den Reisverschluss ihrer Trainingsjacke bis unters Kinn zu. Sie zitterte. Teils vor Kälte, teils vor Angst. In der Linken hatte sie das pikante Druckmittel, das ihr bald 3.000 und in Kürze die restlichen 22.000 Mark einbringen würde. Vor schierer Anspannung drückten sich die manikürten, feuerroten Fingernägel der Rechten, schmerzhaft in ihre Handfläche. Einerseits plagte sie auch jetzt noch ihr schlechtes Gewissen, andererseits konnten sie und ihr Freund die Kohle wirklich gut gebrauchen. Denn endlich ließe sich ihr langgehegter Traum von einer tollen Weltreise verwirklichen, ohne dass sie dafür bei der Bank einen Kredit aufnehmen mussten. Und außerdem war hinlänglich bekannt, dass Ute Marx` heimlicher

Liebhaber vor Geld nur so stank. Mit ihm als Erpressungsopfer würde es also absolut keinen Armen treffen. Schon trotzig anmutend hatte sie immer und immer wieder auf sich eingeredet, dass sie nun an der Reihe war, diese einmalige Chance beim Schopfe zu ergreifen, die sich per Zufall aufgetan hatte. »Das Schicksal meint es gut mit uns. Schnapp dir die Moneten und dann ›Aloha Hawaii‹!«, hatte ihr Freund Ralf sie bestärkt.

Die Erpresserin besann sich und atmete tief durch. Von jetzt auf gleich wurde ihr mit einer Taschenlampe ins Gesicht geleuchtet. »Sie haben die Kassette bei sich?«, wollte eine männlich klingende Stimme geschätzt zehn Meter von ihrer Position entfernt wissen. »Ja, habe ich. Und was ist mit der Anzahlung?«, entgegnete sie, während sie ihre Rechte zum Schutz vor dem grellen Lichtschein vor die Augen hielt und blinzelnd durch die gespreizten Finger hindurch lugte. »Natürlich«, folgte die kehlig raue Bestätigung, »kommen Sie her, dann tauschen wir.« Auffordernd winkte man mit der Taschenlampe. Hastig und mit butterweichen Knien stolperte die Frau über den holprigen, vom Regen ausgewaschenen Untergrund dem Ursprung des Lichts entgegen. Sie kam sich in diesen anziehenden Augenblicken vor wie eine Motte. Schemenhaft erkannte sie die Umrisse eines großen Menschen. Ja! Er war es tatsächlich! Denn sie wusste natürlich, dass er deutlich größer war als sie. Eine Armlänge von ihrem vermeintlichen Erpressungsopfer entfernt blieb sie kurzatmig stehen. Auch jetzt noch wurde ihr, warum auch immer, von ihrem Gegenüber mit der Taschenlampe ins Gesicht geleuchtet. Sie fühlte sich sehr unwohl in ihrer Haut und wollte den Tausch so schnell wie nur möglich über die Bühne bringen. Zittrig reckte sie ihm fix die Linke mit der Tonbandaufnahme entgegen und die offene Rechte in Erwartung der vereinbarten Kohle. Knall auf Fall erlosch das Licht!

»Namaste und genieße deine endlose Entspannung, wo auch immer das sein mag!«, flüsterte die Stimme zynisch. Die Person beugte sich nach unten, um sich zu vergewissern, ob die Sache tatsächlich und unwiderruflich erledigt war. Nur ein Wimpernschlag später sah sie das äußerst zufriedenstellende Ergebnis. Mit einer gehörigen Portion selbstgefälliger Genugtuung murmelte sie vor sich hin: »Haken dran. Das hätten wir auch geschafft! Ja, meine Liebe, wir kommen unserem Ziel immer näher. Und niemand legt sich ungestraft mit uns an. Niemand! Wie versprochen, mache ich das, was ich noch im Stande bin für dich zu tun. In der Zeit, die mir noch bleibt.« Beim Wiederaufrichten schmerzte ihr Magen höllisch. Sie fasste sich an den Bauch. Verzweifelt rieb sie zur Schmerzlinderung darüber. Doch ehe sie das starke Medikament einnahm, galt es noch rasch den Rest der Arbeit zu erledigen, damit ihre Scharade auch überzeugte. Dann allerdings geschah etwas, was nicht eingeplant war. Denn als sie gerade mit ihren speziellen Vorkehrungen begonnen hatte, hörte sie, wie eine Fahrzeugtür geöffnet wurde. »Du Drecksau!«, brüllte ein Mann lauthals und kam auf sie zu geprescht. Obwohl sie ihr Handwerk quasi von der Pike auf gelernt hatte, traf sie die plötzliche Attacke des Angreifers völlig überraschend. Der vor Wut tobende Mann schlug blindlings um sich. Dabei landete eine mächtige Faust im Bauch des etwas größeren Taschenlampenhalters. Dann bekam der den elenden Bastard am Kopfhaar zu packen und riss daran wie ein Berserker. Die Taschenlampe fiel zu Boden. Mit ihr ging die Person, die sie bis dato in der Hand gehalten hatte in die Knie. Im Eifer des Gefechts schnappte sich der Angreifer die wuchtige Stabtaschenlampe. Er leuchtete nach unten ins Gesicht des verdammten Hundes und hielt perplex inne. Denn zu ihm hinauf schaute nicht die verschlagene Fresse des hinterlistigen Schweins, das er hier erwartet hatte. Aus den Augenwinkeln heraus erkannte er neben seiner Freundin noch eine weitere reglose Gestalt auf dem Parkplatz liegen. »Ja was?«, schrie er und verstand die Welt nicht mehr. Eine Antwort darauf blieb man ihm jedoch schuldig. Die zu seinem Füssen kauernde Person zog Luft zwischen ihren zusammengebissenen Zähnen ein. Offenbar litt sie unter wahnsinnigen Leibschmerzen. Doch Zeit zum Entstehen von Mitgefühl wurde dem verwirrten Mann keine gewährt. Hatte er doch nicht registriert, dass just in diesem Moment seines fragenden Innehaltens eine entsicherte 22er auf seine Stirn zielte und ein Zeigefinger kompromisslos gegen den Abzug der Knarre drückte …

Bald darauf kehrte wiederum Stille auf dem Parkplatz am Naturkundemuseum oberhalb des Laacher Sees ein. Spürbar geschwächt langte die auf dem Boden kniende Person in ihre Jackentasche, denn die höllischen Magenschmerzen raubten ihr fast die Sinne. Fahrig drückte sie sich eine Schmerztablette aus dem neuen Blister direkt in den Mund und schluckte das bittere Teil hinunter. In sich zusammengesackt verharrte sie ein paar Minuten. Und endlich, nach einer gefühlten Ewigkeit, entfaltete sich in ihrem todkranken Leib die schmerzlindernde Wirkung des starken Medikaments. Mit der Taschenlampe im Anschlag schaute sie sich aufmerksam um. Denn *eine* unliebsame Überraschung genügte völlig. Und zum Glück sollte heute keine weitere hinzukommen. So vollendete sie ihre Tat. »Du wirst dich noch wundern. Und deine Kopfschmerzen werden dann dein kleinstes Problem sein«, murmelte sie vor sich hin, nachdem der letzte und schwerste Körper an der gewünschten Stelle lag. Nachdem auch der federleichte Hinweis ebenfalls gut sichtbar platziert worden war, hieß es Feierabend. Zum Abschluss der mühsamen Plackerei gönnte sich die erschöpfte Person einen letzten Kontrollblick über das ihrer Einschätzung nach perfekt inszenierte Werk.

Begleitet vom abermaligen Ruf eines Käuzchens verschwand sie schließlich im schieren Dunkel einer herbstlichen Nacht. Allerdings würde sie am darauffolgenden Morgen zu ihrer Ernüchterung feststellen müssen, dass die Taschen ihrer Jacke leer waren. Und sie würde sich das Hirn zermartern mit der Frage, wo verdammt nochmal sie den Blister bloß verloren hatte. Und die Person würde inständig hoffen, dass es nicht auf dem Parkplatz des Naturkundemuseums gewesen war. Denn eine Rückkehr um alles abzusuchen wäre zumindest aktuell nicht sonderlich klug …

Gegen 23 Uhr in Koblenz. Fritz fühlte sich müde aber gut. Er hatte seine spätabendliche Laufrunde absolviert, mehr oder weniger auf ex eine Flasche Sprudelwasser »medium« platt gemacht und anschließend heiß geduscht. Bettfertig im dunkelblauen Pyjama, den ihm Karin bei ihrem letzten Besuch aus Berlin mitgebracht hatte, ließ er bei einem Glas Chianti und zwei, drei Broten belegt mit mittelaltem Gouda den elendlangen Tag ausklingen. Aus den Lautsprecherboxen erklang leise Musik. Und natürlich war es die Musik seiner legendären Helden. Also jener britischen Rockband, deren Fan er bereits seit Anfang der 1970er war, als diese die »Killer Queen«, Champagner schlürfen ließen. Brian May, Roger Taylor, John Deacon, Freddie Mercury: Queen! Heute hatte er mit »Made in Heaven« die aktuelle LP der Gruppe auf den Plattenteller gelegt. Und noch immer sorgte das im vergangenen Jahr erschienene Album schon vom ersten Takt an bei ihm für Wehmut. Waren darauf doch die höchstwahrscheinlich letzten Songs, die Freddie Mercury noch kurz vor seinem Tod am 24. November 1991 eingesungen und komponiert hatte. Fritz machte es sich in seinem alten Ledersessel bequem. Bei gedimmtem Licht und bestem Blick aus dem Panoramafenster, genoss er die Aussicht über die Lichter der allmählich zur Ruhe kommenden Stadt an Rhein und Mosel. Er verschwendete kaum Gedanken daran, was der morgige Tag bezüglich ihres derzeitigen Falles bringen würde. Einzig die Frage, ob sie mit Christof Henkel tatsächlich den Richtigen als Ute Marx` Mörder auf dem Zettel hatten, brandete kurz in seinen Hirnwindungen auf. Doch nach einer sehr oberflächlichen Grübelei, die höchstens ein paar Sekunden angedauert hatte, ebbte sein Enthusiasmus mit den Worten, »na lassen wir uns einfach mal überraschen«, ebenso schnell wieder ab. Stattdessen malte sich Fritz viel lieber in den schillerndsten Farben aus, wie es wohl sein würde, wenn Karin und er bald in dem gemütlichen Häuschen in Welling lebten und dort Hühner hielten …

Etwa zur selben Zeit genossen in der Eifelstadt Mayen auch Anette und Jörg ihren wohlverdienten Feierabend. Auch die beiden hörten leise Musik bei schummriger Zimmerbeleuchtung. Und auch sie gönnten sich alkoholische Getränke in Form von ein paar Gläsern Gin Tonic. Es war so gekommen, wie es sich im Laufe ihrer Zusammenarbeit am heutigen Tag abgezeichnet hatte. Ohne lange zu überlegen ließen sie ihrer gemeinsamen Nacht beim Polizei-Lehrgang nun eine weitere folgen. Und obwohl ihr Arbeitstag sogar noch länger gedauert hatte als Wellers, hatten sie zumindest jetzt noch keine Lust auszuruhen. Im Gegenteil: Jörgs Wohnung lag in der Nähe des Arbeitsamtes. Anette und er schauten freudig erregt aus dem Wohnzimmerfenster hinaus und betrachteten das bunt beleuchtete Riesenrad des Lukasmarktes. Und da es in seinen Räumlichkeiten kuschelig warm war, mussten sie dabei noch nicht mal Kleidung tragen. Ein Umstand, der sich bei ihren derzeitigen Aktivitäten als durchaus praktikabel erwies. Denn schließlich sorgte Reibung für Hitze. Und heiß war es den beiden ohne Frage.

Fürsorglich wie es Anettes Art war hatte sie ihren Oberkörper leicht vorgebeugt und sich mit ihren Händen auf der Fensterbank abgestützt. So konnte Jörg, der hinter ihr stand, die prima Aussicht ebenfalls bestens genießen. Und auch er war sehr um das Wohlbefinden seiner Partnerin bemüht. Behutsam hielt er sie mit beiden Händen etwas oberhalb ihres Bauchnabels fest und sorgte dadurch geschickt für eindringliche und vor allem sehr atemberaubende Impressionen. Ekstatisch berauscht versanken beide schließlich im schieren Taumel glücklich machender Zufriedenheit. Anette und Jörg sollten in der Folge noch zwei, drei kleine Tode sterben. Und im Gegensatz zu den Geschehnissen in ihrem derzeitigen Fall, würden sie diese kleinen Tode gewiss nicht ihre Leben, sondern maximal ein paar Stunden Nachtruhe kosten.

Während sich in einer Wohnung in Arbeitsamtsnähe leidenschaftlich vergnügt wurde, kämpfte in einer anderen Ecke der Stadt, genauer gesagt auf der Intensivstation des Krankenhauses, ein alter Wachmann verzweifelt um sein Leben. Noch immer hatte ihn der Tod fest in seiner kalten, knochigen Hand und noch immer hatte der Sensenmann keinen Bock, vom schwerverletzten Einbruchsopfer aus dem Mayener Eifelmuseum abzulassen. »Wer würde bei diesem intensiven Ringen obsiegen?«, fragten sich die behandelnden Ärzte und Schwestern. Noch fehlte dem Pflegepersonal die Antwort darauf. Noch…

Kapitel 21

Irgendwann mitten in der Nacht von Dienstag auf Mittwoch. Bruder Pierre riss die Augen auf. Mit geweiteten Pupillen blickte er hinein in die tiefe Schwärze seiner schlichten Kammer. Sein Herz trommelte einen schnellen Rhythmus. Schneller und aufdringlicher als zackige Stechschritte in einer Militärparade. Er spürte die massiven Schläge in seiner Aorta, dann in den Schläfen und schließlich als jähes Dröhnen in seinem Kopf. Er atmete schwer. Schweißnass setzte sich Bruder Pierre auf die Kante seines Bettes. Obwohl er einige Stunden geschlafen hatte, fühlte er sich müde und leer. Ermattet barg er das Antlitz in seinen rauen Händen. Dabei gab es doch nichts, was ihm hier in den heiligen Mauern der Benediktinerabtei Maria Laach Kummer bereitete oder worüber er sich sorgen müsste. Im Gegenteil! Hier am Laacher See lebte er in Ruhe und Frieden. Auch waren es weder Angst noch Furcht, die wieder und wieder ihr hinterlistiges Spiel mit ihm trieben, wenn er im Schlaf träumte. Nein. Das zutiefst traurige Ereignis, was ihn innerlich zerriss und grenzenlos aufwühlte, lag inzwischen zwar rund zwei Jahre zurück, doch die damit eng verbundenen, unsagbar starken Schuldgefühle, hatten sich schmerzhaft in seine Seele eingebrannt. Dabei hatte er doch alles Menschenmögliche versucht, die eine, die er liebte zu retten. Doch ausgerechnet, als ihr Leben in höchster Gefahr war, hatte er kläglich, wie er sich selbst vorwarf, versagt. Und dass die Lage in dem von Unruhen erschüttertem, ostafrikanischen Land der tausend Hügel 1994 brandgefährlich gewesen war, ließ er als Entschuldigung für seinen vergeblichen Einsatz nicht gelten. Denn er, als ausgebildeter Kampfschwimmer der Nationalen Volksarmee und nach deren Auflösung als stahlharter Fremdenlegionär im Einsatz, hätte sie, seine geliebte Donatille, einfach retten müssen.

Auch jetzt wie schon häufig zuvor, saß Pierre des nachts auf der Bettkante und erinnerte sich mit geschlossenen Augen zurück an jenen einen Tag, der im Grunde genommen bis zu den dramatischen Geschehnissen ohne besondere Vorkommnisse verlaufen war. Patroulieren. Lagebesprechung in der Einheit. Und am frühen Nachmittag wie üblich Verteilen von Essen an die große Zahl Geflüchteter. Unter den Schutzsuchenden war auch die siebenundzwanzigjährige Donatille mit ihren jüngeren Geschwistern und der Großmutter. Seit einigen Wochen lebten sie bereits in der spartanischen Zeltstadt. Ja. Schon als Donatille und er sich das erste Mal sahen, hatte es sofort gefunkt. Es war einfach Magie zwischen ihm und Tilli, wie er sie liebevoll nannte. Er, der raubeinige Soldat, der sich bis dato nur der Legion verpflichtet gefühlt hatte, war von ihrem einnehmenden Wesen völlig überwältigt und konnte zunächst überhaupt nicht begreifen, wie ihm geschah. Liebe in einer Gegend, wo doch das blanke Grauen herrschte. Und dass ausgerechnet ihm, da er doch nach der schmerzlichen Trennung von seiner damaligen Verlobten Margot, Anfang der 1970er, und dem Auszug aus der gemeinsamen Platte, von Beziehungen die Schnauze voll hatte.

»Tilli, je t'aime mon ange«, murmelte Pierre leise vor sich hin. In seinem Kopf tummelten sich Bilder von ihr, worauf sie ihn mit ihren großen weißen Augen anstrahlte. Ein friedliches Lächeln durchzog sein Gesicht und verblasste abrupt. Denn nun drängten Erinnerungen mit aller Macht in sein Bewusstsein. Erinnerungen, auf die er liebend gerne verzichtet hätte. Erinnerungen an den hinterhältigen Angriff auf sie während der Essensausgabe an die Flüchtlinge. Also auf hungernde und wehrlose Menschen. Hauptsächlich Frauen und Kinder. Darunter auch seine Tilli! Gewehrsalven, Schüsse, Feuer, Rauch, Schreie, Schreie, verzweifelte Schreie. Ein Chaos sondergleichen! Diejenigen, die noch konnten, stürzten in Panik zum nahen Fluss. Viele rannten hinein in die schlammigen Fluten. Auch solche, die nicht schwimmen konnten. Wie Tilli! Für die Fremdenlegionäre hieß es, den Angriff abzuwehren und gleichzeitig die armen Menschen zu schützen. Pierre hatte seine Tilli in dem schieren Durcheinander zunächst aus den Augen verloren. Unter Beschuss hatte er hektisch nach ihr geschaut, konnte sie zunächst jedoch nicht ausmachen.

Plötzlich allerdings sah er sie, treibend im Fluss, wie sie verzweifelt versuchte, sich irgendwie über Wasser zu halten. Er hörte trotz des enormen Lärms um ihn herum, wie sie vor Angst schrie. Seinen Namen schrie! Er hatte sofort das Gewehr fallen lassen und war ohne Rücksicht auf sein eigenes Leben in den Fluss gesprungen. Er, der ausdauernde Kampfschwimmer, konnte jetzt zeigen, welche Fähigkeiten in ihm steckten. Und rasch war er tatsächlich bis auf wenige Meter an ihr dran. Noch ein paar Sekunden dann wäre sie gerettet. Noch ein paar lausige Sekunden. Doch der Fluss hatte seinen eigenen Plan mit ihm und Tilli. Und so sehr er gegen die Strömung ankämpfte, verzweifelt musste er mitansehen, dass seine geliebte Tilli in der schlammigen Brühe versank … Er hatte versagt und ihr Sterben nicht verhindert. Nach diesem Schicksalsschlag verließ er bald darauf die französische Fremdenlegion. Er suchte und fand ein neues, ein demütiges Dasein in der Benediktinerabtei Maria Laach.

Ganz allmählich verschwanden die traumatischen Bilder und es verstummten die gnadenlosen Geräusche in Bruder Pierres Kopf. Sein Atmen wurde ruhiger. Bis auf das gleichmäßige Tropfen des Wasserhahns war es totenstill in seiner schlichten Klosterkammer. Und dass der alte Wasserhahn tropfte, störte ihn nicht. Er stellte gewiss ans Leben keine großen Ansprüche. Doch immer, wenn die unerträglichen Schuldgefühle infolge seiner schauderhaften Träume angekrochen kamen und danach trachteten, ihn bis aufs Blut zu piesacken, wollte er nur noch einmal die Chance bekommen, ein Menschenleben zu retten. Nur eine einzige Chance. Egal wann, egal wie, egal wo, egal wer! Auch könnte es eine total zufällige Chance sein. Hauptsache, er würde noch einmal in seinem Leben eine Chance bekommen! Und fast, wäre ihm diese Chance quasi frei Haus zugestellt worden. Wenn er denn die Frau, die sie gestern Morgen tot aus dem Wasser gezogen hatten, hätte retten können, sofern er denn zum Zeitpunkt ihres Versinkens rein zufällig am See gewesen wäre ... Das in der Tat wäre seine unverhoffte Chance gewesen ...

Doch fragte er sich auch, falls man ihm denn tatsächlich eine solche Chance gewährte, ob seine Schuldgefühle im Anschluss verschwinden würden. Könnte ein gerettetes Leben tatsächlich den Verlust seiner Tilli wettmachen? Darauf hatte er bis dato keine Antworten. Bruder Pierre zog sich seine klösterliche Kleidung an. Trotzdem, dass es draußen noch dunkel war, ging er wie so oft, wenn er nicht mehr schlafen konnte, hinunter bis kurz vor den Bootsverleih. Dort angekommen hielt er sich links und wanderte in aller Ruhe los, am Laacher See entlang. Die nächtliche Stille in der frischen Herbstluft tat seiner Seele gut. Dadurch konnte er jene unerschöpflich anmutenden Kräfte tanken, die ihn bei der Bewältigung der täglichen Arbeit in den klösterlichen Betrieben auszeichneten und wofür ihn die anderen bewunderten. Dass es in manchen Nächten Momente gab, in denen er sich nur ausgebrannt und blass vorkam, also wie jemand, dem das verdammte Schicksal vampirgleich auch den letzten Tropfen Lebenssaft aus den Eingeweiden gesogen hatte, dass hätten sie in Anbetracht seiner puren Energie niemals vermutet.

Kapitel 22

Mittwoch, 16. Oktober 1996

»Sakra!«, knurrte Fritz beim müden Blick auf die rotleuchtende Sieben-Segmentanzeige seines Radioweckers. Es war kurz vor fünf Uhr. Draußen hatte irgend so ein rücksichtsloser Depp eine Autotür dermaßen krachend zugeworfen, dass Fritz von dem Pauff-Geräusch jäh aus dem Schlaf gerissen worden war. Würgend wurde nun ein nagelnder Diesel angelassen. Dem folgte infernalische Musik in Form von kreischendem Geplärre, in Tateinheit mit barbarischen Donnerschlägen des Subwoofers. Fritz hätte der total verblödeten Flitzpiepe, die für den Lärm verantwortlich war, am liebsten den Hals umgedreht. Denn gerade jetzt, wo es doch um diese frühe Tageszeit ansonsten nur wenig Umgebungsgeräusche gab, kam es ihm so vor, als wäre das ohrenbetäubende Spektakel nicht unten vorm Haus, sondern gleich nebenan in seiner Küche. Doch ehe er sich gemüßigt sah, seinen Gedanken entsprechende Taten folgen zu lassen, rollte die Karre des frühmorgendlichen Störenfrieds davon. Es verstrichen noch ein paar Sekunden, dann herrschte wieder Ruhe. Aber einfach rumdrehen und noch eine Weile weiterpennen konnte Fritz trotzdem nicht. Denn er verspürte ein wahrlich drängendes Bedürfnis, dessen Erledigung keinen Aufschub gestattete.

Kurz nach fünf Uhr. Fritz hatte sich nach dem Besuch der Toilette wieder in die Koje gehauen, um noch ein, zwei Stündchen Augenpflege zu betreiben, galt es doch, halbwegs frisch in den heutigen Arbeitstag zu starten, denn dieser würde, so seine Befürchtung, wieder ähnlich kurzweilig und kräftezehrend werden, wie der gestrige. Und nach wenigen Minuten des Dahindösens war er wieder eingeschlafen. Sogleich begann er zu träumen.

Träume, wild und unergründlich wie die Tiefen des Laacher Sees. Träume, in denen er gänzlich unbekanntes, geschichtliches Wissen erlangen sollte. Geschichtliches Wissen, welches selbst den weisesten der Weisen aus Nah und Fern verborgen geblieben war … Unvermittelt sah sich Fritz als eine Art Beobachter, den eine unbekannte Macht durch Raum und Zeit hunderte von Jahren zurück in die Vergangenheit an den Laacher See katapultiert hatte.

»PAUFF!« Von irgendwoher hörte er das Geräusch einer zuschlagenden Autotür. Er blickte spontan auf den Radiowecker, den er an einer Kordel um seinen Hals hängen hatte. Auf der Anzeige stand 31.12.799. »Nach Christuhuus«, tirilierten helle, kristallklare Engelstimmchen. Fritz saß im dunkelblauen Pyjama, den Karin ihm aus Berlin mitgebracht hatte, auf einem dicken Basaltbrocken. Etwa zwanzig Schritte von ihm entfernt, im Lichte einer aufgehenden Wintersonne, hampelte Frankenkönig Karl der Große in der Gegend herum. Er trug einen wahrhaft majestätischen, bodenlangen Umhang und auf dem geweihten Haupt eine gar prächtige Krone. In seinem blaublütigen Rauschebart klebten noch Reste vom Frühstücksei des Vortages. Seine recht ungelenken Verrenkungen erweckten den Anschein, als wolle sich der Monarch durch gymnastische Leibesübungen locker machen. Ein Eindruck, wie der erstaunte Beobachter auf dem Basaltbrocken bald feststellen würde, der durchaus zutraf. »Was mag der Knilch nur vorhaben?«, fragte sich Fritz. Aus einem mannshohen Zelt kam des Monarchen fünfte Ehefrau Luitgard edel gewandet heraus gefegt und nörgelte sogleich an ihrem Gemahl herum: »Muss er denn schon wieder durch die Gegend rennen wollen, wie ein trunkener Hirsch? Mein Herr Karl! Ich, Euer Weib, will endlich weiterreisen! In die Provence! In die Provence! Ich will den Duft wilder Kräuter einatmen

und die wohltuende Wärme auf meiner Haut spüren. Und nicht noch länger hier in diesen trüben Landen, an diesem sterbenslangweiligen See verweilen, wo es nur nach alten Socken und totem Fisch mufft. Hier, an diesem doofen Tümpel, der so unbedeutend ist, dass er noch nicht mal einen Namen hat. Lachhafter, lachhafter Tümpel! In dieser kalten, gottverlassenen Einöde hole ich mir noch den Tod! Wollt Ihr das? Mein Herr Karl!«

Die hohe Dame zog eine griesgrämige Grimasse und schaute ihren verdutzten Gatten mit einem blassen, faltigen Antlitz unwirsch an. Vor Kälte zitterte sie am ganzen Körper wie Espenlaub. Die Zähne ihres außergewöhnlichen Gebisses, welches selbst einem Kaltblüter zur Ehre gereicht hätte, klapperten laut und mächtig. Karl schien offenbar die Marotten seiner aktuellen Lebensabschnittsgefährtin zu kennen, denn er nahm sie wärmend in den Arm und versuchte sie zu besänftigen: »Luitgard. Liebste Luitgard. Gardi! Ich, da ich der Herrscher über weite Lande von den Gestaden im Norden zum Mare Nostrum im Süden, zu den weißen Bergen bis hin zu den Magyaren bin…« Die Angetraute indessen gähnte hinter dem Rücken ihres Ehegatten und rollte gelangweilt mit den Augen. Es machte auf Fritz, der Luitgard genau ins Gesicht schaute, den Eindruck, dass der Souverän jene geographische Selbstbeweihräucherung wohl häufiger verwendete. »Ich, Karl der Große, König der Franken, verspreche Euch hoch und heilig«, fuhr der Monarch sodann mit fester Stimme fort, »da das neue Jahrhundert noch jungfräulich frisch ist, so jungfräulich frisch wie ihr meine Liebe es noch immer seid, dass wir gleich morgen früh, wenn die Sonne steigt und alle dringlichen Angelegenheiten gemeistert sind, sofort und ohne Umwege gen Süden aufbrechen und in die duftende Wärme reisen. Doch nun, mein großmütiges Weib, gönne mir die Freude einer wahrlich kühnen Ertüchtigung in diesen rauen, ungezähmten Landen, an diesem namenlosen See. Eine Ertüchtigung, damit ich gerüstet bin. Denn wie mir römische Himmelsboten verkündet haben, wurde meine Bewerbung von Leo, dem Papst mit der Kappe, positiv beschieden. Einzig an meiner Ausdauer müsste ich bis zum Amtsantritt noch arbeiten. Denn eines ist gewiss, mein edles Weib, ich will gut gerüstet sein für den kräfteraubenden Kaiser-Job. Denn das Volk hat ein Recht auf einen ausdauernden Regenten. Es braucht keine jämmerliche Nappsülze, der es führt. Daher muss ich meinen Körper ertüchtigen! Und wie sagte auch schon mein weiser, alter Vater Pippin der Jüngere ›anima sana in corpere sano‹. »Okay, Okay. Verstehe! Doch um Euren Körper zu ertüchtigen, müsst Ihr nicht um den See rennen. Nein, nein! Das müsst Ihr wahrlich nicht! Denn ich wüsste da was sehr viel Erbaulicheres, mein stolzer Herr. Etwas, woran auch der kleine Karl seine pure Freude hätte«, flüsterte Luitgard ihrem Gemahl lüstern kichernd ins Ohr. »Später, Gardi, später! Dann wird auch der kleine Karl in Euren geschickten Händen wahrhaft groß werden und Knick Knack, mit Euch, ihr wildes ungezogenes Luder, den Neujahrsstich zelebrieren!«

»Na, ob der König seine Angetraute mit der in Aussicht gestellten amourösen Aktivität für den Moment wieder milde stimmen kann?«, fragte sich der Beobachter auf dem Basaltbrocken nachdenklich und erhielt, wie der Monarch selbst, darauf die prompte Antwort. »Jaja, immer später. Immer später! Ich muss mich immer gedulden! So ein Mist!«, knurrte Luitgard mürrisch, machte ein langes Gesicht und verschwand grummelnd wieder in Ihrem Zelt. »So, jetzt aber, c`est bon, c´est bon!«, feuerte sich Karl daraufhin beseelt an. Er entledigte sich Krone samt Umhang und winkte seinen Getreuen zum Gruße erhaben zu. Der eisigen Kälte die königliche Stirn bietend, trabte er sodann, nur eine löcherige Strumpfhose, ein dünnes Hemd und Lederlatschen tragend, mit Elan los. Fritz staunte nicht schlecht. Denn bis dato war ihm nicht bekannt gewesen, dass Karl

der Große gerne joggte. Irre! Doch was war das? Der mittelalterliche Monarch hatte wohl ein Problem mit seinen Augen. Denn er übersah bereits nach wenigen gelaufenen Metern eine zugefrorene Pfütze. Geschmeidig setzten seine Lederlatschen auf der glatten Eisfläche auf. Der royale Jogger kam ins Schleudern, ruderte haltsuchend mit Armen und Beinen in der Luft herum und landete schließlich auf seinem königlichen Allerwertesten. Beim Anblick ihres grazil dahingleitenden Regenten mussten alle Umherstehenden lauthals lachen. Auch Luitgard kam ob des Missgeschicks ihres Gatten aus ihrem Zelt und lachte mit. Selbst die Vögel in den Bäumen, das Getier in den Büschen und die Fische im Wasser lachten. Ja, und auch der staunende Beobachter auf dem Basaltbrocken lachte.

Urplötzlich ertönte aus Fritz` Radiowecker eine sonore Männerstimme: »Karl der Große hatte zum Glück außer eines arg geprellten Steißbeins, welches ihn jedoch nicht an der Ausführung, besagter nächtlicher ›Knick Knack-Aktivitäten‹ hindern sollte, keine Blessuren beim jähen Sturz davongetragen. Da er selbst gerne scherzte und lachte, befahl er seinem Schreiber, dem Knappen Hennes, eine entsprechende Aktennotiz der schmerzhaften doch auch lustigen Begebenheit zu verfassen. Und da alle, inklusive ihm selbst, über sein majestätisches Missgeschick lachten, gab Karl der Große, dem bis vor wenigen Sekunden noch namenlosen See in der östlichen Eifel einen Namen. Mit gar feierlichem Timbre in der Stimme und weit ausgebreiteten Armen rief er hinaus über die Wasser: ›Von nun an und bis in alle Zeit, soll dieses Gewässer den Namen Lacher See tragen.‹ Lacher See, was so viel heißt wie ›Lacher See!‹ Soweit, so gut! Denn die Crux an der Sache war, dass Grammatik und Rechtschreibung in jenen Tagen eher eine Empfehlung als festzementierte Regeln darstellten. Und so schrieb der Knappe Hennes, weil es seinem rheinischen

Dialekt entsprach, nicht ›Lacher‹ sondern ›Laacher See‹. Es war zwar nur ein kleiner Schreib-Fehler, doch einer, der über unzählige Generationen hinweg und darüber hinaus, Bestand haben sollte. In der langen Historie des Sees sollten weitere, teilweise ziemlich abstruse Entstehungsmythen bezüglich des Namens folgen. Doch einzig echt war nur jene Geschichte von Karl dem Großen.«

»PAUFF!« Da! Wieder diese zuschlagende Autotür. Dann ein spontaner Blick auf den Radiowecker, der an einer Kordel um seinen Hals baumelte. Die leuchtende Anzeige zeigte 1093. »Nach Christuhuus«, tirilierten helle, kristallklare Engelstimmchen. Fritz saß schon wieder auf einem dicken Basaltbrocken und hatte den dunkelblauen Pyjama an, den Karin ihm aus Berlin mitgebracht hatte. Dieses Mal allerdings befand er sich oberhalb des Gewässers. Haargenau auf dem kleinen Parkplatz, wo er schon mal sein Auto parkte, wenn der hügelige Höhenweg als Laufstrecke auf dem Plan stand. Von dieser exponierten Position aus genoss man einen hervorragenden Weitblick über Großteile des gesamten Laacher Sees und dessen Umfeld. Doch jetzt waren keine Autos hier, sondern nur zwei Pferde-Kutschen. Die beiden Zugtiere, es waren Kaltblüter mit Gebissen wie Luitgard, standen nebenan auf der Blumenwiese und wieherten ihn relaxed grinsend an. Fritz wunderte sich, dass er perfekt Sütterlin lesen konnte. Also jene aus der Mode gekommene Schriftart, welche seine Mutter Zeit ihres Lebens verwendet hatte. Denn in eben jener ungebräuchlichen Schrift prangten auf der Plane der einen Kutsche in großen Lettern »Just married – Adelheit und Heinrich« und auf der Plane des anderen Einspänners »Winni Höttges – Grundstücke und Immobilien«. In der Tat! Fritz hatte von seinem jetzigen Standort eine wirklich tolle Sicht auf den Laacher See, dessen Wasser in der heißen Sommersonne glitzerte … und auf drei ihm bekannte Personen, denn quasi nur eine Nasenlänge

von ihm entfernt war sein Kumpel Winni mit einem mittelalterlichen Ehepaar im Gespräch, welches in Stimme und Erscheinung dem Wellinger Hausverkäuferehepaar glich. Fritz winkte Winni zum Gruß zu, doch der ignorierte ihn einfach. Ganz so als ob er Luft wäre. Offenbar war der Immobilienmakler beruflich hier und befand sich gerade in einem Kundentermin. Und so die Vermutung des winkenden Basaltsteinhockers, ließ sich Winni während seiner flammenden Beratungsrede von nichts und niemand ablenken. »Das liebe Frau Adelheit, lieber Herr Heinrich, das ist eine einmalige Gelegenheit! Frischwasserversorgung durch den Beller Bach. Zufahrt mit der Kutsche bis an den See heran. Und ringsum gute, gute Böden. Überlegen Sie mal, was sie hier alles anbauen können. Und wie üppig die Ernten werden! Denn hier herrscht ein wunderbar mediterranes Klima zum mit der Zunge schnalzen. Was will man mehr?« Schwärmerisch malte der gewiefte Fuchs gar rosarote Bilder und zog prompt ein weiteres Ass aus dem Ärmel: »Unter uns und ganz im Vertrauen, ein Bauplatz in solch einer bevorzugten Lage und da übertreibe ich nicht, solch ein Objekt werde ich nicht lange in der Vermittlung haben. Also wenn ich die Möglichkeit hätte, an Ihrer Stelle würde ich sofort zuschlagen, ehe Mendiger, oder gar jene Gestalten, welche die Thure Sümpfe bewohnen, ihnen das Gelände vor der Nase wegschnappen.

»Ist ja schon ein ordentlicher Batzen Geld«, grübelte Heinrich und runzelte die Stirn. Adelheit hingegen plante bereits mit weiblicher Weitsicht weit voraus: »Heinrich, ich habe plötzliche Visionen! Ich sehe blühende Gärten, höre Gebete und den Klang silberner Trompeten in heiligen Hallen. Feilgebotene Schriften und Kunsthandwerke. Menschen, wie sie in großer Zahl strömen, zu Darbietungen von Gesang, Rede und Malerei. Vor meinem geistigen Auge habe ich einen gar wohltuenden Hort des gläubigen Innehaltens. Und ich sehe, dass

besonders an warmen sonnigen Sonntagen, unzählige buntschimmernde Karossen von der bezaubernden Lage des Laacher Sees magisch angezogen werden. Heerscharen von Völkern aus Nah und Fern springen dann jauchzend in die kühlenden Fluten des Sees. Und alle, die hungrig sind und dürsten, bekommen Speis und Trank feilgeboten. Apfelgroße, helle, aufgeschnittene Weizenbrote, worin, au Backe, dass ist ja mal ein Riesending, eine gebratene Wurst der Länge nach drinnen steckt, auf welcher sich aromatischer Senf befindet. Senf, den man aus einer Art von Kuheuter auf die Wurst drücken kann. Dazu gibt es in weißen Papyrusschalen, in heißem Öl gebrutzelte, hellgelbe, in fingerdicke Stäbchen geschnittene Grundbirnen und darüber eine rotweiße Schranke. Nää, wat is dat lecker! Und ich sehe einen florierenden Handel mit Herrenhandtaschen aus Leder, rieche den appetitlichen Geruch geräucherter Fische und, und ja, da ist ein Haus, Menschen gehen mit scheußlichen Kopfhaaren hinein und kommen anschließend mit prächtigen Frisuren wieder heraus. Ferien, alle machen Ferien am Laacher See! Und Yoga, was auch immer das sein mag. Doch Yoga klingt interessant und fremdländisch und muss daher gut sein. Und ja, bester Heinrich, ich sehe einen wahrlich großen, großen Reichtum. Lieblich Klingen bare Münzen in meinen Ohren und alle und alles badet sich in einem goldig güldenen, himmlischen Schein. Es wird so wunderbar sein, liebster Heinrich!«

»Hört sich gut an, meine liebe Adelheit. Außerdem hast du ja immer Recht. Also wenn du in deinen Visionen jetzt noch Hühner siehst, die uns jeden Morgen ein paar Frühstückseier bescheren, dann mache ich die Knete sofort locker!« »Ja, Heinrich! Es gibt Hühner. Viele Hühner! In eigenen fahrbaren Ställen, die auf grünen Wiesen unter freiem Himmel stehen. Und sie werden uns so viele leckere Eierchen legen, dass wir die meisten verkaufen können. Und auf den Verpackungen wird in großen Lettern stehen: Güteklasse A«, jubilierte eine freudig erregte Adelheit. »Wohl dann«, sagte Heinrich und wandte sich an Winni: »Bester Meister Höttges, leite er alles Weitere in die Wege, damit wir asap den Grundstein legen können. Und gebe Kunde in Mendig und in die Thure Sümpfe, dass sie sich irgendwo anders ein Grundstück zum Hausbau suchen dürfen. Denn hier sind wir!«

Urplötzlich ertönte aus Fritz` Radiowecker wieder eine sonore Männerstimme: »Als Folge dieser wahren Begebenheit an einem warmen Sommertag im Jahre des Herren 1093 nach Christus entstand die Klosteranlage Maria Laach. Und aus Adelheits Visionen wurde im Laufe der Zeit pure Realität ...außerdem habe ich jetzt Hunger und hol` mir gleich `ne Bratwurst mit Pommes.«

»PAUFF!« 02.08.1492. »Nach Christuhuus!« Dunkelblauer Pyjama. Basaltbrocken. Fritz hockte schon wieder darauf. Doch der schwere Stein dümpelte mit ihm als Passagier wie ein Floß mitten auf dem Laacher See herum. »Verrückt? Nicht wahr?«, dachte sich Fritz, fand es aber cool. Wie aus dem Nichts kam im Lichte der Sonne ein anderes ungewöhnliches »Boot« auf ihn zugesteuert. Dieses seltsame »Boot« sah aus wie ein bernsteinfarbenes Bügelbrett, nur etwas länger und deutlich dicker. Darauf stand ein Geistlicher in brauner Ordenskluft und paddelte mit einem Besenstiel, an dessen unterem Ende er ein Kehrblech drangetüddelt hatte. »Gott zum Gruß«, rief der stehender Paddler und winkte dem Basaltsteinhocker mit seinem eigentümlichen Kehrblech-Paddel zu, »ich bin Bruder Nicki, drüben aus der Abtei. Hab mit Simon, meinem Chef, ne Wette um nen Humpen Bier laufen. Hab gesagt, dass ich es mit einem selbst erfundenen Untersatz einmal quer über den Laacher See schaffe, bevor ein gewisser Columbus aufbricht, um bis nach Indien zu schiffen. Und da dieser Columbus, Kruzifix noch eins, schon morgen die Segel hisst und den

Anker lichtet, musste ich mich echt sputen. Hab letzte Nacht fix aus dem Teig woraus wir die Hostien machen, dieses ultraleichte Boot gebacken. Schulterbreit, so lang wie ich bin und dick wie zehn aufeinander gelegte Tafeln Trauben-Nuss. Hab mich bei der Form an meiner Zunge orientiert. Schnittiges Teil, nicht wahr? Also mein Boot, nicht meine Zunge. Ich nenne meine Erfindung Booord. Ich wollte es zuerst Brooot nennen, aber das gibt's ja schon. So, genug geplaudert! Jetzt muss ich aber weiter! Hab zwar schon die Hälfte des Weges geschafft, doch bis zu den Mofetten ist es noch ein ganzes Stück. Tschöööh dann!« »Tschöööh dann!«, grüßte Fritz verdutzt zurück. Doch kaum, dass Bruder Nicki wieder los gepaddelt war, begann sich sein gebackenes, bernsteinfarbenes Hostienteigboot sprudelnd wie Brausepulver im Wasser aufzulösen. Und nur Sekunden später waren weder Booord, noch Paddel noch Paddler mehr zu sehen. Es schien, als habe der Laacher See alles verschluckt. Urplötzlich ertönte aus Fritz` Radiowecker wieder die sonore Männerstimme: »Just an jenem Tag im Augustus 1492 erfand Bruder Nicki am Laacher See das Stand-Up-Paddling. Außerdem wurden seine detailgetreuen, handschriftlichen Aufzeichnungen quasi die Gutenberg-Bibel für die Zellstoff-Produktentwickler der Hygieneprodukte-Industrie sowie für die Bügelbrett-Schnitzer-Gilde. Bruder Nickis Original-Aufzeichnungen haben im Gegensatz zu ihm die Zeit überstanden. Heute ruhen die wertvollen Dokumente gut geschützt und verborgen vor des Menschen Auge in tiefen, finsteren Gewölben unter der Abtei Maria Laach. Und nur dem Abt ist es gestattet, sie zu betrachten. Übrigens, die Wette mit seinem Chef Simon um einen Humpen Bier hatte Bruder Nicki natürlich verloren. Dieser verrückte Zausel!«

»PAUFFF!« Schlagartig ging der Basaltbrocken inklusive seines Passagiers im dunkelblauen Pyjama unter.

Fritz schlug mit den Armen wild um sich und wachte pitschnassgeschwitzt auf. Sein Herz raste. »Meine Fresse! Ich habe ja schon sehr viel merkwürdiges Zeug geträumt, aber so was …!«, murmelte er sich kopfschüttelnd in den kaum vorhandenen Bart, »also, wenn dass alles tatsächlich stimmen sollte, dann müssen aber weite Teile der Laacher See-Historie komplett neu geschrieben werden.« Fritz erinnerte sich daran, dass eine vergleichbare Formulierung schon 1983 in einem anderen geschichtlichen Zusammenhang für reichlich Medien-Tamtam gesorgt hatte. Allerdings entpuppte sich der damalige sensationelle Fund gewisser Tagebücher eines an dieser Stelle nicht näher genannten Führers, bereits nach wenigen Tagen als großdeutsche »Ente«. Und die historischen Episoden in seinem Traum würden in weiten Teilen ebenfalls niemals nicht der Realität entsprechen. Dessen war sich Fritz vollkommen klar. Allmählich normalisierte sich sein Herzschlag. Und obwohl es erst zwanzig nach fünf war, beschloss er aufzustehen. Denn obwohl er die Episoden echt cool fand, war sein Bedarf an seltsamen Laacher See-Träumen zumindest für heute gedeckt.

Fünf nach sechs. Der herbstliche Wetterbericht plätscherte aus dem alten Kofferradio in der Küche. Er verhieß zwar das gleiche, windige Einerlei wie in den vergangenen Tagen, allerdings, und das war ein echter Lichtblick, ohne Regen. Frisch geduscht, glattrasiert und gestriegelt kümmerte sich Fritz ums Frühstück. Untermalt vom Röcheln der Kaffeemaschine stand er am Herd und brutzelte Rührei. Nachdem alles zubereitet war, machte er es sich im moosgrünen Frotteebademantel am Küchentisch bequem. Vor sich eine Tasse schwarzen, dampfenden Kaffee. Eine Scheibe Roggenbrot bestrichen mit Butter und Erdbeermarmelade. Und als Highlight … eine schöne Portion goldgelbes Rührei. »Na, dann wollen wir die Probe mal aufs Exempel machen, ob die Wellinger

Eier auch halten, was sie versprechen«, murmelte er voller Vorfreude und rieb sich beseelt die Hände. Und ja! In der Tat! Das Rührei war echt lecker! Fritz strahlte und genoss. Er hatte mal grade einen Schluck Kaffee getrunken, zweimal ins Marmeladenbrot gebissen und sich drei Gabeln der wundervollen Eierspeise reingezogen, da läutete das verdammte Dreckstelefon. Mampfend überlegte Fritz kurz, ob er gar nicht erst ran gehen sollte. Denn solch frühes Gebimmel war meistens der Vorbote, dass sein Typ irgendwo verlangt wurde. Und sein gemütliches Frühstück wäre dann mit Sicherheit passé. Leicht widerwillig rang er sich schließlich durch. Er legte die Gabel auf den Teller und nahm den Hörer ab: »Ja?«, knurrte er mürrisch ins Mikrofon. »Guten Morgen, Fritz! Ich bin's. Uschi! Bitte komm sofort ins Präsidium. Dein Typ wird verlangt. Der Verdächtige Christof Henkel sitzt im Verhörzimmer und deine Kollegin, Kommissarin Eckstein, ist auch schon hier.« »Moin Uschi, geht klar«, entgegnete er der Abteilungssekretärin, bitte sag Anette, ich wäre gleich da. Dann knöpfen wir uns den Henkel gemeinsam vor.« Er legte auf. Eben noch relaxed beim Frühstück begann der heutige Arbeitstag für Kriminal-Hauptkommissar Fritz Weller eher, als er erwartet hatte.

Kapitel 23

Mit den ersten zarten Lichtstrahlen des trüben Oktobermorgens war er von seinem Wohnhaus aus zu einer Wanderung aufgebrochen. Und wie so oft war der Laacher See auch heute sein ausgemachtes Sehnsuchtsziel. Speziell jener ufernahe Bereich des Gewässers, wo es tatsächlich untrügliche Zeichen für aktiven Vulkanismus gab; mysteriöses Geblubber im Wasser, wie das gemeine Volk laienhaft dazu sagte. Mit Schwefel und Methan angereicherte CO2-Austritte, wie die Erscheinungen von ihm als ausgewiesenem Kenner der Materie höchst wissenschaftlich bezeichnet wurden. »Ja ja! Hee hee! Da gucken Sie! Nicht wahr nicht!« Der frühe Wandervogel war in der Tat ein Meister seines Fachs. Graue, halbhohe Wanderschuhe. Graue, hochwasserführende Breitcordhose. Graue, abgewetzte, grobe Lederjacke. Darunter ein graues Sweatshirt. Graues, mächtiges Brillengestell mit dicken Gläsern. Dazu buschige Elvis-Koteletten, ein Schnauzer a la Chaplin, solch üppige Augenbrauen wie der Bundesfinanzminister und ein perfekter Kurzhaarschnitt mit linear gezogenem Seitenscheitel. In einer Hand ein zusammengefalteter Knirps. In der anderen eine Herrenhandtasche. Selbstredend ebenfalls alles in den lebensbejahenden Farbtönen des Spektrums »grau«.

So kannte man ihn und in dieser für ihn typischen Aufmachung war er selbstredend auch jetzt unterwegs. Frau Mechthild und Sohn Dirk, ein ewiger Junggeselle, der mit seinen neununddreißig Jahren noch immer daheim rumlungerte und höchstwahrscheinlich nie eine abbekam, schliefen derweil noch. Insgeheim genossen beide die Stunden, wenn der besserwisserische Pedant, mal nicht ihn ihrer Nähe war. Wie üblich ging er zunächst an der Wehrer Straße entlang aus dem Dorf hinaus in Richtung der Autobahn A61. Mit ihm waren schon reichlich Berufstätige unterwegs, die in ihren PKW an ihm vorbeifuhren. Manche von denen, die ihn kannten, winkten ihm zu, worauf er freundlich zurückgrüßte. Und manche von denen, die ihn kannten, grüßten ihn bewusst nicht, da er sie mit seinem oberlehrerhaften Getue gründlich nervte. Doch das kümmerte ihn nicht weiter. Wenige Hundert Meter, nachdem er seinen Wohnort hinter sich gelassen hatte, überquerte er schnellen Schrittes die Chaussee, welche von der Höhe hinunter nach Maria Laach und zum Laacher See verlief. Auf der anderen Straßenseite angekommen, wanderte er in gemütlicherem Tempo weiter. Er war ja schließlich Rentner und nicht auf der Flucht. Die Route verlief entlang einer bäuerlichen Gerätehalle und weiter den asphaltierten, kurvenreichen Feldweg hinab, mitten durch die herbstliche Natur.

Zufrieden mit sich, Gott und der Welt grübelte der graue Wandervogel angestrengt, wer denn bloß die Geschäftsführerin der Campingplatzfirma ermordet haben könnte. Diese Frage beschäftigte ihn schon seit seiner gestrigen Unterhaltung mit dem verantwortlichen Koblenzer Kriminalhauptkommissar. Bei den Gedanken an ihr Gespräch fühlte er sich stolz wie Oscar, hatte er dem Ermittler, zumindest was dessen kaum vorhandene Kenntnisse über Vulkanismus im Allgemeinen und die Entstehungsgeschichte des Laacher Sees im Speziellen anbetraf, doch einige fundierte Fakten an die Hand geben können. Und vielleicht, so hoffte er, würde seine Expertise sogar zur Klärung des Falles entscheidend beitragen können. »Ich glaube, ich muss die Polizei mal anrufen, ob ich Ihnen als beratender Experte zur Seite stehen soll. Nicht, dass sie was Entscheidendes übersehen!«, sprudelte es mit einer gehörigen Portion Selbstherrlichkeit aus ihm heraus. »Ob der Hauptkommissar überhaupt schon mit Gisbert gesprochen hat? War ja schließlich auch ein kleiner aber feiner Hinweis von mir!« Der Alte grinste hämisch. Denn dem Gisbert einen reinzuwürgen, machte ihm auch heutzutage noch einen Heidenspaß. Und das, obwohl ihr eigentlicher Zwist schon Jahrzehnte her war und sich sein Leben seitdem durchaus positiv entwickelt hatte. Doch dass Gisbert, der dreckige Dreidrooht, ihn früher oftmals so richtig alt aussehen lassen hatte, dass verzieh er seinem Widersacher nie. Und solange er lebte würde er dem hinterlistigen Sausack, dessen Gemeinheiten auch nicht verzeihen. Dass die Zeit alle Wunden heilt, mochte für Andere gelten, nicht jedoch für ihn. Punkt! Es war aber auch zum Mäuse melken gewesen! Denn egal, worum die beiden bis Mitte der 1950er wetteiferten, er hatte jedes verdammte Mal gegenüber Gisbert den Kürzeren gezogen und letztlich immer wie ein dummer Junge dagestanden.

Beim Freien um Barbara, bei ihrem Wettschwimmen im See, et cetera pp. Und nur Gisbert, dieser elende, verschlagene Hund, konnte der gemeine Feuerteufel gewesen sein, der damals auf der Fraukircher Kirmes seinen funkelnagelneuen *Borgward Llyod 300* in Brand gesteckt hatte. Neidisch war der Gisbert auf ihn und sein tolles Auto. Neidisch! Auch wenn man es seinem Kontrahenten nicht nachweisen konnte, für ihn war es sofort sonnenklar gewesen, dass der dreckig grinsende Gisbert der Feuerteufel gewesen war! Ja! Seine schmerzhaften Erinnerungen an die Vergangenheit wichen nun wieder den Gedankenspielereien, das gegenwärtige Geschehnis betreffend. Einerseits glaubte er nicht, dass sein ganz spezieller Freund einen Mord begehen würde. Auch wenn er getönt hatte die Frau mit Betonschuhen im Laacher See versenken zu wollen. »Andererseits … in einen Menschen kann leider niemand nicht hineinschauen! Was weiß ich schon, was in Gisberts krankem Hirn vor sich geht!«, zischte er zynisch und spann den Faden gedanklich weiter: »Wenn ich recht überlege, könnte eigentlich jeder oder jede zu einem Mord fähig sein.« Nur dass er selbst es nicht war, der Ute Marx getötet hatte, dass wusste er ganz genau. »Und überhaupt, was sind das nur für Menschen, die Morde begehen? Was mag in deren Köpfen bei der Tat nur vorgehen? Also beim besten Willen, ich könnte niemals nichts jemanden ermorden. Niemals!«, sagte er voller Inbrunst und war sich felsenfest sicher. Völlig mit sich im Reinen wanderte er, lässig die graue Herrenhandtasche schwenkend und dazu ein fröhliches »Im Frühtau zu Berge« pfeifend, in Richtung des Laacher Sees.

Der leicht abschüssige Weg führte unter der Autobahnbrücke hindurch. Kurz danach änderte sich der Untergrund. Eben noch ein ordentlich asphaltierter Weg, nun ein holpriger, ausgewaschener Rumpelpfad, welcher in einer sanften Linksbiegung am Waldrand entlang verlief und wenig später in den Parkplatz am Naturkundemuseum mündete. Nur ein Fahrzeug, ein links neben dem Treppenaufgang zum Museum stehender grünmetallic VW Polo, befand sich zu dieser frühen Tageszeit auf der holprigen Stellfläche. Urplötzlich verspürte der grau gekleidete Ankömmling einen enormen Druck auf seiner Sextanerblase. Da er der Erledigung des wahrlich drängenden Bedürfnisses sofort nachkommen musste, suchte er schnellen Schrittes ein dafür geeignetes Örtchen auf. Von Vorteil war, dass er sich bestens in den Wäldern rund um den Laacher See auskannte und wusste, wo man halbwegs ungestört seine Geschäfte verrichten konnte. Im Gebüsch am kleinen Weiher angekommen ließ er schließlich der Natur ihren freien Lauf. Sichtlich erleichtert wollte der ortskundige Wildpinkler schon seine Wanderung fortsetzen, als er aus den Augenwinkeln heraus eine grausige Entdeckung machte. Denn ein Stück weiter rechts von ihm, in circa zehn Metern Entfernung, lagen drei reglose Personen in Wassernähe im Gestrüpp. Neugierig wie er war, ging er näher heran, um zu sehen, was Sache war, und blieb dicht vor den Körpern stehen.

Unglaublich! Unfassbar! Unbegreiflich! Vor ihm auf ihren Rücken liegend, eine jüngere, zierliche Frau mit blonden Haaren im pinkfarbenen Trainingsanzug. Ein schlanker, dunkelhaariger Mann mit Schnäuzer, blauem Pullover und Jeans, etwa gleichen Alters. Und daneben ein größerer, schwerer, dunkel gekleideter Mann. Dieser hatte im Gegensatz zu den jüngeren Leuten sein Gesicht seitlich abgewandt.

Dem Finder stockte gewaltig der Atem. Hatte er bis vor zwei Sekunden gedacht, dass die Personen womöglich verletzt seien und er ihnen helfen könne, sah er sich nun getäuscht. Gewiss! Er wusste eine Menge und konnte viel. Doch Tote wieder ins Leben zurückführen, diese Gabe hatte selbst er nicht. In einer seltsamen Mixtur aus Aufregung und Abscheu jagte sein wirrer Blick hin und her über die Liegenden und blieb zunächst in den schauderhaften Gesichtern der Frau und des geschätzt gleichaltrigen Mannes haften. Aus den fahlen, blutverschmierten Antlitzen der Unbekannten starrten weitaufgerissene Augen gen Himmel. Die beiden Toten hatten ein Loch in der Stirn. Ihre grausam entstellten Gesichter sahen aus wie Fratzen, die Höllenqualen litten. Und im Mund der Frau steckte …

Da! Unvermittelt kam vom dunkel gekleideten Mann ein leises Röcheln. Erschrocken schaute der Wanderer hinüber zur Quelle der unerwarteten Geräusche. War er doch davon ausgegangen, dass diesen Mann dasselbe Schicksal wie die jüngeren Leutchen ereilt hatte. Wieder röchelte der liegende Hüne und bewegte sich. Er drehte seinen Kopf und öffnete die Augen. Der perplexe Finder konnte es nicht fassen. Dieser Mann war ihm bestens bekannt! Umso unbegreiflicher war es nun für ihn, ausgerechnet *den* Mendiger hier und jetzt vorzufinden. Und der angesehene Kommunalpolitiker hatte einen Revolver in der Hand! Sollte *er* die Frau und den Mann erschossen haben? Es sah tatsächlich danach aus! Der

Wanderer, bis vor ein paar Minuten noch munter den frühen Tag genießend, war jetzt vollends überfordert und konnte aktuell keine rationalen Gedanken fassen.

Der röchelnde Hüne indessen setzte sich schwerfällig auf. Er rieb sich den Hinterkopf und stöhnte jämmerlich vor Schmerz. Ihm war kalt und der Mund staubtrocken. Unbewusst hatte er den Revolver losgelassen. Infolge leichter seitlicher Drehbewegungen seines Kopfes, registrierte er die beiden Leichen neben sich. »Ja, wie?«, stammelte er ratlos. Der Sitzende bemerkte nun auch den anwesenden Beobachter und flehte ihn geschwächt an: »Hilf mir bitte. Ich weiß nicht, was passiert ist. Hilf mir zu meinem Wagen. Er steht drüben im Wald. Komm hilf mir.« Dann sackte der Oberkörper des Verletzten wieder in sich zusammen. Den Wanderer lähmte die unbegreifliche Situation. Zwei Tote. Der Bekannte verletzt … und ein Mörder? Wie angewurzelt stand er still und konnte sich nicht rühren. In seinem Hirn herrschte das schiere Chaos. Erst ein lautes, schmerzerfülltes »Bitte« des leidenden Mendigers sorgte dafür, dass etwas Ordnung in sein gebeuteltes Bewusstsein zurückkehrte. Wieder einigermaßen bei klarem Verstand entgegnete er hektisch: »Natürlich! Ich kümmere mich um dich. Ich gehe sofort zur Abtei und rufe den Krankenwagen und die Polizei! Ruh dich aus!« »Danke«, winkte der Sitzende geschwächt ab ohne dabei aufzublicken. Die Sinne leidlich sortiert, wollte er sich gerade zwecks Absetzens des angekündigten Notrufs in die Abtei begeben, da entdeckte er einen eigentlich nicht weiter erwähnenswerten Gegenstand. Dieser Gegenstand, für die Meisten anderen sicher nichts Besonderes, war jedoch speziell für ihn ein wahrhaft göttliches Geschenk des Himmels. Sie hatte sich im hohen Gras zwischen dem toten und dem verletzten Mann verfangen. Ohne groß Nachzudenken peilte der Wanderer geschwind die Lage. Ja! In der Tat! Wie aus dem Nichts wurde sie ihm gegeben!

Seine Chance! Seine Chance zur endgültigen Revanche, für alle Gemeinheiten, die Gisbert ihm je angetan hatte. »Ja ja! Hee hee! Da gucken Sie! Nicht wahr nicht! Auf solch eine Gelegenheit habe ich gewartet. Mein ganzes verdammtes Leben lang, ... mein alter Freund!«, schoss es ihm durch den Sinn. Mechanisch und emotionslos wie ein seelenloser Maschinenmensch ließ der Wanderer die graue Herrenhandtasche fallen und nahm den Revolver an sich. Eiskalt und ohne den Hauch von Skrupeln richtete er die Waffe auf den Kopf des angeschlagenen Mendiger Kommunalpolitikers. »Entschuldige bitte. Hat nichts mit dir zu tun!«, zischte er dem Hilfsbedürftigen zynisch entgegen. Dieser hob seinen Kopf, starrte ihn aus weitaufgerissenen Augen heraus entsetzt an und presste ein schwerfälliges »nicht« heraus. Ein verzweifeltes Flehen, das sich als nutzlos erwies.

Der Schuss war noch nicht ganz verhallt, als den kaltblütigen Schützen arge Gewissensbisse übermannten. »Was habe ich nur getan? Was habe ich nur getan? Ich! Ich habe einen Menschen ermordet. Ich! Ausgerechnet ich!«, jagte es durch sein Hirn. Angst, Verzweiflung und Selbsthass wegen seiner unverzeihlichen Tat breiteten sich jäh und rasch wie die Pest in seinem Bewusstsein aus. Unverständnis! Furcht! Schwermut! Abgrundtiefer Schwermut! Ihm war kalt und sein Mund war trocken. Und noch immer hatte er die Knarre in der Hand. Er sah, dass er sie wie ferngesteuert zu seiner Schläfe führte. Er spürte wie die Hand zitterte ... zitterte. Er wollte weinen. Doch keine einzige Träne trachtete danach, sich aus seinen Augen zu quälen. »Warum nur habe ich getötet? Warum? Warum?« Dann konnte er sich seine beißenden Fragen nicht mehr beantworten.

Kapitel 24

Klassische blaue Jeans. Dunkelbrauner, breiter, Echtledergürtel aus dem letzten Rhodos-Urlaub. Robuste halbhohe Schuhe, ebenfalls dunkelbraun und aus echtem Leder, aber nicht von Rhodos, sondern aus dem Schuhgeschäft nebenan. Oliv-farbenes *Fruit of the Loom*-Sweatshirt über einem weißen Baumwoll-T-Shirt. Warmer Daunenblouson in anthrazit. Kleidungstechnisch bestens gerüstet für etwaige Außeneinsätze in der widrig-herbstlichen Osteifel, stiefelte Hauptkommissar Fritz Weller schlag viertel nach sieben durch das kühle Treppenhaus des Koblenzer Polizeipräsidiums nach oben in den zweiten Stock, also in jene Etage, wo sich unter anderem auch die Büros seines Kommissariats, sowie zwei Verhörräume befanden. Weller wäre eigentlich schon fünfzehn Minuten früher im Präsidium gewesen, doch gerade als er vorhin seine Wohnungstür zuziehen wollte, hatte nochmals das nervige Telefon geläutet.

In der Annahme, seine junge Kollegin Kommissarin Eckstein habe noch was auf dem Herzen, war er rangegangen. Allerdings hatte er feststellen müssen, dass er mit seiner Vermutung dummerweise falsch gelegen hatte. Denn mitnichten war es so, dass Anettes Stimme über Nacht baritonartig tief geworden wärer. Nein, es war jemand anderes, der frühen Gesprächsbedarf hatte. Auch war dieser ominöse »Jemand« keiner aus dem aktiven Polizeidienst, sondern ein Ehemaliger. Ein sofort fahrig losplaudernder und zudem, extrem neugieriger Ehemaliger. Es war nämlich haargenau jener, ihm bestens bekannte Pensionär, der am Vortag gemeinsam mit seinem Schwager Ernst Heinz Minkelfeld den wahrhaft unglaublichsten Fang ihres Lebens gemacht hatte. Freudig erregt waren die Petrijünger, dass beim Angeln im Laacher See ein echt kapitaler Hecht angebissen hatte. Zumindest solange, bis sie den vermeintlichen Koloss nach hartem Kampf an die Wasseroberfläche gedrillt hatten. Denn eine tote Frau am Morgen beschert dem Angler Entsetzen und Sorgen. Gero von Hübenthal! Der Lord.

Sofort als Fritz geschnallt hatte, wer der Anrufer war, wollte er ihm die Ansage eines Anrufbeantworters vorgaukeln: »Guten Tag, ich bin auf unbekannte Zeit nicht zu erreichen …« Er kannte die Marotten seines ehemaligen Chefs nur zu gut und wusste, dass dieser sich quasi nie mit zwei drei lapidaren Sätzen abspeisen ließ. Andererseits hatte er Verständnis dafür, dass Gero alles Mögliche den Mord betreffend wissen wollte, war dieser doch als Leichenfinder maßgeblich in den Fall involviert. Fritz konnte den Stein quasi durchs Telefon plumpsen hören, als er seinem ehemaligen Vorgesetzten Ute Marx` Todeszeitpunkt mitteilte. Denn obwohl er Gero gestern Vormittag nur scherzhaft in den Kreis der Verdächtigen rückte, weil laut dessen wehmütiger Aussage das geplante Vorhaben der neuen Campingplatz-Betreibergesellschaft negative Auswirkungen aufs bevorzugte Fangrevier haben würde, hatte der »Verdacht« mächtig am Nervenkostüm des früheren Kriminalbeamten genagt. Doch nun war der Lord beruhigt, denn zur fraglichen Zeit waren sie alle auf Doktor Wolfram Jakobs Geburtstagsparty beim Griechen in Koblenz gewesen. Und auch sein Schwager war aus dem Schneider, denn Ernst Heinz war mit seiner Frau Marlene wie immer Montagsabends im Nickenicher Hallenbad saunieren gewesen. Hundertprozentig zufrieden mit der aktuellen Sachlage war Gero jedoch trotzdem nicht, denn es ärgerte ihn sehr, dass ihm sein güldener Siegelring im Zuge der »Bergungsaktion« abhandengekommen war. Und noch mehr wurmte es ihn, dass das Hübenthal´sche Familienerbstück nun wohl für alle Zeiten in den Untiefen des Laacher Sees verschollen war. Fritz hatte sich schon dreimal vom pensionierten Angelfreund verabschiedet, doch dessen Gejammere bezüglich des schmerzlichen Verlustes wollte einfach nicht enden. Erst als er Gero hoch und heilig versprach, dass er ihn zum einen informierte, wenn der Fall gelöst sei, und zum anderen einige Taucher vom Wasserschutz bitten würde, einen speziellen Ringsuchtauchgang im Laacher See zu unternehmen, hatte der hartnäckige Ringverlierer mit einem wehmütigen »Dankeschön, Fritz«-Seufzer von ihm abgelassen, sprich, endlich den Hörer aufgelegt.

Im zweiten Stock angekommen fiel Fritz sofort auf, dass wirklich alle, die ihm begegneten, trotz der unchristlichen Tageszeit bereits vor Elan und Tatendrang nur so strotzten. Er selbst hingegen benötigte zumindest noch einen, von Abteilungssekretärin Uschi Schalupkes selbstgebrauten Kaffee, um so richtig in Schwung zukommen. War ja auch kein Wunder, denn er hattevorhin sein gemütliches Frühstück schließlich jäh beenden müssen. Ohne Uschi gesehen zu haben, hatte Fritz Gewissheit darüber, dass die älteste Tochter seines früheren und leider viel zu früh verstorbenen Partners Kommissar Rolf Schalupke schon im Dienst war., waberte doch der markante Duft ihres *Chanel No. 5*-Parfums blumig-pudrig im Flur herum. Dazu gesellte sich jenes liebreizende Aroma von kokelndem Kuhdung, welches nur von Bruno Klopfer, dem alten Hallodri von der Sitte, besser gesagt von dessen selbstgedrehten Glimmstängeln herrühren konnte. »Was für eine atemberaubende Mixtur«, murmelte der Frischluft liebende Ankömmling vor sich hin. Er öffnete seine Daunenjacke., denn mit geschlossenem Reisverschluss war ihm aufgrund des Treppenlaufens darin ziemlich warm geworden. Unverhofft kreuzte Haustechniker Kurti Marschall seinen Weg. Auch der befreundete Graukittelträger war bereits voll in Action. Kurz angebunden, schwitzend und mit Schraubenzieher und Seitenschneider bewaffnet, grüßte Kurti seinen langjährigen Kumpel: »Moin, Fritz. Altes Haus!

Hab gestern den ISDN-Anschluss von 1TR6 auf DSS1 umgetüddelt. Schöner Mist! Nun sind zwei Kanäle tot. Sicher hat ein NTBA ne Macke.« »Moin, Meister«, erwiderte dieser den Morgengruß des befreundeten Technikers. Fast alle Fachworte, mit denen Kurti ihn soeben beglückt hatte, sagten ihm rein gar nichts. Einzig, dass es aufgrund der Bezeichnung »ISDN« wohl irgendwas mit dem Telefon-Anschluss des Präsidiums zu tun hatte, konnte er sich noch notdürftig zusammenreimen. Offenbar musste Fritz ein sehr fragendes Gesicht gemacht haben, denn sein Gegenüber erklärte ihm prompt, dass es sich um die Umstellung des nationalen ISDN-Protokolls auf Euro-ISDN handele und vermutlich ein NTBA, also ein *Network Termination for ISDN Basic rate Access* defekt sei. »So ein graues Kästchen, Kollege Hauptkommissar, wo drüber telefoniert wird, wenn es denn funktioniert und nicht kaputt ist«, fügte Kurti schmunzelnd hinzu. »Aaaahhhhh, verstehe. Terminator! Schwarzenegger! Ist der auch Techniker?«, frotzelte Fritz in seiner für ihn typischen Art zurück. »Freilich. Den Schwarzenegger haben wir neulich eingestellt. Er hilft mir gleich bei der schweren Fehlersuche«, lachte Kurti. Er wusste um Wellers speziellen Humor. Auch war ihm natürlich bekannt, dass der erfahrene Hauptkommissar ein ausgezeichneter Ermittler mit unendlich viel Routine war, aber mit Technik im Allgemeinen und mit Fernmeldetechnik im Besonderen kaum was am Hut hatte und sich dafür auch nicht sonderlich begeistern konnte. Nein. Fritz war einer von der ignoranten Sorte, der es schon genügte, wenn das Telefon bimmelte wenn es sollte, man sich damit einigermaßen ordentlich verständigen und zur Not mit dem Hörer einen Nagel in die Wand hauen oder eine lästige Fliege erlegen konnte. Das ganze technische Kauderwelsch drumherum war dem grauhaarigen Endfünfziger bekanntermaßen schon von je her reichlich schnurz. Unmittelbar darauf folgte das beiderseitige Wünschen eines schön arbeitsreichen Tages und schwupps war der forsche Graukittelträger hinter der Tür zum Treppenhaus verschwunden.

Im gemeinsamen Zweier-Büro saß Kommissarin Anette Eckstein bereits an ihrem Schreibtisch und las sich noch einmal die bisherigen Untersuchungsergebnisse durch. Voller Ungeduld wartete sie bereits geschlagene neunzig Minuten auf ihren Partner. Schließlich galt es doch, den am späten gestrigen Abend gefassten Verdächtigen Christof Henkel nun durch die Mangel zu drehen und ihm sein Geständnis zu entlocken. »Guten Morgen, Herr Hauptkommissar, können wir?!«, grüßte sie den Ankömmling knapp und bewusst übertrieben förmlich. Sie schaltete ihren PC aus und stand auf. Es war unmissverständlich, dass Anettes Frage »können wir?« nicht als Frage, sondern vielmehr als strikte Aufforderung gemeint war, endlich mit ihrer eigentlichen Arbeit zu beginnen. »Natürlich, Frau Kommissarin« entgegnete er etwas schwerfällig und entledigte sich flugs seines warmen Daunenblousons. Zu seiner Rettung kam wie gerufen die Abteilungssekretärin Uschi Schalupke ins Zimmer gestürmt und kredenzte den beiden zwei Pötte heißen Kaffee. Lächelnd reichte sie Fritz, den sie ja bereits von Kindesbeinen an kannte, jenen mit der Aufschrift »*Morgenstund hat Gold im Mund*« und Anette den mit der Aufschrift »*Chefin an Bord*«. »Du bist zu gut zu uns, Uschi. Den ›Hallo-Wach‹ brauche ich echt«, bedankte sich der Hauptkommissar und nahm einen vorsichtigen Schluck des noch dampfenden Gebräus. Und auch von Anette erntete die etwa gleichaltrige Sekretärin ein ehrlich gemeintes, dennoch ziemlich flüchtiges »Danke, Frau Schalupke.« »Keine Ursache. Ich weiß doch, was euch Kommissaren in den Tag hilft«, antwortete die Verwaltungsangestellte kumpelhaft mit einem allwissenden Unterton. Sie lächelte Fritz an. Es war das typische, freche Uschi-Lächeln, dass er in der Tat sehr gut kannte und welches er prompt erwiderte. Beim Hinausgehen drehte sich die Sekretärin im Türrahmen stehend nochmal zu den beiden um. Sie runzelte ihre Stirn, schaute ernst und sagte mit gewichtiger Stimme: »Euer direkter Vorgesetzter, der Erste Kriminalhauptkommissar Max Loh hat mich gebeten, euch auszurichten, dass er sich bis Ende der Woche in München in einem Workshop befindet. ›Work-Life-Balance für Führungskräfte‹ lautet der Titel des eminent wichtigen Lehrgangs. Trotzdem erbittet er sich, bezüglich sämtlicher Entwicklungen im Laacher See-Mordfall unbedingt auf dem Laufenden gehalten zu werden.« Im Anschluss an die Verkündung dieser überraschenden Botschaft, schloss Uschi die Tür hinter sich und ließ zwei staunende Ermittler mit Kaffee-Pötten umschmeichelt von blumig-pudrigen Duft zurück. Denn sowohl Weller als auch Eckstein hatten damit gerechnet, dass ihr Chef ihnen beim aktuellen Fall tatkräftig unter die Arme griff. Aber anstatt guter alter Polizeiarbeit nachzugehen hatte es der Knilch vorgezogen, sich in der Wohlfühloase eines neumodischen Seminars die Eier zu schaukeln und sich abends ein paar Weißbiere hinter die Binde zu kippen.

»Sicher, dass der Lomax nicht mit dem Lord verwandt ist? Zumindest entfernt? Denn er legt inzwischen ähnliche Allüren an den Tag wie es sein pensionierter Vorgesetzter zu seinen besten Zeiten getan hat«, grummelte Fritz mürrisch und sah Anette fragend an. »Tja, wer weiß das schon genau«, schmunzelte seine Partnerin schulterzuckend. »Also, wenn der Lomax auch noch Geros Platz auf dem Schoß des Polizeipräsidenten einnimmt, dann müssen die beiden verwandt sein«, zischte der Hauptkommissar sarkastisch, »aber okay, wir bekommen den Fall sicher auch ohne unseren Ersten Kriminalhauptkommissar gewuppt.« Eigentlich hätte sich Fritz nun lässig in seinen Bürostuhl fallen gelassen und zunächst in Ruhe den Kaffee getrunken. Eigentlich! Doch nicht hier und jetzt. Anette schlug rasch die graue Mappe auf, in welcher sich die bisher gesammelten Daten den Fall betreffend befanden. Flink überflog sie abermals die bisherigen Informationen bezüglich des Verdächtigen, des Fundorts der Leiche und der Untersuchungsergebnisse der Kriminaltechniker beziehungsweise der Rechtsmedizin. »Jörg, ich meine natürlich Polizeihauptwachtmeister Zeitvogel, hat mich heute Morgen ins Präsidium gebracht und ist dann wieder zurück nach Mayen gefahren«, berichtete sie dabei beiläufig. »Das war aber ein feiner Zug von Jörg, also ich meine natürlich von Polizeihauptwachtmeister Zeitvogel«, antwortete Fritz, worauf seine Kollegin sofort aufblickte, ein wenig errötete und außer einem schmunzelnden »Ja« nichts weiter dazu sagte. Brauchte sie auch nicht, denn der Hauptkommissar ging quasi in einem Atemzug dazu über, sich mit ihr bezüglich ihrer Vorgehensweise im anstehenden Verhör abzustimmen. Die Zwei verständigten sich darauf, eine wahrhaft klassische Strategie anzuwenden. Gestiefelt und gespornt eilten sie schließlich, bewaffnet mit den Kaffee-Pötten und der Mappe mit den genannten Fall-Unterlagen in den Verhörraum A, also dorthin, wo ihre Arbeit in der sehnigen Gestalt des Tatverdächtigen Triathleten und geschassten WaLS GmbH-Mitarbeiters namens Christof Henkel bereits ungeduldig auf sie wartete.

Kommissarin Eckstein schaltete das Aufnahmegerät ein und startete lehrbuchmäßig: »Es ist der 16. Oktober 1996, 7:37 Uhr. Anwesend sind Kriminalhauptkommissar Fritz Weller, Kriminalkommissarin Anette Eckstein und Herr Christof Henkel, geboren am 6. April 1960 in Bonn, aktuell wohnhaft in Mendig. Herr Henkel, sind die Angaben zu Ihrer Person korrekt?« »Was muss ich sagen?« »Oh, wir haben einen Komiker zu Gast«, konterte Weller, die lächerliche Frage des dümmlich grinsenden Verdächtigen, »ja. Einfach nur ja Herr Henkel!« »Ja!«, entgegnete der Angesprochene spürbar genervt.

»Dankeschön für Ihre Bestätigung«, ergriff Kommissarin Eckstein wieder das Wort und fuhr betont sachlich fort, »es folgt die Befragung des Tatverdächtigen Christof Henkel im Fall der getöteten Ute Marx. Herr Henkel wurde am Abend des 15. Oktober 1996 um 22:13 Uhr in Bachem, einem Stadtteil Bad Neuenahr-Ahrweilers, in der Wohnung seiner Lebensgefährtin Frau Constanze Frömbgen angetroffen und befindet sich seitdem in polizeilichem Gewahrsam. Herr Henkel gibt an, seine ehemalige Chefin Frau Ute Marx nicht getötet zu haben.«

»Und daran hat sich auch über Nacht nichts geändert. Also auch auf die Gefahr hin, dass ich mich wiederhole: Ich, Christof Henkel habe meine ehemalige Chefin Ute Marx nicht getötet. Punkt! Und überhaupt, aus welchem Grund sollte ich das denn bitteschön machen, häh?«, giftete der Mann mit dem braungebrannten, ausgemergelten Gesicht und dem kommissartigen Bürstenhaarschnitt ungehalten.

Auf eine entsprechende Antwort lauernd sah Henkel seine beiden Gegenüber aus müden Augen heraus an. Er kochte innerlich vor Wut, dass man ihn mit einer Tötung in Verbindung brachte. Ein Schweißrinnsal lief seinen Rücken hinunter. Er brauchte rasch kühlende Frischluft. Deswegen zog er den Reisverschluss seiner blauweißen Trainingsjacke worauf das Emblem eines Triathlon-Vereins prangte auf. Mehr oder weniger in einer Bewegung rieb er sich anschließend die Augen, fuhr sich mit der Rechten durchs Gesicht und raufte sich mit einer leidenden Grimasse die Haare. »Sagen Sie es uns, Herr Henkel. Wir sind ganz Ohr!«, forderte Weller den Verdächtigen in leicht zynischem Tonfall auf. Der Hauptkommissar lehnte sich lässig zurück in die Stuhllehne, verschränkte provokant seine Arme und schaute den Trainingsanzugträger mit ernster Miene an. Dieser blieb zunächst still und zeigte zumindest äußerlich keine erkennbare Reaktion. »Also, Herr Henkel, dann erkläre *ich* Ihnen mal, wie *wir* darauf kommen, dass *Sie* es waren, der Frau Marx auf dem Gewissen hat«, blieb Weller humorlos am Ball. »Wie wir im Zuge unserer Ermittlungen erfahren haben, wurden Sie aufgrund mangelnder Leistungsbereitschaft von der Geschäftsführerin Ihres ehemaligen Arbeitgebers, der *Wohlfühlen am Laacher See GmbH*, gefeuert. Ein Rauswurf, der nicht sonderlich gut bei Ihnen ankam, nicht wahr?« Zur Antwort auf seine Frage erntete er vom Angesprochenen nur ein abfälliges Grinsen, begleitet von verständnislosem Kopfschütteln. »Nun, Herr Henkel, ich an Ihrer Stelle wäre so was von angepisst gewesen, wenn man mich einfach an die Luft befördert hätte, »bohrte der Ermittler bewusst rotzig nach, »und Sie, Herr Henkel, waren es sicher auch. Doch hartnäckig wie Sie sind wollten sie so schnell nicht aufgeben. Also suchten Sie mit Ute Marx das Gespräch, um sie umzustimmen. Nur allein mit ihr unter vier Augen. Vorgestern Abend im Wohnwagen auf dem Campingplatz. Aber sie wollte ihre Entscheidung einfach nicht zurücknehmen. Sie haben sie angefleht. Doch sie ließ nicht mit sich reden. Egal, was Sie ihr sagten, es war nichts zu machen. Ute Marx ließ sich nicht erweichen. Stattdessen hat sie Sie ausgelacht und beschimpft. Ihnen immer und immer wieder vor Arroganz strotzend an den Kopf geworfen, dass Sie schließlich selbst die Schuld am Rauswurf tragen würden und Sie sich endlich verpfeifen sollen! Aufgrund dieser, Ihrer Ansicht nach, bodenlosen Ungerechtigkeit, kochten Sie vor Wut und haben es dem verdammten Miststück dann heimgezahlt. Ihr ordentlich eins übergebraten. Mit Schmackes! Denn so springt niemand mit ihnen um. Niemand! Und für Sie als durchtrainierter Triathlet, also jemand, der im Freiwasser hervorragend zurechtkommt, war es zudem ein Leichtes, die wehrlose Frau anschließend in den Laacher See zu verfrachten, worin sie letzten Endes ertrank. Ja, Henkel. Sie hören richtig. Die Frau lebte noch, als Sie sie unter Wasser brachten. Ute Marx ist jämmerlich ertrunken. Jämmerlich!« Weller löste seine zurückgelehnte Sitzposition blitzschnell auf, kam mit dem Oberkörper dicht an die Tischkante heran und hob energisch die Stimme: »Kommen Sie, Henkel! Packen Sie schon aus! Schluss mit der Märchenstunde!« »Verdammt nein!« schrie der Verdächtige erbost, »so glauben Sie mir doch! Ich habe es nicht getan!« »Glauben? Lächerlich!«, zischte der Hauptkommissar bitterböse und winkte genervt ab.

»Gut, Herr Henkel. Ich bin kurz davor, Ihnen und Ihren Worten den notwendigen Glauben zu schenken. Nur benötige auch ich noch weitere Details von Ihnen, damit aus Glauben Gewissheit wird. Denn ausschließlich Fakten werden uns, also Hauptkommissar Weller und mich von Ihrer Unschuld überzeugen können«, brachte sich Kommissarin Eckstein nun wieder ins Verhör ein. Sie legte in ihrer Artikulationsweise besonderen Wert darauf, möglichst wohlwollend und vertrauenserweckend auf den Sechsunddreißigjährigen zu wirken. Sie sah den Mann im Trainingsanzug mit einem beruhigenden, fast schon kumpelhaften Lächeln an. Mit leichter Genugtuung registrierten die beiden gewieften Ermittler, dass ihre zuvor abgesprochene Vorgehensweise aufzugehen schien. Denn durch das gemäßigte Verhalten der jungen Kriminalbeamtin im direkten Anschluss ans bewusst, etwas überzogene Gepolter ihres routinierten Partners, erreichten sie prompt ein Etappenziel innerhalb des Verhörs. Wenn auch zögerlich, so kam ein spürbar besonnenerer Christof Henkel der freundlichen Kommissarin, beziehungsweise ihrer gefühlvollen Aufforderung bereitwillig nach: »Okay, ich war natürlich sauer wegen des Rauswurfs. Das gebe ich zu. Mag auch sein, dass ich in der letzten Zeit nicht so engagiert gearbeitet hatte wie sonst. Was aber nicht an meiner grundsätzlichen Arbeitseinstellung lag, sondern daran, dass ich mich in den letzten Monaten intensiv auf den Iron Man auf Hawaii vorbereitet habe. 3,8 Kilometer im Pazifik schwimmen, 180 Kilometer auf dem Rad kurbeln und einen Marathon laufen, beides durch eine glühendheiße Vulkanlandschaft, schafft man nicht ohne eine ordentliche, knallharte Vorbereitung. Ich trainiere über 25 Stunden die Woche. Zwei, drei Einheiten pro Tag. Vor der Arbeit und danach. Alles habe ich die letzten Monate auf Hawaii ausgerichtet. Denn die Chance, den Iron Man zu bestreiten, bekomme ich bestimmt nicht allzu oft in meinem Leben. Tja, und bei solch einem enormen Trainingspensum hockt man halt mal müde am Schreibtisch und gähnt.«

Henkel hielt für einen Moment inne und dachte an die Schinderei bei Wind und Wetter in den vergangenen Monaten. Und daran, dass es nur noch zehn Tage bis zum Iron Man waren und nun die Gefahr bestand, dass das sportliche Highlight ohne ihn über die Bühne ginge. Eine Vorstellung die ihm verständlicherweise überhaupt nicht gefiel. Nach der gedanklichen Pause fuhr er fort: »Mehrfach habe ich Frau Marx versichert, dass ich mich nach Hawaii wieder intensiv in die Arbeit am Campingplatzprojekt reinhängen werde. Aber das wollte sie nicht hören.« »Und was ist mit Herrn Marx? Wie stand er zu Ihrer Entlassung?«, hakte die Ermittlerin kurz mit einer Zwischenfrage ein. »Knut? Nee, nee! Der Knut widersprach seiner Frau per se nicht. Und in Personalthemen hält er sich sowieso raus. Das war alles Utes Metier. Nein, der Knut war mir auch keine Hilfe. Aber was soll's. Für mich ist die WaLS GmbH Schnee von gestern. Denn am ersten Dezember beginne ich einen neuen Job bei einem Reiseveranstalter in Bad Neuenahr. Gestern Mittag habe ich den Arbeitsvertrag unterzeichnet. Daher, Frau Kommissarin Eckstein, ich flehe Sie an. Bitte lassen Sie mich gehen. Ich war es wirklich nicht! Ich habe Ute Marx nicht umgebracht! Und Hinweise, oder gar Beweise kann es auch keine geben. Denn ich habe es nicht getan. Ich habe nicht gemordet.« »Thema Beweise!«, nahm der Hauptkommissar nun in seiner bekannt liebenswürdigen Art das Heft des Handelns wieder in die Hand, »wenn wir keine aussagekräftigen Hinweise hätten, die auf Sie als Täter schließen lassen, hätten wir Sie sicher nicht in unsere Gemächer eingeladen. Und, Herr Henkel, da Sie das Thema anschneiden, wollen wir Sie natürlich auch nicht länger auf die Folter spannen. Schauen Sie, welch frische Fußspuren unsere Kriminaltechniker gestern auf dem Campingplatzgelände im feinen Sand am Seeufer, unweit des Firmenwohnwagens fanden.« Weller nahm ein Farbfoto, worauf die beschriebene Szenerie abgelichtet war, aus der grauen Mappe, schob es hinüber zum Verdächtigen und redete dabei munter weiter: »Ihre Mendiger Nachbarin, eine Frau Schüller, erzählte uns, dass Sie ihr mal ihren linken Fuß gezeigt haben und strunzten, dass sie trotz der Anomalie dennoch super laufen können. Tja, jetzt fragen wir uns natürlich, wie diese doch sehr speziellen Fußabdrücke, bloß in den feinen Sand am Campingplatz kommen. Wunderschöne Abdrücke eines vollständigen rechten und eines weniger vollständigen linken Fußes. Denn am linken Fuß fehlen ganz offensichtlich die beiden kleinen Zehen. Na, Henkel, klingelt's bei Ihnen? Oder anders gefragt, können Sie sich einen Reim darauf machen, weshalb wir diese frischen und sehr markanten Fußabdrücke ausgerechnet dann vorfinden, nachdem Ihre getötete ehemalige Chefin aus dem Laacher See geangelt wurde? Na?!« Weller nahm ein weiteres Foto aus der Mappe, schob auch dieses über den Tisch und legte nach: »Und wie Sie sehen, gab es als Zugabe im feinen Sand auch noch die Abdrücke von Taucherflossen. Jetzt raten Sie doch mal Herr Henkel, was wir bei der Durchsuchung Ihrer Mendiger Wohnung außer einem Neoprenanzug noch gefunden haben: Taucherflossen! Henkel! Wunderbare Taucherflossen!«

Zum ersten Mal im Laufe des Verhörs zeigte sich der Verdächtige wahrhaftig geschockt. Die Bräune seines kantigen Gesichtes hatte sich scheinbar schlagartig davongestohlen und stattdessen das kränkliche Weiß einer schnöden Kalkleiste hinterlassen. »Das, das, … das kann nicht sein …«, stammelte er nervös, während er die beiden Fotos fassungslos in seinen schwitzigen Händen betrachtete. Christof Henkel hob seinen Kopf, starrte nur Kommissarin Eckstein an und murmelte ratlos: »Aber ich …?« Just in diesem Moment realisierte der Mann die Bredouille, in der er bis zum Kinn drinsteckte. Denn wer außer ihm konnte schon zwei fehlende kleine Zehen des linken Fußes, einen gewissen Groll auf Ute Marx, Taucherflossen und die körperliche Fähigkeit, jemandem im See zu versenken, vorweisen? Mit absoluter Sicherheit gab es in der Gegend wohl kaum auch nur *eine* andere Person, auf welche ausgerechnet diese Eigenschaften zutreffen würden. Verzweifelt und sprachlos raufte sich Henkel seine Bürstenhaare. »Es stimmt. Mir fehlen von Geburt an die beiden kleinen Zehen des linken Fußes. Aber das macht mich doch noch lange nicht zum Mörder«, sagte er kleinlaut und mit brüchiger Stimme. Angezählt wie ein taumelnder Boxer senkte er seinen Blick und schloss die Augen.

Unvermittelt wurde die Tür von außen geöffnet. Eine uniformierte Polizistin lugte schräg im Türrahmen hängend hinein ins Zimmer und entschuldigte sich höflich für die Störung. Dann bat sie Kommissarin Eckstein für einen Augenblick nach draußen. Die Ermittlerin kam der Aufforderung sogleich nach. Während Anettes kurzer Abwesenheit herrschte drinnen im Verhörraum A bleierne Stille. Weller hatte die Gesprächsaufzeichnung gestoppt. Die Arme abwartend verschränkt, hockte er zurückgelehnt auf seinem Stuhl. Ihm gegenüber an der anderen Tischseite kauerte ein sichtlich in sich gekehrter Verdächtiger. Obwohl die Temperatur im Zimmer locker

20 Grad Celsius betrug, war es Christof Henkel saukalt. Mit zittrigen Händen zog er den Reißverschluss seiner blauweißen Trainingsjacke komplett zu. Er vermied Augenkontakt mit dem grauhaarigen Hauptkommissar, der ihn durchdringend anstarrte. Für Weller war die Sache sonnenklar. Nach seiner Einschätzung war es quasi nur noch eine Frage der Zeit, wann Henkel die Tat endlich gestand. Schließlich hatten sie die Schlinge mehr und mehr um dessen Hals zugezogen. Es sei denn, neue, bis dato noch unbekannte Erkenntnisse würden sie von seiner Unschuld überzeugen. Kommissarin Eckstein kehrte mit einer weiteren grauen Mappe in den Händen zurück. Weller und der Verdächtige sahen sie an. Henkel schwante nichts Gutes. Anette nickte Fritz zu, setzte sich wieder neben ihn an den Tisch und schlug die Mappe auf. Wellers Blick folgte ihrem Zeigefinger, als dieser über eine bestimmte Passage des darin befindlichen Dokumentes hinwegglitt. Anschließend schaltete der Hauptkommissar das Aufnahmegerät wieder an. »Was?«, zischte der Verdächtige den Kriminalbeamten fahrig entgegen. Eckstein und Weller sahen den vis-á-vis sitzenden Mann mit ernster Miene an. »Herr Henkel, je eher Sie gestehen, desto besser ist das für Sie«, antwortete die Kommissarin nüchtern und fuhr emotionslos fort, »wir haben soeben die Information erhalten, dass unsere Kriminaltechniker am gestrigen Vormittag frische Fingerabdrücke im Firmenwohnwagen der WaLS GmbH am Laacher See gefunden haben. Und einige von diesen frischen Fingerabdrücken, stimmen mit Ihren überein. Also, Herr Henkel, es ist an der Zeit uns die Wahrheit zu sagen. Denn Sie waren zur fraglichen Zeit im Wohnwagen.« »Ja, ja, ja. Ich war am Montagabend im Wohnwagen«, gab der Mann im Trainingsanzug leicht widerwillig zu und berichtete weiter, »zuvor bin ich zwei Runden um den Laacher See gelaufen. Dabei habe ich das Auto der Chefin gesehen und auch, dass im

Wohnwagen Licht war. Ich dachte mir, bevor ich nach dem Laufen zum Schwimmtraining fahre, statte ich Frau Marx einen Besuch ab, um sie umzustimmen. Ich wusste schließlich, dass sie oft bis abends spät dort noch arbeitet. Ich sagte mir, was soll's. Ein letzter Versuch. Und Fragen kostet ja bekanntlich nichts. Was habe ich schon zu verlieren? Nichts! Aber offenbar hatte ich sie verpasst. Denn als ich den Wohnwagen betrat, war das Licht aus und Ute Marx nicht mehr da. Ich habe mich nur gewundert, dass der Wohnwagen zwar verriegelt, aber nicht abgeschlossen war.« Und wann war das genau?«, hakte Weller ein. »Das war kurz nach zwanzig Uhr.« »Und dann?« »Ja nix! Sie war nicht da, warum auch immer. Ich bin zum Schwimm-Training nach Bad-Neuenahr ins Hallenbad gefahren und danach zu meiner Freundin nach Bachem.« »Und das sollen wir Ihnen glauben?« »Ja! Natürlich. Weil es die Wahrheit ist!« »Und warum erzählen Sie uns erst jetzt davon«, wollte Kommissarin Eckstein wissen. »Na, wenn ich Ihnen erzählt hätte, dass ich im Wohnwagen war, hätten Sie doch direkt angenommen, dass ich Ute Marx getötet habe.« »Mensch, Henkel, das sieht ganz schön düster für Sie aus. Ich hoffe, sie haben einen guten Anwalt«, kommentierte Weller die Sachlage. »Aber genau so war es doch! Ich habe es nicht getan!«, beteuerte Henkel zum wiederholten Male vehement seine Unschuld. »Mag sein. Oder, da Sie ein fixes Kerlchen sind, hat es sich haargenau so abgespielt wie ich es Ihnen vorhin beschrieben habe,« konterte der Hauptkommissar humorlos, »und Sie haben sozusagen als kleines Intermezzo nach dem Laufen und vor dem normalen Schwimmtraining gemeinsam mit Frau Marx ein erfrischendes Bad im Laacher See genommen. Seien Sie sicher, unsere Leute von der KTU sind echt klasse. Die finden alle Spuren. Selbst die Kleinsten und Unscheinbarsten. Aktuell haben sie übrigens den Neoprenanzug und die Taucherflossen von Ihnen in Beschlag. Daher,

Herr Henkel, um Ihnen ihre Lage bewusst zu machen, fasse ich zusammen: Sie haben ein Motiv, die körperliche Fähigkeit und ein sehr, sehr dünnes Alibi. Dazu gibt es reichlich Hinweise, dass Sie Ute Marx vermutlich aus Rache getötet haben. Daher mein Fazit: Es sieht bescheiden für Sie aus, Herr Henkel, sehr bescheiden.«

Ehe sich der Verdächtige zu Wellers Resümee äußern konnte, erschien abermals die uniformierte Polizistin von vorhin auf der Bildfläche. Ihre Worte klangen gehetzt, als sie Kommissarin Eckstein völlig außer Atem nach draußen bat. Es dauerte nur Sekunden bis die junge Kriminalbeamtin wieder zurück war. Eilig schaltete sie das Aufnahmegerät aus und erklärte dem Verdächtigen, dass das Verhör zu einem späteren Zeitpunkt fortgesetzt würde. »Solange bleiben Sie in Untersuchungshaft Herr Henkel. Und wie gesagt, ziehen Sie einen Rechtsanwalt hinzu.« Hauptkommissar Weller, erstaunt vom plötzlichen Abbruch der Vernehmung, verließ im Windschatten seiner jungen Partnerin den Verhörraum A. »Mensch, Anette. Der Knabe hätte die Tat gleich gestanden. Also. Was gibt's so Dringendes? Haben wir weitere Beweise?« »Fritz, weitere Beweise haben wir noch keine. Dafür allerdings vier Tote nur wenige hundert Meter vom Laacher See entfernt!«

Kapitel 25

Etwa zur selben Zeit in einem modern eingerichteten Gästezimmer am Rande Mendigs, unweit der Autobahn A61. Das trübe Licht eines beginnenden Oktobertages umrahmte den zugezogenen violetten Fenstervorhang und sorgte dadurch für etwas Helligkeit im Raum. Die Frau wachte auf. Sie lag allein im Bett. Wie immer in den vergangenen Monaten. Dabei hatte sie sich doch so sehr einen festen Partner gewünscht. Also jemanden der sie liebte und den sie lieben konnte. Noch im Frühjahr hätte sie alles dafür gegeben einen solchen Menschen kennenzulernen. Doch damals gab es einfach niemanden, der die Rolle an ihrer Seite übernehmen konnte oder wollte. Jetzt jedoch, Mitte Oktober, fand sie es sinnlos, sich auf etwas Neues einzulassen. Denn für eine Beziehung, so sehr sie diese auch gewollt hätte, war es für sie nun zu spät. Schweren Herzens hatte sie deswegen Bertholds Bemühungen auch eine Abfuhr erteilt. Nur in ihrer Vorstellung malte sie sich aus, wie es hätte sein können. Auf dem Rücken unter der wärmenden Decke liegend strichen ihre Hände sanft über ihre Brüste, dann vorsichtig den Bauch hinab bis zum Schoß. Die Frau hielt inne und genoss den Moment solange, bis sie wehmütig aufatmete und sich zur Seite drehte.

Sie schaltete das winzige Radio ein. Es lief gerade »*Stay another day*« von der angesagten britischen Boygroup *East 17*. Der Klang des gefühlvollen Songs ließ sie abermals entspannt die Augen schließen. Drei Armlängen vom Bett entfernt stand ein kleiner, rechteckiger Tisch und ein bequemer Minisessel mit apricotfarbenem Stoffbezug. Zwischen Tisch und Bett auf dem Korklaminat-Fußboden lagen ihre verschmutzte Jeans, ihr verdreckter, olivgrüner Bundeswehr-Parka und ihr zweifarbiger Fleece-Pulli, die obere Hälfte karminrot, die untere mausgrau. Daneben, einer stehend, einer umgefallen, ihre dunkelbraunen Wanderschuhe, wo in den Rillen des groben Profils noch der Dreck vom Laacher Wald steckte. Entkräftet wie sie nach ihrer mitternächtlichen Rückkehr war, hatte sie ihre Klamotten samt Treter rasch ausgezogen, einfach fallen gelassen und sich nur mit weißem T-Shirt, Slip und Wollsocken bekleidet ins Bett gelegt. Und obwohl sie aufgrund der vorangegangenen Anstrengungen unterhalb des Naturkundemuseums am Laacher See doch todmüde gewesen war, hatte sie erst um zwei Uhr einschlafen können, denn zu viele kreuz und quere Gedanken hatten noch Bock darauf gehabt, in ihrem Hirn ihr Unwesen zu treiben. Links neben dem Tisch auf dem Boden stehend und mit dem Rücken an die Wand gelehnt, ihr fertiges Acryl-Gemälde. Darauf war ein See zu sehen, dessen heller werdende Blautöne am Horizont mit dem warmen gelblichen Licht einer untergehenden Abendsonne verschmolzen. Sie hatte das Bild »Erlösende Wasser« genannt.

Draußen vor dem Haus palaverten Leute in örtlichem Dialekt herum. Die Frau kannte die Stimmen nicht. Autos fuhren vorbei. Eines mit dermaßen lauter Musik, dass man die Bassschläge sogar bei geschlossenem Fenster noch als leichte Vibrationen im Körper verspürte. Unvermittelt trieb ein höllisch stechender Schmerz in der Magengrube sie jäh in eine Art gekrümmte Embryonalstellung. Reflexartig hatte sie ihre Beine angezogen und die Augen arg zusammengekniffen. Stille Schreie drangen aus ihrem Mund hinein ins Kopfkissen. Wie in Trance kroch sie stöhnend aus dem Bett hin zur Kleidung. Der Weg dorthin kam ihr endlos vor. Er war für sie die reinste Tortur. Qualen leidend langte sie mit zittrigen Händen hektisch in die Parka-Tasche, also dorthin wo sie ihre hochdosierte Arznei wähnte. Entsetzt musste sie jedoch feststellen, dass sich der erhoffte Blister nicht in dieser Tasche befand. Und auch die andere war, mal abgesehen von einer alten Rotzfahne, leer. Mehr und mehr bissen sich die Schmerzen mit ihren unheilstiftenden Zähnen an ihren Eingeweiden fest. Sie drohten ihrem Opfer bald vollends die Sinne zu rauben. Doch noch gab es Hoffnung. Mit letzter Kraft robbte sie benommen über das wunderhübsche Korklaminat unter den Tisch, hin zu ihrer Reisetasche. Sie stülpte die Tasche um. Ja. Rettung! Eine Packung Tabletten! Die drangsalierte Frau fingerte einen Blister heraus, drückte sich eine Tablette auf die Zunge, angelte sich die Wasserflasche, die neben dem Bett stand und spülte das schmerzlindernde Medikament hinunter. Erschöpft sank sie nieder und blieb auf dem Rücken liegen. Sie verspürte, dass das starke Mittel rasch seine Wirkung in ihrem geschundenen Leib entfaltete. Und allmählich gewann sie ihre Sinne zurück.

In den Ohren hörte sie die Worte ihres Onkologen: »Unheilbar. Es tut mir leid. Sie haben maximal noch drei Monate zu leben.« Diese niederschmetternde Diagnose hatte sie Anfang April bekommen. »Ja, Gevatter. Ich bin zäh«, murmelte sie sarkastisch und grinste dabei. Doch ihr war natürlich bewusst, dass sie dem Tod nicht auf ewig davonlaufen konnte. Im Gegenteil. Der hartnäckige Sensenmann war ihr inzwischen dicht auf den Fersen. Denn die schmerzfreien Intervalle wurden von Tag zu Tag kürzer. Nüchtern abwägend und kühl kalkulierend, so wie es ihrem pragmatischen Wesen entsprach, hatte sie bereits vor einigen Wochen die Art und Weise, sowie den Ort ihres selbstbestimmten Abgangs gewählt. Nur den Zeitpunkt der Selbsttötung hatte sie damals noch offengelassen. Doch dieser war mit dem morgigen Donnerstag nun ebenfalls gefixt. Angesichts ihres unabwendbaren Schicksals aufgrund der rasant fortschreitenden Erkrankung hatte sie sich eines geschworen: Keine seelenlosen Maschinen und überflüssigen Therapien, welche sie bis zu ihrem Ende dahinsiechend und vegetierend ans Totenbett irgendeiner Intensivstation fesselten.

Nein. Glasklar in der Birne und körperlich noch halbwegs fit, würde sie die Sache selbst regeln, solange sie dazu noch in der Lage war! Außerdem hatte sie ihren Job hier in Mendig, besser gesagt im und am Laacher See, noch nicht komplett beendet. Das Meiste war zwar geschafft, aber der Vorhang des letzten Aktes musste erst noch fallen. Sie hatte der Kleinen schließlich versprochen, ihr solange zu helfen, bis alles erledigt war. Und sie stand auf Gedeih und Verderb zu ihrem Versprechen. Denn die Kleine sollte es doch guthaben, auch dann noch, wenn sie selbst nicht mehr unter den Lebenden weilte. Und bisher war ihr ausgeklügelter Plan bis auf eine Ausnahme wie am Schnürchen verlaufen. Stehlen. Killen. Falsche Fährten legen. Spuren verwischen. Sie verfügte in der Tat über einen enormen Erfahrungsschatz in Dingen dieser gewissen Kategorie, welcher ihren gewagten Unternehmungen zu Gute kam. Nur dem kräftigen Mann, der am späten gestrigen Abend unvermittelt aus dem geparkten Wagen heraus geprescht kam und wütend auf sie eingedroschen hatte, ihm wäre sie um ein Haar unterlegen gewesen. »Aber nur fast …«, murmelte sie vor sich hin, da die brenzlige Situation wie ein Film vor ihrem geistigen Auge ablief, »aber am Ende bin ich es, die gewinnt. So wie früher.« Sie atmete tief durch und hockte sich auf die Bettkante. Wehmut stieg in ihr auf, als sie an ihr hervorragendes Leben in der DDR dachte. Und daran, wie treffend doch ihr Stasi-Deckname *IM Forelle* besonders für sie als ehemalige Kaderschwimmerin gewesen war. »IM Forelle«, sagte sie leise, begleitet von einem bitteren Lachen. Wie jetzt in diesem Moment, so erinnerte sie sich auch sonst liebend gerne zurück an die goldene Zeit Mitte der 1980er hinterm Eisernen Vorhang: Fettbemmen! Goldbroiler! Ein Kessel Buntes! Und Diversanten den Garaus machen! »Ja, da war die Welt noch in Ordnung. Nicht wie heutzutage, wo fast nur noch hochnäsige Besserwessies das Sagen haben. Gut. Es gibt

Ausnahmen. Wie die Menschen hier auf dem Hof. Aber sonst? Geh mir weg!«

Wie aus dem Nichts verspürte die Frau einen stechenden Phantomschmerz am linken Fuß. Und zwar genau dort, wo sich bis zum 26. August 1987 die zwei kleinen Zehen befunden hatten, denn an jenem Tag war es gewesen, als sich bei Schießübungen ein Schuss aus ihrer Waffe gelöst und getroffen hatte. So unerwartet wie diese spezielle Pein aufgeflammt war, so rasch ebbte sie wieder ab. Angesichts der totbringenden Krankheit in ihrem Körper, waren die Fuß-Kinkerlitzchen nur Pillepalle. Okay, das häufige Auftreten der nervigen Phantomschmerzen war lästig wie eine Schmeißfliege, aber auch nicht mehr. Die Frau richtete sich auf und schlurfte schwerfällig ins winzige Bad. In der Duschwanne lagen ihre schwarzen Taucherflossen und der gleichfarbige Neoprenanzug. Also jene Utensilien, die am Montagabend zum Einsatz gekommen waren, und mit denen sie schon seit Wochen zuvor den Laacher See zu Übungszwecken erkundet hatte. Immer war sie in der sehr frühen, oder späten Dämmerung und bei garstigem Wetter, also bei Bedingungen und Zeiten, zu denen sich andere niemals oder nur sehr vereinzelt in die Fluten stürzten, geschwommen und getaucht. Bewusst hatte sie bei ihren Übungseinheiten großen Wert daraufgelegt, den direkten Kontakt mit anderen Menschen zu vermeiden. Indirekte Kontakte indessen waren Bestandteil ihres durchdachten Plans. Und wie sie mit Befriedigung feststellte, hatte dieser Teil ihres kühnen Vorhabens seine gewünschte Wirkung, schon eine ganze Zeit vor den eigentlichen Taten entfaltet.

Vergleichbar einem gelungenen Vorspiel beim Sex, ehe es richtig zur Sache ging. Denn in Mendig und Umgebung war in aller Munde, dass ein riesiges dunkles Fischungeheuer mehrfach beim Auf- und Abtauchen im See gesichtet worden war. Echte Beweise für diese mysteriöse Erscheinung gab es bis dato zwar keine, doch die Gerüchte bezüglich des geheimnisvollen Ungetüms hielten sich hartnäckig. Ortsansässige Unikate wie der Legendenforscher Gisbert Baum und ein paar bierselige Petri-Jünger taten ihr Übriges dazu. Mit ihren tiefgründigen Spekulationen und überbordendem Anglerlatein befeuerten sie dankenswerterweise noch die Echtheit des ominösen Seewesens. Die Frau hatte innerlich mächtig lachen müssen, als sie neulich in einer Mendiger Apotheke rein zufällig ein Gespräch zweier alter Damen über die unglaublichen Ungeheuer-Sichtungen im Laacher See mitangehört hatte. Denn sie selbst wusste natürlich nur zu gut, dass der sagenumwobene Monsterfisch eine Ente war.

Auf dem Toilettenspülkasten lag der professionell präparierte Kopf eines Hechtes, den sie für ne Mark auf einem Mayener Trödelmarkt geschossen hatte. Sofort als sie das obskure Exponat im Gerümpel des dönermampfenden Trödlers erspäht hatte, wusste sie, dass sie das Teil sicher nicht als Deko-Gegenstand in ihrer schmucklosen Bitterfelder Parterre-Wohnung platzieren würde. Nein. Für den Hechtkopf, speziell für dessen prächtiges Gebiss, gab es gewiss bald eine andere Verwendung. Und diese würde dermaßen verwirrende Auswirkungen haben, die mit Sicherheit zum entsprechenden Zeitpunkt, bestimmten Personen heftiges Kopfzerbrechen bereiteten. Sie hatte ihren Trödelmarktfund »Waldemar« getauft, denn sie fand ihn so bissig, wie es ein früherer Marathonolympiasieger der DDR bei seinen erfolgreichen Rennen gewesen war. An Waldemars spitzen Zähnen haftete getrocknetes Blut. Doch es war weder Kunstblut, welches vom Präparator als schnöde Effekthascherei drauf gepinselt worden war, noch das Blut des letzten, noch zu seinen Lebzeiten verspeisten Beutefisches. Es war Menschenblut …

Sie drehte den Wasserhahn am Waschbecken auf, beugte sich vorsichtig hinab und ließ das kühle Nass über ihren Kopf rinnen. Mit geschlossenen Augen genoss sie die belebende Frische. Und auch wenn sie sich auf dem Trockenen befand und nur den Kopf unter einen plätschernden Wasserhahn hielt, stieg in ihr das unbeschreibliche Gefühl von Geborgenheit auf. Freilich nicht ganz so intensiv wie beim Schwimmen und Tauchen im Laacher See, doch nicht minder wohltuend. Erfrischt rubbelte sie sich schließlich die dunkelblonden Haare mit einem Frotteehandtuch trocken. Ein flüchtiger Blick in den Spiegel zauberte ein Lächeln in ihr maskulin wirkendes Gesicht, denn mit ihren struwweligen Haaren sah sie aus, als habe sie soeben in eine Steckdose gefasst. Nebenan im Zimmer läutete das Telefon. Da sie ein steter Gast hier auf dem Hof war, hatte sie sich neulich einen Zeitanschluss für die Dauer ihres Aufenthaltes installieren lassen. Eine Anschaffung mit Sinn und Verstand und wahrlich nicht aus Jux und Dollerei. In der DDR hatte sie auch einen Telefonanschluss gehabt. Als eine von wenigen in ihrem Block. Und auch schon damals war er ein sehr probates Mittel gewesen, um zu wissen was geredet wurde, beziehungsweise welcher Gesinnung entsprechende Subjekte waren. Bewusst hatte sie ihre neue Rufnummer weder im Telefonbuch noch in der Auskunft eintragen lassen. Genauer gesagt, außer ihr selbst natürlich, kannten die Mendiger Rufnummer nur sehr wenige, handverlesene Personen und zwangsläufig halt die Telekom.

Zugegebenermaßen fand sie es sehr angenehm, dass im Gegensatz zum schwarzen, klobigen Wählscheibenklotz früher im Osten, nun ein extrem handliches und zudem todschickes, violettes Tastengerät, mit Namen »*Signo*« zu ihrer Verfügung stand. Das moderne Telefon befand sich gleich neben ihrem Bett auf dem Nachttisch. Beim Abheben des leichten Hörers fiel das neben dem Telefon liegende, zusammengerollte, aus dem Einbruch ins Mayener Eifelmuseum stammende Diebesgut auf den Boden. Sie hob das historische Dokument sofort wieder auf und hörte sich zunächst an, was die Person am anderen Ende der Strippe zu sagen hatte. Nach einer knappen aber herzlichen Begrüßung wurde ihr etwas mitgeteilt, womit sie zum jetzigen Zeitpunkt nicht gerechnet hatte. Entsprechend überrascht antwortete die Angerufene: »Was? Noch nicht zuhause? Das ist in der Tat komisch. Denn eigentlich sollte er längst wieder eingetrudelt sein.« … »Nee du! Ich habe ihn nur mit einem leichten Klaps außer Gefecht gesetzt, damit er ein paar Stunden gemütlich vor sich hin dämmert. Und wenn er wieder wach wird, soll er ja schließlich auch in der Lage sein, zu erkennen, in welch großem Schlammassel er steckt.« Sie ging die spätabendlichen Geschehnisse noch einmal in Gedanken durch und redete anschließend beruhigend weiter: »Bestimmt geht gleich die Haustür auf und er ist da. Nur halt mit ner ziemlichen Beule am Hinterkopf und der Meinung, dass er zwei Leutchen ermordet hat.« … »Ja. Zwei! Sie hatte noch einen Mann zur Verstärkung mitgebracht. Hat ihr nur nichts genutzt! Du wirst sehen. Unser Plan funktioniert.« … »Stimmt. Du hast recht. Könnte auch sein, dass die Polente den vermeintlichen Doppelmörder schon bei der Kandare genommen hat.« … »Wie es mir geht? Geht schon! Mach dir um mich bloß keine Sorgen. Du weißt doch, wie zäh ich bin. Nee. Das klappt schon. Jetzt sind wir bis hierhergekommen, dann schaffen wir den Rest auch noch. Ganz sicher.« … «Todsicher! Meine letzte Aufgabe ist, dir ein unbeschwertes Leben zu ermöglichen. So wie du es dir immer gewünscht hast.« … »Komm, weine nicht. Wer will schon ewig leben? Und die meiste Zeit hatte ich es ja auch nicht so schlecht. Außerdem, egal was ist, ich werde immer bei dir sein. Versprochen!« … »Okay!? Und halt mich auf dem Laufenden. Ich bin sehr gespannt darauf zu erfahren, in welche Richtungen die Polente ermittelt. Irgendwie finde ich es sogar schade, dass ich nicht dabei sein kann, wenn diese West-Luschen bei ihren Untersuchungen meinen Finten auf den Leim gehen. Aber was soll's.« … »Ja. Es bleibt alles dabei. Wir sind voll im Soll. Wir machen weiter wie besprochen.« … »Ich dich auch!«

Die Frau legte den violetten Hörer wieder auf die Gabel. Bewusst hatte sie vermieden zu erzählen, dass die Sache gestern Abend auf dem dunklen Parkplatz in der Nähe des Laacher Sees nicht völlig reibungslos von Statten gegangen und dass ihr wahrscheinlich beim heftigen Gerangel die Tablettenpackung aus der Tasche gefallen war. Umstände, über die sie sich als echte Perfektionistin, die eigentlich nichts dem Zufall überließ, mehr ärgerte denn sorgte. Doch sie sah absolut keinen Grund, jemand anderen mit ihrer Gefühlslage zu belasten. »Vielleicht habe ich die Tabletten auch irgendwo anders verloren. Und wenn nicht …? «, murmelte die Frau nachdenklich vor sich hin.

Kapitel 26

Hauptkommissar Fritz Weller und seine Partnerin Kommissarin Anette Eckstein erlebten mit ihrem eiligen Verlassen des Präsidiums ein schieres Deja-vu. Denn wie am Vortag, so waren sie auch jetzt mit Wellers neuem Dienstboliden mitten hinein ins vulkanische Herz der Osteifel gebrettert. Wieder hatte der Kriminalbeamte dabei die 150 Pferdchen des dunkelgrünen BMW 320i Touring mächtig über den Asphalt galoppieren lassen. »Schumi-like« die Spuren wechselnd über die dichtbefahrene Bundesstraße B9 aus Koblenz hinaus. Blinker rechts und ab auf die Autobahn A48 in Richtung Trier bis zum Kreuz Koblenz. Runter auf die A61 und weiter mit Karacho in Richtung Köln/Bonn bis zur Abfahrt Mendig. Dort rechts abgebogen und noch wenige Kilometer über die Landstraße L113 zum Laacher See. Beinahe wären sie hinter einer unübersichtlichen Kuppe einem gemächlich dahin tuckernden, mit Kartoffeln beladenen Traktor mit Anhänger draufgedübelt. Doch Dank Anettes spitzem Aufschrei und Fritz` flinkem Bremsfuß konnten sie die nicht bestellte Portion Kartoffelbrei im letzten Augenblick vermeiden. Nach diesem ungeplantem Kreislaufanreger erreichten sie ohne weitere Vorkommnisse Maria Laach.

Heute allerdings ging es im Gegensatz zum Vortag nicht schnurstracks an der Abtei vorbei, weiter zum Campingplatzgelände. Nein! Jetzt und hier, am Rande der Benediktiner-Kommune, hieß es für Weller, den Gegenverkehr in Form des weinroten Bahnbusses mit Ziel Mayen-Ostbahnhof durchlassen, dann ohne zu blinken das Lenkrad links einschlagen, mit quietschenden Reifen im 90-Grad-Winkel abbiegen und über die ansteigende Kreisstraße K56 in Richtung der höher gelegenen Dörfer Bell und Wehr schießen, bis die rasante Anreise der

Koblenzer Kriminalbeamten nach rund einem halben Kilometer aufgrund einer bekannten Erscheinung ihr leicht abruptes, aber vorhergesagtes Ende fand. Denn während ihrer Anfahrt wurden sie von der Leitstelle informiert, dass eine Streife am Ortsausgang Maria Laachs bereits warten würde, um sie einzuweisen. Und wie schon zuvor am geöffneten Schlagbaum zum Campingplatz-Gelände, war es auch heute wieder Polizeimeisteranwärterin Anja Scherer, die sie in Empfang nahm. Per Handzeichen forderte sie die Ankömmlinge auf, von der K56 nach rechts auf einen schmalen geteerten Weg abzubiegen.

Weller folgte der Anweisung, stoppte neben der uniformierten Polizistin und kurbelte das Fenster hinunter. »Guten Morgen, Polizeimeisteranwärterin Scherer. So schnell sieht man sich wieder. Wo genau müssen wir hin?«, grüßte er freundlich mit einer Frage. Etwas verlegen erwiderte die Auszubildende den Morgengruß des alten Hauptkommissars. Anschließend instruierte sie die Kripo-Leute in jener höchst lehrbuchhaften Art und Weise, wie schon bei ihrem ersten Aufeinandertreffen. Ganz so, als stünde sie in der Polizeischule vor der Klasse und halte gerade ein enorm wichtiges Referat, für welches es eine Note gäbe, artikulierte sie sich sehr formell: »Bitte parken Sie Ihren Dienstwagen gleich hier.« Anja Scherer zeigte nach rechts auf einen nur wenige Schritte entfernten Bereich des unbefestigten Waldwegs, der hinter der Klostermauer entlang verlief und welcher sich etwas später in den dichten Wald verzweigte. »Bitte gehen sie dann circa 300 Meter zum Fundort der Toten. Meine Kollegen von der Polizeiinspektion Mayen warten dort auf Sie. Von ihnen beziehungsweise von den Leuten des Erkennungsdienstes werden Sie auch über die bisher vorliegenden Fakten unterrichtet.« Sie drehte ihren Oberkörper und deutete mit beiden Armen auf den linkerhand am Waldrand befindlichen asphaltierten, sachte ansteigenden Weg, der, wie eine große Hinweistafel offerierte, zum Naturkundemuseum führte. »Dankeschön, Kollegin. Wie Sie befehlen«, antwortete Weller lächelnd mit einem Augenzwinkern. Sie parkten also den dunkelgrünen Dienstboliden an der avisierten Stelle und eilten schnellen Schrittes zum Ort des Geschehens.

Während des kurzen Fußmarsches grübelte Anette Eckstein zunächst, begleitet von sachtem Kopfschütteln, vor sich hin. Dann warf sie dem neben ihr her gehenden Routinier ein paar flüchtige Blicke zu und ließ ihn, da sie Fritz vertraute, an ihrem aktuellen Gefühlsleben teilhaben: »Mensch, Mensch. Fünf Tote in zwei Tagen hatte ich in meiner Ausbildung jedenfalls nicht. Es ist sicher schwer für Kollegin Scherer, das zu verkraften.« In den Worten der Kommissarin schwang eine gehörige Portion Empathie mit der etwas jüngeren Polizeianwärterin mit. »Also mich hätten so viele Opfer in der kurzen Zeitspanne sicher sehr betroffen gemacht. Vielleicht hätte ich sogar die Brocken hingeschmissen und was anderes gelernt. Und ehrlich gesagt, auch jetzt, wo ich Kommissarin bin, fällt es mir nicht leicht damit umzugehen. Ich finde, ein Opfer ist schon zu viel, aber gleich fünf!?« Aus den Augenwinkeln heraus bemerkte sie, dass ihr Kollege daraufhin unvermittelt stehen geblieben war und stoppte ebenfalls. Sie sah ihn erwartungsvoll an. Seine Partnerin hätte nichts sagen müssen, denn ein Blick in ihr ratsuchendes Gesicht genügte Weller, um zu erkennen, wie heftig diese in der Tat sehr herausfordernde Sache an ihr nagte. »Ja, Anette, wir bekommen ganz schön was geboten hier am Laacher See«, entgegnete der Hauptkommissar in ruhigem Tonfall, »zum Glück ist eine derartig inflationäre Anhäufung von Toten nicht der Regelfall. Und ja, du hast vollkommen recht. Jede oder jeder Tote ist eine oder einer zu viel. Gar keine Frage.« Seine junge Kollegin antwortete nicht darauf. Weller glaubte, in ihrem Gesicht einen Hauch zarter Entspannung wahrzunehmen und sah sich auf dem richtigen

Weg. Deswegen legte er nun, ein wenig aus dem Nähkästchen plaudernd, nach: »Übrigens, ich hatte meinen ersten Mordfall nicht während der Ausbildung, sondern damals 1967, gerade nachdem ich in Koblenz meine Kommissarsstelle angetreten hatte. Mensch, was war ich versessen darauf gewesen, endlich einen richtigen Fall zu lösen. Nicht nur irgendwelches larifari Zeug.« Weller hielt einen Moment inne, tauchten doch urplötzlich Bilder von sich als ungestümem, ehrgeizigem Jungspund vor seinem geistigen Auge auf. Völlig losgelöst verharrte er ein paar Sekunden in jener fast dreißig Jahre zurückliegenden Lebensepisode seiner beruflichen Karriere. Dann atmete er einmal tief durch, zog nickend die Augenbrauen hoch, sah die Kommissarin wieder an und fuhr jetzt deutlich kerniger fort: »Anette, der Tod gehört nun mal zu unserem Job. Und umso wichtiger ist es, die Fälle aufzuklären und die Täter hinter schwedische Gardinen zu verfrachten.« »Wie hast du denn gelernt, mit dem Tod umzugehen?«, durchbrach sie ihr Schweigen. »Gelernt?«, entgegnete Weller fragend und gab sich und seiner Partnerin im selben Atemzug die Antwort, »bei mir war es irgendwie ein schleichender Prozess über die Jahre. Ich will nicht sagen, dass ich irgendwann abgestumpft war, nachdem ich in einigen Mordfällen ermittelt hatte. Nein. Es lässt mich nach wie vor nicht kalt, wenn es Opfer gibt. Gerade wenn man Auge in Auge den Hinterbliebenen gegenübersteht. Vielleicht habe ich instinktiv für mich einen Weg gefunden, damit umzugehen. Aber ›lernen‹ würde ich es bei mir nicht nennen. Und du bist eine hervorragende Ermittlerin. Und ich bin mir sicher, auch du wirst für dich einen Weg finden! Okay?« »Okay«, seufzte Anette, »danke dir für deine aufbauenden Worte!« Sie spürte, wie Schaffenskraft das zögerliche Zaudern in ihrem Bewusstsein tatsächlich verdrängte. »Keine Ursache!«, entgegnete er, »dafür sind doch Kollegen da. Also dann, Kommissarin Eckstein. Vamos!

Die Arbeit wartet!« Sie waren einige Schritte gegangen, als der Hauptkommissar anmerkte, dass, wenn die hier am Laacher See diese irre Geschwindigkeit des Abmurksens beibehielten, die Nacht an Weihnachten nicht nur heilig, sondern im wahrsten Sinne des Wortes sehr, sehr still sein würde. »Jetzt mal den Teufel nicht an die Wand, Fritz!« »Ich sag ja nur …!«

Der Parkplatz unterhalb des Naturkundemuseums war ringsum mit polizeilichem, weißroten Flatterband abgesperrt. Ebenso das linksseitig an die holprige Freifläche angrenzende Gelände rund um den kleinen unscheinbaren Weiher. Streifenpolizisten der Mayener Polizeiinspektion sicherten sämtliche Zuwege. Ein Trupp Kriminaltechniker in ihren markanten weißen Zellstoffkombis hatte bereits die erkennungsdienstlichen Arbeiten in den Arealen aufgenommen. Unaufgefordert zeigten Kriminalhauptkommissar Fritz Weller und Kriminalkommissarin Anette Eckstein den beiden miesepetrig schauenden Streifenpolizisten ihre Dienstausweise und tauchten kommentarlos unter dem Flatterband hindurch. Im Vorbeigehen warfen sie einen flüchtigen Blick ins Fahrzeuginnere des grün-metallic farbenen VW Polo, dessen vier Türen und die Heckklappe weit offenstanden. Jemand hatte den Kleinwagen schräg am Parkplatzrand abgestellt, also mit der Schnauze voran vor jenen bewaldeten Hang, welcher zwischen dem Naturkundemuseum und der Klosteranlage rasant emporstieg. Im und am Fahrzeug waren zwei KTU-Mitarbeiter eifrig mit ihrer akribischen Spurensuche zugange. Die beiden Wissenschaftler waren so vertieft in ihre Arbeit, dass sie keine Notiz von den Kriminalbeamten nahmen. An der Absperrung des Weihers blieben Eckstein und Weller stehen. Interessiert betrachteten sie das geschäftige Treiben des Erkennungsdienstes, welches sich schwerpunktmäßig im hohen Gras der rechten Uferseite des trüben Tümpels abspielte.

Einer der emsigen Kriminaltechniker hatte die Ankömmlinge bemerkt. Er winkte den beiden zu und sagte etwas zum unmittelbar neben ihm hockenden Kollegen. Weller und Eckstein sahen, wie eine schwarze Mappe den Besitzer wechselte. Der Winker richtete sich etwas schwerfällig auf und kam, seine Schritte mit Bedacht ins hohe Gras setzend, hin zu den Kripoleuten. Trotzdem, dass der KTUler ins übliche Ganzkörperkondom gehüllt war, wusste Weller bereits seit dessen leicht ungelenken Armhebens, um wen es sich dabei handelte. »Moin, Hans«, grüßte er den Leiter des Erkennungsdienstes freundlich, »ein Vögelchen hat uns gezwitschert, dass es hier ordentlich Arbeit gibt.« »Kommissarin Eckstein. Fritz! … kann man sagen!«, erwiderte dieser den Morgengruß des Hauptkommissars und nahm die Kapuze ab. Obwohl auf Hans Müllers Schädel nicht auch nur eine einzige mickrige Locke seines einstmals mächtigen Afros übriggeblieben war, wurde er von vielen im Präsidium trotz Glatze noch immer Lockenkopf genannt. Anette Eckstein ihrerseits, da sie den KTU-Leiter sowieso nur ohne jegliches Haupthaar kannte, verwendete aufgrund des großen Altersunterschiedes und aus Höflichkeit allerdings nie diese Titulierung, sondern mit »Herr Müller« stets dessen richtigen Namen. Wobei, das war der aufmerksamen Beamtin schon vor einer ganzen Weile aufgefallen, wurde von ihren Kollegen zwar die Bezeichnung »Lockenkopf« verwendet, wenn man über den erfahrenen Wissenschaftler sprach. Die direkte Anrede »Tach, Herr Lockenkopf« indessen, hatte sie bis dato noch nicht gehört. Alteingesessene Beamtinnen und Beamte, so wie ihr Partner, duzten sich für gewöhnlich und sprachen sich dabei mit ihren Vornamen an.

»Hans, weiß man bereits, wer die Opfer sind? Du hast doch sicher ein paar aufschlussreiche Infos mitgebracht, oder?«, wollte der Hauptkommissar vom routinierten Ganzkörperkondomträger wissen. »Ja Fritz, es gibt bereits eindeutige Spuren und Fakten«, entgegnete ein sichtlich angefasster Lockenkopf mit ernster Miene, »was für ein Gemetzel! Vier Tote. Eine Frau und drei Männer. Dem Anschein nach sind alle per Kopfschuss getötet worden. Und zwar aus kurzer Distanz mit einer 22er. Die Waffe haben wir sichergestellt. Sie lag neben einem der toten Männer. Über das Flatterband hinweg reichte Hans Müller der jungen Kommissarin die schwarze Kunstledermappe. Neugierig auf das Innenleben klappte die Beamtin das abgegriffene Teil auf. Die Mappe beinhaltete neben einigen handschriftlichen Notizen der Kriminaltechniker auch zahlreiche, frisch geschossene Polaroids. Es waren allesamt Aufnahmen, welche die tragische Szenerie am Ufer des kleinen Weihers zeigten. Weller, seitlich neben seiner Partnerin stehend, betrachtete das zuoberst liegende Foto. Sofort erkannte er den Toten. »Unglaublich. Das ist Mendigs Bürgermeister Paul Grünauer. Mit ihm habe ich gestern noch gesprochen. Grünauer wollte sich heute in der finalen Ausschusssitzung für die Genehmigung das Campingplatzprojekts der WaLS GmbH starkmachen.« »Yepp, Mendigs Bürgermeister«, bestätigte Lockenkopf leise vor sich hin murmelnd. Und auch die Person auf dem nächsten Foto war für den Hauptkommissar wahrlich kein Unbekannter. Er fasste sich an den Kopf und kommentierte die Erkenntnis mit einer gehörigen Portion ungläubiger Verwunderung: »Elvis-Koteletten, Chaplin-Schnäuzer, graue Klamotten und Herrenhandtasche. Das ist doch dieser verschrobene Vulkanologe, dieser Mofetten-Experte aus Bell, mit dem ich gestern Mittag an der Campingplatzeinfahrt gesprochen habe. Namens …?« »Adolf Maria Schröck«, steuerte seine Partnerin sogleich bei. »Stimmt, so heißt er!«, bestätigte Weller, »und Schröck war laut seiner gestrigen Aussage anders als der Bürgermeister ein strikter Gegner des geplanten WaLS GmbH-Projektes.« Er hielt für einen Wimpernschlag inne. Dann fügte er, kopfschüttelnd und mit sarkastischem Unterton, »im Tode vereint«, hinzu. »Yepp, im Tode vereint. Und ein Herrenhandtäschchen haben wir auch schon gesichert«, kommentierte Lockenkopf wieder die Sachlage und legte nach: »Die Frau und der dritte Mann sind jedoch bisher noch Jane und John Doe. Vermutlich gehört der Polo den beiden. Denn im Wagen neben dem Armaturenbrett kleben kleine Bilderrähmchen mit Passfotos von ihr und ihm. Eine Kennzeichenabfrage läuft bereits«. Die Worte des Kriminaltechnikers waren kaum verklungen, als Kommissarin Eckstein beim Blick auf die weiteren Fotos überrascht hervorstieß: »Fritz, ich weiß wer die Frau ist. Mit ihr haben wir gestern Nachmittag gesprochen. Sie heißt Claudia Heuft und ist die Assistentin der Geschäftsleitung der WaLS GmbH. Bei unserem Gespräch wirkte sie auf uns unsicher, gar ängstlich. Doch schau, sie hat Geldscheine in ihrem Mund stecken.« Flink beäugte sie insbesondere jene Polaroids auf denen nähre Details der Toten festgehalten waren. »Und sie hält was in ihrer Hand. Könnte eine Mini-Kassette sein, wie sie in Anrufbeantwortern und Diktiergeräten eingesetzt wird, würde ich meinen.«

Sie sah ihre Kollegen fragend an. »Sehr gut erkannt, Kommissarin Eckstein«, bestätigte Hans Müller, »gleich haben wir alle auf der Kassette befindlichen Spuren gesichert. Dann hören wir uns an, was auf dem Band ist. Und in der Jackentasche des Bürgermeisters befinden sich ebenfalls noch einige lose Geldscheine. Addiert man das Taschengeld und die Mundmoneten zusammen, dürften es rund dreitausend Märker sein.« Fritz nahm sich einige der Nahaufnahmen, auf denen Kopf und Halsbereich der Opfer abgebildet waren. Der Reihe nach betrachtete er die Fotos, abwechselnd mal dicht vor seine Augen haltend, mal mit ausgestrecktem Arm. »Hans, die Male am Hals von Frau Heuft und des unbekannten jungen Mannes sehen doch aus wie die Bissspuren, die wir auch an Ute Marx` Leichnam gefunden haben.« Im Anschluss schaute sich der Hauptkommissar abermals intensiv die entsprechenden Polaroids vom Bürgermeister und dem Mofetten-Guru an. Mit einem gewissen Restzweifel aufgrund seiner im Alter schwindenden Sehkraft meinte er schließlich: »Bei Grünauer und Schröck kann ich diese seltsamen Bissspuren aber nicht erkennen. Liege ich richtig, oder sehen nur meine getrübten Augen es nicht?« »Fritz, trotz deines biblischen Alters ist mit deiner Sehkraft alles in Ordnung«, grinste der nur unwesentlich jüngere Lockenkopf schelmisch, »genauso verhält es sich. Das war es aber auch schon, was wir im Moment dazu sagen können. Ach ja, und wo wir gerade bei Abdrücken sind, weder die Abdrücke von Taucherflossen, noch eines Fußes mit drei Zehen wurden bisher entdeckt.« »Apropos Taucherflossen«, griff der Hauptkommissar eine von Hans` Infos sogleich auf. »Unsere Taucher sollen sicherheitshalber ein ausgedehntes Bad im Weiher nehmen. Nicht, dass es *noch mehr* Tote gibt. Anette, kümmerst du dich gleich darum?« »Geht klar!«, bestätigte sie die als Anweisung getarnte Frage ihres Partners postwendend. »Was wir allerdings gefunden haben sind Reste von Schleifspuren und ringsum reichlich Schuhabdrücke«, brachte sich der Kriminaltechniker wieder ein, »und einige der Abdrücke konnten wir eindeutig den Latschen des Bürgermeisters, der jungen Frau und dem bisher noch nicht identifizierten Mann zuordnen. Nur bei Schröcks Wanderschuhen war die Sache nicht ganz so easy. Wir mussten schon sehr, sehr genau hinschauen, denn es fanden sich zwei unterschiedliche Abdrücke von Schuhen mit grobem Profil. Wenn auch nur geringfügig, aber doch unterschiedlich! Unterschiedlich sowohl in der Größe, als auch im Rillenmuster der Sohlen.« »Ergo gibt es eine fünfte Person, die Wanderschuhe tragend, in welcher Form auch immer, an den Geschehnissen beteiligt ist!«, resümierte Fritz. »Das ist auch meine Vermutung«, bestätigte Lockenkopf die Einschätzung des Kripobeamten und fuhr fort, »jedenfalls schleifte man die leblosen Körper vom Parkplatz an den Weiher.«

»Hier ist Blut!« Quasi wie auf Bestellung rief ein KTUler, der den Bereich des Parkplatzes mit den Schleifspuren untersuchte, den Dreien unvermittelt zu, »man hat zwar versucht, das Blut zu verwischen, aber es war schon tiefer ins Erdreich eingesickert!« »Also ist es eindeutig! Die Morde geschahen auf dem Parkplatz!«, schlussfolgerte Kommissarin Eckstein. »Sieht in der Tat so aus«, pflichtete Weller ihr bei, »dann muss die Person, die die Toten zum Weiher geschleift hat, auch ziemlich kräftig gewesen sein. Denn alleine der Brocken von Bürgermeister hat schon locker seine zwei Zentner. Aber okay, ich will zum jetzigen Zeitpunkt, da die Faktenlage noch unvollständig ist, nicht über diverse Varianten möglicher Szenarien spekulieren. Doch in einem Punkt lege ich mich fest!« »Hört, hört!«, funkte Lockenkopf dem guten Fritz ein wenig in die Parade. Er und Kommissarin Eckstein sahen den Hauptkommissar gespannt an. Dieser ließ sich natürlich nicht lange bitten und erklärte: »Wenn wir wissen, wer die mysteriöse fünfte Person ist, sind wir der Aufklärung sämtlicher Mordfälle, inklusive des Gestrigen, ein gewaltiges Stück näher! Ganz sicher!« Er erntete von den beiden anderen einträchtiges Kopfnicken. »By the way, Hans, wer hat die Toten eigentlich gefunden?« »Das war einer der Klosterbrüder«, antwortete der KTU-Leiter, »der fromme Kutenträger hat vorhin seine Aussage bei einem der Mayener Kollegen zu Protokoll gegeben. Selbstverständlich wurden auch die Abdrücke seiner schlichten Halbschuhe gesichert. Ich habe mitbekommen, dass er Bruder Pierre heißt und heute Morgen in der Klostergärtnerei arbeitet. Und falls man noch Fragen an ihn hätte, er im Außenbereich anzutreffen wäre.« Mit der Ankündigung, sich von den Toten inklusive der Fundstelle ihre eigenen Bilder machen zu wollen, sobald die erkennungsdienstlichen Arbeiten abgeschlossen wären, verabschiedeten sich Eckstein und Weller vom kahlköpfigen Leiter der KTU und gaben ihm dessen schwarze Kunstleder-Mappe samt Fotos über das Flatterband hinweg zurück.

»Hoffen wir, dass aus dem trüben Tümpel nicht *noch* ein paar Leichen gefischt werden. Denn fünf Tote in zwei Tagen, wovon einer blöderweise noch ein bekannter Kommunalpolitiker ist, sind nun wirklich mehr als genug. Anette, wir müssen den Deckel sehr schnell auf die Sache bekommen. A, damit es hier in dieser ach so idyllischen Gegend nicht noch mehr Opfer gibt. B, wir von den sensationsgeilen Medien und von unseren hochverehrten Führungskräften nicht pausenlos rundgemacht werden und C, weil meine Frau Karin fürs Wochenende zu mir kommt, da wir uns ein Häuschen anschauen wollen und so weiter und so weiter. Und ganz besonders Punkt C liegt mir am Herzen!« »Okay, Fritz, wir sind ein Team. Dann lass uns mal ordentlich ranglotzen«, entgegnete die Kommissarin entschlossen und gab ihrem Partner mit der flachen Hand einen klatschenden Schlag gegen den Oberarm, »ich fordere sofort die Polizeitaucher an.« Ihr Zaudern von vorhin war komplett verflogen. »Gut, Kollegin Eckstein«, entgegnete Weller in ähnlichem Tonfall und gab seiner Partnerin ebenfalls einen leichten Klapps gegen ihren Oberarm, »und ich statte in der Zwischenzeit dem Leichenfinder, diesem Bruder Pierre, einen Besuch ab.« »Dann halte ich hier die Stellung. Denn mit Sicherheit trudeln in Kürze weitere Ergebnisse und Informationen ein. Schätze, John Doe ist bestimmt Claudia Heufts Lebensgefährte. Sie erzählte uns gestern Nachmittag, dass er mit Vornamen Ralf heißt und am 30. September seinen 37. Geburtstag feierte.« »Anette, ich staune immer wieder über dein gutes Namen- und Zahlengedächtnis. Ja, wäre naheliegend!«, nickte er anerkennend, »und inwiefern unser schmorender Triathlet Christof Henkel auch mit diesen Todesfällen in Verbindung gebracht werden kann, wissen wir spätestens, wenn die Rechtsmedizin ihre Arbeiten erledigt hat. In Lockenkopfs Unterlagen stand ja nur, dass die Tötungen nach ersten Vermutungen innerhalb der vergangenen 24 Stunden stattfanden. Apropos, wo stecken unsere Leichenfledderer eigentlich? Die sind doch sonst immer zeitig am Ort des Geschehens.« »Wenn man vom Teufel spricht«, entgegnete Anette und deutete zum asphaltierten Waldweg.

»Verdammt, verdammt!«, kam Doktor Jakob lauthals schimpfend wie ein Rohrspatz auf die beiden zugestiefelt, »ausgerechnet heute hatten wir einen Platten. Sonst wären wir schon längst hier. Edgar hat das Rad zwar so schnell gewechselt wie er nur konnte, aber ne halbe Stunde haben wir trotzdem vergeudet. Verdammt, verdammt!« »Moin Wolfram, moin Edgar, wie ich sehe habt ihr euch dafür aber Verstärkung mitgebracht«, hieß Fritz die Koblenzer Rechtsmediziner willkommen und staunte nicht schlecht. Denn einerseits konnte er nachvollziehen, dass sich Wolfram Jakob, alias Gruft-Jaki, angesichts von mindestens vier weiteren Toten kompetente Unterstützung mit ins Boot geholt hatte. Andererseits wunderte er sich darüber, da der erfahrene Pathologe eigentlich nie jemanden aus ihrer Zunft, mal abgesehen von seinem Mitarbeiter Edgar »de Lang« Huber, bei seinen wissenschaftlichen Untersuchungen dabeihaben wollte. Da die mitgebrachte Verstärkung wahrlich keine Unbekannte war und der Hauptkommissar aus eigener Erfahrung deren Ecken und Kanten bestens kannte, grüßte er sie betont höflich: »Guten Morgen, Frau Doktor Hasenfurt-Kimmel! Es freut mich sehr, dass Sie den Kollegen unter die Arme greifen!« Sah man die drahtige Medizinerin im beruflichen Alltag quasi nur mit ernster Miene, erwiderte sie Wellers Begrüßung völlig überraschend mit einem Lächeln um die Mundwinkel und den freundlichen Worten: »Guten Morgen zusammen. Ich unterstütze sehr gerne.« »Anja, also ich meine Frau Doktor Hasenfurth-Kimmel ist widererwarten noch ein paar Tage in der Gegend und hat bei der herausfordernden Sachlage angeboten zu helfen«, erklärte Wolfram, »und bei ihrer Kompetenz sage ich natürlich nicht nein.« »Okaaaay!«, entgegnete Fritz und ließ es dabei bewenden. Allerdings dünkte es ihm aufgrund Jakis leicht gekünstelt anmutendem Erklärungsversuch, begleitet von verlegenem Nasehochziehen, ähnlich so, als wenn ihm ein Verdächtiger eine Notlüge auftischt, ob nicht mehr hinter Hasis unerwarteter Anwesenheit steckte.

So oder so. Ohne weitere Zeit zu verlieren nahm die geballte Kompetenz der Rechtsmedizin sofort und in enger Verzahnung mit der KTU ihre Arbeit auf. Kommissarin Eckstein kümmerte sich indessen um ihre Aufgaben, während der Hauptkommissar zur Klostergärtnerei ging, um seinerseits das angekündigte Gespräch mit dem Leichenfinder zu führen. An seinem Dienstwagen legte er einen kurzen Zwischenstopp ein und nahm fix Kontakt mit Abteilungssekretärin Uschi Schalupke auf. Es war bloß ein kurzes Telefonat, welches nur *eine winzige Kleinigkeit* beinhaltete. Wellers unmissverständliche Erwartungshaltung ihren durch Abwesenheit glänzenden Vorgesetzten betreffend: »Uschi, bei solch eine Anhäufung von Toten erwarte ich, dass der Erste Kriminalhauptkommissar hier vor Ort ist. Will sagen, der Fokus für Führungskräfte liegt nun nicht auf Life, sondern auf Work. Der Knilch soll zusehen, dass er gefälligst zurückkommt. Und zwar pronto, Und wenn Lomax rumeiert, kannst du mich gerne wörtlich zitieren, dass er seinen faulen Arsch sofort in Bewegung setzen soll!«

Kapitel 27

»Bruder Pierre?« »Sie sprechen mit ihm«, erhielt Weller vom Mann im dunkelbraunen Ordenskostüm zur Antwort. Wie ihm von Lockenkopf mitgeteilt worden war, werkelte der Angehörige der Benediktinerabtei Maria Laach im Außenbereich der klostereigenen Gärtnerei herum. Kniend auf dem gepflasterten Boden am Rande eines Kräuterbeetes, durchwühlte der Kuttenträger mit den Händen und einer kleinen Schaufel das klösterliche Erdreich. Der Bruder des Benediktiner-Ordens drehte seinen Oberkörper und schaute dem Fremden ins Gesicht. Er ließ seine Arbeit für den Moment ruhen und erhob sich. »Kriminalhauptkommissar Fritz Weller«, stellte sich der grauhaarige Mann mit dem strengen Blick seinerseits vor, »Sie also haben die Toten gefunden, korrekt?« »So ist das«, entgegnete Bruder Pierre wortkarg und reichte ihm die verschmutzte Rechte. Wie der Kripobeamte feststellte, hatte sein Gegenüber einen ziemlich festen Händedruck. Ganz sicher, dem wenige Zentimeter kleineren, hageren Mann, schien körperliche Arbeit wahrlich nicht fremd zu sein.

Weller stutzte. Obwohl er doch genau wusste, dass er bis dato mit dem Klosterbruder noch nie etwas zu tun gehabt hatte, kam es ihm so vor, den Mann mit den eingefallenen Wangen und der zerfurchten Stirn zu kennen. »Entschuldigung, kann es sein, dass wir uns schon mal über den Weg gelaufen sind, oder täusche ich mich?«, hakte er sogleich nach. »Keine Ahnung. Kann ich nicht sagen. Aber wer weiß? Die Wege des Herrn …«, murmelte der kuttentragende Mann alles und nichts sagend und deutete mit einem Fingerzeig gen Himmel. »Jaja. Die Wege des Herrn sind unergründlich«, antwortete Weller, die landläufig bekannte Floskel vollständig vortragend und dabei das Antlitz seines Gegenübers en détail scannend. Aber so sehr er sich auch mühte, es wollte ihm partout nicht einfallen, von woher er Bruder Pierre bloß kannte. Zumindest jetzt noch nicht …

»Nun gut. Dann schildern Sie mir bitte den Hergang, wie Sie die Toten gefunden haben«, fuhr der Ermittler nun bezüglich des eigentlichen Grundes für sein Auftauchen in der Klostergärtnerei fort und erklärte dem Leichenfinder freundlich aber bestimmt, »ich weiß Bruder Pierre, Sie haben alles bereits den uniformierten Kollegen zu Protokoll gegeben. Doch verzeihen Sie mir, dass ist halt eine meiner Macken, ich möchte den Ablauf unbedingt nochmal direkt aus ihrem Munde hören.« In der Tat. Schon von je her bevorzugte Weller in seinen Fällen, sofern es ihm die Umstände gestatteten, eins zu eins mit Zeugen, Verdächtigen und sonstigen Gestalten zu sprechen, als sich ausschließlich auf Worte und Zahlen in den Protokollen zu verlassen. Denn oft hatte sich im Zuge der Gespräche schon erwiesen, dass gerade die feinen Zwischentöne, die unscheinbaren Regungen, und gar das Nonverbale sehr hilfreich für ihn waren.

Wunschgemäß und ohne das von Weller befürchtete Zitieren irgendwelcher Gleichnisse aus dem Alten, oder Neuen Testament schilderte Bruder Pierre noch einmal das Geschehene. Knapp, schnörkellos und ohne blumige Ausschmückungen zu verwenden, wie es seine Art war. Dass er, weil er nicht schlafen konnte, durch den nächtlichen Laacher Wald gewandert sei. Und er kurz vor seiner Rückkehr in die Abtei zwei Schüsse gehört habe. »Nur zwei?«, hakte Weller aufgrund vom doppelten an vorgefundenen Erschossenen erstaunt nach. »Nur zwei, Herr Hauptkommissar«, wiederholte der Klostermann energisch, und zwar nicht direkt nacheinander, sondern zeitlich versetzt.« »Okay!«, entgegnete der Ermittler und legte nach, »apropos Zeit. Wie groß war denn die Zeitspanne zwischen den beiden Schüssen und um wieviel Uhr haben Sie die Schüsse gehört?« Bruder Pierre grübelte. Währenddessen ruhte seine Rechte auf dem bierdeckelgroßen Holzkreuz, welches als Anhänger an einer Lederschnur um seinen Hals baumelte. Nach ein paar Sekunden ließ er die Hand sinken und murmelte abwägend: »Ich trage keine Uhr, Herr Hauptkommissar. Aber die Schüsse fielen ganz sicher kurz nach Sieben. Die Kirchturmglocke der Abtei hatte zuvor geschlagen. Nach dem ersten Schuss ging ich rund hundert bis hundertfünfzig Meter oben vom Höhenweg hinab in Richtung der Klostermauer, als der zweite folgte.« Der hagere Mann zog die Mundwinkel nach unten. »Zwischen den Schüssen lagen drei bis fünf Minuten. Und bevor Sie fragen, schon beim ersten Schuss war mir klar, dass er aus der Nähe des Naturkundemuseums kam. Dachte mir, es sind wieder diese Halbstarken. Diese Nichtsnutze, die wie letztens morgens früh geschehen, auf dem Parkplatz auf Büchsen und Glasflaschen ballerten.« Abermals legte er seine Hand sachte auf das Holzkreuz und fuhr für seine Verhältnisse in einer überraschend bildreichen Sprache fort: »Also eilte ich wie der Wind hin zum Parkplatz, damit der Heilige Geist den dreisten Lümmeln Vernunft schenken solle. Dass sie dann geläutert einem anständigen Tagwerk nachgehen mögen, anstatt ihre Lebenszeit mit Unsinn zu verplempern.«

Bruder Pierre ließ seine Hand sinken, sah dem Kriminalbeamten mit finsterem Blick ins Gesicht und berichtete weiter, nun wieder seine karge Sprechweise verwendend: »Ich ging quer durch den Wald, jenen Pfad, der von oben hinab zum Parkplatz führt. Aber, Herr Hauptkommissar, da waren keine herumballernden Jugendliche. Nur ein grüner Polo, bei dem die hintere Tür auf der Fahrerseite offenstand. Ich schaute mich um und sah am Weiher einen liegenden Körper. Ich ging hin, dachte mir, dieser Jemand schläft nur oder ist bewusstlos und benötigt Hilfe. Näher dran erkannte ich den Mendiger Bürgermeister. Dann auch die anderen drei. Hilfe brauchten sie keine mehr. Ich, Herr Hauptkommissar konnte ihnen weder helfen, noch sie retten. Nein, ich konnte sie nicht mehr retten. Auch sie nicht ...« Der Klosterangehörige verstummte und senkte sein Haupt. Weller kam diese Situation surreal vor und mehrere Fragen keimten unweigerlich in seinen Hirnwindungen auf. Wie nur hätte der Geistliche die Opfer retten wollen? Sich etwa in die Flugbahnen der Kugeln werfen? Gewalt anwenden und der ominösen fünften Person den Garaus machen, ehe es zu den Erschießungen kommen konnte? War sein Gegenüber womöglich eine gespaltene Persönlichkeit? Quasi *Doktor Jekyll* und *Mister Hyde* gehüllt in eine Klosterkutte? Hatte er sich zu viele von Edgar-Wallace-Sechziger-Jahre-Mönchs-Streifen in Schwarzweiß angesehen, deren Überdrehtheit auf ihn abgefärbt war? Oder schlichtweg zu viel Messwein gebechert und sich dazu einige Weihrauchjoints reingepfiffen? Oder alles zusammen? Hockte der Klosterangehörige nicht an der Quelle für Rettungen, sobald jemand sein irdisches Leben ausgehaucht hatte? Denn wenn nicht ein Gottesmann, wer sonst könnte schon aus erster Hand für eine postmortale Rettung von Verblichenen sorgen?

»Bruder Pierre!«, sprach er den in sich gekehrten Mann schließlich in aufforderndem Tonfall an, damit die Sache voran ging. Denn zur Beobachtung einer tiefsinnigen Andacht war er freilich nicht hierher in die Klostergärtnerei gekommen. Wellers kernige Anrede fruchtete. Der Kuttenträger hob seinen Blick und wischte sich mit der Schulter eine Träne von der Wange. »Entschuldigen Sie, Herr Hauptkommissar. Manchmal holt einen die Vergangenheit ein. Also weiter im Text. Nach dem Fund der vier Leichen lief ich sogleich ins Kloster, verständigte die Polizei und bin wieder zurück zum Parkplatz, wo ich auf Ihre Kollegen wartete.« War Bruder Pierres Stimme bis zu seinem emotionalen Intermezzo von einer sonoren Festigkeit geprägt gewesen, klang sie besonders bei den letzten Sätzen etwas brüchig. Außerdem, und das war dem Kriminalbeamten natürlich schon zu Beginn ihrer Unterhaltung aufgefallen, musste der gärtnernde Klosterangehörige aus Honeys ehemaligen Arbeiter und Bauernstaat stammen. Genau wie einige andere Personen, mit denen er bereits im Rahmen seiner Ermittlungen im Mordfall »Ute Marx« Kontakt gehabt hatte. Weller bedankte sich freundlich. Auf seine anschließend an den Leichenfinder gerichtete Frage, ob er denn sonst noch irgendwelche ungewöhnliche Beobachtungen am heutigen Morgen rund um den Fundort der Toten gemacht habe, erntete der Kripomann von diesem nur ein schlichtes, jedoch unmissverständliches »Nein«.

Weller schaute auf seine Armbanduhr. Schon nach halb zehn. Bevor er sich wieder zurück zu Anette Eckstein und den anderen begab, bat er den Klosterangehörigen noch rasch um einige Informationen bezüglich dessen eigener Vergangenheit. Eine Bitte, welcher dieser bereitwillig nachkam. »Bruder Pierre ist ja nur Ihr klösterlicher Künstlername. Wie heißen Sie denn richtig?« »Künstlername ist gut«, schmunzelte der Kuttenträger aufgrund von Wellers leicht ironischer Frage und gab an, dass er mit bürgerlichem Namen Pierre Claus Kirsten hieße. »Und wie lange leben Sie schon hier in der Abtei Maria Laach?« »Noch nicht lange. Ein halbes Jahr vielleicht. Mir gefällt das einfache Leben im Kloster sehr. Hier ist alles, was ich zum Leben brauche. Arbeit, Ruhe und das Gebet. Außerdem mag ich den Laacher See.« »Okay. Und was haben Sie vorher gemacht?« »Dies und das. Manches, was Freude machte. Manches aber auch, worauf ich gerne verzichtet hätte. Soldat in der Volksarmee, dann 89 ab in die Fremdenlegion. Tolle Karriere, nicht wahr?« Ein bitteres Grinsen huschte durch Bruder Pierres verhärmtes Gesicht. »Glauben Sie mir, Herr Hauptkommissar, ich kenne den Tod. Da wo ich hinkam, lungerte der Tod meistens schon herum.

Den Sensenmann juckts nicht, wo und wann er seine Arbeit verrichten muss. Glauben Sie mir. Ich habe ihn oft genug mit eigenen Augen gesehen, besonders während meiner Zeit in der Fremdenlegion, in Afrika. Ja, ob in Ruanda, in der Ostsee, tja, oder am Laacher See. Dem Sensenmann, dem ist es egal. Hauptsache, er bekommt reichlich Futter. Dabei ist es gerade hier am Laacher See doch so friedlich. So friedlich. Ich werde auch diese Toten in meine Gebete einschließen und bitten, dass sie Frieden und Rettung finden mögen. Ja, Herr Hauptkommissar, Rettung. Denn Rettung in der Not ist gewiss das größte Geschenk, das wir anderen Menschen machen können. Ja, das ist es.« Es war still geworden um sie herum. Stiefelten zu Beginn ihrer Unterredung noch eine Handvoll andere Leute im Außenbereich der Klostergärtnerei umher, waren die zwei Männer nun schon eine Zeitlang unter sich. »Herr Hauptkommissar, ich hoffe, dass ich Sie mit meinen Anwandlungen nicht gelangweilt habe und Ihnen meine bescheidene Aussage bei der Aufklärung der Fälle nützt. Und wenn die Polizei auch weiterhin meine Hilfe benötigt, jederzeit gerne. Sie wissen ja nun, wo man mich findet.«

Weller bedankte sich beim Klosterbruder und betonte, dass er dessen höchst interessante Aussagen sehr zu schätzen wüsste und bei Bedarf selbstverständlich gerne auf das Angebot zurückkommen würde. »Sie wirken nachdenklich«, entgegnete Bruder Pierre und hatte durchaus Recht mit seiner Wahrnehmung. »Na ja, fünf Tote in zwei Tagen sind schon eine gewisse Hausnummer«, blies Weller die Backen auf und runzelte die Stirn, »da darf man schon mal ein bisschen nachdenklich wirken, oder?« »Darf man! Doch, Herr Hauptkommissar, Sie schaffen das schon. Ganz bestimmt«, meinte Bruder Pierre abwinkend und in einem Tonfall, der anmutete, als würde die Aufklärung der Fälle ein Kinderspiel werden. Dann kniete er sich aufs Pflaster, drehte dem Ermittler den Rücken zu und widmete sich wieder seiner Arbeit im Kräuterbeet. Auf Wellers »Gott zum Gruße«, erfolgte zwar kein üblicher Gegengruß vom klösterlichen Gärtner. Dafür jedoch eine für den Kriminalbeamten überraschende, gar orakelhafte Äußerung: »Manchmal, Herr Hauptkommissar, kommt alles anders als es zunächst scheint.« Weller ließ diese Worte unkommentiert stehen, denn einerseits hörten sie sich an wie ein schnöder Spruch aus einem ollen Glückskeks oder wie der Psalm 0815 eines pilgernden Wanderpredigers im Mondschein. Andererseits, so glaubte er, bargen Bruder Pierres Worte womöglich auch ein gerüttelt Maß an Wahrheit.

Pierre Claus Kirsten schaute Weller verstohlen nach, als dieser den Außenbereich der Gärtnerei über den Verkaufsraum verließ. »Ja, Herr Hauptkommissar, Rettung in der Not. Das ist das, was zählt.« Er langte neben sich und nahm einen Blumentopf mit leuchtend pink blühenden Garten-Chrysanthemen in die Hand. Sachte berührten seine Fingerspitzen eine der Blühten und streichelten zärtlich darüber: »Meine Geliebte Tilli, Was denkst du, bekomme ich alter Narr, nochmal eine Chance jemanden zu retten? Tilli, meine Liebe. Ich vermisse dich so sehr. Wie gerne wäre ich doch bei dir.«

Beeinflusst vom Ort und dessen omnipräsenter Aura sakraler Frömmigkeit hatte Fritz einen spontanen Entschluss gefasst, welcher lautete: Fix die Gelegenheit beim Schopfe greifen, um verstorbenen Menschen zu gedenken. Deswegen eilte er, nachdem er sich noch eine Tüte »Jonagold« in der Gärtnerei gekauft hatte und bevor es zurück zum Fundort der vier Toten ging, schnellen Schrittes zur Klosterkirche. Dass die prächtige Basilika in romanischem Stil gebaut war, sechs imposante Türme hatte und mit weiteren monumentalen Highlights aufwartete, war Fritz aktuell schnurzpiepegal. Das Paradies, den plätschernden Löwenbrunnen, die gar atemberaubenden Mosaiken; für all die Schönheiten, die bei Maria

Laach-Touristen auf der »muss man unbedingt gesehen haben«-Liste ganz oben standen, hatte er heute kein Auge. Gewiss. Fritz gehörte keiner Konfession an und war auch sonst nicht sonderlich gläubig, was Gott und Co. anbetraf. Doch hin und wieder, so wie heute, überkam ihn das dringende Bedürfnis, ein Zeichen der Erinnerung zu setzen.

Er warf einen verschrammten Konrad Adenauer in den Opferstock und entzündete drei Kerzen: Eine für seine Eltern, eine für seinen ehemaligen Kollegen Rolf und eine für alle Verstorbenen, mit denen er im Rahmen seiner langen Polizeikarriere Bekanntschaft hatte machen dürfen. »Ruht in Frieden.« Vielleicht war es die erhabene Stille im Inneren der christlichen Mauern. Vielleicht war es Christus` gütiger Blick von hoch droben herab. Oder vielleicht war es der Heilige Geist in Form diffusen Zwielichts. Die Beantwortung, wer oder was auf die Gedankenwelt des Kerzenanzünders in den Momenten des Innehaltens einwirkte, wird für immer ein Mysterium bleiben. Allerdings, und das war das Entscheidende, es befeuerte die Tätigkeit seiner grauen Zellen. Einige Gedanken aller Couleur und Qualität gaben sich in Fritz` Hirn rasch aufeinanderfolgend förmlich die Klinke in die Hand: »Woher nur kommt mir Pierres Gesicht so bekannt vor? Woher nur? Na klar! Aus meinem verrückten Traum letzte Nacht! Er gleicht Bruder Nicki wie ein Ei dem anderen, der, der im August 1492 mit seinem selbstgebackenen Hostienteig-Paddel-Booord im Laacher See ersoffen ist! Bloß ein irrer Zufall?« »Und überhaupt, würde unser gärtnernder Klosterbruder womöglich noch eine größere Rolle in den Mordfällen am Laacher See zu spielen haben, als nur jene des aufmerksamen Finders von vier Toten? Denn ist der Gärtner nicht oftmals auch der Mörder? Und ist seine Gilde trotz aller Frömmigkeit nicht auch fähig, jemanden abzumurksen? Bruder Tuck! Welchen Namen hatte die Rose?« »Volksarmee! Fremdenlegion!« »Aktueller Spielstand auf dem Leichen-Scoreboard: Wessis 5 - Ossis 0« »Wer nur mag die unbekannte Person sein, die in den Parkplatzmorden drinnen hängt?« »Bin gespannt, ob Karin das Wellinger Häuschen gefällt!« »Am Anfang reichen zehn Hühner und ein Hahn! Eieiei!« »Fünf Tote! Fünf Tote! Hoffentlich kommen nicht noch mehr dazu!« »Tja, Freunde der Nacht und der leichten Muse. Ich bin mir sicher. Die Morde haben nicht alle was mit dem Campingplatzprojekt zu tun. Wenn überhaupt! Nein, da steckt noch was ganz, ganz anderes dahinter, so wahr ich Fritz »fucking« Weller heiße!« »Ja, Ja! Hee Hee! So So! Nicht wahr nicht!«

Fix überreißend, welche Fakten bisher vorlagen und wie diese möglicherweise zusammenpassten, sowie inbrünstig hoffend auf neue zielführende Erkenntnisse, stiefelte der Hauptkommissar schließlich, bewaffnet mit einer 1,5 Kilo-Tüte Vitamin-Bomben der Sorte Jonagold, sowie dem unbedingten Willen, rasch den verdammten Deckel auf die vertrackte Sache zu bekommen, zurück zu Anette, Lockenkopf, Gruft Jaki und den anderen.

Kapitel 28

Zehn Uhr Glockenschlag, an diesem trüben Mittwoch, tief drinnen im vulkanischen Herzen der Osteifel. Haargenau am Rande jenes Areals unterhalb des Naturkundemuseums, wo kürzlich vier Blutpumpen ihren Dienst mehr oder weniger freiwillig quittiert hatten. Kriminalhauptkommissar Fritz Weller scharte KTU-Leiter »Lockenkopf« Hans Müller, die Rechtsmedizin in Gestalt der Doktoren »Gruft-Jaki« Wolfram Jakob, sowie »Hasi« Anja Hasenfurth-Kimmel und seine Partnerin Kommissarin Anette Eckstein um sich. »So, ihr Leut`. Jetzt nimmt sich jeder mal nen Apfel und dann aber Butter bei die Fische. Also, was habt ihr für mich?« Er ließ die durchsichtige Jonagold-Tüte kreisen und schaute gespannt in die Gesichter. Gruft-Jaki nahm einen Apfel, spuckte drauf und rieb ihn, ehe er hineinbiss, zwecks akribischer Säuberung einige Male hin und her über den Ärmel seines weißen Kittels. »Dreck reinigt den Magen«, lachte Lockenkopf, schmatzte, ohne großes Brimborium zu veranstalten, und präsentierte nach wenigen Sekunden einen abgenagten Krotzen hochkant zwischen Daumen und Zeigefinger. Hasi und Anette bedienten sich ebenfalls, doch im Gegensatz zu ihren Kollegen hoben sich die beiden Frauen ihre Äpfel für später auf. Weller selbst hatte aktuell keinen Appetit und stellte die Tüte schließlich neben sich ab. Alle bedankten sich bei ihm für die Mitbringsel aus der Gärtnerei.

Der Reihe nach speicherten sie anschließend die herausgefundenen Untersuchungsergebnisse aus. Dabei raufte sich Weller einige Male erstaunt die Haare, denn die bisherigen, höchstinteressanten Erkenntnisse deuteten sehr stark auf einen teils unerwarteten Ablauf der dramatischen Geschehnisse hin. Selbstredend vermieden dabei angesichts von vier Erschossenen alle, ihre

Ausführungen mit irgendwelchen lockeren Bemerkungen zu garnieren. Sogar Lockenkopf, bekanntermaßen sonst nie um einen mehr oder weniger lustigen Spruch verlegen, trug seinen Bericht sehr nüchtern, gar demütig vor. Weller hörte sich die detaillierten, und besonders was die Rechtsmedizin anbetraf auch mit reichlich Fachbegriffen gespickten Berichte ohne Zwischenfragen zu stellen an. Um auf Nummer sicher zu gehen, dass er alles, besonders das schwindelerregende Fachchinesisch der Wissenschaftler auch verstanden hatte, fasste er den aktuellen Status rasch mit seinen eigenen Worten allgemeinverständlich zusammen: »Danke euch! Also was haben wir? Und unterbrecht mich bitte, wenn ich was Falsches sage. Die Taucher haben bis dato nur Schlamm und Algen drüben im Tümpel gefunden, doch gottlob keine weiteren Toten. Sie sind zwar, wie ich sehen kann, noch nicht fertig mit ihrer Suche in der trüben Brühe, aber hoffen wir mal, dass sich an der Sachlage nichts mehr ändert. Was indessen fest steht ist, dass der grüne VW Polo wie vermutet der Mitarbeiterin der WaLS GmbH, Claudia Heuft, gehört. Und wie ebenfalls vermutet, ist unser bisheriger John Doe ihr Lebensgefährte namens Ralf …« »Stickel«, ergänzte Anette, da ihr Partner bei seiner Status-Wiedergabe ins Stocken geraten war. Fritz nickte ihr zu und fuhr sogleich fort: »Ralf Stickel! An Stickels Schuhen, an denen seiner Freundin und an den Quadratlatschen des Mendiger Bürgermeisters Paul Grünauer wurden eindeutige Abriebspuren gefunden, welche die Annahme untermauern, dass man die Drei vom Parkplatz an den Tümpel geschleift hat. Anders verhält es sich jedoch bei unserem Vulkanologen. Denn an seinen grauen, halbhohen Wanderschuhen sind diese markanten Abriebspuren nicht vorhanden. Was den Schluss nahe legt, dass Schröck zum Tümpel gegangen ist. Ob mit oder ohne fremde *Hilfe* ist noch unklar. Neben seiner Leiche lagen eine graue Herrenhandtasche und ein Knirps. Zumindest erweckt es den Anschein, dass Schröck eine Wanderung am frühen Morgen machte und vielleicht nur zufällig ein Teil der Mordorgie geworden ist. Mehr dazu etwas später. Ohne Frage, wie bei den anderen dreien brauchen wir auch bei Schröck Gewissheit bezüglich seiner letzten Stunden. So! Der Faktor Zeit scheint sowieso eine größere Rolle bei den Morden zu spielen. Deswegen sind wir zunächst wieder bei Claudia Heuft und Ralf Stickel, denn das Pärchen wurde aufgrund eurer Analysen bereits am späten gestrigen Abend, vor geschätzt zehn bis vierzehn Stunden erschossen. Was die bei beiden voll ausgeprägte Leichenstarre, ihre entsprechend niedrigen Körpertemperaturen und die vorhandenen Totenflecken belegen. Ganz im Gegensatz zu Bürgermeister Grünauer und dem Vulkanologen Schröck. Denn die beiden Herren erwischte es erst heute Morgen. Laut Aussage des Leichenfinders Bruder Pierre, der kurz nach sieben Uhr, zeitversetzt im Abstand von drei bis fünf Minuten zwei Schüsse hörte. Eine Aussage die sich mit euren bisherigen Untersuchungsergebnissen deckt. Doch bleiben wir erstmal beim gestrigen Abend. Das Pärchen wurde mit an Sicherheit grenzender Wahrscheinlichkeit hier auf dem Parkplatz unterhalb des Naturkundemuseums erschossen. Denn es gibt Blutflecke an mehreren Stellen auf dem unbefestigten Boden, von wo aus zwar schwache aber dennoch erkennbare Schleifspuren zum Tümpel führen. Die Schleifspuren hatte jemand versucht zu verwischen.«

»Allerdings nicht gründlich genug«, kommentierte Lockenkopf. »Sofort, wenn wir wieder im Labor sind, gleichen wir das im Erdreich gefundene Blut mit den Blutgruppen der Toten ab«, fügte Hasi hinzu. »Topp«, entgegnete der Hauptkommissar mit Daumen hoch und nahm den Faden seinerseits wieder auf: »Im Gegensatz zu Claudia Heuft, Grünauer und Schröck, weisen Stickels Handknöchel massive Verletzungen auf, so als wenn er sich im Todeskampf gegen seinen Widersacher heftig gewehrt hätte. Vielleicht beim Versuch seine Freundin zu verteidigen! Jedenfalls gelang es Stickel offenbar, seinem Gegner einige Kopfhaare auszureißen. Kopfhaare, die ihr zwischen seinen Fingern fandet. Kopfhaare, die augenscheinlich weder zu Grünauer, noch zu Schröck, noch zu seiner Herzdame passen.« »Und sich selbst hat Stickel auch keine Haare ausgerissen«, ergänzte der KTU-Leiter mit einem angestrengten Lächeln um die Wundwinkel. Völlig auf Ironie zu verzichten, funktionierte bei Lockenkopf einfach nicht. »Schon klar, Hans, und dich können wir auch von der Liste streichen.«, antwortete Fritz augenzwinkernd, worauf sich Lockenkopf wie ferngesteuert über seinen kahlen Schädel strich. Jaki, Anette und selbst die sonst so selbstbeherrschte Hasi schmunzelten aufgrund des haarigen Dialogs ihrer Kollegen.

Nach der humoristischen Einlage legte Hauptkommissar Weller den Schalter fix wieder um, war doch eine seiner Prämissen, den Fuß auf dem Gaspedal zu lassen, um nicht unnötig Zeit zu verplempern. Betont sachlich fuhr er fort: »Na, jedenfalls, um nochmal auf Stickels Schlägerei zurückzukommen, sind an den anderen dreien laut eures bisherigen Wissensstandes keine Kampfesspuren zu erkennen. Ergo muss Stickels Sparringspartner dieser mysteriöse Unbekannte gewesen sein! Diese geheimnisvolle Person, deren Identität wir bis dato noch nicht kennen. Oder wir kennen diese Person bereits, denken aber im Traum nicht daran, dass sie etwas mit den Morden zu tun haben könnte. Tja, meine Damen und Herren, ich frage mich, ob uns diese ominöse Person schon im Zuge der Untersuchungen des Mordfalles Ute Marx über den Weg gelaufen ist. Und wenn ja, welche Interessen … was weiß ich, Leute wie ein Legendenforscher, ein Geschäftsführer, eine Ehefrau, eine malende Yoga-Tante und so weiter und sofort … am Tod von vier oder gar fünf Menschen nur haben? Und weshalb verdammt fügt der oder vielleicht auch die mysteriöse Unbekannte, Frau Heuft und Herrn Stickel jene seltsamen Hechtgebissspuren an den Hälsen post mortem zu? Was will man mit diesem Kokolores bezwecken? Ist es vielleicht eine Finte? Ein Ablenkungsmanöver? Und wenn ja, ablenken von wem oder was? Kann mir das mal bitteschön jemand erklären?«

Angesichts der sich zu einem Berg auftürmenden Ungereimtheiten hatte sich Fritz unbewusst ein wenig in Rage geredet. »Ute Marx' Hals wies auch diese Hechtgebissspuren auf!«, murmelte Kommissarin Eckstein nachdenklich und resümierte mit einem Schuss Ernüchterung, »schätze, dann hat unser Triathlet Christof Henkel, zumindest was diese vier Morde angeht, ein wasserdichtes Alibi. Denn er logiert schließlich seit gestern in einer hübschen Zelle.« »Ja, na doll! Schöner Mist. Und wahrscheinlich ist der Knilch dann auch im Mordfall Ute Marx nicht unser Mann«, pflichtete Fritz seiner jungen Partnerin ziemlich angefressen bei. »Und im Mund von Claudia Heuft steckten Geldscheine und in ihrer Hand hielt sie eine Mini-Kassette. Außerdem hatte Bürgermeister Grünauer einige Banknoten in seiner Manteltasche. Halleluja!« »Und bevor der gute Fritz in seinem biblischen Alter noch einen Herzinfarkt bekommt, lasset uns hören, ob und was auf der Mini-Kassette drauf ist.« Lockenkopf legte seinem befreundeten Kollegen die Hand beruhigend auf die Schulter und fügte hinzu, dass er vorhin von seiner Mitarbeiterin ein Zeichen erhalten habe, dass die Beweissicherung an der Mini-Kassette abgeschlossen sei. »Keine Bange, so schnell bekomme ich keinen Herzinfarkt«, wiegelte Fritz lässig ab. Inbrünstig hoffend auf brauchbare Indizien besann er sich und schob ruhig klingend nach: »Gut, dann hören wir uns an, was auf dem Band ist.«

Die Kriminaltechnikerin im weißen Ganzkörperkondom eilte auf Zuruf ihres Chefs herbei. Sie hatte das Fundstück aus Claudia Heufts Hand in eines der Diktiergeräte eingelegt und drückte, umringt von gespannten Ermittlern, auf »Play«. Es dauerte maximal zehn Sekunden, da war dem geneigten Publikum klar wie Kloßbrühe, um welches Genre es sich beim dargebotenen Hörspiel handelte. Die Protagonisten waren wie unschwer zu erkennen, eine Frau und ein Mann, deren Identität sich ebenfalls rasch offenbarte. Lustvoll gehauchte Vor- und im weiteren Verlauf des schlüpfrigen Geschehens ergänzt durch ekstatisch geschriene Tiernamen. Eindeutig: Auf dem Band war aufgezeichnet, wie Ute Marx und Bürgermeister Paul Grünauer Sex hatten. Und zwar miteinander und »aber Hallo« ziemlich heftig. Und vermutlich in Frau Marx` Büro innerhalb der Räumlichkeiten der WaLS GmbH. Und mit ständig wechselnden Positionen unter Mithilfe des Schreibtisches, eines Bürostuhls und, und … Klebeband! Aber, aber … die atemberaubende Aufnahme endete, wie sie begonnen hatte. Abrupt! Und ohne Höhepunkt! Ganz zu schweigen von mehreren!

Unmittelbar im Anschluss an diesen »Quasi-Coitus-Interruptus« drängte irgendetwas in Fritz mit Macht darauf, ein echt spezielles Statement abzufeuern: »Warum schauen Frauen einen Porno immer bis zum Ende? Na, weil sie denken, am Schluss wird geheiratet!« Doch aufgrund der wenig spaßigen Gesamtsituation und nicht zuletzt, weil Anette und Hasi ihn gerade ziemlich streng fixierten, geradeso, als wüssten sie, was in seinem Kopf herumschwirrte, schaffte es Fritz mit Müh und Not, seine Umwelt nicht mit einem geistigen Quickie zu »beglücken«. Kommissarin Eckstein indessen ging nun wieder in ihrer bekannten Sachlichkeit zur Tagesordnung über: »Claudia Heuft erzählte uns gestern davon, dass sie kürzlich nochmals ins Mendiger Büro zurückgefahren sei. Sie sei nach Feierabend bereits auf dem Heimweg nach Andernach gewesen, als sie bemerkte, dass sie das Geburtstagsgeschenk für ihren Freund Ralf im Büro vergessen hatte. Gut möglich, dass sie bei ihrer Rückkehr, das Schäferstündchen ihrer Chefin mit dem Bürgermeister belauscht hat, die Gunst der Stunde nutzte und von den höchst interessanten Geschehnissen einen Mitschnitt machte.« »Und mit der heimlichen Aufnahme wollte sie schnelle Kohle machen. Ob Claudia Heuft beide erpresste? Also ihre Chefin und Grünauer? Im Fall Ute Marx schwer zu sagen. Doch beim Bürgermeister hat sie es zweifelsfrei probiert. Und er wollte offenbar zahlen. Siehe die Piepen in seiner Manteltasche. Ist klar, Grünauer hatte verständlicherweise keinen Bock auf Tratsch, Berichte in der Klatsch-Presse und Ärger mit seiner Holden. Doch irgendwas muss beim Austausch Kassette gegen Bares mächtig schiefgelaufen sein! Und ob Grünauer es war, der seiner mutmaßlichen Erpresserin die Geldscheine aus Rache oder Wut für den gemeinen Erpressungsversuch tief in deren Mund gesteckt hat, und warum er die Mini-Kassette nicht an sich nahm, das sind echt gute Fragen. Außerdem, und sofern ich dich, Hans, vorhin richtig verstanden habe, kann Mendigs Stadtoberhaupt weder Claudia Heuft noch deren Freund Ralf Stickel erschossen haben. Denn es wurden nun mal keine Schmauchspuren an Grünauers Händen und Handschuhen gefunden, korrekt?« Der KTU-Leiter bestätigte die Wiedergabe des Kriminalbeamten mit einem schlichten »Yes«. »Und dessen Überprüfung auf Frau Heufts Speichel folgt, sobald wir die Toten auf dem Tisch haben«, ergänzte Hasi fix. Lockenkopf hob die Hände. »Mea culpa, Freunde! Asche auf mein Haupt! Ein Detail hab ich vorhin doch glatt vergessen euch zu sagen. Der Bürgermeister hat am Hinterkopf eine ordentliche Platzwunde, durch einen Schlag mit einem Stock oder Knüppel«, informierte er die Runde etwas kleinlaut. »Stimmt, Kollege«, bestätigte Rechtsmediziner Jaki und legte mit ein wenig freundschaftlicher

Stichelei und einem leicht belehrenden Unterton in der Stimme nach, »und zwar aus Holz! Der aufmerksame Edgar entdeckte winzige Splitter in der Wunde. Nach Frau Doktor Hasenfurth-Kimmels und meiner Expertise wurde Grünauer diese Verletzung am späten gestrigen Abend zugefügt. Eine Verletzung, die schmerzhaft aber keineswegs tödlich war. Und Grünauer nur einige Stunden friedlich schlummern ließ.«

»Dann wurde er bewusstlos geschlagen, in etwa zum Zeitpunkt der Morde an Frau Heuft und Herrn Stickel«, resümierte Fritz und erhielt von Rechtsmedizin und KTU einträchtige Zustimmung. »Vielleicht kam Grünauer heute Morgen wieder zu sich. Er wollte sich aufrappeln, doch jemand hatte einen anderen Plan mit ihm und knipste ihm wieder das Licht aus. Dieses Mal allerdings endgültig. Ergo müssen wir unbedingt checken, ob Schröck ein Alibi für den fraglichen Zeitraum hat. Sagen wir von gestern Abend 18 Uhr bis zu seinem frühmorgendlichen Ableben«, wandte sich Fritz direkt an seine Partnerin und fuhr fort, »denn fest steht, nur an den Händen unseres grauen Mofetten-Jägers gibt es Schmauchspuren. Womit wir auch schon beim eigentlichen Höhepunkt eurer bisherigen Erkenntnisse angelangt sind: Grünauer, Stickel und Frau Heuft, wurden allesamt durch einen gezielten Kopfschuss, mitten in die Stirn getötet. Doch nicht so Schröck. Ein aufgesetzter Schuss in seine rechte Schläfe. Auf der Haut rings um die Eintrittsstelle des Projektils herum, Schmauchspuren. Diese Fakten kombiniert mit den Schmauchspuren an Schröcks Rechten, sowie dessen Körperhaltung und der Lage der 22er direkt neben ihm, lässt nur eine Schlussfolgerung zu: Adolf Maria Schröck hat Selbstmord begangen! Aber warum? Was trieb ihn in den Suizid?«

»Vielleicht könnte es sich so abgespielt haben: Schröck stritt sich mit dem Bürgermeister und tötete ihn im Affekt. Als ihm dann wenig später bewusst wurde, welch grausame Tat er begangen hatte, plagte ihn sein Gewissen und er nahm sich das Leben«, spekulierte Kommissarin Eckstein. »Wäre eine Möglichkeit, Anette«, entgegnete Fritz, »denn laut den Aussagen Grünauers und Schröcks vertraten sie gegensätzliche Standpunkte, zumindest, was das geplante Campingplatzprojekt anbelangte. Doch deswegen einen erschießen? Direkt nachvollziehbar wäre ein Mord aufgrund einer Meinungsverschiedenheit für mich zwar nicht, doch andererseits ist halt jeder Jeck anders. Und war Schröck auch der kaltblütige Mörder von Claudia Heuft und Ralf Stickel? Und wenn ja, aus welchen Motiven? Oder kommt es noch doller und die unbekannte fünfte Person, die sich aus welchen Beweggründen auch immer hier herumtrieb, ist deren Mörder? Das, meine sehr verehrten Damen und Herren, und noch einiges mehr wie zum Beispiel: wem gehört die 22er beziehungsweise wer hat die Knarre überhaupt mitgebracht, und so weiter und sofort, das, ihr Leut, sind die brennenden Fragen unserer Zeit, auf die wir unbedingt die passenden Antworten brauchen. Unbedingt! So! Wer will noch einen Apfel?«

Kapitel 29

Ihre erkennungsdienstlichen Arbeiten an den vier Toten und dem Fundort auf dem Parkplatz unterhalb des Naturkundemuseums, sowie im und am abgestellten VW Polo-Viertürer des weiblichen Opfers hatte die KTU inzwischen beendet. Alle weiteren Untersuchungen die Mordfälle betreffend würden wie üblich ihre akribische Fortsetzung innerhalb der Koblenzer Laboratorien finden. Beim Einpacken des Equipments erregte ein unscheinbar anmutendes Detail, welches bis dahin eine Art Schattendasein gefristet hatte, unvermittelt die Aufmerksamkeit einer Kriminaltechnikerin. Es war jene Mitarbeiterin aus Lockenkopfs Team, die vorhin die gesicherte Mini-Kassette hatte abspielen lassen. Beim entdeckten Gegenstand handelte es sich um eine flache Tabletten-Packung, die etwas abseits am Übergang vom Parkplatz zum Weiher lag. Zwei Kriterien machten den Last-Minute-Fund für die Ermittler besonders interessant. Ihr äußerer Zustand ließ darauf schließen, dass die Packung, welche einen halbvollen Blister beinhaltete, noch nicht allzu lange hier lag. Das Medikament war darüber hiaus ein verschreibungspflichtiges, äußerst hochdosiertes Schmerzmittel.

»Ohha! Morphin, Oxycodon! Menschen, die Präparate mit solch starken Opioid-Analgetika einnehmen müssen, haben zumeist nicht mehr lange zu leben. Die enthaltenen Wirkstoffe lindern die höllischen Schmerzen. Es wird Krebs-Patienten im fortgeschrittenen Stadium gereicht. Damit können sie ihre letzten Tage halbwegs normal verleben. Arme Teufel, sag ich nur.« Rechtsmediziner Doktor Jakob hatte die Arznei rasch begutachtet. Wahrlich, er bedauerte den Menschen, der auf das Medikament angewiesen war von tiefstem Herzen. »Jedenfalls werden wir bald wissen, ob eines der vier Opfer tödlich erkrankt war. Und sollte es niemand von ihnen sein, bleibt immer noch die unbekannte fünfte Person, die arme Socke.« »Also, reden wir von jemandem, die oder der quasi nichts mehr zu verlieren hat, weil der Sensenmann am Horizont bereits wartet«, zog Weller seine Schlussfolgerung aus Wolfram Jakobs Einschätzung. »Und unter Umständen nun dringend Nachschub benötigt«, ergänzte Kommissarin Eckstein den Kommentar ihres Partners.

Indessen schlossen auch die Froschmänner ihre Arbeiten ab. Außer Unmengen von kaum verdächtigen Wasserflöhen, die allesamt kein Motiv und aufgrund fehlenden Zeigefingers zum Betätigen des Abzugs der 22er zudem ein echt schlüssiges Alibi aufwiesen, hatten die Taucher wie erhofft keine weitere Leiche im trüben Tümpel aufgespürt.

Streifenbeamte hatten nur wenige hundert Meter entfernt in einer von der Landstraße von Maria Laach nach Bell nicht einzusehenden Waldschneise den PKW des Mendiger Bürgermeisters, einen 93er silber-metallic Mercedes SL 280 entdeckt.

Es wurde ein hiesiges Bestattungsunternehmen angefordert. »Vier?«, fragte der Inhaber verdutzt, nachdem er vernommen hatte, welche unglaubliche Stückzahl an Zinksärgen mitgebracht werden mussten. »Vier!«, wiederholte die Polizei entsprechend deutlich, um diesbezüglich alle Unklarheiten auszuräumen.

Fast 180 Lebensjahre in Gestalt von Hauptkommissar Weller, KTU-Leiter Müller und Rechtsmediziner Doktor Jakob beugten sich unter dem Absperrband, das zwischen Parkplatz und Tümpel gespannt war, hindurch. Galt es doch für den Kriminalbeamten seinerseits noch einen Blick auf die Toten zu werfen, ehe man sie abtransportierte. In einem gewissen *Sicherheitsabstand* folgten Kommissarin Anette Eckstein und Rechtsmedizinerin Anja Hasenfurth-Kimmel. Beim Anblick der Routiniers, wie diese mehr oder weniger gelenkig unter dem Flatterband hindurchgetaucht waren, mussten die beiden Frauen unweigerlich schmunzeln. »Na, Frau Kommissarin, was schätzen Sie, wie lange bleiben uns die drei Musketiere noch erhalten? Denn so ganz taufrisch sind sie ja allesamt nicht mehr«, raunte die Pathologin der jungen Polizistin zu. »Na ja, was den Hauptkommissar anbetrifft, hoffe ich mal, dass er noch ein paar Jährchen macht. Ich kann bestimmt noch einiges von ihm lernen. Obwohl er in letzter Zeit schon mal das ein oder andere vergisst. Doch eigentlich ist er noch recht rüstig für sein Alter«, entgegnete Anette Eckstein. »Rüstig ist gut!«, erhielt sie von Frau Doktor mit einem Lächeln um die Mundwinkel zur Antwort. Gruft-Jakis Kollegin war zwar schon Mitte vierzig, doch aufgrund ihres durchtrainierten Bodys wurde sie oftmals deutlich jünger geschätzt. Einzig die Fältchen an den Augen, am Hals und die Beschaffenheit ihrer Hände, deuteten darauf hin, dass sie keine dreißig mehr war. »Aber Frau Hasenfurth-Kimmel, wie kommen Sie darauf? Also noch kann ich mir beim besten Willen keinen von denen als Rentner in beigen Klamotten vorstellen, der im Park die Tauben füttert.« »Einfach so, Frau Kommissarin. Es ist halt ein ziemlich forderndes und anstrengendes Metier, in dem wir arbeiten. Körperlich wie mental. Und irgendwann, ob früher oder später, möchte sicher jeder seinen wohlverdienten Ruhestand genießen. Lange genug dabei sind die drei alten Kameraden auf jeden Fall.« »An ihren Worten ist was dran«, dachte sich Anette. Aber zumindest ihr gegenüber hatte sich Fritz bis dato mit keiner Silbe geäußert, dass er in absehbarer Zeit aufhören wolle. Und ob Hans Müller und Wolfram Jakob entsprechende Pläne schmiedeten, darüber war ihr selbst via Flurfunk noch nichts zu Ohren gekommen.

»Wo zum Henker versteckt sich das Drecksschwert, womit ich den verdammten gordischen Knoten zerschlagen kann«, grübelte Fritz Weller beim Begutachten der rätselhaften Todesszenerie. Die Tatsache, nichts zu entdecken, was die anderen nicht bereits aufgespürt hatten, war für ihn mehr als ernüchternd. Mehrere heftige Windböen fegten auf Biegen und Brechen durchs morbide Geäst. Sie schoben das Wasser des Tümpels energisch vor sich her und trieben mit den hohen, leblos scheinenden Gräsern, welche die Toten umfingen, ihr rabiates Spiel. Der Hauptkommissar hockte gerade in unmittelbarer Nähe des Bürgermeisters. Plötzlich wurde unweit eine große, dunkel gezeichnete Vogelfeder vom Boden aufgewirbelt. Geistesgegenwärtig schnappte er sich das Teil aus der Luft, denn sogleich hatte ihn eine Erinnerung ereilt. Eine Erinnerung daran, dass es erst am gestrigen Abend gewesen war, dass er eben solch eine Bussardfeder gesehen hatte. Und zwar nicht an dem dazugehörigen Greifvogel in freier Wildbahn. Nein! Eine solche Feder steckte an einem anderen, leicht skurrilen Vogel, genauer gesagt an dessen verschrobener Kopfbedeckung in der verqualmten, bierseligen *Voliere* der Mendiger Brauerei. Beim Betrachten der circa zwanzig Zentimeter langen, markanten Feder grübelte der Ermittler: »Tja, unverhofft kommt oft! Sollte der hiesige Legendenspezialist, als erklärter Gegner des Campingplatzprojektes und, wie er selbst sagte, Schröcks langjähriger Intimfeind, unsere unbekannte fünfte Person sein? Ist Gisbert Baum tatsächlich in die Mordfälle verstrickt und hat im Eifer des Gefechts, meinetwegen beim Kampf mit Ralf Stickel, seinen federleichten Hutschmuck verloren? Sollte diese simple Feder tatsächlich der alles entscheidende Hinweis sein? Also der Schlüssel zur Lösung aller Rätsel? Oder liegt das Teil nur rein zufällig hier herum? Wie wahrscheinlich hundertfach in Wald und Flur und hat rein gar nichts mit Gisbert Baum und den Mordfällen zu tun. So oder so! Es ist zumindest ein weiterer, wenn auch ziemlich zweifelhafter Lösungsansatz in diesem schier undurchsichtigen Knäuel von

Fragen und Ungereimtheiten. Und in der Not frisst der Teufel bekanntlich Fliegen!« In Gedanken versuchte Weller das neu entdeckte Puzzleteil den anderen hinzuzufügen. Doch wie er es auch drehte und wendete, das Bild bliebt zumindest für den Moment noch unscharf.

Rasch zeigte Fritz seiner Partnerin das Fundstück und besprach mit ihr die weitere Vorgehensweise. Das hieß, sofortiges Eintüten der Bussardfeder und Übergabe selbiger an die KTU zwecks intensiver Untersuchung. »Zudem müsse man dem pfeiferauchenden Märchenonkel sehr zeitnah eine Aufwartung machen, um ihm bezüglich seines Alibis und eines möglichen Federverlustes, gründlich auf den Zahn zu fühlen. Anschließende Beherbergung des Gisbert Baums in unseren Gemächern, je nachdem nicht ausgeschlossen.«

Kapitel 30

Im Bereich der Mündung des schmalen, geteerten Zuwegs in den unbefestigten, holprigen Parkplatz tummelten sich unterdessen zahlreiche uniformierte Beamte der Polizeiinspektion Mayen. Unter ihnen auch deren Leiter Anton K. Leppe, seines Zeichens Erster Polizeihauptkommissar, und Hauptwachtmeister Jörg Zeitvogel. Die beiden Männer waren soeben eingetroffen. Sie hatten diverse Mitbringsel für ihre Koblenzer Kripokollegen im Gepäck. Bei der schnellen Begrüßungsrunde blieben Anettes und Jörgs verliebte Blicke für wenige Momente inniglich aneinanderhaften. Und scheinbar war ihre kleine Turtelei weder Weller noch Leppe aufgefallen, kamen die beiden Routiniers doch direkt und ohne Umschweife zur Sache. »Nun, Anton, ich hoffe Ihr habt zur Abwechslung mal brauchbare Neuigkeiten, die unsere Ermittlungen gewaltig nach vorne bringen! Denn Ungereimtheiten rund um die Toten gibt's bisher zu genüge!« »Neuigkeiten, Fritz, die haben wir in der Tat. Aber okay, mal sehen, was ihr Kriminaler davon haltet. Wir sind eurem Amtshilfegesuch gerne nachgekommen und haben die Alibis der Laacher See DLRG-Truppe überprüft.« »Und?« »Also allesamt haben, was den Mord an Ute Marx anbetrifft, wasserdichte Alibis! Auf das Wortspiel habe ich mich schon den ganzen Morgen gefreut.« Ein Grinsen huschte durch alle Gesichter.

Dann wandte sich der Mayener Dienststellenleiter an Wellers junge Kollegin: »Kommissarin Eckstein, wie ich weiß, sind Sie auch mit der Aufklärung des Einbruchs ins Eifelmuseum beschäftigt. Dazu erreichte uns vorhin aus dem Krankenhaus die traurige Nachricht, dass der Wachmann heute Morgen seinen schweren Verletzungen erlegen ist. Gestorben, und das nur wegen eines Fetzens vergilbtem Papier, worauf irgendein Heini, wahrscheinlich sturzbesoffen, vor ein paar hundert Jahren die total hirnrissige Mär um einen versunkenen Schatz im Laacher See gekritzelt hat. Und ausgerechnet dieses lächerliche Geschmiere ist irgendjemandem so wichtig, dass er es stiehlt und dabei sogar den Tod eines Menschen billigend in Kauf nimmt. Leute, Leute, Leute …! Gestern die Tote am See. Heute die vier Leichen drüben am Weiher. Und dann noch der Wachmann. Ehrlich gesagt, manchmal verstehe ich die Welt nicht mehr, wenn mir klar wird, für welch Nichtigkeiten Menschen oftmals mit ihren Leben bezahlen müssen.« Leppe erntete einträchtiges Nicken. Anette hatte wirklich gehofft, dass der alte Wachmann den massiven Angriff überlebt, denn sie wollte ihn doch befragen, um womöglich entscheidende Hinweise zu den Eifelmuseums-Einbrechern zu erhalten. »Befragen kann ich ihn zwar immer noch, aber …«, dachte sie sich mit bitterem Beigeschmack, denn diese Informationsquelle schien unwiderruflich versiegt.

Wie es Kaiser Napoleon Bonaparte I. einst zu tun pflegte, so war auch des Ersten Polizeihauptkommissars Anton K. Leppes rechte Patschehand seit einer Weile in seiner Dienstlederjacke verschwunden. Ob und was der französische Kriegsherr damals in seiner verborgenen Hand hielt, vielleicht ein Baguette, oder eine Packung Zigaretten ohne Filter, oder einen Pariser, darüber streiten sich die Historiker bis in die Gegenwart hinein. Anton seinerseits sorgte diesbezüglich für klare Verhältnisse. »Fritz, es tut mir leid, die elitären Sahnebonbons, die du vor zehn Jahren bestellt hast, konnte ich nicht mehr besorgen, denn die *Manufaktür de Kamäll* hat wegen *Reichtums* geschlossen. Doch schau, was ich dir stattdessen vom Lukasmarkt mitgebracht habe.« Schwupps, beförderte der Dienststellenleiter der PI Mayen eine Tüte bunter Kamellen mit Lakritz- und Anisstreuseln ans trübe Tageslicht und reichte sie seinem Koblenzer

Kripo-Kollegen. »Hey, danke dir. Es geschehen in der Tat noch Zeichen und Wunder. Und überhaupt, bei Kammellenbestellungen ist es wie bei Mord. Die verjähren nie!«, frotzelte Fritz und sackte die Tüte mit den bunten Bonbons sogleich ein. Antons unverhofftes Mitbringsel trug zwar nun rein gar nichts zur Aufklärung seiner aktuellen Fälle bei, doch war es auch kein Hemmnis. Und insgeheim freute sich Fritz sehr darüber, schmeckten ihm diese speziellen, eckigen Jahrmarktssüßigkeiten sowieso tausendmal besser als Sahnebonbons.

Während Eckstein, Zeitvogel und Leppe über den Einbruch ins Mayener Eifelmuseum und die geschehenen Morde philosophierten, stand Weller, ein Bonbon lutschend, etwas abseits und war abermals tief in seine Gedanken versunken. Ohne ein Wort zu verlieren wanderten seine Blicke umher. Über den Parkplatz mit den Leuten von Polizei, KTU und Rechtsmedizin hinweg zum trüben Weiher samt grasbewachsenem Uferbereich. Dann weiter mitten hinein in den herbstlichen Laacher Wald. Darin abgetaucht genehmigten sich Wellers Augen eine kurze Auszeit in Form eines verschwommenen Waldbades. Irgendwo in weiter Ferne hörte er das Gemurmel der anderen, das Rauschen der Bäume und das hektische Flattern des Absperrbands, sobald es von Windböen gepackt wurde. Und just in jenen Momenten des Innehaltens, da Fritz intensiv und in sich gekehrt grübelte, geschah es: URPLÖTZLICH RISS DER HIMMEL AUF! Durch das schmale Fenster in der allgegenwärtigen, dichten Wolkendecke hindurch, warf die Sonne ihre erhellenden Strahlen auf des Hauptkommissars ergrautes Haupt hinab. Aus himmlischen Sphären erschallte in einer Art von Zauber Freddies mitreißendes Ay-Oooooh! Dem folgten wie Donnerhall die wahrhaft beschwörenden Klänge von Richard Strauss` sinfonischer Dichtung »Also sprach Zarathustra!« Was für die Menschenaffen in Kubricks galaktischem Epos *»2001:*

Odyssee im Weltraum«, der Monolith darstellte, war für Fritz jenes magische Zusammenspiel von Sonne und Musik, welches ihn soeben in seinen Bann gezogen hatte. Sein Bewusstsein erfuhr dadurch die ultimative Erweiterung. Infolge der himmlischen Eingebung hielt der verzweifelte Sucher nun das Schwert in der Hand, um den gordischen Knoten zu zerschlagen. Einfach ausgedrückt, es stand ihm glasklar vor Augen durch welch entscheidenden Schachzug die verzwickten Mordfälle zu lösen waren. DAS WOLKENLOSE FENSTER SCHLOSS SICH WIEDER!

Beseelt von der schieren Offenbarung, die, wie sich herausstellte, nur ihm zuteil geworden war, tat der illuminierte Kriminalhauptkommissar seinen perfekten Plan sogleich den Unwissenden kund: »Leute, ich habe eine Idee. Ach, was sage ich. Nicht nur irgendeine läppische Idee. Nein. DIE IDEE!« Er strotzte nur so vor Enthusiasmus. Sofort genoss er Anettes, Kleppes und Zeitvogels ungeteilte Aufmerksamkeit. Sicherheitshalber vermied es Fritz ihnen zu erzählen, wie er auf seinen wunderbaren Plan gekommen war. Denn die irre Mixtur aus einer himmlischen Stimme, aus sinfonischen Klängen und lichtem Schein war nicht gerade das, was kühl kalkulierende Polizisten als realistische Grundlage bezeichnen würden. Nein, höchstwahrscheinlich hätten sie es als schnöde Spinnerei eines alternden Kauzes abgetan. Mit leuchtenden Augen meinte Fritz deswegen nur, dass sie ihm und seinen langjährigen Erfahrungen vertrauen könnten.

Die Worte, mit denen er anschließend sämtliche Details seines todsicheren Plans erläuterte, sprühten nur so vor unbändiger Energie. Voller Tatendrang fasste der Hauptkommissar schließlich zusammen: »Anton, wie du siehst, wir brauchen dich und deine Leute mehr denn je. Weil wir nur so beide Ermittlungswege abdecken können, damit uns ja nichts durch die Lappen geht. Erstens, die Durchführung der enorm wichtigen Standardarbeiten. Also Angehörige informieren, Rekonstruieren der letzten Stunden der Opfer, insbesondere von Schröck, den Legendenspezi Gisbert Baum *bitten*, doch unser Gast zu sein, das ganze Pipapo halt. Zweitens, das geschickte und unauffällige Auslegen des Köders. Freunde, ich gebe euch Brief und Siegel darauf, dass jemand gierig nach unserem Köder schnappen wird. Anette, nimm daher bitte sofort mit der Pressestelle im Präsidium Kontakt auf. Denn unsere *freudige Botschaft* muss umgehend, das heißt innerhalb der nächsten Stunde und dann halbstündlich bis in den späten Abend hinein, als Eilmeldung von sämtlichen regionalen Medien wie Kabelfernsehen, Brieftauben, Marktschreiern und vor allem aber durchs Radio verbreitet werden. Und zack! Ihr werdet es sehen! Haben wir unseren Täter, oder unsere Täterin! Und dann, Anette, sag den Leuten von der Pressestelle, sie sollen dabei auf gar keinen Fall die Identitäten der vier Toten preisgeben. Nur, dass die Leichen in der Nähe des Laacher Sees gefunden wurden. Das muss zunächst reichen. Die lästige Journaille wird noch früh genug Wind davon bekommen, dass Mendigs Bürgermeister unter den Opfern ist und mit ihrer Fragerei nerven. Also? Was haltet ihr von meinem Plan? Ist echt geil, nicht wahr?!«

»Tja, Fritz«, antwortete der Dienststellenleiter der PI Mayen und wippte abwägend mit dem Kopf hin und her. »Dein Plan klingt ganz schön verwegen und birgt natürlich ein gewisses Risiko, dass wir uns verzetteln. Doch wie sagte schon meine alte Lateinlehrerin, das Fräulein Schmitz, *Fortes fortuna adiuvat*, das Glück ist mit den Mutigen. Also, *sit ludos incipere*, lassen wir die Spiele beginnen! Denn Fritz, dein Plan ist geil!« Leppe lächelte und schob mit einem Hauch von Restzweifel hinterher: »Nun muss er nur noch funktionieren.« »Das wird er, Anton. Das wird er!«, bestätigte Weller mit fester Stimme, »jetzt wo ihr mit an Bord seid!«

Er freute sich sehr über die bereitwillige Unterstützung der Mayener Polizei. Der Chef der Uniformierten rückte seine Dienstmütze gerade und wurde sogleich initiativ: »Ich kümmere mich persönlich um die Angelegenheit im Mayener Krankenhaus. Einer der Chef-Ärzte ist ein guter Bekannter von meiner Frau und mir. Und wir, Fritz, bleiben in ständigem Kontakt.« »Danke dir, entgegnete dieser nicht minder unternehmungslustig, »und nachdem ich meine Runde gedreht habe, stoße ich zu euch.« In diesem Zusammenhang vereinbarten Weller und Leppe, dass die Kommandozentrale in Sachen »Laacher See-Morde, Schrägstrich, Einbruch ins Eifelmuseum«, für die Dauer der gemeinsamen Ermittlungen, die Diensträume der Mayener Polizeiinspektion seien. Dadurch ersparten sich die beiden Kripobeamten ihre lästige Fahrerei von Koblenz hierher und man gewann wichtige Zeit. »Ich lasse von meiner Sekretärin nachher zwei Hotelzimmer für euch buchen. Obwohl ich befürchte, dass wir wahrscheinlich wenig Schlaf bekommen werden.« »Hey, Dankeschön Anton, das befürchte ich allerdings auch«, nickte Fritz, »und wenn von deiner Seite aus nichts dagegenspricht, dann lassen wir Kommissarin Eckstein und Hauptwachtmeister Zeitvogel weiter als Team ermitteln. Das hat gestern bereits top funktioniert.« »Super Idee, Herr Kriminalhauptkommissar. Das machen wir. Quasi als sichtbares Zeichen der hervorragenden Kooperation unserer Dienststellen.« »Irgendwelche Einwände, Frau Kommissarin. Herr Hauptwachtmeister?« »Öh, nein«, murmelten die Beiden leicht überrumpelt von der spontanen Entscheidung ihrer Vorgesetzten und schauten sich etwas verlegen an. »Sehr gut«, entgegnete Weller knapp und zwinkerte seiner Partnerin zu, »also dann. Auf geht's! Schon fast elf Uhr und es gibt reichlich zu tun!«

Auf ihrem kurzen Fußweg zurück zu Zeitvogels Dienstwagen meinte Jörg: »Der Weller ist ein Fuchs,

Anette. Übers Radio verbreiten lassen, dass der Wachmann des Eifelmuseums lebt und morgen früh durch die Polizei befragt werden kann. Und dass den Ermittlern Indizien vorlägen, die zweifelsfrei auf einen Zusammenhang zwischen dem Museumseinbruch und den fünf Laacher See-Toten hindeuteten. Echt clever, der alte Fritz.« »Sag ich doch, Jörg. Von ihm können wir jungen Hüpfer noch was lernen.« »Meinst du, er und Leppe haben bemerkt, dass wir zwei etwas mehr als nur Kollegen sind?« »Würde mich nicht wundern!«

Kapitel 31

Wie besprochen organisierte Leppe alles Notwendige für ihre geplante List im Mayener Krankenhaus, galt es doch, sämtliche Details ihres in der Tat gewagten und weiß Gott nicht alltäglichen Vorhabens mit der Krankenhaus-Leitung sowie den verantwortlichen Ärzten und Schwestern minutiös abzustimmen. Nichts, aber auch rein gar nichts durfte dem Zufall überlassen werden! Oberstes Ziel war selbstredend die Ergreifung der mysteriösen Person, die wie alle Ermittler hofften, der Schlüssel zur Aufklärung der aktuellen Fälle war. Ausdrücklich wies Leppe auf die Ergreifung von Vorsichtsmaßnahmen hin, sodass Unbeteiligte durch die polizeiliche Aktion nicht zu Schaden kommen würden. Krankenhausverwaltung inklusive Ärzteschaft war es zudem ein großes Anliegen, die normalen Abläufe auf den nicht betroffenen Stationen während der Ausnahmesituation uneingeschränkt aufrecht zu erhalten. Eine Vorgabe, welche die ungeteilte Zustimmung des Polizeibeamten fand.

Ferner besprach man die unauffällige Besetzung von neuralgischen Positionen des Krankenhauses, wie der Empfang oder das Schwesternzimmer im eigens präparierten Bereich mit Polizeikräften. Und last but not least, damit die gestellte Falle überhaupt Aussicht auf Erfolg hatte, würde man die Krankenhausmitarbeiter kurzerhand zur strikten Geheimhaltung verpflichten. Denn der schöne Schein des üblichen Treibens in einem Provinz-Krankenhaus musste während der verdeckten Polizeioperation sowohl nach innen, als auch nach außen hin gewahrt bleiben. »Was nützt einem die beste Falle, wenn die Maus schon drei Kilometer gegen den Wind riecht, dass der Käse nicht ganz koscher ist und daraufhin die Biege macht«, feixte der Erste Polizeihauptkommissar im Laufe der Besprechung. Parallel zu Anton K.

Leppes routiniertem Ankochen ihrer ausgeklügelten Krankenhaus-Spezial-Mission, nahm die überwiegende Mehrzahl der beteiligten Beamten ob uniformiert oder in zivil, die von Kriminalhauptkommissar Fritz Weller aufgezählten, *enorm wichtigen* Standardarbeiten in Angriff.

Kommissarin Eckstein hatte, wie von ihrem alten Kripopartner angeordnet, zunächst die Pressestelle des Polizeipräsidiums instruiert. Die diensthabende Kollegin sagte ihr zu, sich sofort zu kümmern und die gewünschte Eilmeldung an die entsprechenden Radiosender rauszugeben. Im Anschluss daran fuhr sie mit Hauptwachtmeister Zeitvogel in dessen Streifenwagen nach Bell zur Familie Schröck. Frisch verliebt. Allein zu zweit. Dicht an dicht. Das Gefühlsleben der Beiden schwankte bei der kurzen Fahrt von Maria Laach zum höher gelegenen Wohnort des toten Vulkanologen zwischen unbedingtem Pflichtbewusstsein und der schieren Lust nach dem Austausch von Körperflüssigkeiten. Nur wenige Minuten verstrichen, bis sie am Wohnhaus der Schröcks ankamen. Minuten, die sich, aufgrund der aktuellen Umstände für die zwei hätten kaum seltsamer anfühlen können. Ehe Anette und Jörg ausstiegen, schauten sie sich tief in die Augen und küssten sich flüchtig. Natürlich hatten sie die Vernunft siegen lassen. Es gab schließlich reichlich Arbeit, die nicht aufgeschoben werden durfte. Und außerdem lag besonders Anette sehr viel daran, ihre Karriere unbedingt weiter zu pushen und sich bloß keinen Fauxpas zu leisten. »Erst die Arbeit, dann das Vergnügen«, meinte sie beim Aussteigen zu Jörg, worauf dieser ein etwas mürrisches »Jaja«, brummte. Das anschließende Gespräch mit Schröcks Ehefrau Mechthild und dessen Sohn Dirk, förderte die erhofften, sachdienlichen Erkenntnisse zu Tage. Es offenbarte den Beamten aber auch bewusst oder unbewusst Einblicke in das Familienleben.

Wie erwartet zeigten sich die Angehörigen zunächst sehr bestürzt, als sie die schockierende Todesbotschaft ereilte. Doch nach einigen stillen Momenten des Innehaltens und dem Verschleiß mehrerer Papiertaschentücher, beantworteten sie gefasst und bereitwillig, sämtliche Fragen der jungen Kommissarin und ihres uniformierten Kollegen. Dass sie gestern Abend, wie so oft, Besuch des befreundeten Burgbrohler Ehepaars Dr. Raik und Dr. Anett Böse gehabt hatten. Dass die beiden damals von Drüben rüber gemacht hatten und genau wie ihr Addi sehr gebildete Vulkanologen seien. Und dass die Böses erst nach Mitternacht heimgefahren seien. »Ja, mein Addi konnte sich mit denen wirklich stundenlang über kleine, blubbernde Sprudelblasen im Laacher See unterhalten. Stundenlang! Ich selbst interessiere mich nicht dafür. Bin deswegen schon früher zu Bett gegangen und habe gelesen. Einen spannenden Eifelkrimi! Mit einem Kommissar, der mysteriöse Mordfälle im Mayener Nettetal aufzuklären hat. In der Geschichte werden Läufer abgemurkst. Einer sogar mit einem Wurfspeer aufgespießt. Ja, das ist spannend, sag ich Ihnen! Der Autor schreibt echt klasse und kommt aus Mendig. Neulich war ich bei einer seiner Lesungen. Hab sogar eine persönliche Widmung erhalten! Den Eifelkrimi müssen Sie auch mal lesen! Kann ich Ihnen nur empfehlen. Oh, Entschuldigung, ich schweife ab. Doch der Eifelkrimi ist aber auch wirklich so spannend, sag ich Ihnen! So spannend! Tausend Mal spannender als das Expertengequatsche von Addi und den Böses. Nee, nee, nee deren hochwissenschaftliches Gelaber fand ich schon immer sterbenslangweilig. Oh, entschuldigen sie meine unbedachte Wortwahl. Na, jedenfalls habe ich gehört, wie die Böses gefahren sind. Und kurz darauf kam auch Addi ins Bett geschlurft und hat sofort geschnarcht. Das war gegen halb eins. Hab, wie ich den Krimi auf meinen Nachttisch gelegt habe, auf den Radiowecker geschaut.«

Nachdem Muttern gesprochen hatte, hielt auch Sohn Dirk mit seiner Aussage nicht hinterm Berg: »Ich hab bis spät in die Nacht in meinem Zimmer den Videofilm geschaut, den ich mir gestern in der Videothek in Mendig ausgeliehen habe«, murmelte der ungepflegt aussehende Mann. Dabei klotzte der Enddreißiger der jungen, hübschen Kommissarin ins Gesicht und zudem völlig ungeniert auf deren Busen. Irre! Trotz des plötzlichen Todes seines Vaters lief im Hirn des Junggesellen eine besonders eindringliche Sequenz des besagten Videofilms ab. Und darin hatten nun die atemberaubende, tolle Polizistin und er selbst die Rollen übernommen. Wahnsinn! Sie waren beide nackt und die Frau saß auf sei …

»Und was war das für ein Film, Herr Schröck, und wie lautete der Titel?«, brachte sich Hauptwachtmeister Zeitvogel angesäuert ein. Er wie die Angestarrte selbst hatte natürlich bemerkt, wohin der schmerbäuchige Schröck-Spross in ausgeleierter Jogginghose und schlabberigem T-Shirt, unverblümt stierte. »Puff«, löste sich Dirks feuchter Tagtraum in Luft auf. Durch den barschen Einwurf des Uniformierten fühlte sich der Videogucker sichtlich ertappt. Schweißperlen rannen ihm von der Stirn und seine Ohren begannen sich zu röten. Seine Mutter, die Kriminalbeamtin und deren unsympathischer Kollege fixierten ihn mit missbilligenden Blicken. Schließlich hatte es Schröck ausgerechnet der Kommissarin zu verdanken, dass er für den Moment noch mal aus der heiklen Nummer rauskam. Denn sie verzichtete, aus Rücksichtnahme aufgrund des traurigen Anlasses ihrer Anwesenheit, auf die Beantwortung von Hauptwachtmeister Zeitvogels Fragen. Selbstverständlich hatten sie und Jörg eine starke Ahnung, um welches Genre es sich bei dem ominösen Video handelte. *Dolly Buster* lässt grüßen … Ganz vom Haken war Schröck allerdings noch nicht. Denn mit betont strenger Stimme kündigte Kommissarin Eckstein an, dass dessen

Angaben natürlich überprüft und protokolliert würden. »Äh, natürlich«, murmelte Dirk leise und schaute mit inzwischen feuerrot glühenden Ohren unter sich. Witwe und Sohn gaben schließlich noch an, dass das spätere Mordopfer wie häufig am frühen Morgen aufgebrochen und hinab zum Laacher See gewandert sei. »Addi macht zwar immer sehr leise und glaubt, ich merke nicht, wenn er geht. Doch meistens, wie heute Morgen, bekomme ich es doch mit«, erklärte Mechthild Schröck abwinkend. Sie und ihr Sohn bestätigten zudem, dass der Verstorbene nicht todkrank war und daher außer seinen Blutdrucktabletten keine starken Medikamente brauchte. Auch hatte Addi keine Waffe, oder einen Waffenschein. Und auf die Frage der beiden Ermittler, ob sie einen möglichen Grund wüssten, weshalb Adolf Maria Schröck, Suizid begangen hatte, beziehungsweise ob er bereits vormals versucht hatte, sich das Leben zu nehmen, schüttelten die Angehörigen verneinend ihre Köpfe.

Zurück im Streifenwagen zischte Jörg noch immer reichlich angefressen: »War ja widerlich, wie dieser Schmierlappen dich angemacht hat.« »Eifersüchtig?«, grinste Anette schelmisch. »Eifersüchtig? Ich? Auf diesen fetten Fatzke, der noch mit Ende dreißig bei Mama wohnt, sich Pornos reinzieht und dabei einen von der Palme wedelt? Lächerlich!« »Ich dachte schon …«, entgegnete Anette augenzwinkernd und gab ihrem Freund einen Kuss. »Mal abgesehen davon, Anette, hatte ich bei Dirk, dem alten Wichser, und seiner Mutter während der Unterhaltung den Eindruck, dass beide natürlich traurig wegen Schröcks Tod sind. Aber irgendwie schienen sie auch erleichtert zu sein.« »Hast recht. Diesen Eindruck hatte ich ebenfalls. Die zwei wirkten zeitweise wie von einer Last befreit. Und nähere Details zum Tode Schröcks schienen sie auch nicht sonderlich zu interessieren«, bestätigte die Kommissarin die Wahrnehmung ihres uniformierten Kollegen und spekulierte, »na, vielleicht war unser Mofetten-Spezialist ja so ein kleiner, fieser Familientyrann. So ein Ekel, das seine Familie schikaniert hat!« »Vielleicht.« »Jedenfalls bleibt erstmal festzuhalten, dass Mutter und Sohn offenbar ein Alibi haben und in der fraglichen Zeit nicht am Tatort waren. Und ob wir die zwei intensiver unter die Lupe nehmen müssen, hängt nun in erster Linie vom Gelingen der Krankenhaus-Aktion und den Untersuchungen in KTU und Rechtsmedizin ab.« Im Hintergrund dudelte Anettes aktueller Lieblingssong *Insomnia* der Gruppe *Faithless* aus dem Autoradio. Unvermittelt wurde das Lied aufgrund einer wichtigen Eilmeldung unterbrochen …

In Mendig gelang es einer Mayener Streife problemlos des gesuchten Gisbert Baum habhaft zu werden. Sie hatten den pfeiferauchenden Legendenexperten bei der Gartenarbeit vor dessen Haus angetroffen. Dachte sich der Rentner zunächst, dass es sicher noch weitere Fragen im Zusammenhang mit dem Tod von Ute Marx gäbe, wunderte er sich umso mehr, als man ihm den tatsächlichen Grund der unerwarteten Polizeipräsenz verklickerte. Tikky, seine um zwanzig Jahre jüngere thailändische Frau, bestätigte zwar vehement, dass ihr Berti, seitdem er am Abend zuvor aus der Brauerei zurückkam, nicht mehr weg war, doch für die blöderweise fehlende Bussard-Feder an dessen Dunstkiepe hatte auch sie keine Antwort parat. Baums etwas hilflos daherkommende Erklärungsversuche, dass er die Feder bestimmt irgendwo auf dem Nachhauseweg verloren habe und man doch bloß den halben Kilometer zwischen Brauerei und ihrem Haus absuchen müsse, halfen ihm aktuell nicht weiter. In Handschellen verfrachteten ihn die humorlosen Uniformierten auf die Rückbank ihres Einsatzfahrzeuges und spendierten dem ratlosen Mann einen individuellen Kurztrip zur Mayener Wache, wo man ihn in Bälde vernehmen würde.

Natürlich beruhte der Löwenanteil von Hauptkommissar Fritz Wellers Hoffnung bezüglich einer baldigen

Aufklärung der vertrackten Laacher See-Fälle, auf dem unbedingten Gelingen ihrer Krankenhausfinte. Und natürlich drängte es ihn, so rasch wie eben möglich zu Leppe und dessen Einsatz-Team zu stoßen. Doch zuvor stand auch für ihn als Chef-Ermittler und Ideengeber noch die Erledigung von ein paar notwendigen Standardarbeiten auf dem Programm. Obwohl er diese, besonders in der aktuellen Sachlage, insgeheim als ziemlich lästig empfand. Wie mit Anette und den anderen abgestimmt, putzte er also zunächst die Klingel der Bürgermeistergattin. »Oh, guten Tag, Herr Kommissar. Sie schon wieder! Meinen Mann treffen Sie sicher in der Stadtverwaltung an.« »Frau Grünauer. Ich bin hier um mit *Ihnen* zu sprechen.« »Mit *mir*? Muss das *jetzt* sein? Sorry, aber ich habe um viertel vor zwölf einen Frisörtermin in Bad Neuenahr. Ich würde ja in Mendig oder in Thür zum Frisör gehen, wenn sie einem eine vernünftige Frisur machen würden. Aber nee, hier können sie nur altbacken. Ich hab's ja zwei, drei Mal ausprobiert, doch jedes Mal sahen meine Haare aus wie die von meiner Oma. Und die war über achtzig. In Thür hatten die Stümper meine Haare dermaßen verpfuscht, dass ich die Scheußlichkeit sogar mit einer Perücke verdecken musste. Deswegen keine Experimente mehr und stattdessen zum meisterlichen Coiffeur nach Bad Neuenahr. Und danach treffe ich mich mit einer lieben Freundin im *Chez Pierre,* einem pikfeinen Fischrestaurant an der Ahr. Der Maitre ist ein wahrer Virtuose in der Cuisine und besonders berühmt für seine superben Hechtgerichte. Denn wissen Sie, leckeren Fisch bekommt man hier auch nicht. Nee, nee! Schön die Haare machen und leckeren Fisch zubereiten, dass können sie hier in der Ecke einfach nicht. Deswegen entschuldigen Sie vielmals, dass ich so kurz angebunden bin und keine Zeit für einen netten Plausch mit Ihnen habe, doch ich muss los. Herrje! Bin sowieso schon spät dran! Also dann, au revoir, Herr Kommissar!« »Gemach,

Frau Grünauer. Gemach. Ich habe eine traurige Nachricht für Sie. Ihr Ehemann ist *nicht* in der Stadtverwaltung. Es tut mir wirklich sehr leid, Ihnen mitteilen zu müssen, dass seine Leiche heute am frühen Morgen am Weiher unterhalb des Naturkundemuseums Maria Laach gefunden wurde. Zusammen mit drei anderen Toten. Deswegen, Frau Grünauer, mein herzliches Beileid.«

»Tot? Paul? Sie müssen sich irren! Hier! Rufen Sie in der Verwaltung an. Dort ist er bestimmt!« Sie hielt Weller den Telefonhörer hin. »Frau Grünauer, es tut mir sehr leid, doch es besteht kein Zweifel. Mendigs Bürgermeister ist unter den Opfern.« Behutsam legte sie den Hörer wieder auf die Gabel. »Und wie?« »Laut unseres aktuellen Kenntnisstandes wurde Ihr Mann heute in den Morgenstunden mit einer Handfeuerwaffe erschossen. Die gefundenen Spuren deuten allerdings darauf hin, dass er bereits seit dem gestrigen Abend dort war, von hinten niedergeschlagen wurde und mehrere Stunden bewusstlos am Weiher gelegen hatte. Offenbar hatte Ihr Mann auf dem Parkplatz unterhalb des Naturkundemuseums eine Verabredung. Übrigens, seinen Mercedes fanden die Kollegen einige hundert Meter vom Fundort der Leichen entfernt, abgestellt im Wald. Können Sie sich einen Reim darauf machen, was ihr Mann gestern am späten Abend in Maria Laach wollte?« »Nein, keine Ahnung. Davon hat mir Paul nichts erzählt. Wer sind denn die anderen Toten?« »Darüber kann ich Ihnen noch keine Auskunft geben. Nur so viel, mindestens eine der Personen war ihm bekannt.« »Verstehe.« »Nun gut, Frau Grünauer, es gibt Indizien, dass man versucht hat, ihren Mann zu erpressen.« »Was? Erpressen? Weshalb sollte jemand einen kleinen Stadtbürgermeister erpressen wollen?« »Bitte haben Sie Verständnis, dass ich Sie ausgerechnet in diesen für sie so bitteren Momenten mit weiteren unschönen Informationen behellige, doch es fanden sich am Tatort Hinweise, dass Ihr Mann ein

Verhältnis mit Ute Marx gehabt hat. Also ausgerechnet mit der Geschäftsführerin der Campingplatz-Betreiberfirma, die gestern tot aus dem Laacher See gefischt wurde. Offenbar hat jemand vom Verhältnis der Beiden Wind bekommen und zumindest Ihren Mann mit diesem Wissen erpresst.« »Ein Verhältnis? Mein Paul? Niemals! Das hätte ich doch bemerkt! Nicht mein Paul! Wir beide sind doch glücklich miteinander. So glücklich!« »Wann haben Sie Ihren Mann denn das letzte Mal gesehen oder gesprochen?« »Na, gestern Nachmittag, als Sie, Herr Kommissar, hier bei uns waren, um über diese hinterfotzige Person, dieses miese Stück, verzeihen Sie mir meine derben Ausdrücke, na über die tote Unternehmerin mit ihm zu sprechen. Ich weiß nur, dass Paul am Abend noch ein Meeting hatte. Er sagte zu mir, Mausi, es wird heute später werden … Ja, das waren seine letzten Worte …« »Dankeschön, Frau Grünauer. Nur der Form halber: Wo waren Sie denn in der fraglichen Zeit? Entschuldigung, dass ich Sie ausgerechnet jetzt danach frage. Doch ich muss alle Eventualitäten ausschließen können.« »Schon gut. Sie brauchen sich nicht zu entschuldigen. Gestern Abend war ich wie üblich hier in Mendig in Essies Yoga-Kurs. Danach saßen Essie, also Ester Endress und ich noch zusammen. Wir haben noch ein bisschen über dies und das geklönt.« »Okay. Und wie lange waren sie bei Frau Essie, Ester Endress?« »Wie lange? Das weiß ich sogar sehr genau. Denn als ich vom Schwimmbadparkplatz fuhr, kamen gerade die Verkehrsnachrichten im Radio. Das war um halb elf. Als ich kurz darauf nach Hause kam, war Paul noch nicht da. Ich war hundemüde und ha` nur noch geduscht, was getrunken und bin schlafen gegangen.« »Haben Sie Ihren Mann denn nicht vermisst?« »Immer, wenn Paul spät heimkommt, was in letzter Zeit wegen des doofen Campingplatzprojektes leider häufiger passiert, schläft er im Gästezimmer unten im Keller, um mich nicht aufzuwecken. Heute Morgen wollte er schon früh wegen was Wichtigem in die Stadtverwaltung, hat er gestern noch gesagt. Deswegen wollte er mich schlafen lassen. Und nun …? Nun ist er tot. Paul.« »Kann jemand bezeugen, dass Sie heute Morgen hier im Haus waren. Nochmals bitte um Entschuldigung, dass ich danach fragen muss.« »Nicht schlimm, Herr Kommissar. Ich helfe wie gesagt gerne. Gesprochen habe ich zwar mit niemandem, aber ich hörte draußen Hundegebell. Die Durwens von Gegenüber kamen mit ihrer kläffenden Pudelschar von ihrer üblichen Gassi-Runde zurück. Bestimmt haben sie auch meinen Porsche in der Einfahrt gesehen.« »Gut, Frau Grünauer. Gestatten Sie mir zum Abschluss noch zwei Fragen. Besitzt Ihr Mann eine Schusswaffe? Und, war er ernsthaft krank?« »Hätten Sie mich das gestern gefragt, hätte ich bedenkenlos *nein* gesagt. Doch nun, wo Paul eine geheime Affäre hatte, bin ich mir nicht mehr so sicher. Jedenfalls hat er mir gegenüber noch nie einen Revolver erwähnt und auch nichts von einer bösen Krankheit.« In Heike Grünauers Bewusstsein blitzte unvermittelt ein verzerrtes Porträt auf und verblasste sogleich wieder. »Nochmals mein herzliches Beileid und Dankeschön für Ihre Zeit. Und wenn Sie Beistand benötigen, Frau Grünauer, ich kann gerne unsere gut geschulten Fachkräfte anfordern, die sich um Sie kümmern.« »Nein danke, Herr Kommissar, es geht schon. Ich muss zuerst mal für mich allein sein. Das verstehen Sie sicher.« »Sicher.« Jeder Mensch ist anders. Das war auch für Hauptkommissar Fritz Weller wahrlich keine neue Erkenntnis. Und jeder Mensch, der eine schlimme Nachricht erhält, verarbeitet diese auf seine eigene Weise. Auch davon hatte sich der Routinier in seiner langen Kripo-Karriere unzählige Male überzeugen können. Heike Grünauer, einerseits gefasst, gar kühl, andererseits zerbrechlich wie Porzellan wirkend, war diesbezüglich ebenfalls keine Ausnahme.

Parallel zu Wellers Ortstermin bei Grünauers Witwe informierten Kommissarin Eckstein und Hauptwachtmeister Zeitvogel die Verantwortlichen der Mendiger Verwaltung über das Ableben ihres honorigen Bürgermeisters. Aus ermittlungstaktischen Gründen vermieden sie dabei die Preisgabe der näheren Todesumstände. Von Bürgermeister Grünauers Sekretärin erhielten sie die geforderten Angaben zu sämtlichen Terminen, die das Stadtoberhaupt gestern und heute in seinem Kalender stehen hatte. Hierbei legten die beiden Ermittler ein besonderes Augenmerk auf die vorgesehene Dauer der einzelnen Termine, die Namen der entsprechenden Gesprächspartner, sowie auf die Themen. Wie sich im weiteren Verlauf der Mordermittlungen herausstellen sollte, deckten sich die Kalendereinträge vollumfänglich mit den überprüften Angaben der noch lebenden Beteiligten. Zudem wurden sie von den Ergebnissen aus Rechtsmedizin und Kriminaltechnik manifestiert. By the way … von einer spätabendlichen Besprechung am Naturkundemuseum Maria Laach stand nichts im Kalender des Bürgermeisters … und auch nichts von seinen »bilateralen« Konversationen mit Ute Marx …

Hauptkommissar Weller nutzte die Gunst der kurzen Wege. Nur wenige Minuten nach seinem letzten Gespräch, stattete er nun Yoga- und Zeichenlehrerin »Essie« Ester Endress einen Besuch ab, galt es doch rasch abzuklären, ob sie das Alibi Heike Grünauers bestätigte. Die hübsche Frau mit den Modell-Maßen öffnete ihm die Tür. Essie reagierte entsetzt, als sie vom Kripobeamten erfuhr, dass dieser in weiteren Mordfällen ermittele und von ihr nun einige Angaben benötige. »Ich habe niemanden ermordet, Herr Hauptkommissar. Das müssen sie mir glauben!« »Tja, Frau Endress, dass mit dem Glauben ist immer so ne Sache. Wenn es Sie beruhigt, zumindest bislang zählen Sie nicht zum Kreis der Verdächtigen. Und wenn Sie mir die richtigen Antworten auf meine Fragen geben, wird sich an dem Status auch nichts ändern, so viel kann ich Ihnen schon mal versprechen.« Im Anschluss daran bestätigte Ester Endress die Angaben der Bürgermeisterwitwe. »Ja, Heike war hier. Wir haben uns noch ewig unterhalten und Jasmin-Tee getrunken. Halb elf passt. Ich hab noch aufgeräumt und hörte, wie einige meiner Malkurs-Teilnehmer aus der Brauerei zurückkehrten, als Heike mit ihrem Porsche abrauschte. Hab dabei zufällig auf die Uhr geschaut.« »Okay. War sonst noch jemand bei ihrer Unterhaltung dabei?« »Nein, nur wir beide. Ich war zunächst etwas überrascht.« »Überrascht?« »Ja, weil Heike sonst immer ziemlich kurz angebunden ist und gleich nach dem Kurs wieder verduftet.« »Soso! Gab es sonst noch irgendwelche ungewöhnlichen Besonderheiten während und nach ihrem Kurs?« »Hmm … wenn Sie mich so direkt fragen … eigentlich verlief meine Yoga-Stunde wie immer … obwohl …« »Obwohl?« »Na, eine meiner Kurs-Teilnehmerinnen war gestern Abend nicht so recht bei der Sache. Claudia wirkte angespannt. Irgendetwas schien sie zu beschäftigen. Ich nahm an, dass es vielleicht was mit ihrem Job zu tun hat. Herr Hauptkommissar, ich habe ein ausgesprochen gutes Gespür dafür, zu erkennen, wenn jemand abgelenkt ist. Claudia konnte gestern Abend nicht richtig loslassen, wenn Sie verstehen was ich mein.« »Nicht loslassen, okay. Als was arbeitet denn diese unentspannte Claudia?« »So ganz genau weiß ich nicht, was sie macht, nur dass sie bei der WaLS GmbH angestellt ist. Na, vielleicht trauerte sie wegen des Todes ihrer Chefin.« »Vielleicht. Eine Frage, heißt denn diese unentspannte Claudia rein zufällig ›Heuft‹ mit Nachnamen?« »Ja, Heuft. Claudia Heuft!« »Und Claudia Heuft ist direkt nach Kursende weg?« »Ja.« »Um wieviel Uhr war das?« »Der Kurs war wie üblich so um zehn nach neun rum. Claudia und alle anderen haben sich verabschiedet. Nur Heike ist noch hiergeblieben. Und sonst niemand. Aber wieso fragen Sie nach Claudia?« »Frau Heuft ist eines der Opfer, Frau Endress. Wie gut kannten Sie sie?« »Nicht gut. Claudia kam regelmäßig in meine Yogastunde. Wir machten hin und wieder ein wenig Smalltalk übers Wetter. Gewiss nichts Tiefgründiges. Ich weiß nur, dass sie bei der WaLS GmbH arbeitet, in Andernach wohnt und einen Freund hat. Claudia war eine von der stillen Sorte. Schrecklich, was ihr passiert ist. Schrecklich. Der arme Freund.« »Kann man so sagen. Claudia Heufts Freund geht's genau wie ihr. Kannten Sie ihn?« »Kennen? Nein. Hab ihn nur mal im Auto sitzen gesehen, wie er Claudia nach dem Kurs abholte. Und er ist auch tot? Wie schrecklich ist das denn!?«

»Essie! Kannste mal eben kommen? Ich brauch mal deine Hilfe. Der Pinsel, der Pinsel! Er will nicht so, wie ich will!« Eine schrullige Rothaarige in Latzhose und einem mit allerlei bunten Farben vollgeklecksten hellgrauen Pulli lugte aus der Scheunentür und hatte flehend nach ihrer Lehrerin gerufen. Essie winkte der Mittsechzigerin zur Bestätigung zu, woraufhin diese wieder in der kuschlig warmen Scheune verschwand. »Okay. Eine letzte Frage noch. Wo waren Sie heute am frühen Morgen?« »Im Bett, Herr Hauptkommissar. Leider allein, da Ravi, mein Lebensgefährte, für ein paar Tage bei seiner Mutter und seiner Schwester in Brüssel ist. Und nach dem Frühstück startete mein Malunterricht.« Essie deutete zur Scheune. »Heute allerdings in etwas kleinerer Runde. Denn Berti und Krissi sind unpässlich. Haben wohl gestern Abend in der Brauerei einen über den Durst getrunken und wollten heute mal lange ausschlafen. Na, sollen sie ruhig. Wir sind ja hier nicht bei der Bundeswehr.«

Weller bedankte sich freundlich bei Ester Endress und verabschiedete sich bis auf Weiteres. »Und zu Ihrer Beruhigung. Sie sind nicht im Kreis meiner Verdächtigen.« Essie atmete auf. Sichtlich erleichtert brach prompt die Geschäftsfrau in ihr durch: »Na, haben Sie sich schon überlegt, ob sie sich und ihrer lieben Frau eines unserer Wohlfühl-Wochenend-Seminare für Paare gönnen wollen? Sie wissen ja, Weihnachten ist bald und wir haben schöne Gutscheine.« »Ich habe Sie im Hinterkopf, Frau Endress. Versprochen.« Weller verließ schmunzelnd den Hof. Allerdings hatte der alte Fuchs in Bezug auf Essies Mitgliedschaft im Kreis der Verdächtigen bewusst geflunkert. Denn ihm war sonnenklar, dass sich Heike Grünauer und Ester Endress für die fragliche Zeit des gestrigen Abends mit einem gegenseitigen Alibi bedacht hatten. Zudem fand er die Tatsache, dass sich die Beiden und das Mordopfer Claudia Heuft kannten, höchst interessant. Sollten die zwei Frauen etwa in die Morde verstrickt sein? Es begann zu regnen. Weller öffnete die Tür seines Dienstwagens. Er stieg ein. Irgendwo in der Nähe läutete ein Telefon.

Kapitel 32

Der violette Hörer wurde abgenommen. »Ja?« »Die Polizei war hier.« »Wie zu erwarten. Ich nehme an, sie haben betroffen aus der Wäsche geguckt, als sie dir von zwei Toten und einem Bürgermeister mit Brummschädel berichteten, oder?« »Er hat keinen Brummschädel mehr. Er ist tot! Insgesamt haben sie vier Leichen gefunden! Vier!« »Vier? Seltsam! Also, wie gesagt, auf mein Konto geht nur das Erpresser-Pärchen und der Brummschädel des Bürgermeisters. Und wirklich vier?« »Ja.« »Sieht so aus, als wenn da noch jemand anderes mit dem Bürgermeister eine offene Rechnung gehabt und die einmalige Gelegenheit genutzt hat. Hmm, wer könnte der – oder diejenige sein?« »Ich hab auch schon überlegt, mir fiel aber niemand ein. Denn als Bürgermeister war er doch bei allen so beliebt.« »Nicht bei allen! Irgendjemand fand ihn offenbar nicht so dolle.« »Ja. Offenbar!« »Und, hat die Polente einen Verdacht?« »Einen Verdacht? Weiß nicht! Die Fragen, die mir gestellt wurden, waren allesamt unkritisch. Außerdem musste ich angeben, wo ich gestern Abend und heute Morgen gewesen bin. Genau wie du vorausgesagt hast.« »Na klar. Ich weiß doch, wie die Bullen ticken. Dann gehe ich mal davon aus, dass sie dein Alibi nun überprüfen werden und feststellen, dass du rein gar nichts mit den Leichen zu tun hast.« »Okay. Und was ist mit dir?« »Och, mir geht's gut. Mach dir keine Sorgen. Wir ziehen die Sache durch, wie besprochen. Und weißt du, wenn ich so überlege, jetzt, wo der treulose Wessi tot ist, was kann dir dann noch in die Quere kommen? Ich würde sagen, rein gar nix! Also dann, herzlichen Glückwunsch zum neuen Leben!« »Ich bin nicht sicher, ob ich lachen oder weinen soll. Sicher hat er verdient, dass wir ihn ordentlich in die Scheiße reiten. Schließlich wollte er mich einfach wegwerfen. Wie eine kaputte Puppe. Leiden sollte er. Leiden. Aber dass er jetzt tot ist … andererseits, … ich glaube, du hast bestimmt wie immer Recht. Endlich kann mein unbeschwertes Leben beginnen. Endlich!« »Sag ich doch.« »Aber wer könnte ihn getötet haben, wenn du es nicht warst, frage ich mich?« »Mach dir keine unnötigen Gedanken. Letzten Endes können wir froh sein, dass uns einer die Arbeit abgenommen hat, oder?« »Ja, schon.« »Und den Rest schaffen wir auch noch. In deinem eigenen Interesse, du darfst jetzt nur nicht auf den letzten Metern die Nerven verlieren. Okay?« »Ja. Okay. Ich schaffe es schon.« »Gut so.«

Es folgte eine kurze, doch herzliche und vor Zuversicht strotzende Verabschiedung. Dann wurde der violette Telefonhörer wieder aufgelegt. Sie gönnte sich eine Tablette, weil Schmerzen ihre ersten stechenden Vorboten schon wieder aussendeten. Abermals läutete das Telefon. Stöhnen. Dann wurde das Gespräch angenommen. »Ja?« »Im Radio haben sie gerade eine Eilmeldung gebracht, dass der Wachmann des Mayener Eifelmuseums zwar immer noch unter den schweren Verletzungen, die man ihm beim Einbruch ins Museum zugefügt hat, leidet, sein Gesundheitszustand jedoch inzwischen so stabil ist, dass die Polizei ihn morgen befragen kann. Denn die Ermittler der Kripo vermuten Verbindungen zwischen dem Einbruch und den Laacher See-Morden. Und von der Aussage des Wachmanns erhoffe man sich entscheidende Hinweise auf die Täter!« »Bleib ruhig. In Panik zu verfallen nützt jetzt nichts.« »Das sagst du so leicht. Du hast ja nichts mehr zu verlieren. Entschuldige! Das wollte ich nicht sagen. Verzeih mir!« »Ist schon gut. Es stimmt ja. Was aber bedeutet, wir müssen uns überlegen, was wir nun tun. Fest steht, der Wachmann darf keine Aussage machen. Punkt! Es sei denn …« »Es sei denn …?« »Tja, es sei denn die Polente ist doch nicht so blöd wie wir dachten und die Sache mit dem Wachmann ist eine Finte, um uns aus der Reserve zu locken.« »Egal. Wir dürfen es nicht drauf ankommen lassen. Du hast schon so viel für mich getan. Deswegen kümmere ich mich um den Wachmann.« »Bist du dir sicher, dass du das schaffst? Einen Menschen zu killen?« »Jetzt sind wir so weit gegangen. Es gibt kein zurück! … ja, ich schaffe das!« »Trotzdem, halt im Krankenhaus die Augen auf. Geh kein Risiko ein. Und beim kleinsten Verdacht, dass es eine Falle ist, machst du sofort die Biege. Versprich mir das!« »Ja, meinetwegen. Ich verspreche es! Ich will doch nur meinen Beitrag leisten und habe auch schon eine todsichere Idee. Niemand wird mich erkennen!« »Na gut.« »Und morgen haben wir es endlich geschafft.« »Ja, das haben wir.«

Schon während des Gesprächs hatte das starke Medikament seine schmerzlindernde Wirkung im gepeinigten Leib entfaltet. Im Anschluss ans Telefonat legte man sich wieder aufs Bett und schloss die Augen. Bilder des erlösenden Friedens legten sich sanft auf die Seele. Der Atem wurde ruhiger. »Noch eine letzte Anstrengung. Noch einmal …«

Kapitel 33

Im Firmensitz der Campingplatz-Betreibergesellschaft in der Bahnstraße in Mendig. Kriminalkommissarin Eckstein und Polizeihauptwachtmeister Zeitvogel eilten im kühlen Treppenhaus die hellen Granitstufen hinauf. Leicht außer Atem kamen sie im ersten Stock an. Die Eingangstür zu den Geschäftsräumen stand heute, im Gegensatz zu gestern, sperrangelweit offen. Damit sie nicht ins Schloss fiel, hatte man sie entsprechend verkeilt. Die Ermittlerin und ihr uniformierter Partner traten ein. Angesichts der tragischen Geschehnisse in den vergangenen beiden Tagen wirkte das in großen hellgrünen Lettern auf eine der Flurwände gepinselte Firmencredo »Wohlfühlen am Laacher See« auf sie reichlich zynisch. »Schöner Sterben am Laacher See, würde besser passen«, murmelte Jörg, worauf Anette seiner sarkastischen Äußerung nickend beipflichtete. Trotz des Todes ihrer umtriebigen Geschäftsführerin Ute Marx herrschte in den Wänden der WaLS GmbH scheinbar der übliche Büroalltag: Telefongebimmel, Klappern von PC-Tastaturen, Druckergeräusche, monotone Gespräche der Angestellten, das Röcheln der Kaffeemaschine, miefige Zigarettenqualm-Schwaden in der Atemluft.

»The Show must go on!« Die Kripobeamtin hatte prompt den Titel eines »Queen«-Songs, den ihr eigentlicher Partner gerne im Auto hörte, im Ohr. Sie summte den Refrain leise vor sich hin. Wie auf Knopfdruck kam Knut Marx aus seinem Büro gestiefelt. Der zweite Geschäftsführer und Ehemann des Opfers hatte seinen Kopf gesenkt und war wohl in Gedanken. Jedenfalls wäre er mit den beiden Ankömmlingen um ein Haar zusammengerasselt. »Au! Guten Tag!«, grüßte der rothaarige Vollbartträger sichtlich überrascht, »ich muss rasch was erledigen. Gehen Sie doch schon mal in mein Büro. Ich komme sofort zu Ihnen.« Eckstein und Zeitvogel folgten der Aufforderung.

Mister Allister Fitzroy saß im wuchtigen Ledersessel und blätterte in der Zeitung. Die Tweet-Sakko tragende Roger-Whittaker-Kopie hatte sie direkt bemerkt, als sie ins Zimmer kamen. Wie es sich für einen Gentleman der alten Schule geziemte, erhob er sich kurz, lächelte freundlich, wünschte in seinem markanten Mister Pumpernickel-Slang einen guten Tag und bot der Kommissarin und dem Uniformierten an, auf der Couch neben sich Platz zu nehmen. Sie erwiderten die vornehme Begrüßung des alten Briten ähnlich freundlich, lehnten jedoch dessen Angebot zum Hinsetzen höflich ab. Bald darauf erschien Knut Marx wieder auf der Bildfläche. »Sie haben Henkel gefasst! Ist er die Drecksau, die meine Frau ermordet hat? Um uns darüber zu informieren sind Sie doch gekommen, oder etwa nicht?«, kam er, rustikal entsprechende Auskünfte von den Ermittlern fordernd, sogleich zur Sache. »Nicht in erster Linie«, entgegnete die Kommissarin. »Weshalb dann bitteschön?«, fuhr ihr Marx herrisch in die Parade, »Ich habe eine Firma zu führen und keine Zeit für Kaffeekränzchen. Also!« Unbeeindruckt vom unflätigen Gepolter erläuterte die junge Kriminalbeamtin den eigentlichen Grund ihres heutigen Erscheinens: »Ich nehme an, Sie vermissen Ihre Mitarbeiterin Claudia Heuft.« »Ja. Claudia fehlt unentschuldigt. Das macht sie sonst nie. Und?« »Knut, Frau Heuft wird bestimmt einen triftigen Grund haben. Sie meldet sich sicher bald«, ergriff Allister Fitzroy Partei für die ansonsten so gewissenhafte Assistentin der Geschäftsleitung. »Einen triftigen Grund für ihre Abwesenheit hat Claudia Heuft ohne Frage. Wahrscheinlich den Triftigsten, den ein Mensch überhaupt haben kann. Herr Marx, Herr Fitzroy, es tut uns sehr leid, Ihnen mitteilen zu müssen, dass Ihre Mitarbeiterin am heutigen Morgen tot aufgefunden wurde.«

»Claudia ist tot? Wie und wo?«, stammelte Marx sichtlich geschockt. Er und sein Geschäftspartner schauten zunächst sich, anschließend Eckstein und Zeitvogel perplex an. Der Hauptwachtmeister beantwortete die Fragen. Dabei beschränkte er sich zunächst auf den Ort, den Todes-Zeitpunkt und die Form des Ablebens. »Außerdem gibt es noch drei weitere Opfer. Claudia Heufts Lebensgefährten, einen Mann aus Bell und den Mendiger Bürgermeister Paul Grünauer.« »Und Christof Henkel ist nicht deren Mörder. Soviel ist sicher«, ergänzte die Kommissarin die Aussagen Zeitvogels und warf Marx einen ernsten Blick zu. Der Geschäftsführer schüttelte den Kopf und setzte sich auf seinen Schreibtischstuhl. »Der Bürgermeister ist tot?«, fragte er sichtlich konsterniert, ohne die Information zu Christof Henkels Unschuld an den vier Morden zu kommentieren.

Marx zog die Schublade des neben dem Schreibtisch stehenden Rollcontainers auf und langte hinein. Nur Sekunden später hatte er eine halbvolle Brandy-Flasche in der Hand. Dann, Korken ab und mit zugekniffenen Augen einen kräftigen Schluck aus der Pulle. Anschließend reckte er seinem Companion die Flasche hinüber. Allister nahm sie an, nippte jedoch nur kurz daran und gab sie Knut wieder zurück. »Ich würde Ihnen ja auch einen anbieten, aber Sie sind im Dienst«, zischte Marx mit bitterem Lächeln den beiden Polizeibeamten zu, ohne sie dabei anzusehen. Sein Blick verlor sich für einige Momente in der goldgelben Flüssigkeit. Resignierend murmelte er dabei vor sich hin: »Verdammt, verdammt. Zuerst Ute. Dann Claudia und … der Bürgermeister. Tja, Frau Kommissarin, Herr Hauptwachtmeister, ich schätze, das ist nun das endgültige Aus unseres innovativen Laacher See-Projektes. Denn mit Grünauer haben wir unseren entscheidenden Fürsprecher verloren. Verdammt, verdammt.« Marx schaute die beiden an. »So schnell platzen Träume, so schnell«, fügte er ungewohnt melancholisch hinzu. Er nahm abermals einen kräftigen Schluck aus der Brandy-Flasche, Korken drauf und zurück damit an ihren angestammten Platz.

Auf ihre Alibis angesprochen gaben Marx und Fitzroy an, am Abend zuvor ein Geschäftsessen mit den Chefs der fürs Laacher See-Projekt verantwortlichen Ingenieurgesellschaft gehabt zu haben. Man habe noch bis nach Mitternacht in einem bekannten Mayener Gourmet-Restaurant zusammengesessen und geredet. Für den heutigen Morgen waren die Alibis jedoch etwas dünn, denn beide sagten aus, dass sie in der genannten Zeit natürlich noch geschlafen hätten. Und zwar ohne jegliche Begleitung. Fitzroy in seinem Hotelzimmer nur wenige Schritte von hier entfernt. Marx in ihrer Ochtendunger Mietwohnung. »Können wir noch kurz mit Ihnen allein sprechen, Herr Marx?« »Ich bin schon weg«, antwortete Fitzroy auf Kommissarin Ecksteins Frage hin, noch ehe sich der eigentlich Angesprochene äußern konnte. Der alte Brite sprang behände auf, verließ umgehend das Büro und zog die Tür sachte ins Schloss. »Und?«, grummelte der Geschäftsführer der WaLS GmbH einsilbig. Die Kriminalbeamtin erläuterte ihm zunächst die bisher gesicherten Fakten zum Tode von Frau Heuft und Herrn Grünauer in nüchterner Sachlichkeit und kam schließlich auf des Pudels Kern: »Herr Marx, daher meine Frage an Sie. Hatten Sie Kenntnis vom Verhältnis ihrer Frau mit Bürgermeister Grünauer?« »Kenntnis? Tja, Frau Kommissarin, was weiß man schon und was nicht? Nein, ich wusste nichts davon! Was ich allerdings genau weiß ist, dass Ute immer alles dafür tat, ihre gesteckten Ziele zu erreichen. Und wenn ich ›Alles‹ sage, dann meine ich auch ›Alles‹. Wie sagt man doch so schön, sie ging sogar über Leichen. Naja, und wenn ›Bumsen mit einem Entscheidungsträger‹ zu Utes Business Plan gehörte, dann war es halt so. Für meine Frau zählte nur der maximale geschäftliche Erfolg. Ja, dafür ging Ute wie gesagt über

Leichen. Auch wenn es für Sie beide komisch klingen mag, ich liebe meine Frau noch immer. Ich habe mich halt über die Jahre mit Utes speziellem Regelwerk abgefunden. Ja das habe ich.« Unmittelbar im Anschluss an seine Aussage forderte Marx die Kommissarin und ihren uniformierten Begleiter auf, bitte zu gehen. »Ich hoffe, Sie beide haben Verständnis dafür, dass ich mir nun noch mehr Gedanken um meine Firma machen muss.«

Nach Marx` ungewöhnlich offenen Worten verließen Eckstein und Zeitvogel die Räumlichkeiten der WaLS GmbH. Draußen im Freien trafen sie Allister Fitzroy. Er hatte sich ein Fleischwurstbrötchen in der gegenüberliegenden Metzgerei gekauft und stand nun mampfend vor ihnen. Rasch gewannen Anette und Jörg den Eindruck, dass der alte Tweet-Sakko-Träger extra auf sie gewartet hatte, um ihnen neben dem Abschiedsgruß noch etwas anderes zu sagen. Sie täuschten sich nicht. »Wissen Sie, obwohl eine Situation manchmal nicht gut aussieht, so gibt es doch ab und zu auch eine unverhoffte Chance. Und warum sollen wir diese Chance nicht bekommen? Auch wenn es dazu manchmal eines Wunders bedarf. Ja, eines Wunders. Also ich sehe unsere Lage not so negativ wie Knut. Really.« »Und woher nehmen Sie Ihre Zuversicht, Herr Fitzroy«, fragte der Polizeihauptwachtmeister verwundert . »Erfahrungen eines langen Lebens, Herr Polizist. Yes, Yes! Viele, viele Erfahrungen …« entgegnete Allister lächelnd und ging wieder ins Haus.

Intermezzo

Die sehr geheime Spezial-Geheimoperation »Broken Egg«, erster April 1942, 11:11 Uhr

Hoch droben in den frühlingshaften Lüften fuhr ein dicker fetter Heißluftballon geschmeidig dahin. Auf dessen Hülle prangte ein übergroßes Porträtgemälde des Reichsmarschalls. Auf die andere Seite hatte man »Ein Hering so fett wie der Göring« in riesigen braunen Buchstaben gepinselt. Die illustre Reisegesellschaft im Korb des imposanten Ballons bestand aus fünf Personen. Außer dem aus dem bayerischen Königsberg stammenden deutschen Gefreiten Bernd Steinzimmer waren die übrigen Ballonfahrenden britischer Herkunft: Cäpt`n Brakewater, Funker Pipp, Flieger Horst, alle von der Royal Air Force, sowie, last but not least, Mary Basil von einer britischen Spezial-Geheimdienstgruppe mit dem Kosenamen: *The Baker Street Irregulars.* Alle fünf trugen Monturen der deutschen Wehrmacht, teils zur Tarnung, teils weil die spezielle Landestracht in diesen Zeiten nicht nur modisch gesehen als todschick galt. Der dreiunddreißigjährige Gefreite befand sich seit wenigen Tagen in der fürsorglichen Obhut der Insulaner. Doch wie kam es nun zu dieser ungewöhnlichen Gemengelage? Beziehungsweise, welcher Anlass hatte das Interesse der Briten an einem einfachen deutschen Gefreiten geweckt?

Bereits vor vier Wochen hatte die sommersprossige Mary damit begonnen, den blonden deutschen Soldaten in den Straßen von Paris intensiv zu beschatten, denn Ludovic de Fumée, ihr blinder, treuergebener Informant aus den Reihen der Résistance, hatte ihr zuvor gesteckt, dass der ominöse Deutsche häufig allein im Hinterzimmer des winzigen Cafés »*Chez Brigitte*« in der Ruelle de Oeuf 7 weilte. Brigitte habe ihm geflüstert, dass der Knabe dabei immer auf einem mysteriösen Gerät herumtippen würde. Von dieser unglaublichen Information angestachelt, überzeugte sich Geheimagentin Basil selbst davon. Sie linste durch den Türspalt. Mit eigenen Augen sah sie, was Ludovic ihr beschrieben hatte. Sofort stand für sie fest, dass der nach außen als einfacher Gefreite auftretende Mann in Wahrheit ein gerissener Spion des Feindes sein musste, der offenbar die Abgeschiedenheit eines unscheinbaren Cafés nutzte, um seine hochbrisanten Botschaften einzutippen. Mehr noch! Die Geheimagentin, technisch nicht so sehr bewandert, doch sprachbegabt, ehrgeizig und stets offen für Neues, war zweifelsfrei überzeugt davon, dass es sich beim mysteriösen Tipp-Gerät, auf welchem der Blonde herumklimperte, nur um ein Modell der berühmt berüchtigten deutschen Dechiffriermaschine »Enigma« handeln konnte. Ja, und die einmalige Chance, eine »Enigma« in die Finger zu bekommen, mit welcher der Feind Nachrichten in einem komplizierten Verfahren ver- und entschlüsselte, diese Chance musste Mary unbedingt ergreifen.

Also hatte sie sich dem Deutschen glaubhaft als Maria Basel vorgestellt und mitgeteilt, dass sie eine einfache Dolmetscherin aus Berlin sei und sich nur auf der Durchreise befände. Außerdem würde sie Schriftsteller besonders dufte finden. Bernd, angetan vom kecken Auftreten der vermeintlichen Berlinerin, machte vor ihr einen galanten Diener. Und just, da sich sein Kopf am tiefsten Punkt befand, wurde er durch ein mit Chloroform getränktes Tuch betäubt, das man ihm auf Mund und Nase presste. Mittels weiterer Gehilfen der Resistance und ihrer drei Landsleute von der Royal Air Force, die zur Tarnung als Bauern im Pariser Umland arbeiteten, wollte man die Beute nun natürlich nach Britannien schaffen. Als Transportmittel entschied man sich dafür, den speziell bemalten Heißluftballon zu verwenden. Das

Teil war irgendwann mal auf einem Kartoffelacker nahe Straßburg verlassen aufgefunden worden und hatte seitdem in einer Scheune von Sympathisanten der Widerständler herumgedümpelt. Auf geheimen Wegen hatte man den Deutschen mitsamt der vermeintlichen Enigma zur elsässischen Scheune gebracht. Kaum dort angekommen, war die abenteuerliche Reise ohne längeren Aufenthalt bereits in den frühen Morgenstunden des 27. März. 1942 gen Dover gestartet, galt es doch, die günstige Wettervorhersage, welche stabilen Wind aus südöstlicher Richtung verheißen hatte, zu nutzen.

Aber in ihrer Vorhersage hatten die Wetterfrösche die Rechnung ohne den Wirt, in diesem Fall der Zuverlässigkeit des Windes gemacht. Denn dem alten luftigen Widerborst waren die Vorhersagen schnurz. Vielmehr stand dem Wind der Sinn danach quasi über Nacht in steifen Brisen aus gefühlt allen Himmelsrichtungen zu wehen, ein Umstand, der den Ballon weit ins Reichsgebiet hineingetragen hatte. Nur der extraordinären Hüllenbemalung das Ballons hatten es die Briten wohl zu verdanken, dass sie auf ihrer Reise bisher nicht behelligt worden waren. Die Leute unten auf dem Boden winkten ihnen sogar freundlich zu.

Während der Luftfahrt drehte man den *deutschen Spion* ordentlich durch die Mangel, und überprüfte das besonderes Tipp-Gerät auf Herz und Nieren. Wie die Briten befürchtet hatten, war ihr Gefangener bestens geschult für Situationen wie diese, denn auch nach rund fünfzig Stunden intensiven Verhörs hatten sie die wahrhaft harte Nuss nicht geknackt. So gab Bernd Steinzimmer stoisch von sich, dass er nur ein normaler Gefreiter und das Schreibgerät in seinem Besitz auf gar keinen Fall die Enigma, sondern bloß eine Schreibmaschine Modell *Erika* sei. Unzählige Male hatte er »God save the King« eingetippt. Und genauso oft stand immer wieder nur »God save the King« auf dem Papier. Mal abgesehen von dem einen Mal, als ihm mit »God shave the King« ein kleiner Flüchtigkeitsfehler unterlaufen war. Irgendwelche geheime Botschaften mit der erbeuteten Feindestechnik entschlüsseln: Fehlanzeige! Es ist unnötig zu erwähnen, dass die Briten den Deutschen per se nicht über den Weg trauten. Doch der Knabe im Ballonkorb war in der Tat schon ziemlich obskur, zitierte Steinzimmer doch unter anderem Oscar Wilde mit Sprüchen wie zum Beispiel »Ich kann allem widerstehen, nur der Versuchung nicht«, oder »Am Ende wird alles gut. Wenn es nicht gut wird, ist es noch nicht das Ende«. Zudem beteuerte er dauernd, nur ein Schreiber lyrischer Texte und gewiss kein Maler von Postkarten zu sein. Und auch Bernds sporadischer Gebrauch bayrischer Schimpfwörter, wie *Zipfelklatscher, Hundsbuam, Zuchtel* und *bläde Huisn* klang in den Ohren der Insulaner zwar originell und lustig, er änderte jedoch nichts an deren Grundeinstellung.

Unter ihnen zogen die waldreichen Lande dahin. Bernd linste ab und an hinunter. Aber was war das? Verdutzt rieb er sich die Augen, denn die Gegend kam ihm durchaus bekannt vor. Und es war nicht der Ärmelkanal, sondern die berühmte Eifel-Rennstrecke rund um die Nürburg. Weiter und weiter trieb der heftige Wind den Ballon gen Osten. Nach einer Weile blickte Bernd wieder nach unten. Sie befanden sich nun mitten über dem Laacher See! An dessen Ufern hatte er doch als Jugendlicher schon in den Ferien gezeltet! Just in diesem Augenblick, da Mary Basil und die drei anderen Briten ihre Köpfe zusammengesteckt hatten und miteinander tuschelten, nutzte Bernd die Gelegenheit. Er schnappte sich seine Erika und hüpfte über die Reling. Auf nimmer Wiedersehen«, jauchzte er beseelt. Frei wie ein Vogel flog Bernd davon. Inzwischen hatte eine Elster auf dem Ballon Platz genommen und pickte eifrig an des Reichsmarschalls Nase herum. So kam, was kommen musste: Ein Loch! Der Ballon erlebte infolge der rapiden Ausströmung der heißen Luft eine ungeheure Beschleunigung und verschwand blitzartig im Nirgendwo. Ihr letzter Funkspruch, den Funker Pipp ans Vereinigte Königreich nach Dover übermittelte, wurde von seinem Pendant, Second Lieutenant Allister Fitzroy nur noch bruchstückhaft verstanden: »*Mary, Mary … Lake … Lake … Bern … Stein … Zim … mer … Kö … nigs … berg … Eni … Eni … Mary, Mary, Lake … Stein … Zim … mer … gone … gone …*« Der getürmte Gefreite zog, da er sich der Wasseroberfläche indessen unaufhaltsam näherte, die Reißleine des Fallschirms …. Doch verdammt, das Drecksding öffnete sich einfach nicht! Nichts zu machen …

Tage später ging einem Felchenfischer beim Felchenfischen im felchenreichen Laacher See eine gebrauchte, aber total funktionstüchtige Erika-Schreibmaschine inmitten blubbernden Wassers an den Haken. Der unverhoffte Fang funktionierte noch tadellos, und da der Felchenfischer auch zugleich Ortsbürgermeister von Thür war, setzte er die Erika als Schreibgerät in seinem Gemeindebüro ein. Auch dessen Nachfolger klimperten noch bis kurz nach der Wende darauf herum. Sie würden es sicher auch heutzutage noch immer tun, doch leider, leider klemmte die Taste mit dem »ü«. Und anstelle »Thür« einfach »Thuer« schreiben, wollte der damalige Anführer der sumpfnahen Dörfler partout nicht. So genehmigte man sich schließlich eine *hochmoderne* Erika aus den 1970er und schickte das historische Laacher See-Fundstück endgültig in Rente. Ob der Gefreite Bernd Steinzimmer den Aufprall auf die Oberfläche des Laacher Sees überlebte, ist nicht bekannt. Fest steht, dass eine männliche Leiche mit ungeöffnetem Fallschirm auf dem Rücken und einer Reißleine in der kalten Hand bis dato nicht gefunden wurde.

Während und noch eine ganze Weile nach dem Krieg erzählte man sich in Britanniens Offizier-Casinos und

Pubs die Geschichte vom mysteriösen Schicksal des Königsberger Bernsteinzimmers im Lake Mary. Allerdings verschwammen in manch bierseligen Runden die realen Bruchstücke des Funkspruchs in äußerst phantasievollen Ausschmückungen. Und aus der Geschichte wurde eine Sage und aus der Sage eine Legende … bis heute …

Kapitel 34

Sie lag auf ihrem Bett und starrte die weißgetünchte Zimmerdecke an. Momentan hatte sie keine Schmerzen. Ihr war jedoch bewusst, dass sie wiederkommen werden. Und dann würden sie ein Stückchen heftiger sein als bei der letzten Attacke. Doch bald schon würde ihre Leidenszeit für immer der Vergangenheit angehören. Das leichte, violette Plastik-Telefon stand auf ihrem Brustkorb. Sie hatte den Hörer am Ohr und wählte aus dem Kopf und ohne Hinzusehen seine Mobilfunknummer. Ja, sie hatte schon immer ein sehr gutes Zahlengedächtnis gehabt. Nach einigen schwerfälligen Atemzügen ging der gewünschte Gesprächspartner ran.

»Ja?« »Ich.« »Die Polizei war gerade hier.« »Kann ich mir denken. Bei vier weiteren Toten. Und die Frau war ja so was wie eine Kollegin von Ihnen.« »Sie wissen schon davon?« »Natürlich. Deswegen rufe ich Sie ja an.« »Verstehe!« »Und ich weiß auch, dass man dem Bürgermeister das Licht ausgeknipst hat.« »Ja, der Bürgermeister! Es ist gut möglich, dass das Campingplatzprojekt nun stirbt. Na, warten wir mal ab, was geschieht.« »Ich hoffe trotz allem, es bleibt bei *unserer* Abmachung.« »Natürlich. Wie ich Ihnen schon gesagt habe, ist es mir völlig egal, ob der Campingplatz erneuert wird oder nicht. Ich für meinen Teil habe andere, weit, weit wichtigere Ansinnen als schnöde Urlaubsvergnügen am Wasser. Yes, und Ihr Dokument aus dem Museum wird so was wie das Königsjuwel für mich werden.« »Gut. Also dann bleibt es dabei. Morgen, zehn Uhr am Bootssteg. Und denken Sie an die Knete.« »Woran?« »Na, an die Kohle, die Penunzen, das Geld halt! Was denn sonst!« »Yes, Yes. Natürlich. Zehntausend. Wie abgemacht. Ich pflege mein Wort immer zu halten.«

Sie legte den Hörer auf und stellte das Telefon zur Seite. »Königsjuwel! Dass ich nicht lache. Du sollst dein Königsjuwel bekommen. Du alter Depp«, zischte sie abfällig. Dann schloss sie die Augen und murmelte leise: »So, meine Kleine. Aber nun erstmal du.« In Gedanken wünschte sie ihrer Komplizin alles Gute und schlief sogleich wieder ein.

Der Angerufene war nach der Beendigung des kurzen Telefonates noch für ein paar Minuten im Auto sitzen geblieben. Ungeduldig wie früher als little boy, in den quälend langen Stunden vor der Bescherung an Heiligabend, fieberte er ihrem vereinbarten Übergabezeitpunkt entgegen. Denn morgen endlich würde er und nur er, den schriftlichen Beweis für das Vorhandensein von unglaublichen Reichtümern in den tiefen Wassern des Laacher Sees in seinen Händen halten. Und er müsste sich, yes indeed, nicht mehr nur auf mündliche Überlieferungen, wie die zum Untergang des legendären Bernsteinzimmers in den Wirren des Zweiten Weltkrieges verlassen. Endlich! Was er letztlich mit dem historischen Dokument machen würde, darauf hatte er noch keine Antwort. Hauptsache, dass es bald schon in seinem Besitz war. Und ja, er allein und nur er würde dann der Hüter dieses Laacher See-Geheimnisses sein. »Yesss!«

Kapitel 35

Mayen, Innenstadt. Später Nachmittag des 16. Oktober 1996

»Kommense ran! Kommense ran! Gleich gehtse loooos! Die wildeeee Fahrt mit der Luziiii! Schnell Einsteigen! Kommense ran! Kommense ran!«

»Und dat glaubst du niet! Dieser herrliche Ficus Benjamina! Diese Orchidee mit drei, vier, fünf dolle Blüten! Dieser japanische Bonsai im Wert von Fuffzisch Mark! Dat lekker Orangenbäumchen und weil heute Mittwoch is, noch de riesen Yucca-Palme obendrauf! Und jetzt, schnall dich an ... dat alles nur für lumpige dreißisch Mark, ach watt, für fünfunzwanzisch, nää komm, halt mich für total bekloppt, für zwanzisch lumpige Mark! Is dat niet en echt lekker Wahnsinn!? Na siehste! Da kommt die Mutti mit der Kohle und de Papa freut sich schon, dat er alles zum Auto schleppen darf!«

»Gewinne, Gewinne, Gewinne! Fünf Lose nur vier Mark und als Hauptgewinn gibt es unseren riesengroßen Schlumpf!«

»Die Sensation! Gestern New York! Morgen Paris! Und nur heute hier in Mayen! Miss Nelly und ihr sensationelles Glockenspiel! Überzeugen Sie sich selbst von dieser Sensation! Miss Nelly und ihre sensationellen Glocken! Nur heute für Sie hier in Mayen!«

Die herbstliche Luft der Mayener Innenstadt war erfüllt vom schrillen Gedröhne der Fahrgeschäfte und den lautstarken Anpreisungen der Lukasmarkt-Schausteller. Man hörte immer wieder die spitzen Schreie von Karussellfahrerinnen auf dem Höhepunkt der sich rasch drehenden Ekstase. Durch die Gassen waberte der Duft gebrannter Mandeln. Mit Bratwürstchen, Pommes, Backfisch, Poffertjes und Co. wurde sich gestärkt und an den diversen Glühweinständen und Bierbuden der Durst gelöscht. Außerdem dienten die Fressalien auch ideal als Wurf- beziehungsweise Auswurfmaterial, wenn jemand mit nervösem Magen meinte, sich nach dem Verzehr noch eine ausgedehnte Fahrt mit dem Kettenkarussell gönnen zu müssen. Absolut! Das größte Volksfest der Region war in vollem Gange. Drinnen in den marktplatznahen Räumlichkeiten der Mayener Polizeiinspektion interessierte man sich dieser Tage reichlich wenig für das Volksfest. Klar gab es ein paar wenige Uniformierte, die planmäßig ihren Dienst auf dem Lukasmarkt schoben. Doch das Gros der Belegschaft, war in Sachen »Laacher See-Morde« aktiv. Unter ihnen befand sich für die Zeit ihrer Zusammenarbeit auch der ermittelnde Koblenzer Kriminalhauptkommissar.

Bevor Fritz Weller zu Dienstellenleiter Anton K. Leppe und dessen Einsatzkräften im Mayener Krankenhaus stieß, die gut getarnt auf das Zuschnappen ihrer Falle lauerten, nahm er sich rasch die Zeit, um den Tatverdächtigen Gisbert Baum zu vernehmen. Quasi zwangsläufig pochte Baum dabei auf seine Unschuld an den schrecklichen Morden. »Ich würde doch niemanden umbringen! Noch nicht mal so einen wie den Adolf, den ich wirklich gehasst habe. Nein, ich doch nicht! Es ist alles unbegreiflich! Auch, dass der Adolf sich erschossen haben soll! Unbegreiflich! Warum begeht ausgerechnet der Adolf Selbstmord? Unbegreiflich ist das! Unbegreiflich!« Neben seiner Unschuldsbeteuerung und dem Unverständnis für die tragischen Geschehnisse leierte der Legendenspezialist und Intimfeind des toten Schröck immer und immer wieder gebetsmühlenartig hinunter, dass er sich, wie schon mehrfach gesagt, beim besten Willen nicht vorstellen könne, wie seine Bussardfeder an den Tümpel unterhalb des Naturkundemuseums gelangt sei. »Ich war nicht dort! Gestern Abend nicht. Und auch heute Morgen nicht. Es ist sowieso schon lange her, dass ich dort gewesen bin. Das letzte Mal war Anfang September, als meine Nichte zu Besuch war. Da sind wir sonntags zum Naturkundemuseum spaziert. Und deswegen, Herr Hauptkommissar Weller, ich habe absolut keine Ahnung, wie meine Bussardfeder an den Fundort der Leichen gekommen ist!« Was Gisbert Baum bestätigte, war lediglich, dass ihm am Abend zuvor aufgefallen sei, dass er die Feder nicht mehr trug. »Aber da war ich schon zu Hause. Vielleicht ist mir die Feder von der Kappe geweht worden. Oder sie ist mir in der Brauerei heruntergefallen und jemand anderes hat die Feder an den Laacher See gebracht. Jemand, der mir die Sache in die Schuhe schieben will.« »Ihnen in die Schuhe schieben. So so. Und wer könnte dieser hinterlistige Jemand sein, Herr Baum?«, setzte Weller nach. »Ich weiß es doch nicht!« »Sie wissen nicht viel, Herr Baum.« »Ich weiß nur, dass ich die Leute nicht getötet habe, Herr Hauptkommissar. Doch das weiß ich mit hundertprozentiger Sicherheit!« »Gut. Wir werden sehen, Herr Baum. Vorerst bleiben Sie unser Gast.«

Der Koblenzer Kripo-Ermittler wollte nach Baums Vernehmung gerade zum Krankenhaus aufbrechen, als ihm vom Telefondienst habenden Beamten mit den Worten »Herr Hauptkommissar, für Sie« der Hörer über den Tresen gereicht wurde. Am anderen Ende der Strippe war sein Vorgesetzter, der Erste Kriminalhauptkommissar Max Loh. Obwohl Loh nicht erzürnt durch die Decke ging wie das HB-Männchen, was im Übrigen auch nicht seine Art gewesen wäre, brachte er doch zunächst und zwar unmissverständlich seinen Unmut zum Ausdruck: »Herr Weller, eins vorneweg, nur damit wir uns richtig verstehen. Ich kann ja nachvollziehen, dass Sie es als leitender Beamter in den Laacher See-Mordfällen nicht gut finden, dass ich als Ihr Vorgesetzter, gerade in dieser herausfordernden Lage mit fünf respektive sechs Toten, in München ein Seminar besuche, während

Frau Kommissarin Eckstein und Sie fleißig ackern, um den oder die Täter dingfest zu machen. Und natürlich bin ich, sofort nachdem unsere geschätzte Sekretären Frau Schalupke in München angerufen und mir Ihren dringlichen ›Wunsch‹ geschildert hat, aufgebrochen und just vor zehn Minuten hier in Koblenz im Präsidium angekommen. Und würde mein funkelnagelneues Mobiltelefon funktionieren, hätte ich Sie beziehungsweise Ihre Partnerin selbstverständlich bereits von unterwegs aus kontaktiert. Aber, Herr Weller, befleißigen Sie sich künftig mir gegenüber doch bitte einer höflicheren Wortwahl! Schließlich bin ich der Leiter und nicht der Best Boy des Kommissariats. Angebrachter Kritik stehe ich immer offen gegenüber. Doch sachlich muss sie sein. Sachlich! Auf Sachlichkeit lege ich großen Wert, Herr Weller. Ich denke, wir verstehen uns jetzt. So, und nun genug dazu. Ich will Ihnen nicht länger die Ohren vollsülzen, sondern Sie und Kollegin Eckstein so lange im Rahmen meiner Möglichkeiten unterstützen, bis die mysteriösen Mordfälle aufgeklärt sind. Also, Herr Kriminalhauptkommissar bitte briefen Sie mich!«

Weller schmunzelte während des Chefmonologs still in sich hinein. Okay, dass der Lomax seinen faulen Arsch bewegen solle, war sicher nicht die feine englische Art der Wortwahl gewesen. Das musste er sich eingestehen. Doch hin oder her, er hatte sein Ziel erreicht. Max Loh war hierher zurückgekehrt! Und der Zweck heiligt doch bekanntlich die Mittel, oder etwa nicht? Nichtsdestotrotz erkannte Weller das Engagement des Ersten Kriminalhauptkommissars an, denn er wusste aus der Erfahrung ihrer bisherigen Zusammenarbeit, dass sein Vorgesetzter eigentlich kein Drückeberger war. Angesichts der inflationären Zunahme von Toten in den letzten beiden Tagen, war mit ihm halt der Gaul durchgegangen, weil der Lomax scheinbar einem lächerlichen Work-Life-Balance-Seminar in der bayrischen Landeshauptstadt der essentiellen Polizeiarbeit hier in der Eifel wohl den Vorrang gegeben hatte. Eine Einschätzung, die dieser nun erfreulicherweise widerlegt hatte. Weller brachte also fix seinen rund zwanzig Jahre jüngeren Chef auf den Stand der Dinge und erläuterte ihm, wie seine weiteren Schritte zur Ergreifung der Täter, beziehungsweise des Täters aussahen. Spürbar angetan vom ausgeklügelten Plan seines routinierten Mitarbeiters entgegnete Lomax ohne zu zögern, dass er ihnen den Rücken freihalten werde. Bedeutete, er der Erste Kriminalhauptkommissar Max Loh höchstpersönlich übernehme ab sofort die Koordination sowie die Abstimmung mit Rechtsmedizin, Kriminaltechnik, Presse und so weiter. »Und selbstverständlich informiere ich auch den geschätzten Polizeipräsidenten. Denn oberste Priorität ist, dass Sie, Ihre Partnerin und die helfenden Hände der Mayener Polizeiinspektion sich vollends auf die bevorstehenden Aufgaben konzentrieren können. Denn sicher werden die nächsten Stunden entscheidend sein. Was wir auf gar keinen Fall brauchen, Herr Hauptkommissar, sind noch weitere Opfer, respektive ist von eminenter Wichtigkeit, dass wir der Allgemeinheit rasch die hieb- und stichfeste Aufklärung der tragischen Fälle präsentieren!« Für Fritz Weller ging die von seinem eifrigen Vorgesetzten angesagte Arbeitsaufteilung völlig in Ordnung. Bei der Aussage, den Polizeipräsidenten informieren zu wollen, musste er wiederum schmunzeln, erinnerte ihn dieser Spruch doch ungemein an Lomax` rührigen Vorgänger, einen gewissen Gero von Hübenthal, in Fachkreisen auch der »Lord« genannt.

Kapitel 36

Dunkelbraune, schulterlange Haare. Brille mit großen, schwach getönten Gläsern. Ungeschminkt und unparfümiert, doch zuvor gründlich geduscht. Außer dem goldenen Ehering am Ringfinger der Linken kein Schmuck. Schwarzlackierte Fingernägel. Weinroter Anorak vom Billig-Discounter über einem cremefarbenen Sweatshirt mit überdimensionalem *Timon und Pumbaa*-Cartoon auf der Vorderseite. Weitgeschnittene Bluejeans, ebenfalls aus des Billigheimers Krabbelkiste. Darunter feine, sauteure Spitzenunterwäsche in schwarz, gekauft in einer Edel-Boutique in Bad Neuenahr. Schwarze Söckchen. Ältere, robuste Joggingschuhe. Obendrüber entsprechend den aktuellen Wetterbedingungen gekleidet, untendrunter *dressed to kill,* betrat die Fünfunddreißigjährige das Foyer des Mayener Krankenhauses. Der Frau wurde es sogleich ziemlich warm in ihrer herbstlichen Kluft. Zur Abkühlung zog sie den Reißverschluss ihres Anoraks ein kleines Stück weit bis zur Stupsnase des Erdmännchens, auf. Ihr argwöhnischer Kontrollblick ging durch die Szenerie im Hospitalfoyer wie ein heißes Messer durch Butter. Tatsächlich! Alles um sie herum wirkte total normal!

Am Empfang standen ein Mann und eine Frau mittleren Alters. Die beiden sprachen mit der jungen Krankenhausmitarbeiterin. Währenddessen tippte die Angestellte hinterm Tresen auf der Tastatur ihres Computers herum und schaute prüfend auf den Monitor. Dann gab sie den Wartenden mit einem freundlichen Lächeln um die Mundwinkel eine Antwort. Die Leutchen nickten ihr zu und schlappten in Richtung der Aufzüge davon. In der altmodischen, moosgrünen Kunstleder-Sitzgruppe, rechts von der dunkelhaarigen Beobachterin, hockte ein unrasierter, älterer Herr in blaugestreiftem Schlafanzug, grauen Filzpantoffeln und einem blauen Frotteebademantel. Er trug einen weißen Verband um seine Stirn und blätterte sichtlich gelangweilt in einem zerfledderten Käseblättchen herum. An der Fensterfront zur Einfahrt schaute eine schlanke, großgewachsene blonde Frau reglos nach draußen in die vorabendliche Dämmerung. Regentropfen perlten die Glasscheibe hinab. Ein Rettungswagen fuhr seitlich am Gebäude vorbei. Ein Mann mit Krücken, in geschätzt ihrem Alter, erschien auf der Bildfläche. Er hatte einen Fuß in Gips, darauf konnte man zahllose, mit bunten Filzstiften gekritzelte Unterschriften erkennen. Im rotweißen Ballonseide-Trainingsanzug und dem Schriftzug *Alte Herren Kottenheim* humpelte er grußlos an ihr vorbei zum nahen Zigarettenautomaten. Sich an der Wand abstützend, zog er eine Packung Kippen und eierte anschließend nach draußen. Zwei flotte Schwestern fegten lautstark miteinander palavernd und dabei ebenso laut kichernd in Richtung der Notaufnahme. Eine Dame in weißer Kittelschürze wollte soeben den kleinen Krankenhauskiosk absperren. Die schwitzende Anorak-Trägerin bemerkte dies. Da sie unbedingt wie eine stinknormale Besucherin agieren musste, gehörte es zu ihrem ausgeklügelten Plan, sich auch entsprechend zu verhalten. Dazu gehörte, demjenigen, auf den sie es abgesehen hatte, etwas aus dem Kiosk mitzubringen. »Ach, ich brauche noch was. Ich darf doch mal«, sagte sie und drückte sich dabei kurzerhand an der müde aus kleinen Augen herausschauenden Kioskdame vorbei, hinein in den winzigen Verkaufsraum. »Eigentlich habe ich schon seit fünf Minuten Feierabend. Aber na gut. Also was möchten Sie?«, grummelte die Verkäuferin mürrisch und eilte schnell wieder hinter die Ladentheke. »Gute Frau, eine Flasche Orangensaft und eine Tafel Zartbitter, wenn es nicht zu viel Mühe macht«, orderte die dreiste Kundin. Die Art und Weise wie sie ihre Bestellung abgegeben hatte strotzte vor Arroganz. Kein Wunder also, dass die einheimische Verkäuferin sogleich, »du blöde Ossi-Schnepfe hältst dich wohl für was Besseres!«, auf der Zunge hatte. Doch sie besann sich und bewahrte die Contenance: »Hier, bitteschön. Kann ich sonst noch etwas für Sie tun?« Die Dunkelhaarige verneinte einsilbig. »Gut. Das macht dann Vier Mark Sechzig.« »Hier ein Fünfer. Stimmt so. Der Rest ist Trinkgeld.« »Tschüss. Danke.«

Bevor die Kioskdame den Laden abschloss, führte sie unbemerkt noch rasch ein kurzes, internes Telefonat. Mit der Tafel Zartbitter und der Flasche Orangensaft im Gepäck ging die Frau im Anorak zielsicher zum Empfang. Und trotz der scheinbaren Normalität behielt sie nach wie vor ihre Umgebung aufmerksam im Auge. »Vorsicht ist die Mutter der Porzellankiste«, stand manifestiert in ihren Gedanken. Denn das Erreichen ihres großen Ziels, sprich der Erlangung ihrer kompletten Unabhängigkeit, durfte nicht durch eine Nachlässigkeit in Gefahr geraten. Scheitern, sei es auch noch so erfolgreich, war für sie wahrlich keine Option! Nein! Und außerdem musste sie doch nur diesen verschissenen, kleinen Part des Gesamtvorhabens erfüllen. Alles andere hatte man ihr bereits mundgerecht serviert, beziehungsweise würde es morgen Vormittag am Laacher See noch erledigen. »Ich schaffe es. Ich schaffe es!«, pushte sie sich in Gedanken. Von Vorteil war natürlich, dass ihr der Name des alten Wachmanns zugespielt worden war, denn glücklicherweise hatte man sich diesen, trotz der logischen Eile beim Einbruch ins Eifelmuseum, tatsächlich eingeprägt. »Ich habe halt ein fotografisches Gedächtnis. Auf dem Namensschild des Wachmanns stand *Karl Nachtmann*. Merk dir den Namen. Du wirst ihn im Krankenhaus benötigen.« »Entschuldigen Sie. Ich bin die Nichte von Herrn Karl Nachtmann und würde ihn gerne besuchen. Wir wurden informiert, dass es ihm besser geht. Ja, unsere Familie freut sich sehr darüber. Ich weiß aber leider nicht mehr, in welchem Zimmer mein Onkel liegt. Hab's in der Aufregung glatt vergessen.« Die Empfangsmitarbeiterin, aufgrund ihres jugendlichen Erscheinungsbilds sicher eine Auszubildende, entgegnete ihr freundlich: »Ja, der Herr Nachtmann. Es ist wirklich ein Glücksfall, dass er den schlimmen Angriff überlebt hat. Hier im Krankenhaus sind alle sehr froh darüber, dass er lebt. Heute waren auch schon andere Leute bei ihm. Ihr Onkel liegt im zweiten Stock, Station B, Zimmer 13. Es gibt gerade das Abendessen. Am besten melden Sie sich kurz auf der Station im Schwesternzimmer. Dort sagt man Ihnen, wie lange Sie zu ihrem Onkel hineindürfen.« »Herzlichen Dank.« »Gern geschehen!«

Die Besucherin verließ daraufhin das Foyer in Richtung des Treppenhauses und der Aufzüge. »Es geht los.« Die Empfangsdame legte den Telefonhörer wieder auf, nachdem sie diese Nachricht intern weitergegeben hatte. Nachdem sie die grundlegenden Informationen erhalten hatte, nahm die dunkelhaarige Frau im weinroten Anorak die Treppe hinauf in den zweiten Stock. Natürlich hätte sie der Einfachheit halber auch mit einem der beiden Aufzüge nach oben fahren können, doch weil sie die beklemmende Enge in kleinen Räumen grundsätzlich hasste wie die Pest, setzte sie von je her keinen Fuß in Aufzüge. Die wenigen Leute, ob Patient, Besucher oder medizinisches Personal, die ihr im Treppenhaus begegneten, erweckten kein Misstrauen in ihr. Mit jeder Treppenstufe stieg ihre innere Anspannung. Kurzatmig aufgrund des Aufstiegs wiederholte sie unbewusst ein paar Mal leise die Angaben, die ihr vorhin mitgeteilt worden waren. Zweiter Stock. Die Frau zog die schwergängige Trenntür zwischen dem kühleren Treppenhaus und den Stationen auf. Der Wegweiser in Augenhöhe gab ihr die weitere Richtung vor. Station B. Und schon wieder eine Verbindungstür. Diese ließ sich leichter öffnen.

Allenthalben dominierte der typische, Tod und Vergänglichkeit versprühende Krankenhausmief die schmuddelig warme Luft in den Gängen. Die Frau ekelte sich bei jedem ihrer Atemzüge. Schweißtropfen perlten kalt, aber auf keinen Fall erfrischend ihren Rücken hinab bis hinein in die Po-Ritze. Aber ihre eigenen Befindlichkeiten waren spätestens jetzt null und nichtig für sie und ihr Vorhaben. Vielmehr, und darauf kam es schließlich an, schien auch hier auf Station der übliche Krankenhausalltag zu herrschen. Alles um sie herum wirkte wiederum vollkommen normal. Es gab nach wie vor keine Anzeichen, die sie an der Richtigkeit der Eilmeldung in den Nachrichten, welche den Gesundheitszustand des alten Wachmanns betrafen, zweifeln ließen. Doch trotz der scheinbaren Sicherheit war weiterhin Obacht angesagt, denn eines war ebenfalls klar. Einen Rückzieher konnte sie auf keinen Fall machen. Sie hatte wirklich keine Wahl! Der Alte musste endlich sterben, damit ein für alle Mal Ruhe war.

Hier auf Station bullerte die Heizung auf Hochtouren. Die Frau in der herbstlichen Kleidung schwitzte aber nicht nur wegen der allgegenwärtigen Wärme sehr. Auch ihre mit jedem Schritt zunehmende Anspannung tat ihr Übriges dazu. Sie warf einen Blick durch das Panoramafenster ins hellbeleuchtete Schwesternzimmer. Niemand war darin zusehen. Aus einem der angrenzenden Krankenzimmer drang Stimmengewirr durch die geschlossene Zimmertür nach draußen auf den Gang. Ansonsten hörte man nur weit entfernte Geräusche des Straßenverkehrs. Ohne dass ihr eine Menschenseele über die Füße gestolpert wäre, schritt die Suchende langsam, fast bedächtig die Krankenzimmer ab. Auch dabei ließ sie ihre Umgebung nicht außer Acht. »So! Hier ist es!« Ihre Aufregung hatte den nächsten Höhepunkt erreicht!

Zimmer 13! Ihr Herz drohte ihr vor lauter Aufregung fast aus dem Hals zu springen, als sie die Klinke hinunter drückte und ganz vorsichtig die Tür öffnete. Schließlich würde es ihr erster »Kill« und hoffentlich auch ihr letzter sein. Denn im Gegensatz zu anderen hatte sie keine Routine in diesem Metier. Ein erster zaghafter Blick in den leicht abgedunkelten Raum offenbarte ihr, dass sich wie erhofft nur eine Person darin befand. Ohne Lärm zu verursachen trat sie leise ein. Behutsam, doch stets den im Bett Liegenden nicht aus den Augen lassend, schloss sie die Tür nahezu geräuschlos. Die schlafende Person lag dem Eingang abgewandt, mit leicht gekrümmten Rücken auf der Seite. Animalisch schnarchend wie es nur ein Mann konnte, schnaufte der Verletzte ins zusammengeknüllte Kopfkissen. Ein Verband in Form einer Badekappe zierte seinen Kopf. Auf dem Beistelltisch stand eine halbvolle Glaskanne mit Tee und eine weiße Tasse. Daneben lagen eine monströse Lesebrille, eine angebrochene Tüte bunter Kräuterkamellen vom Lukasmarkt und eine abgetakelte Fernbedienung. Dem Bett gegenüber, in geschätzt zwei Metern Höhe, flimmerte das Vorabendprogramm im Kleinformat-Fernseher auf der Wand stumm vor sich hin. *Äffle und Pferdle* wechselten sich gerade munter mit diversen Produktwerbungen ab. Beiden, Mörderin und Opfer in Spe waren Spülhände, seidenweiche Haare und der *Bananen-Blues* in diesen Momenten allerdings völlig gleichgültig. Die Frau im Anorak legte ihren Kioskeinkauf sachte auf dem ungenutzten Nachbarbett ab und nahm dafür das freie Kopfkissen an sich. Ihre Hände packten feste zu. Sie traute sich kaum zu atmen als sie auf leisen Sohlen zum Bett des Schlafenden schlich. Ein prüfender Blick zur äußeren Seite des Fußteils, an der das Namensschild prangte, dann hatte sie die endgültige Gewissheit: »Karl Nachtmann«. Aber ein dahingekritzelter Name auf einem Stück Papier konnte trügerisch sein. Ein Aspekt, den sie nicht bedachte. In ihrem Hirn war nur noch ein Gedanke: »Töten!«

Gefühllos. Kalt. Unerbittlich. Skrupellos. Im Stile eines seelenlosen Maschinenmenschen ging sie ums Bett herum. Wie automatisiert stellte sie sich neben ihr Opfer und drückte das schwere Kissen kräftig auf dessen Kopf. Der geschwächte Mann erwachte. Er merkte sofort, dass er keine Luft bekam und begann, sich nach Leibeskräften aufzubäumen. Die schwitzende Anoraktägerin mit dem *Timon und Pumbaa*-Sweatshirt, presste dass Kissen nun mit aller Macht auf das Gesicht des verzweifelt nach Luft ringenden Mannes. Schreie! Der Alte keuchte jämmerliche, dumpfe Schreie, während seine Gegenwehr rapide abebbte, die Atmung rasch verflachte und beides schließlich komplett versiegte. Doch just in jenem Augenblick als sie das Kissen wieder entfernte, um sich am Erfolg ihres teuflischen Werks zu ergötzen, just in jenem Augenblick, da sie mit einem fiesen Grinsen ihren Triumph genießen wollte, just in diesem Augenblick wurde es schlagartig taghell im Krankenzimmer und eine ihr bekannte männliche Stimme sagte: »Herzlichen Dank für den Orangensaft und die Schokolade. Mmmh, Zartbitter, genau mein Geschmack!« Mit weit aufgerissenen Augen schaute sie erschrocken auf. Vor ihr stand, wie aus dem Nichts, dieser verdammte Bulle. Dieser hinterlistige Hauptkommissar Weller! »Schau an, so schnell sehen wir uns also wieder«, fügte der dreckige Wessi-Polyp hinzu. Sie fand den süffisanten Unterton in der Stimme zum Kotzen.

Die Zimmertür flog auf. Eine junge Frau im Krankenschwester-Outfit und ein etwa gleichaltriger Mann im Arztkittel kamen mit auf *Timon und Pumbaa* gerichteten Pistolen in den Raum und verharrten neben Weller. »Also doch eine verschissene Falle! Verdammt noch mal!«, zischte die ertappte Frau geschockt und ließ das Kopfkissen zu Boden fallen. Und auch die Person, welche sie für Karl Nachtmann gehalten hatte und nach ihrer Tat tot wähnte, erfreute sich plötzlich wieder bester

Gesundheit. *Lazarus* setzte sich etwas ungelenk auf, atmete kräftig durch und nahm den Badekappen-Verband von seiner hochroten Rübe. »Darf ich vorstellen«, legte Weller in seiner ureigenen ironischen Art nach, »das da im Bett ist nicht der Eifelmuseums-Wachmann, sondern der Leiter der Mayener Polizeiinspektion, der Erste Polizeihauptkommissar Anton Kahpunkt Leppe. Und die beiden eifrigen Kräfte in Krankenhauskleidung sind Frau Kriminalkommissarin Anette Eckstein und Herr Polizeihauptwachtmeister Jörg Zeitvogel. Und, geschätzte Kollegin, geschätzte Kollegen, vor euch steht Frau Heike Grünauer, ihres Zeichens Witwe des verstorbenen Mendiger Bürgermeisters Paul Grünauer und, wenn ich das mal so salopp sagen darf, die verhinderte Mörderin eines bereits Toten.«

Unmittelbar im Anschluss an seine Vorstellungsrunde wurden die Worte und der Gesichtsausdruck des Hauptkommissars deutlich ernster: »Frau Grünauer, es tut mir wirklich leid, was mit Ihrem Mann passiert ist. Dafür nochmals unser ausdrückliches Beileid.« »Stecken Sie sich Ihr Beileid sonst wo hin«, giftete die Bürgermeisterwitwe zynisch zurück. Davon unbeeindruckt legte Weller nach: »Frau Grünauer, Sie haben vollkommen Recht. Wir haben eine Falle gestellt und sie ist zugeschnappt. Glück für uns, Pech für Sie. Denn in Wirklichkeit ist der Wachmann des Eifelmuseums tragischerweise seinen schweren Verletzungen erlegen. Doch seine Familie hat unserer kleinen Scharade zugestimmt. Übrigens, wir hatten unsere Kolleginnen und Kollegen an allen neuralgischen Punkten platziert. Soll heißen, die Leute, mit denen Sie hier im Krankenhaus gesprochen haben, waren von der Polizei. Ebenso die allermeisten, die Ihnen im Gebäude begegnet sind. Bis auf wenige Ausnahmen waren auch sie von uns oder ausgewähltes Krankenhauspersonal, das zuvor von uns geimpft worden war. Sorry, Frau Grünauer, auf das kleine Wortspiel habe ich mich schon die ganze Zeit gefreut.« Ein flüchtiges Lächeln huschte um Wellers Mundwinkel.

»Ach, leck mich, Bulle!«, fauchte die Ertappte rotzig. Der Angeblaffte verzichtete darauf, der *freundlichen* Aufforderung nachzukommen, sondern antwortete postwendend und bewusst oberlehrerhaft: »By the way, der tote Wachmann hat keine Nichte. Nur zwei Neffen.«

»Tze! Ihr arroganten, hochnäsigen West-Schnösel! Ihr fühlt euch so überlegen! Ich hasse euch! Ich hasse euch alle!«, konterte sie abfällig und spuckte dem Koblenzer Ermittler vor die Füße. »Noch eine kleine Anmerkung meinerseits, Frau Grünauer. Blond steht Ihnen wirklich besser«, reagierte Weller gelassen und ließ es dabei bewenden. Wütend riss sich die Bürgermeisterwitwe ihre Perücke vom Kopf und warf sie auf den blöden Schwätzer. Aber verdammt! Bevor das Wurfgeschoss in dessen dummer Fresse gelandet war, hatte der Heini das künstliche Haarteil reflexartig in der Luft abgefangen. Unbeeindruckt von dieser haarigen Attacke erteilte Weller einige Anweisungen: »Hauptwachtmeister Zeitvogel, bitte eintüten und als Beweisstück sichern.« Er reichte die Dunkelhaarperücke an den jungen Mann im Arztkittel weiter und fügte an seine Kollegin adressiert hinzu: »Kommissarin Eckstein, bitte walten Sie Ihres Amtes.« Die Frau im Krankenschwesterkostüm steckte daraufhin die gesicherte Dienstwaffe in das Holster an der Außenseite ihres rechten Oberschenkels. *Lara Croft* lässt grüßen! Sie zog ein Paar Handschellen aus der Seitentasche ihres knielangen Rockes heraus. Zwar mit verächtlichem Blick, doch widerstandslos ließ sich Heike Grünauer die »Freundschaftsarmbänder« von der Kommissarin um ihre schmalen Handgelenke legen. Klick, klick! Anschließend bat der Hauptkommissar seine junge Partnerin, bitte auch die üblichen Formalitäten im Rahmen der Festnahme, also Rechte verlesen und so weiter und sofort zu übernehmen. »Und bringt die Verdächtige zur Vernehmung direkt in die Polizeiinspektion hier in Mayen. Danke euch.« Kriminalkommissarin Eckstein und Polizei-Hauptwachtmeister Zeitvogel führten Heike Grünauer ab.

»Gut, dass ich nicht rauche und dadurch ziemlich lange die Luft anhalten kann«, schmunzelte Leppe. Er stieg aus dem Bett und entledigte sich des weißen Patientenumhangs, den er während der Aktion über seinen kurzen Sportsachen getragen hatte. »Das ist wohl wahr. Klasse Leistung, Anton!«, entgegnete Weller und nickte seinem Kollegen anerkennend zu. »Und wenn es zu brenzlig geworden wäre, hätte ich eingegriffen. Genau, wie wir es vereinbart hatten. Anton, durch deinen Einsatz haben wir nun, was wir wollten!« Unweigerlich musste der Hauptkommissar an die mörderische Szene von vorhin denken und ließ den Leiter der Mayener Polizeiinspektion an seinen Gedanken teilhaben: »Heike Grünauer war aber auch so darauf fixiert, dem vermeintlichen Wachmann die Luft abzudrücken, dass sie mich nicht bemerkte, als ich sie durch den Türspalt aus dem Bad heraus beobachtete.« »Hauptsache, unsere Falle ist gelungen. Das ist, was zählt. Dank deiner Spitzenidee haben wir gewonnen!«, kommentierte der Erste Polizeihauptkommissar ihren Triumph mit erhobenem Daumen. »Schon okay, Anton. Manchmal braucht es aber auch eine ordentliche Portion Glück«, betrieb Weller seine Person betreffend ein gewisses Understatement, »der eigentliche Schlüssel für den Erfolg war und ist die perfekte Zusammenarbeit unserer Bereiche.« »Hattest du Frau Grünauer eigentlich als Verdächtige auf dem Radar?«, fragte Leppe neugierig, während er seinen enganliegenden grünen Polizei-Trainingsanzug überstreifte.

Weller schmunzelte. In dieser Aufmachung und den echt dürren Beinchen ähnelte sein Gegenüber einer der Muppet-Figuren. »Sag` jetzt nichts«, meinte Leppe, ebenfalls mit einem Lächeln um die Mundwinkel, »ich weiß, ich sehe in dem Anzug aus wie Kermit der Frosch. Das sagt meine Frau auch immer.« »Um auf deine Frage zurückzukommen«, nahm Weller den Faden wieder auf und holte in seiner Antwort etwas weiter aus, »ich bin sehr froh, dass unsere Finte funktioniert hat, denn ehrlich gesagt, eine solch verworrene Gemengelage wie in unseren aktuellen Fällen, sorry, sowas ist mir bisher in dieser massiven Form noch nicht untergekommen. Und ich mache den Job ja schon ne ganze Weile. Am Laacher See werden Menschen ermordet. Einige von ihnen weisen seltsame Bissmuster an ihren Hälsen auf. Einer begeht sogar Suizid. Es gibt Widersacher und Befürworter des Campingplatzprojektes. Wahrscheinlich auch eine Erpressung. Bei unseren *Gästen* Gisbert Baum und dem Triathleten Christof Henkel war ich von Anfang an skeptisch. Ich glaube nicht, dass sie kaltblütige Mörder sind. Die anderen Befragten, wie die malende Yoga-Lehrerin Ester Endress samt ihren Malerlehrlingen, seien sie auch noch so verschroben, Knut Marx, Geschäftsführer der Campingplatz-Betreibergesellschaft und Ehemann der ermordeten Ute Marx, inklusive der WaLS- Belegschaft haben, wie sich in der Zwischenzeit herausstellte, entsprechende Alibis oder mit Stand jetzt keine dringenden Tatmotive. Und Angler, Segler und die Leute der DLRG, also jenes Volk, das sich im, auf und am Laacher See tummelt, stand nur zu Beginn in unserem erweiterten Interesse.«

Weller hielt abrupt inne. Eine Erinnerung an seinen heutigen Gesprächspartner in der Klostergärtnerei war wie aus dem Nichts in seinem Hirn aufgekreuzt, jedoch genauso schnell wieder entfleucht. »Ist was?«, wollte Leppe sofort wissen. »Nein. Alles okay, nur so ein unbedeutender Gedanke«, entgegnete Weller abwinkend und fuhr in seinen Ausführungen fort, »tja Heike Grünauer. Perfekt gestylt. Teure Klamotten und Schmuck. Protzig eingerichtete Villa. Und einen Porsche als fahrbaren

Untersatz. Alles nur das Feinste vom feinsten. Ich hatte sie in der Tat zunächst nicht auf dem Radar. Das änderte sich jedoch nach den Toten von heute Morgen. Spätestens durch den sichergestellten Mittschnitt, mit dem Claudia Heuft offenbar versuchte, Bürgermeister Grünauer zu erpressen. Ich fragte mich also, was, wenn Heike Grünauer ebenfalls vom Verhältnis ihres Mannes mit Ute Marx wusste? Trotzdem war ich etwas überrascht, als sie es war, die uns hier im Krankenhaus auf den Leim gegangen ist. Anton, wir dürfen gespannt sein, warum ausgerechnet Heike Grünauer den Wachmann um die Ecke bringen wollte und aus welchem Grund sie in den Einbruch ins Eifelmuseum verstrickt ist. Und warum begeht eine Frau, die doch scheinbar alles hat, einen Mord und nimmt dabei das Risiko auf sich, erwischt zu werden? Womit wir bei ihrem Motiv angekommen wären. Sehen wir also zu, dass das Vögelchen zwitschert. Denn feststeht auch: Heike Grünauer ist erst die halbe Miete! Sie hat halt glaubhafte Alibis für die Tatzeitpunkte. Und daher muss noch jemand anderes an den Mordfällen beteiligt sein. Jemand, der die Drecksarbeit für sie erledigt hat. Und wer diese mysteriöse Person ist, das müssen wir so schnell wie möglich herausbekommen.« »Absolut. Nicht auszudenken, wenn dieser Jemand wieder zuschlägt. Jedes weitere Opfer wäre fatal«, pflichtete Leppe seinem Kollegen von der Koblenzer Kripo bei.

Der Hauptkommissar nahm die angebrochene Tüte mit den bunten Kräuterkamellen vom Beistelltisch neben dem Krankenbett wieder an sich. Er hatte Antons Mitbringsel vom Lukasmarkt spontan als kleines Täuschungsobjekt für die Dauer ihrer Krankenhaus-Aktion zur Verfügung gestellt. Dann machten sich die beiden Polizisten auf den Weg zurück in die Mayener Polizeiinspektion. Denn dort wartete jede Menge unerledigte Arbeit auf sie.

Kapitel 37

Ernüchtert! Wütend! Müde! Genervt, sehr genervt!

Es gab wahrlich noch eine ganze Reihe von Adjektiven dieser Kategorie mehr, die den Gemütszustand der Ermittler beschreiben würden. Auch die Freude über die gelungene Krankenhaus-Aktion war inzwischen tief in ihren Hirnwindungen abgetaucht. Der Grund für die miese Stimmung lag schwerpunktmäßig am störrischen Verhalten der Verdächtigen und deren respektlosen Auswürfen. Nachdem Heike Grünauer im Krankenhaus festgenommen und in die Mayener Polizeiinspektion gebracht worden war, wurde sie von den Ermittlern Stunden um Stunden bis spät in die Nacht hinein bearbeitet. Kriminalhauptkommissar Fritz Weller und Kommissarin Anette Eckstein, unterstützt vom Ersten Polizeihauptkommissar Anton K. Leppe und einer Handvoll seiner Mitarbeiter hatten dabei quasi alle Register der polizeilichen Verhörtechniken gezogen. Egal, ob sie Spielereien wie böser Cop, guter Cop probierten, oder man Heike Grünauer ohne Getränk bei hochgedrehter Heizung für sechzig Minuten im Verhörraum sprichwörtlich schmoren ließ, oder man versuchte, ihr mit Vernunft beizukommen, oder ihr eine Auflistung der tragischen Fakten vor Augen hielt, oder eindringlich die möglichen Konsequenzen ihrer Handlung verdeutlichte, nichts aber auch rein gar nichts davon hatte verdammt nochmal bislang gefruchtet.

Heike Grünauer stellte sich im Laufe des Verhörs als echt zähes Leder heraus. Weder gab sie den Namen ihres Komplizen preis, noch war sie zu einem umfassenden Geständnis bereit. Zur Tat im Krankenhaus schwieg sie ebenfalls wie ein Grab. So konnte in den Reihen der Polizei über ihr Motiv nur spekuliert werden. Und auch in Sachen einer möglichen Mittäterschaft Heike Grünauers an den Laacher See-Morden war die Beweislage aktuell nicht sonderlich üppig. Stumm wie ein Fisch war die Verdächtige in den vergangenen Stunden allerdings nicht geblieben. Im Gegenteil! Beharrlich und scheinbar ohne jeglichen Hauch einer Schwäche, sei es physisch oder mental, feuerte die junge Witwe des Mendiger Bürgermeisters unermüdlich ihre Hasstiraden auf die meisten Westdeutschen im Allgemeinen und die Mordermittler im Speziellen ab. Besonders Weller bekam dabei regelmäßig sein Fett weg: Was sich der arrogante Bulle überhaupt erlaube? Er habe es doch nur auf sie abgesehen! Er wolle ihr die Morde in die Schuhe schieben! Seine Beschuldigungen wären aus der Luft gegriffen. Er habe was gegen sie, weil sie aus der ehemaligen DDR stammen würde. Und überhaupt wundere sie sich doch sehr darüber, dass man den senilen Greis nicht längst in Rente geschickt habe. Ihn und seine altmodischen Ansichten! Dies waren noch die harmloseren ihrer auf den Endfünfziger gemünzten *Liebkosungen*. Den Kriminalhauptkommissar ließen Heike Grünauers Anfeindungen kalt, denn zu lange war er schon im Geschäft, als dass ihn verächtliche Äußerungen von Verdächtigen noch aufregten.

Neben der Bürgermeisterwitwe wurde Gisbert Baum einer weiteren Vernehmung unterzogen. Aber auch dabei ernteten die Ermittler wiederum nur dessen vehemente Unschuldsbeteuerungen an sämtlichen Laacher See-Morden sowie völlige Ahnungslosigkeit hinsichtlich der Tatsache, wie ausgerechnet seine Bussardfeder an den Fundort der Toten gekommen war. »Ich zermartere mir schon seit Stunden das Hirn«, murmelte Baum verzweifelt, »aber mir fällt einfach nichts ein.« »Dann gehen Sie bitte weiter in sich, Herr Baum«, motivierte Kommissarin Eckstein den hadernden Legendenexperten freundlich aber bestimmt, »vielleicht erinnern Sie sich ja noch.« Mit den Worten »Jörg, bitte«, forderte sie Hauptwachtmeister Zeitvogel auf, den Verdächtigen wieder in seine Zelle zu geleiten.

Während in den Räumlichkeiten der Mayener Polizeiinspektion in der Nacht von Mittwoch auf Donnerstag ermittlungstechnische Tristesse herrschte, gab es woanders Lichtblicke. Und zwar im Rahmen von eilig durchgeführten Haus- beziehungsweise Wohnungsdurchsuchungen. So fand die Polizei in der Bürgermeister-Villa das Produktblatt der am Fundort der vier Toten sichergestellten mutmaßlichen Tatwaffe, sowie ein Foto, auf dem Paul Grünauer mit der 22er im Anschlag, abgelichtet war. Außerdem entdeckte Lockenkopfs KTU-Team, dass die drei analogen Telefone im Hause Grünauer sehr simpel ans öffentliche Telefonnetz angeschaltet waren. Im Grunde genommen nichts Besonderes, es sei denn, man wusste sich diese einfache Art des Telefonbetriebs für seine Zwecke zu Nutze zu machen. Denn diese Anschalte-Methode hatte den kleinen Nebeneffekt, dass Mann oder Frau zum Beispiel am Telefon im Erdgeschoss mithören konnte, worüber man sich fernmündlich im Bürgermeister-Büro im ersten Stock austauschte. Umgekehrt funktionierte es natürlich ebenfalls. Diese äußerst interessante Entdeckung untermauerte Wellers Vermutung, dass Heike Grünauer vom Verhältnis ihres Gatten mit Ute Marx gewusst und vielleicht auch von dessen möglicher Erpressung durch die WaLS GmbH-Assistentin Kenntnis hatte.

Parallel zur Durchsuchung der Grünauer-Villa, nahmen KTU und Polizei zum einen die Büros der Campingplatz-Betreibergesellschaft in der Mendiger Bahnstraße, insbesondere das der ermordeten Assistentin, und zum anderen Claudia Heufts und Ralf Stickels gemeinsame Mietwohnung in Andernach unter die Lupe. Während die Beamten in den Firmenbüros keine Indizien oder Beweise sichten konnten, wurden sie in der Mietwohnung fündig. So spürten sie bei der Durchforstung des Schlafzimmers in der untersten Kommodenschublade, versteckt zwischen Unterwäsche und Söckchen, eine zweite Mini-Kassette auf. Ein Check brachte rasche Gewissheit: Auf dem Band befand sich derselbe Mittschnitt von Pauls und Utes heißer *Büronummer,* wie auf jener Kassette, die die tote WaLS-Assistentin am Tatort in ihrer Hand gehabt hatte. »Höchstwahrscheinlich Claudia Heufts Rückversicherung oder ihr Druckmittel, um noch mehr Kohle aus dem Bürgermeister rauszupressen«, schätzte der Erste Kriminalhauptkommissar Max Loh den Fund der zweiten Kassette ein, als er Weller telefonisch über die aktuellen Entwicklungen informiert hatte. Weller stimmte der Bewertung seines Vorgesetzten uneingeschränkt zu. Loh hatte weiter berichtet, dass sich die am Fundort der vier Toten von KTU und Rechtsmedizin gemachten ersten Rückschlüsse aufgrund der vorgefundenen Gegebenheiten und infolge weiterer Untersuchungen bestätigt hatten. Demnach stünde unter anderem aufgrund der ballistischen Auswertungen fest, dass der Mendiger Bürgermeister Paul Grünauer definitiv von Adolf Maria Schröck mit der am Tatort gefundenen 22er, aus kurzer Distanz erschossen worden war. Anschließend habe sich Schröck mit derselben Waffe das Leben genommen. Und rund zehn Stunden zuvor habe unser mysteriöser Unbekannter Claudia Heuft und Ralf Stickel ebenfalls mit dieser Waffe per Kopfschuss mitten in die Stirn, umgebracht. Deren Mörder müsse ohne jeglichen Zweifel ein sehr guter Schütze gewesen sein.

»Kollege Lockenkopf meinte außerdem noch, dass die Tötung des Paares für ihn einer Hinrichtung gleichkäme.« »Wahre Worte«, hatte Weller seinem Vorgesetzten nachdenklich entgegnet. Sogar einem mit allen Wassern gewaschenen Routinier ließ der drastische Begriff »Hinrichtung«, einen Schauer des Entsetzens eiskalt über den Rücken laufen. Auf seine anschließende Frage, wann mit weiteren Daten und Fakten der Rechtsmedizin zu rechnen sei, war Lohs Antwort: »Genau deswegen habe ich vorhin mit Frau Doktor Hasenfurth-Kimmel gesprochen. Sie versprach mir, dass die Rechtsmedizin so schnell und intensiv arbeiten würde, wie es ihnen die Umstände erlaubten. Denn vier auf einen Streich zu verarzten, sei natürlich wesentlich aufwändiger, als wenn man nur eine läppische Leiche auf dem Tisch liegen habe. Sie könne sich selbstverständlich lebhaft vorstellen, dass Weller und Eckstein dringend ihre Ergebnisse benötigten, doch sei sie sich mit Doktor Jakob und Herrn Huber einig, dass schnell schnell irgendwas Halbseidenes dahin zu huddeln nicht ihr Ding sei. Nein! Wie gewohnt würden sie auch bei den Laacher See-Kalten nur verifizierte und absolut fehlerfreie Ergebnisse liefern. »Doch weil sie Herausforderungen grundsätzlich mag, sagte mir unsere Frau Doktor zu, gleich am Donnerstagmorgen hieb- und stichfeste Details liefern zu wollen.«

Weller hatte sich bereits für die Infos bei Max Loh bedankt gehabt und verabschiedet, als der Erste Kriminalhauptkommissar nach einem »gern geschehen und bis in Kürze wieder«, mit feierlichem Unterton in der Stimme nachschob: »Übrigens, Respekt Herr Hauptkommissar Weller! Meinen herzlichen Glückwunsch zu Ihrem Erfolg im Krankenhaus! Sehr gut gemacht! Und eine hervorragende Teamleistung! Das habe ich auch schon dem Leiter der Mayener Polizeiinspektion gesagt.« Weller stand eigentlich überhaupt nicht auf schmalztriefende Lobhudelei, was seine Person anbetraf, schließlich hatte er nur seinen Job gemacht, doch angesichts der echt verzwickten Lage, in welcher die Ermittlungen aktuell steckten, waren Lohs Worte Balsam für seine Seele. »Stimmt, Herr Lomax. Ich bin echt der Beste!«, hatte er sich schmunzelnd mit eine Portion Selbstironie gedacht. Dann aber betont höflich »Herzlichen Dank, Herr Kriminalhauptkommissar«, seinem Vorgesetzten ebenso feierlich geantwortet.

Es war schon zwei Uhr in der Nacht, als die Ermittler sich und den Verdächtigen endlich Feierabend gönnten.

Während Heike Grünauer und Gisbert Baum die Gastfreundschaft der Mayener Polizei in ihren kargen Einzelzimmern *genossen*, verließen die Kommissarin und der Hauptkommissar zusammen das Gebäude. »Wirklich sehr fürsorglich von Anton, dass er für uns auf die Schnelle zwei Hotelzimmer organisiert hat«, meinte Fritz. »Ja. Echt fürsorglich der Herr Leppe. Aber für mich braucht er keins zu buchen, habe ich ihm gesagt. Denn ich habe bereits eine Unterkunft gefunden«, entgegnete Anette. Ein Audi hielt neben ihnen an. »Gute Nacht, Fritz. Dann bis um sieben!«, verabschiedete sie sich augenzwinkernd und stieg rasch ein. Weller schaute dem davonfahrenden PKW mit den Buchstaben JZ auf dem Nummernschild kurz nach und murmelte verschmitzt: »Na, dann mal eine geruhsame Nacht«.

Er selbst begab sich per Pedes ins unweit gelegene Hotel. Die Bewegung an der frischen Herbstluft und die kühlen Windböen um die Nase taten ihm spürbar gut. Der Markplatz mit seinen Buden und Fahrgeschäften war menschenleer. Es herrschte völlige Ruhe, denn um 23 Uhr hatte der Lukasmarkt wie an Wochentagen üblich seine Pforten geschlossen. Hin und wieder konnte man tatsächlich noch den Duft gebrannter Mandeln riechen. Fritz schlenderte durch die Innenstadt, entlang unbeleuchteter Schaufenster, in Richtung des Flüsschens *Nette*. Unvermittelt tauchte ein älteres Ehepaar aus dem Dunkel auf, kreuzte wortlos seinen Weg und verschwand hinter der nächsten Ecke. Wenige Meter weiter, direkt am Brückentor, hatte tatsächlich noch eine kleine Kneipe geöffnet. Das biergoldene Licht aus dem Inneren drang einladend nach draußen in die Fußgängerzone. Vor dem Eingang stand ein Taxi mit laufendem Motor. Zwei jüngere Männer kamen aus dem Lokal gewankt und kletterten mit den Worten, »zuerst nach Mendig und dann nach Bell und bitte fahren sie in den Kurven langsam« hinein. Weller schmunzelte. »Na, ein Bier habe ich mir heute aber auch verdient, würde ich meinen«, dachte er sich und betrat die verqualmte Kneipe. Ein paar Gäste, augenscheinlich alles »*Uhus*« und beiderlei Geschlechts, drückten sich palavernd an der Theke herum, schlabberten ihre Getränke und quarzten die Bude voll. Zwei, drei warfen dem Fremden einen neugierigen Blick zu und unterhielten sich danach weiter.

Die hübsche blonde Frau hinterm Tresen bemerkte ihren späten Gast: »Der Herr, was darf es sein?« »Ein Pils, bitte«, antwortete Fritz mit einem Lächeln um die Mundwinkel und setzte sich etwas träge auf einen Hocker an die Theke. Die Gastwirtin war mit Sicherheit die jüngste Person im Lokal. Begleitet von einem freundlichen »Zum Wohl und einem herzlichen Augenaufschlag reichte sie ihm bald darauf ein perfekt gezapftes Bierchen. Fritz trank es auf ex und bestellte noch eins. Ohne einen einzigen Gedanken an seine Fälle zu verschwenden, ließ er sich von der leisen Musik und dem hiesigen Gebrabbel der anderen Gäste berieseln. Hin und wieder schaute er der hübschen Bedienung bewundernd zu, wie sie ihrer offensichtlichen Müdigkeit und der späten Stunde zum Trotz stets nette Worte und ein Lächeln für ihre Gäste fand. Gegen halb vier lag Fritz im Bett seines Hotelzimmers. Und mit Bildern vor seinem geistigen Auge, wie Karin und er in Welling ihr eigenes Häuschen und eine Schar Hühner hatten, schlief er schließlich ein.

Kapitel 38

Donnerstag, 17. Oktober 1996

Die Polizeibeamtinnen und -Beamten, die mit der Aufklärung der Laacher See-Morde quasi hautnah zu tun hatten, waren wie vereinbart pünktlich um sieben Uhr in der Mayener Polizeiinspektion aufgeschlagen. Die einen mehr, der andere weniger ausgeschlafen. Anette beispielsweise hatte nach ihrem frühmorgendlichen Kaffeetrinken mit Jörg, welches dieser mit einem Spritzer feinster Sahne abrundet hatte, längst ihre normale Betriebstemperatur erreicht. Fritz hingegen fühlte sich aufgrund des kaum vorhandenen Schlafs auf der unbequemen Matratze noch wie gerädert. Auch der fisselige Plastikbecher lauwarmen Muckefucks aus dem Kaffeeautomaten, den er sich soeben etwas widerwillig reinpfiff, brachte nicht die gewünschte Frische. »Morgen, Fritz, das Spülwasser ist doch ungenießbar«, sagte Anton, nahm ihm den Becher aus der Hand, roch an der Plörre und rümpfte die Nase. »Meine Sekretärin brüht uns gleich einen perfekten Kaffee auf. Du wirst sehen, der macht müde Männer munter!«

Und tatsächlich, Anton hatte nicht zu viel versprochen. Aromatisch. Heiß. Schwarz. Und so stark, dass der Löffel beinahe von allein in der Tasse stehen blieb! Nach nur einem einzigen Pott hing Fritz` Kreislauf quasi unter der Zimmerdecke. »Anton, bist du sicher, dass nur Bohnen in dem Kaffee sind? Mensch, das Gebräu eurer Sekretärin lässt einen ja förmlich fliegen. Ich hoffe nur, dass ich gleich nicht noch rosa Elefanten sehe.« »Nur Kaffeebohnen, Fritz, nur Kaffeebohnen. Wir Mayener sind halt eine starke Truppe und deswegen brauchen wir auch starken Kaffee«, entgegnete der Dienststellenleiter schmunzelnd.

Voller Tatendrang nahmen die Ermittler die in der vergangenen Nacht unterbrochenen Verhöre nun wieder auf, galt es doch, nicht noch mehr Zeit zu verlieren. Wie sie allerdings feststellen mussten, legten die Verdächtigen auch heute Morgen wieder das bereits am Vortag gezeigte unkooperative Verhalten an den Tag, beziehungsweise blieben beide bei ihren wenig hilfreichen Aussagen. Auch ließen die für den Morgen angekündigten Obduktionsergebnisse der Rechtsmedizin noch auf sich warten, geschweige denn, dass die Kriminaltechnik bereits mit neuen, verblüffenden Erkenntnissen um die Ecke gekommen wäre. »Verdammt, verdammt! Gleich schon neun Uhr!«, zischte Hauptkommissar Weller angefressen, »da draußen läuft womöglich eine tickende Zeitbombe herum und wir kommen hier verdammt nochmal keinen Millimeter weiter. Verdammt, verdammt!« Erzürnt, doch nicht ganz so brachial wie ein Berserker, hieb er mit der Faust auf den Tisch. »Sorry, Anette ich muss mal raus. Sonst drehe ich noch am Rad.« »Was hast du vor, Fritz?« Kommissarin Eckstein überraschte das dünne Nervenkostüm ihres Partners, denn eigentlich war der erfahrene Kripomann so schnell nicht aus der Ruhe zu bringen. Weller stand auf und nahm seinen dunklen Daunenblouson vom Wandhaken. »Ich fahre nochmal an den Laacher See.« »Und was erhoffst du dir davon?« »Weiß ich nicht. Vielleicht haben wir am Tümpel beim Naturkundemuseum oder auf dem Campingplatz etwas übersehen. Irgendwas! Keine Ahnung. Auf jeden Fall muss ich mal an die frische Luft.« Der Hauptkommissar bemerkte den verdutzten Blick seiner jungen Kollegin. Insgeheim wunderte er sich selbst über sich, dass er so schnell auf 180 war. Als Grund für seine unübliche Gereiztheit vermutete er daher das unbefriedigende Fortkommen ihrer Ermittlungen in Tateinheit mit den zwei saustarken Sekretariatswachmachern, die er vorhin getrunken hatte.

»Anette, sorry. Du brauchst dir um mich keine Gedanken zu machen. Das wird schon wieder. Ganz sicher. Halt mich einfach auf dem Laufenden, wenn es was Neues gibt. Ich komme dann direkt hierher, oder wir treffen uns an Ort und Stelle.« Weller hatte sich bei seiner notdürftigen Erklärung ein beruhigendes Lächeln abgerungen. Die Kommissarin runzelte die Stirn, denn sie kannte die Macken ihres Partners inzwischen ziemlich gut. Entsprechend wusste sie auch sein Lächeln einzuschätzen. Doch die Tatsache, dass Weller stets zu dem stand, was er sagte, stimmte sie positiv. Keine Frage, die beiden vertrauten sich uneingeschränkt! »Okay, Fritz, geht klar. So machen wir's. Dann versuche ich weiter mein Glück bei Frau Grünauer.« »Dankeschön, Anette.« Kriminalhauptkommissar Weller zog seine anthrazitfarbene, warme Daunenjacke an und verließ die Polizeiinspektion.

Zwanzig nach neun. »Kommissarin Eckstein, der Erste Kriminalhauptkommissar Herr Loh ist am Telefon und muss unbedingt mit Ihnen oder ihrem Kollegen sprechen. Er hat wichtige Neuigkeiten von der KTU und der Rechtsmedizin!« »Endlich!«, dachte sie erleichtert. Gespannt nahm sie den Hörer entgegen, den ihr der uniformierte Beamte entgegenreckte. Kurz und knapp, doch nicht minder detailliert, teilte Loh seiner Mitarbeiterin die brandaktuellen Untersuchungsergebnisse mit. In der Tat! Es waren jene brauchbaren Nachrichten, auf welche sie und Weller gehofft hatten. »Vielen Dank, Herr Loh. Das sind wahrlich gute Nachrichten. Jetzt können wir gezielt ansetzen.« Anette versuchte sofort Fritz zu erreichen, um ihm die frohen Botschaften mitzuteilen. Aber Fehlanzeige. Sie fand es zwar etwas verwunderlich, dass ihr Kollege nicht ran ging, doch sie grübelte in diesem Augenblick nicht über einen möglichen Grund. Nein! Dafür hatte sie jetzt keine Zeit, denn jetzt musste sie die Werkzeuge einsetzen, die ihr Loh vorhin in die Hände gelegt hatte. Auf dem Weg zum Verhörraum, in dem sich Heike Grünauer befand, wartete Hauptwachtmeister Zeitvogel mit einer weiteren Information auf: »Gisbert Baum ist noch was bezüglich seines Besuchs der Brauerei am Dienstagabend und des Verlustes seiner Bussardfeder eingefallen.« Der Polizist speicherte flugs sämtliche Angaben aus, die der Verdächtige vorhin gemacht hatte. »Mensch, Jörg, nun fügt sich alles wie ein Puzzle zusammen«, strahlte Anette und verschwand im Verhörraum.

»Frau Grünauer. Wir haben eine Auswertung sämtlicher Telefonate vorliegen, die in den letzten Wochen bis einschließlich gestern von Ihrem Festnetz-Anschluss geführt wurden. Ihre familiären Verhältnisse wurden überprüft und es gibt eine neue Zeugenaussage. Wenn man aus den neu gewonnenen Erkenntnissen eine Schnittmenge bildet, befindet sich darin nur eine einzige Person. Eine Person, die genau wie Sie, Frau Grünauer, durch die neuen Fakten stark belastet wird. Eine Person, deren Identität und aktueller Wohnort nicht nur Ihnen bestens bekannt ist, sondern jetzt auch uns.« Die Verdächtige wurde blass und schüttelte kaum erkennbar den Kopf. Aber in Anbetracht der tatsache, dass die Luft für sie allmählich ziemlich dünn wurde, sagte sie kein Sterbenswort zu den Punkten, mit denen sie soeben konfrontiert worden war. Und Kommissarin Eckstein hatte sogar noch einen weiteren Pfeil im Köcher. Dieser Pfeil, wie sich herausstellte, sollte eine ähnlich entscheidende Trefferwirkung entfalten, wie jener schwarze Pfeil, der in Tolkins »*Hobbit*«, den feuerspeienden Drachen *Smaug* erledigte. Also legte die Ermittlerin nach: »Zudem stellte unsere Rechtsmedizin bei der Obduktion der Toten fest, dass die ermordete Claudia Heuft im vierten Monat schwanger war.« »Schwanger?«, entgegnete Heike Grünauer geschockt. Die für sie niederschmetternde Gewissheit, am Tod eines Ungeborenen mitverantwortlich zu sein, trieb ihr das blanke Entsetzen ins Gesicht.

»Dass Claudia Heuft schwanger war, das … das wusste ich doch nicht. Bitte glauben Sie mir, Frau Kommissarin! Ich … hätte ich das gewusst, dann … nein, nein. Den Tod eines unschuldigen Kindes habe ich nicht gewollt. Nein. Den habe ich nicht gewollt!«

Das Auftreten der Verdächtigen hatte sich innerhalb weniger Sekunden um 180 Grad gedreht. Keine rotzige Frechheit. Keine wüsten Beschimpfungen. Kein widerspenstiges Verhalten. Nichts von alledem! Vielmehr machte Heike Grünauer nun einen sehr labilen, gar zerbrechlichen Eindruck auf die Ermittlerin. »Ich wusste doch nicht, dass Claudia Heuft schwanger war. Ich wusste es doch nicht. Frau Kommissarin, wenn ich das gewusst hätte, hätte ich doch niemals …« »Hätten Sie niemals?«, hakte Anette Eckstein behutsam, doch bestimmt nach. Die junge Kriminalbeamtin kaufte der weinenden Verdächtigen ihre Beteuerungen ab. »Also, Frau Grünauer, ich höre. Jetzt ist die Zeit, um zu gestehen und möglicherweise noch Schlimmeres zu verhindern«, fügte sie auffordernd hinzu und schenkte ihnen beiden Sprudelwasser nach. Die Bürgermeisterwitwe nippte am Glas und wischte sich die Tränen aus den Augen. Obwohl es im Zimmer angenehm temperiert war, zitterte sie doch am ganzen Leib. Dann legte sie mit brüchiger Stimme ein umfassendes Geständnis ab: »Vor einigen Wochen bekam ich zufällig ein Telefonat meines Mannes mit. Er sprach mit Ute Marx. Zuerst ging es ums Laacher See-Projekt und ich wollte schon auflegen, doch dann nahm das Gespräch eine Wendung. Es war unglaublich was ich mit anhören musste. Einfach ekelhaft! Mir war klar, die beiden hatten was miteinander. Zuerst weinte ich. Doch dann, als Paul so scheinheilig grinsend die Treppe runterkam, mich küsste als wäre alles wie immer, überkam mich die Wut. Ich schmiedete also einen Plan und wusste natürlich ganz genau, wer mir bei meiner Rache helfen kann und wird.« Unvermittelt lachte Heike Grünauer. »Was ist so lustig?«, wollte die Kommissarin verwundert wissen. »Na, ganz einfach. Egal, was Sie, der alte Hauptkommissar und all ihre Kollegen auch unternehmen, es wird sinnlos sein. Meine helfende Hand wird Ihnen entwischen.« »Und wieso?« Die Verdächtige hörte auf zu lachen. Sie nahm einen ordentlichen Schluck Sprudelwasser. Dann antwortete sie mit einem Hauch von Wehmut: »Ich sage es Ihnen Frau Kommissarin. Und zwar …«

Zehn Uhr Glockenschlag! Das Kirchturmgeläut aus der nahen Abtei Maria Laach informierte die Umgebung soeben darüber, was die Stunde geschlagen hatte. Heute Morgen allerdings war es nicht nur ein schnöder Hinweis auf die Tageszeit. Nein. Die Glocken läuteten quasi den tragischen Schlussakkord in der Aufklärung der Laacher See-Morde ein. Und was Kriminalhauptkommissar Fritz Weller nicht ahnte war, dass er dabei sein eigenes Leben aufs Spiel setzen würde. Der erfahrene Ermittler hatte sich vorhin nochmal den Fundort der vier Toten und das unmittelbar daran angrenzende Umfeld angesehen. Aber weder am modrigen Tümpel, noch im feuchten Unterholz des Waldstücks unterhalb des Naturkundemuseums, noch auf dem holperigen Parkplatz war ihm etwas Sachdienliches vor die Füße gesprungen. Sich krampfhaft sein Hirn zermarternd, ob und wo ihnen unter Umständen ein entscheidendes Detail entgangen sein könnte, saß er wieder in seinem dunkelgrünen Dienstwagen. Weller entschied sich also dafür, den Firmenwohnwagen der WaLS GmbH einer weiteren Begutachtung zu unterziehen. Er wollte gerade zum Campingplatz aufbrechen, als man ihn anfunkte.

»Fritz, wo bist du?«, fragte Anette hektisch. »In Maria Laach.« »Sehr gut! Du musst sofort zum Laacher See. Zum Bootsverleih. Pass auf! Folgendes …!« Ohne zu zögern bretterte Weller los. Bei der rasant kurzen Fahrt setzte seine junge Partnerin ihn in knappen jedoch präzisen Worten über Heike Grünauers umfassendes

Geständnis in Kenntnis. Ebenso erfuhr der Hauptkommissar den Namen der Person, welche der Bürgermeisterwitwe tatkräftig geholfen hatte und wie deren tödlicher Plan aussah. »Also beeil dich, Fritz! Wir sind auch schon unterwegs!« »Okay!« Ohne Zweifel. Infolge dieser Fakten war Weller bewusst, dass es jetzt ganz speziell auf ihn ankam. Denn wirklich jede verschissene Sekunde konnte nun entscheidend sein.

»Shit!« Die Schranke vor dem Weg, welcher direkt hinab zum Laacher See und an den Bootsverleih führte, war unten und zudem mit einem Vorhängeschloss gesichert. Weller stellte seinen 320er BMW Touring vor der Schranke ab und nahm die Beine in die Hand. Schon von hier oben aus konnte er den Bootssteg sehen. »Lächerliche dreihundert Meter, das wäre doch gelacht, wenn …«, jagte es ihm durch den Sinn. Er rannte so schnell er konnte den schmalen, asphaltierten Weg hinab, der zwischen Viehweiden hindurch schnurstracks zum See führte. Wegen des notwendigen Sprints aus der kalten Hose, brannten seine Oberschenkel wie Feuer, als er das Seeufer erreicht hatte. Doch zum Ausruhen war jetzt keine Zeit, denn draußen auf dem Wasser, vielleicht fünfzig Meter von ihm entfernt, dümpelte ein Ruderboot. In der Nussschale erspähte er genau jene beiden Menschen, die Anette vorhin erwähnt hatte. Genauer gesagt: Die Täterin und ihr Opfer! Die hünenhafte Frau im oliv-grünen Bundeswehr-Parka versuchte soeben, den leblosen Körper eines alten Mannes im sandfarbigen Tweed-Sakko über Bord zu bugsieren. »Frau Mittag! Tun Sie es nicht! Lassen Sie von Fitzroy ab! Wir wissen Bescheid! Heike Grünauer hat alles gestanden!« Kristin Mittag schaute daraufhin für einen Moment zu ihm herüber. »Ich muss nur noch diese Kleinigkeit zu Ende bringen! So wie ich es Heike versprochen habe!«, rief sie ihm übers Wasser zu. Danach fuhr sie, völlig ungerührt von Wellers Ansage in ihren Bemühungen fort.

Die körperliche Anstrengung und ihre offenbar, höllischen Magenschmerzen spiegelten sich im Klang ihrer Stimme wieder. Der Kripoermittler registrierte, dass seine Worte allein nichts nutzten, denn unbeeindruckt schien sie ihren Plan auf Biegen und Brechen durchziehen zu wollen. »Fuck! Ich hab's befürchtet!«, zischte Weller. Denn seine rasche Peilung der Lage hatte ihm flugs bestätigt, dass es nun für ihn nur eine Möglichkeit gab, um Kristin Mittag einen Strich durch die Rechnung zu machen: Hinein ins Wasser und Schwimmen, denn Tret- oder Ruder-Boote, die man sonst ausleihen konnte, waren keine da. Und um sich ein Floß zu bauen, fehlten ihm schlichtweg Muße und Zeit. Er entledigte sich fix seines warmen Daunenblousons und seiner robusten, halbhohen Schuhe. Dann hieß es: Augen zu und durch! In Jeans, Sweatshirt und auf Socken lief Weller zwischen aufflatternden Blesshühnern hindurch in den Laacher See hinein und stürzte sich in die kalten Fluten. Kraulend näherte er sich rasch dem schaukelnden Ruderboot. »Nein! Tun Sie es nicht! Ich bitte Sie!«, schrie er und nahm eine unfreiwillige Kostprobe des Laacher Sees. »Ich halte stets mein Wort! Und auch Sie können mich nicht mehr daran hindern!«, antwortete Kristin Mittag und krümmte sich vor Schmerz. Sie kniff die Augen zusammen und sog die Luft zischend durch ihre aufeinander gebissenen Zähne. Just nur noch zwei, drei Armlängen vom Boot entfernt, musste Weller dann mitansehen, wie der Körper des alten Mannes reglos ins Wasser glitt und sogleich versank. Dann grinste ihn die leidende Frau hämisch an. Sie winkte ihm zu, sprang ebenfalls ins Wasser und verschwand von der Bildfläche.

Gedankenschnell tauchte Weller ab und erwischte einen Arm des Sinkenden. Mit Müh und Not schaffte er den alten Mann zurück an die Wasseroberfläche. Fitzroy zeigte keine Lebenszeichen. An seinem Hinterkopf erkannte Weller eine massive Fraktur. »Sie hat ihn brutal niedergeschlagen«, vermutete der Kripobeamte. In der Hoffnung, dass der Brite nicht tot, sondern nur ohne Bewusstsein war, wollte er den reglosen Körper ans Seeufer schleppen. Doch eine gewisse Jemand hatte was dagegen! Denn urplötzlich spürte Weller, wie die Unterschenkel seiner Beine fest umklammert wurden und man ihn sogleich rabiat unter Wasser zog. Um sich gegen die Attacke wehren zu können, musste er zwangsläufig seinen Rettungsgriff um Fitzroy lösen. Für den Bruchteil einer Sekunde sah er, wie dessen Körper an ihm vorbei in die Tiefe sank. Dann der Blick hinab zu seinen Unterschenkeln. Kristin Mittag starrte ihn an und grinste noch immer. Sie packte noch fester zu und intensivierte ihre Bemühungen, ihn weiter in die Tiefe zu ziehen. Weller versuchte, seine aufkeimende Panik zu unterdrücken. Noch gelang es ihm! Instinktiv und mit aller Macht kämpfte er darum, seine Beine zu befreien. Er bäumte sich auf. Wandt sich wie ein Aal. Doch verdammt nochmal! Das zähe Stück zog ihn trotz seiner heftigen Gegenwehr langsam tiefer und tiefer hinab in die unwirkliche Unterwasserwelt des Laacher Sees.

Schon bald konnte er seine hartnäckige Widersacherin nur noch schemenhaft in der trüben Brühe sehen. Algen und anderes Unterwassergemüse umfingen ihn. Und je heftiger er sich mühte, umso klettenhafter saugte sich das elende Grünzeug an seinem ganzen Körper fest. Seine Arme wurden allmählich schwer wie Blei. Im Kampf gegen Kristin Mittag und die umschlingenden Wasserpflanzen spürte Weller, wie seine Kräfte schwanden. Und ja, lange konnte er die Luft auch nicht mehr anhalten. Die Panik, die er vorhin noch hatte unterdrücken können, fraß sich nun ätzend wie hochprozentige Salzsäure in sein Bewusstsein. Trotz der höchst lebensbedrohlichen Lage schaffte er es noch einmal sich zu besinnen. Ein allerletztes Mal bündelte er seine Kräfte. Und fast wäre es ihm tatsächlich gelungen seinen Arm um Kristin

Mittags Hals zu legen und zuzudrücken. Aber nur fast! Ihm fehlten inzwischen schlichtweg die entscheidenden Körner an Energie, um sich zu befreien. Scheinbar sollte es so sein. Gevatter Tods knochige Griffel zerrten bereits jäh an ihm herum!

Wellers Sinne schwanden. Kurz bevor ihm das Licht ausging, glaubte er entfernt im schieren Dunkel zwei rotglühende, weitaufgerissene Augen zu erkennen und wie sich diese ihnen sehr schnell näherten. Ob es wirklich die Augen einer mysteriösen Gestalt aus den Untiefen des Laacher Sees waren, oder Magmageschosse, als Vorboten eines baldigen Vulkanausbruchs, oder was auch immer, darüber spekulierte Weller nicht mehr. Schlagartig wurde es unter ihm gleißend hell. Die eiserne Umklammerung seiner Beine löste sich. Und so schnell wie die Feueraugen aufgetaucht waren, so schnell verblasste ihr rotglühendes Licht wieder in den fernen, finsteren Tiefen. Dann war Fritz Weller allein. Zurück gelassen im Dunkel erloschen seine Gedanken. Der Laacher See, ein Grab. Ein nasses, kaltes Grab. Sein Grab? Sein nasses, kaltes Grab?

Intermezzo

Im Licht

Fritz öffnete die Augen. Alles um ihn herum war hell, fast weiß. Weder schwitzte er noch war ihm kalt. Noch verspürte er Furcht, Angst oder Wut. Noch Hunger oder Durst. Ein wohliges Gefühl durchströmte ihn. In Sweatshirt, Jeans und auf Socken stand er mitten auf einer langen, kerzengeraden Straße. Fritz schaute sich um und blickte hoch. Oben schwebte eine dicke Platte aus Stein. »Draußen nur Kännchen«, war hineingemeißelt. »Ei! Was machst denn du hier?« Fritz sah nach unten. Ein weißes Huhn hockte neben ihm und legte ein Ei. »Ist für dich!«, sagte das Huhn.

Fritz wunderte sich. »Ei, wer bist du denn?« »Ich? Das fragst du jetzt nicht wirklich.« »Okay. Punkt für dich«, lachte Fritz, »also, was machen wir beide hier?« »Wir? Also ich bin nur hier, weil du auch hier bist«, entgegnete das Huhn. »Soso. Und das »Hier«, ist das der Himmel?« »Der Himmel? Das liegt ganz bei dir, Fritz« »Und nun?« »Nun? Nun hast du noch jede Menge Arbeit vor dir.« Das Huhn deutete an ihm vorbei. Er drehte sich um und sah einen uralten Wohnwagen. Darauf pappte ein Aufkleber mit den Buchstaben »NL«. »Hier, für dich!« Das Huhn drückte Fritz einen geflochtenen Spinnenfaden in die Hand, dessen anderes Ende am Wohnwagen befestigt war. »Ziehen!«, befahl das Huhn streng. »Ziehen? Den Wohnwagen ziehen? Wozu und wohin?«, fragte Fritz etwas kleinlaut. »Ich bin doch nur ein Huhn. Deine Frage kann ich dir nicht beantworten. Doch du wirst es erfahren, wenn du am Ziel bist!« »Und wo finde ich das Ziel?« »Das Ziel findet dich, Fritz. Und nun geh«, entgegnete das Huhn freundlich aber bestimmt und zeigte die Straße entlang hin zum Horizont.

Und »schwupps« war vom weißen Huhn nichts mehr zu sehen. »Und denk an das Ei«, hörte Fritz es noch leise rufen. »Thats the yellow of the egg«, schmunzelte Fritz. Er hob das Ei auf und steckte es zu den beiden anderen. Krack! Dann befolgte Fritz den Befehl des Huhns. Er spuckte in die Hände und zog den Wohnwagen am geflochtenen Spinnenfaden über die ewig lange Straße hinter sich her.«

Kapitel 39

Leise Stimmen: »Er atmet! Schnell! Macht schon! Her mit seiner Daunenjacke! Und bringt auch Decken mit! Schnell! Beeilt euch!«

Stimmen: »Klasse, Kommissarin Eckstein!« »Anette, du hast es geschafft!«

Laute Stimmen: »Fritz! Fritz!« »Weller! Hauptkommissar Weller!«

Derjenige, nach dem gerufen worden war, wusste, dass er gemeint war. Besser noch! Er kannte auch die Personen, die zu den Stimmen gehörten! Er lag auf dem Rücken. Vorsichtig tasteten seine Finger umher. So viel war sicher. Das, was sie berührten war kein Wasser. Nein. Es war wunderschöner, sandiger Erdboden. Er freute sich wie damals als kleines Kind, als er liebend gerne im Garten gebuddelt hatte. Seine Hände strichen fast schon liebkosend über den Erdboden. Er genoss es, dieses leichte Kribbeln in den Handflächen. Beinahe hätte er sogar vergessen, wie sehr doch sein kompletter Körper schmerzte und dass er fror wie ein Schneider. Doch er lamentierte weder über die Schmerzen noch über die Kälte. Nein. Er war froh, dass die gute alte Erde ihn wieder hatte.

Ein wenig Wärme kehrte zurück. Die Daunenjacke und die Decke, die man vorhin über seinen Körper gelegt hatte, zeigten erste Wirkung. Er merkte, dass man ihm jetzt noch die Schuhe anzog. Ein heftiger Hustenanfall packte ihn. Damit er sich nicht verschluckt, drehte er den Kopf instinktiv zu Seite. Und noch immer hatte er den modrigen Geschmack des Laacher See-Wassers im Mund. »Pfui Teufel!« Als die Hustenattacke wenig später vorüber war, atmete er ruhig und gleichmäßig weiter. Er schlug seine Augen auf. Doch geblendet vom hellen Tageslicht schloss er sie sofort wieder. Dann öffnete er sie erneut. Diesmal jedoch sehr behutsam. Langsam gewöhnten sich seine Pupillen an die Helligkeit.

»Fritz!« Er schaute zur Seite und blickte in das jugendliche Gesicht seiner Kollegin. Sie kniete neben ihm. Tränen rannen über ihre Wangen. »Ich hasse Schwimmen«, sagte er leise und lächelte sie augenzwinkernd an. »Mensch, Fritz!«, entgegnete Anette und erwiderte sein Lächeln. »Schön, dich zu sehen. Aber warum weinst du?«, fragte Weller. Das Sprechen fiel ihm noch etwas schwer. Sachte legte er seine Hand auf ihre. »Warum ich weine?«, antwortete seine Partnerin und wischte sich die Tränen aus dem Gesicht, »zuerst aus Verzweiflung, weil du so gut wie tot warst. Doch nun aus Freude! Mensch, du lebst!« »Ja, ich lebe«, wiederholte Weller leise. Wieder hustete er sich fast die Seele aus dem Leib. »Der Rettungswagen ist jeden Moment hier.« »Ein Rettungswagen? Ist das nötig? Ich habe doch nur ein Bad genommen.« »Natürlich, Fritz. Du musst ins Krankenhaus. Dort wird man dich auf Herz und Nieren durchchecken.« »Okay, okay. Aber sag mir. Wie bin ich überhaupt zurück an Land gekommen? Was ist passiert? Sorry, ich kann mich zwar daran erinnern, wie ich in den Laacher See hineinkam, dass ich versucht hab, den leblosen Allister Fitzroy irgendwie ans Ufer zu ziehen, es mir aber nicht gelang. Denn Kristin Mittag hatte was dagegen. Ich kämpfte mit ihr. Es ging immer weiter runter. Und dann fiel bei mir der feurige Vorhang.« Er hielt für einen Moment inne. Dann runzelte er die Stirn und erzählte weiter: »Doch es war nicht das Ende. Denn auf einmal wurde es taghell und … ich redete mit einem weißen Huhn. Es schenkte mir ein Ei und befahl mir, dass ich einen Wohnwagen hinter mir herziehen soll. Komisch, oder?«

Anette schmunzelte. »Mit viel Dusel dem Tod von der Schippe gesprungen und nun schon wieder Unsinn im Kopf«, dachte sie sich. Ganz klar! Sein spezieller

Humor war ihm in den Tiefen des Laacher Sees, wie die erfundene Anekdote vom weißen Huhn belegte, definitiv nicht abhandengekommen. Die Kommissarin freute sich. Ihr Kollege war auf dem besten Weg, wieder der Alte zu werden. Nur dass er während und direkt im Anschluss an seine Anekdote nicht lachte oder wenigstens lächelte, wirkte auf sie etwas seltsam. Er machte vielmehr einen nachdenklichen Eindruck, als wenn er das Geschehene soeben noch einmal durchlebt hätte. Ihre Wahrnehmung trügte sie nicht. Anette kommentierte weder Wellers Unterwasserkampf mit Kristin Mittag, noch seine kuriose Anekdote. Stattdessen klärte sie ihn darüber auf, wie er hierher ans Ufer gelangt war: »Du hattest Glück! Richtiges Glück! Bruder Pierre drüben aus der Abtei Maria Laach hat dein Leben gerettet.« »Bruder Pierre?«, fragte Weller verblüfft, »ja wie?« »Er war gerade auf dem Weg zu den Hühnern, genauer gesagt zum mobilen Hühnerstall auf der Weide.« »An dem Hühnerstall bin ich dran vorbei, als ich vorhin wie ein Irrer zum Bootssteg rannte.« »Mag sein. Jedenfalls hatten die Hühner wohl einen wahnsinnigen Zinnober gemacht. Deswegen wollte Bruder Pierre nach dem Rechten sehen. Nicht, dass sich wieder ein Fuchs dort herumtrieb. Zufällig hatte er dabei bemerkt, was sich auf dem Laacher See unweit des Bootsstegs abspielte und gottseidank blitzschnell geschaltet. Kutte aus und ab in den See! Fritz, ich habe dich zwar wiederbelebt. Doch Bruder Pierre war es, der dich aus dem tiefen Wasser gerettet hat. Hätte er dich nicht rausgezogen und hierher ans Ufer gebracht, hätte es nix mehr zum Wiederbeleben gegeben. Also nochmal, du hattest unglaublich viel Glück!« »Glück. Ja. Unglaublich viel Glück. Das hatte ich wirklich«, murmelte Weller sichtlich ergriffen. Spätestens jetzt war ihm bewusst, dass die Wahrscheinlichkeit, jetzt hier zu sein und zu erzählen, noch vor kurzer Zeit gen null tendiert hatte.

Mühsam setzte er sich auf. »Und was ist mit den anderen? Mit Kristin Mittag und Allister Fitzroy? Wurden sie auch gerettet? Ich kann sie nirgends sehen!«, wollte er wissen. Er schaute hinaus aufs Wasser, wo noch immer das Ruderboot dümpelte. »Nur du wurdest gerettet, Fritz. Sonst niemand. Sowohl von Mittag als auch von Fitzroy fehlt jede Spur«, entgegnete Anette.

Mit einer Decke über seiner Kutte stieg Bruder Pierre aus einem Streifenwagen. Der Klosterangehörige hatte Hauptwachtmeister Jörg Zeitvogel soeben den Ablauf seiner Rettungsaktion zu Protokoll gegeben. Als Bruder Pierre mit Freude sah, dass Weller lebte, sendete er seinen Dank an Gott. Dieser hatte den Ordensmann ebenfalls bemerkt. Auf wackeligen Beinen stellte er sich hin und bat den Geistlichen zu sich. »Bruder Pierre. Was soll ich Ihnen anderes sagen, außer Dankeschön dafür, dass ich noch ein bisschen auf der Erde sein darf.« Weller reichte seinem Lebensretter die Hand. »Sie müssen sich nicht bei mir bedanken«, entgegnete der Ordensbruder und schlug ein, »wenn sich hier jemand bedanken muss, dann ich bei Ihnen. Also, Herr Hauptkommissar, herzlichen Dank für die Chance, die Sie mir bereiteten. Und ich danke unserem Gott, dass ich dieses Mal dazu in der Lage war, die Chance, ein Menschenleben zu retten, auch zu nutzen. Gott schütze Sie und passen Sie zukünftig etwas besser auf sich auf.« Bruder Pierre lächelte. Er war endlich von der Last befreit, die seit den schlimmen Tagen als Fremdenlegionär in Ruanda auf seiner Seele gelegen hatte. Nach diesen für Weller doch sehr überraschenden Worten, bekreuzigte sich Bruder Pierre und ging zurück in die Abtei. Weller hinterfragte nicht, warum Bruder Pierre sich bei ihm für die Chance der Rettung bedankt hatte. Er vermutete jedoch, dass der Grund dafür in seinem vorklösterlichem Leben lag.

»Was haben wir denn da!«, sagte Anton K. Leppe eher zu sich, als zu Kommissarin Eckstein und

Hauptkommissar Weller. Der Leiter der Polizeiinspektion Mayen hatte soeben etwas Glänzendes im Unterwasserpflanzen-Wirrwarr entdeckt, von welchem der Körper des Geretteten vorhin befreit worden war. Während ihm die beiden Kripobeamten gespannt zusahen, popelte Leppe mit den Fingern im glitschigen Grünzeugs herum. Und »schwupps«, präsentierte er dem geneigten Publikum, insbesondere Weller, nach wenigen Sekunden einen prächtigen, güldenen Siegelring. »Hey Goldjunge, schau mal was für ein schönes Souvenir du aus den Untiefen des Laacher Sees mitgebracht hast.« Er gab Weller das Mitbringsel zurück. Der Tiefseeschatztaucher Widerwillen beäugte den Fund ganz genau und staunte wahrlich nicht schlecht: »Na sieh mal einer an. Der Laacher See hat nicht nur mich wieder ausgespuckt, sondern auch das verlorengegangene Familienerbstück unseres Lords. Ich denke, er gibt sicher einen aus, wenn er das edle Stück wiederhat.« »Der Lord? Ach ja, von Hübenthal, euer ehemaliger Chef!« »Genau!« »Und wie kam dessen edler Ring in den Laacher See?« »Tja, das Teil ist Gero am Dienstagmorgen abhandengekommen, als er mit seinem Schwager beim Angeln im Laacher See anstelle eines kapitalen Hechtes Ute Marx' Leiche am Haken hatte.«

Die Sanitäter trafen ein, verfrachteten Hauptkommissar Weller umgehend in ihr Fahrzeug und brachten ihn zur Durchführung aller notwendigen Untersuchungen ins Mayener Krankenhaus. Kommissarin Eckstein und der Erste Polizeihauptkommissar Leppe indessen blieben an diesem trüben Herbsttag vor Ort. Gemeinsam leiteten sie die bis in die Abenddämmerung hinein andauernden Arbeiten im und am Laacher See. Ein Fokus lag dabei natürlich im Aufspüren Kristin Mittags sowie des stillen Teilhabers der WaLS GmbH, dem britischen Staatsbürger Allister Fitzroy. Doch allen Bemühungen der Einsatzkräfte zum Trotz wurden beide weder tot noch lebendig gefunden. Die Suche nach den vermissten Personen ging noch einige Tage erfolglos weiter und wurde letztlich eingestellt. Keines Menschenauge sollte Kristin Mittag und Allister Fitzroy jemals wieder erblicken. Später, im Rahmen einer Dienstbesprechung, meinte der Erste Polizeihauptkommissar Leppe: »In der Tat. Bis auf sehr wenige glückliche Ausnahmen wie im Falle unseres geretteten Kriminalhauptkommissars Fritz Weller gibt der Laacher See nichts mehr her, was er einmal verschlungen hat.« Was die Ermittler jedoch als Teilerfolg verbuchen konnten war, dass das aus dem Mayener Eifelmuseum gestohlene historische Dokument sichergestellt wurde. Das Schriftstück inklusive eines Bündels Banknoten fanden die Beamten im besagten Ruderboot. Sowohl die Geldscheine als auch die alte Aufzeichnung waren feucht und leicht blutverschmiert. Insbesondere was den Zustand des geschichtlich wertvollen Unikats anbetraf, zeigten sich die Verantwortlichen des Eifelmuseums doch sehr erleichtert als sie erkannten, dass das Schriftstück gottseidank restaurierbar war.

Kapitel 40

Heike Grünauer hatte ein umfassendes Geständnis abgelegt. Als Motive für ihre Taten nannte sie Enttäuschung, Verlustängste und Rache.

Zutiefst enttäuscht von ihrem geliebten Ehemann. Niemals hätte sie Paul zugetraut, dass er ihr untreu wird. Niemals! Heike hatte einige seiner Telefonate mit Ute Marx belauscht. Auch jenes, in dem Paul gesagt hatte, dass er sich bald von ihr trennen würde: »Dann, Ute, bin ich frei und es gibt nur noch uns«. Mit verächtlichem Unterton in der Stimme meinte er noch, dass er die Nase gestrichen voll habe von dem geldverschlingenden Ossi-Püppchen und ihrem nervtötenden Bärli-Mausi-Gelaber. Die grausamen Worte schmerzten Heike ungemein. Dass sich Paul und die Wessi-Tussi über sie lustig machten, sie nachäfften und sich dabei halbtot lachten, setzte dem Ganzen noch die Krone auf. Ja! Heike hatte Angst, wahnsinnige Angst, alles zu verlieren. Alles, was ihren derzeitigen pompösen Lebensstil prägte. Die tollen Designer-Klamotten, den schicken Sportwagen, den teuren Schmuck, das exquisite Speisen in den feinsten Restaurants und ihr gehobenes Standing in der Gesellschaft. Sie fürchtete sich davor, wieder als unbedeutende Kellnerin schuften zu müssen. Sich für ein paar Groschen dahingerotztes Trinkgeld bei den großkotzigen Gästen zu bedanken. Wieder kaum Kohle in der Tasche und sich quasi nichts außer der Reihe gönnen können. Das alles durfte ihr um keinen Preis passieren. Um gar keinen!

Getrieben von der ihr widerfahrenen Enttäuschung, den Ängsten und der Furcht, all den Luxus wieder zu verlieren, hatte sich Heike ihren perfiden Racheplan ersonnen. Dass Paul ins Gras beißen sollte, war zunächst nicht darin vorgesehen, ein Hindernis stellte sein unverhofftes Ableben in der weiteren Durchführung des Plans jedoch nicht dar. Sie fand es nur sehr schade, dass sie ihm den niederträchtigen Verrat an ihr nicht wie vorgesehen formvollendet hatte heimzahlen können. Zu schön wäre es doch gewesen, wenn man ihm die Morde an Claudia Heuft und Ralf Stickel angelastet hätte. Anschließend hätte er dann vom Knast aus mit ansehen dürfen, wie seine junge Ehefrau mit seinem Geld ein sorgenfreies Leben führte. Ganz zu schweigen davon, dass er in den Augen der Öffentlichkeit nie mehr als eloquenter Ehrenmann angesehen, sondern nur noch als öliger Schmierläpp und Mörder bezeichnet worden wäre.

Ja, diese Genugtuung war ihr durch Grünauers Tod leider, leider verwehrt geblieben! Aber trotz aller krimineller Energien und Rachegelüsten, die in Heike Grünauer wucherten, wäre sie niemals in der Lage gewesen, den herausfordernden Plan ohne *fachkundige* Hilfe in die Tat umzusetzen, sowohl in seiner detaillierten Ausarbeitung, als auch in der Ausführung. Und die Unterstützung, die Heike Grünauer erfahren hatte, war kurz gesagt perfekt: Ihre ältere Halbschwester Kristin »Krissi« Mittag! Dabei hatten sich die beiden Frauen erst vor einigen Wochen wiedergesehen. Rund sieben Jahre gab es kein Lebenszeichen der jeweils anderen. Nichts. Entsprechend groß war die Überraschung sowohl bei Krissi wie auch bei Heike gewesen, als sie rein zufällig auf Ester Endress` Hof aufeinandertrafen. Die eine, top gestylt, war auf dem Weg zu Essies Yoga-Stunde, die andere, burschikos in Jeans und Pullover, kam vom Mal-Kurs. Heike kannte natürlich weite Teile der Vergangenheit ihrer Halbschwester und auch deren Rolle in der DDR. Kristin Mittag aus Bitterfeld war sozusagen eine ausgebildete Fachfrau in den Bereichen Mord, Vertuschung, Täuschung und Tarnung. Insgeheim trauerte sie ihrem früheren Leben nach. Der Einbruch ins Eifelmuseum, der Diebstahl des historischen Schriftstückes, die schwere Verletzung des alten Wachmanns und dessen späterer

Tod, sowie die Morde an Ute Marx, Claudia Heuft, Ralf Stickel und Allister Fitzroy. All diese Taten wurden von Kristin Mittag begangen. Und die besondere Bösartigkeit lag darin, dass dies alles nur Nebelkerzen waren, um möglichst viel Verwirrung in den Reihen der Polizei zu stiften, denn Heike musste schließlich aus dem Fokus der Ermittler herausgehalten werden.

Die Tatsache, dass es viele Interessengruppen und Einzelpersonen in der Laacher See-Gegend gab, denen das exorbitante WaLS-Campingprojekt mächtig gegen den Strich ging, hatte den heimtückischen Halbschwestern und ihrem teuflischen Plan ebenfalls in die Karten gespielt. Das hieß, die beiden hatten eine breite Auswahl an Möglichkeiten zum Auslegen falscher Fährten zur Hand. Ihre rasch fortschreitende, unheilbare Krankheit hatte Krissi zunächst verschwiegen. Erst, als Heike eine ihrer Schmerzattacken mit ansehen musste, offenbarte sie ihrer jüngeren Halbschwester, wie es tatsächlich um ihre Gesundheit bestellt war. Absolut! Kristin Mittag hatte nur noch diese eine Lebensaufgabe: Der Kleinen ein allerletztes Mal zu helfen. Komme, was da wolle!

Heike Grünauer ärgerte sich maßlos darüber, dass sie trotz aller Vorsicht diesem alten Knacker, diesem Hauptkommissar Weller, im Mayener Krankenhaus auf den Leim gegangen war. Denn das Zuschnappen dieser Falle hatte letztlich das unerwartete Aus ihrer vermeintlich perfekt geplanten Verbrechen eingeläutet. Reue für ihre und Krissis Taten zeigte Heike Grünauer im Grunde genommen nicht. Einzig, dass durch ihr Handeln ein ungeborenes Leben ausgelöscht worden war, darum bat sie Claudia Heufts und Ralf Stickels Angehörige unter Tränen um Entschuldigung. »Dass ein Kind stirbt, wollte ich auf gar keinen Fall! Bitte glauben Sie mir! Ich wäre doch selbst gerne Mama. Ich weiß, dass ich von Ihnen keine Vergebung verlangen kann. Könnte ich die Tat ungeschehen machen, ich würde es ohne zu zögern tun.

Aber ich kann es nicht mehr. Ich kann es nicht mehr. Glauben Sie mir, diese erdrückende Last trage ich mit mir, solange bis ich sterbe.«

Bei der Durchsuchung von Kristin Mittags Zimmer im Hof von Ester Endress, fanden die Ermittler unter anderem einige Gegenstände, die ihre Beteiligung an den begangenen Taten eindeutig belegten: Robuste Wanderschuhe, deren grobes Profil zweifelsfrei den Abdrücken am Fundort der vier Toten zugeordnet werden konnte. In der Duschwanne lag ein schwarzer Neopren-Anzug, darunter ein Paar Taucherflossen in derselben Farbe. Der Erkennungsdienst mutmaßte aufgrund der gesicherten Flossenspuren im feinen Sand am Seeufer, dass sowohl Anzug als auch Taucherflossen am Montagabend beim Mord an Ute Marx zum Einsatz gekommen waren. Vom Toilettenspülkasten aus grinste den Ermittlern ein präparierter Hechtkopf mordlüstern in die Gesichter. An dessen spitzen und scharfen Zähnchen klebte getrocknetes Blut. Wie bei den nachfolgenden Untersuchungen herausgefunden wurde, war das Gebiss das passgenaue Gegenstück zu Ute Marx`, Claudia Heufts und Ralf Stickels markanten Beißmahlen. Auch fand sich das Blut von zwei der drei Opfer am Gebiss wieder. Laut Heike Grünauers Aussage hatte ihre Halbschwester ursprünglich vorgehabt, den Hechtkopf auch am Hals von Allister Fitzroy nagen zu lassen. Doch aufgrund ihrer Krankheit, so die Einschätzung der Polizei, hatte Kristin Mittag darauf verzichtet und sich stattdessen aufs *Wesentliche* konzentriert.

Im Papierkorb neben dem Bett fand man mehrere leere Blister. Die Rechtsmedizin erkannte sofort, dass es sich bei diesem Medikament genau um das hochdosierte Schmerzmittel handelte, von welchem ein Päckchen mit halbvollem Blister am Rande des Parkplatzes unterhalb des Naturkundemuseums gefunden wurde. »Ihre grausamen Taten sind ohne Frage mit nichts zu entschuldigen. Aber die Frau muss die letzten Tage höllische Schmerzen gehabt haben. Wahrscheinlich hat sie die Tabletten gefressen wie andere Leute Gummibärchen, damit sie einigermaßen über die Runden kam. Sonst hätte sie die enormen Kraftakte niemals geschafft«, kommentierte Doktor Jakob die massive Krebserkrankung Kristin Mittags. Den Rechtsmediziner bedrückte diese Vorstellung. Der behandelnde Onkologe bestätigte den Ermittlern, dass Kristin Mittag todkrank gewesen war und nicht mehr lange zu leben gehabt hatte. »Die Metastasen haben gestreut. Keine Chance auf Heilung«, lautete die genauso nüchterne wie schockierende Information des Facharztes. Heike Grünauer sagte zudem aus, dass Krissi ungefähr neun Jahre zuvor die beiden kleinen Zehen ihres linken Fußes durch einen Schießunfall verloren hatte. Bedeutete, es gab einen weiteren Beleg dafür, dass Kristin Mittag die Mörderin der umtriebigen WaLS GmbH-Geschäftsführerin war, hatte man doch im feinen Sand neben den Spuren der Taucherflossen auch die mysteriösen Fußabdrücke eines Menschen gefunden, welche genau diese Abnormität aufwiesen.

Auch das frühere Leben der Halbschwestern in der DDR wurde im Zuge der Mordermittlungen durchleuchtet, galt es doch, ein möglichst perfektes Bild der beiden Frauen zu erlangen. Während sich Heikes Aussage bestätigte, dass sie stinknormal in der Platte gewohnt und am Fließband gearbeitet hatte, sah Kristins Leben wie vermutet etwas anders aus. Im Rahmen ihres Geständnisses zum Leben ihrer Halbschwester vor dem Mauerfall hatte Heike bereits gewisse Andeutungen gemacht. Sicherheitshalber stellte die Koblenzer Kripo daraufhin an die *Gauck-Behörde* jedoch noch eine entsprechende Anfrage zur Person »Kristin Mittag«. Die Mitarbeiter der Behörde, welche unter anderem die Stasi-Unterlagen verwaltete, konnten allerdings nur bedingt weiterhelfen., denn die Recherche in den einschlägigen Dokumenten hatte zwar zu Tage gefördert, dass die ehemalige Leistungsschwimmerin Kristin Mittag als SED-Parteigenossin auch unter dem Decknamen *IM Forelle* für die Staatssicherheit gewirkt hatte. Aber ob sich ihre geheimdienstliche Arbeit *nur* auf Abhören, Bespitzeln und Denunzieren beschränkt hatte, oder ob sie auch in Folterungen und Ermordungen von »Nicht-Linientreuen« involviert gewesen war, darüber gab es keinerlei Aufzeichnungen.

»*IM Forelle*! Na klasse! Hätte ich vor meinem gemeinsamen Bad mit Kristin Mittag im Laacher See gewusst, dass ich es bei ihr mit einer hochdekorierten Kaderathletin zu tun habe, ich hätte es mir wahrscheinlich nochmal gründlich überlegt, ob ich hinter ihr her hechte oder besser nicht«, zischte Fritz Weller kopfschüttelnd und lächelte müde, als er von der Schwimmsport-Vergangenheit seiner Kontrahentin erfuhr.

Währenddessen setzte man Christof Henkel und Gisbert Baum umgehend wieder auf freien Fuß, denn weder der Triathlet und Ex-Mitarbeiter der WaLS GmbH, noch der pfeifenrauchende Legendenexperte waren, wie sich herausgestellt hatte, an den schrecklichen Taten beteiligt gewesen. »Und ich habe die Mittag noch mit Fitzroy bekannt gemacht. Sie interessierte sich auch für die Geschichte des Laacher Sees, ebenso wie der verrückte Engländer. So konnten sie miteinander quatschen und ich hatte endlich meine Ruhe vor ihnen«, sagte Gisbert Baum beim Verlassen der Polizeiinspektion Mayen zu Kommissarin Eckstein. Die Beamtin sah dem Unschuldigen an, dass er sich deswegen etwas unwohl in seiner Haut fühlte. »Sie konnten es nicht ahnen, Herr Baum, was sich daraus entwickeln würde. Von daher machen Sie sich bitte keine Gedanken über was wäre, wenn …« Gisbert bedankte sich daraufhin überschwänglich bei der freundlichen, jungen Kommissarin und machte sich danach sofort auf in die Mendiger Brauerei. »Auf den Schreck muss ich erstmal einen trinken! Oder zwei, oder drei …!«

Beeinflusst von den tragischen Geschehnissen entschied der Geschäftsführer der »Wohlfühlen am Laacher See GmbH«, sich zurückzuziehen. Niedergeschlagen erklärte Knut Marx sein Engagement am Laacher See für beendet. Er hatte neben seiner Frau, seinem britischen Geschäftspartner und seiner Assistentin auch die Freude und das Interesse an der Modernisierung des Campingplatzes verloren. »Soll die Scheiße irgendjemand anderes machen. Ich jedenfalls nicht! Ich nicht!«

Kapitel 41

Wie Fritz vermutet und insgeheim auch gehofft hatte, ließ sich »der Lord« Gero von Hübenthal nicht lumpen. Überglücklich darüber, dass er seinen guten Siegelring wiederhatte, lud der Pensionär und passionierte Petri Jünger neben Weller und den beteiligten Mayener Kollegen, auch die komplette Gang von neulich, koste es was es wolle, ins griechische Restaurant »Kreta« nach Koblenz ein. »Ja, hier unser Fritz. Er ist der eigentliche Herr des Ringes. Ich bin nur noch der Ringträger«, verneigte sich Gero bei seiner Dankesrede in Anspielung an Tolkiens »Herr der Ringe«-Epos vor dem Wiederbeschaffer des Schatzes. »Schon okay, Gero. Keine Ursache! Das Teil war halt ziemlich anhänglich«, winkte Fritz lässig ab und prostete seinem ehemaligen Vorgesetzten zu.

Doch so unbekümmert wie Fritz in diesen Momenten nach außen schien, war er in Wirklichkeit nicht. Denn just in diesen Augenblicken erinnerte er sich wieder an seinen erbitterten Todeskampf und das riesige Glück, das er hatte. Außerdem kam es ihm so vor, als schmeckte sein Bier ein bisschen nach der modrigen Laacher See-Brühe. Ein anderer hatte diesen feierlichen Rahmen genutzt, um eine für die meisten Anwesenden doch sehr überraschende Nachricht kundzutun. »Gruft-Jaki« Doktor Wolfgang Jakob ergriff das Wort: »Freunde, ich muss euch noch was sagen … ihr wisst ja, dass alles, mal abgesehen von einer Wurst einmal ein Ende hat. So auch bei mir, genauer gesagt bei meiner Tätigkeit als leitender Rechtsmediziner. Anja ist nicht rein zufällig hier bei uns in Koblenz gewesen, um mir und Edgar bei den Mordfällen zu helfen. Nein! Sie wird meine Nachfolgerin! Ab dem 1. Januar 1997 wird Frau Doktor Anja Hasenfurth-Kimmel die neue Leiterin der Rechtsmedizin sein und ich werde erstmal drei Wochen ausschlafen! Es war mir eine große Freude, mit euch allen zusammen arbeiten zu dürfen. Manche von euch wie Fritz, Gero und Hans aus der KTU kenne ich sogar schon länger als meine Frau! Also nochmals Dankeschön und bevor ich zu melancholisch werde, hoch die Tassen! Die nächsten Runden gehen auf mich, denn so jung kommen wir nie wieder zusammen!«

»Das ist ja mal ein Ding«, kommentierte Lockenkopf die in der Tat doch sehr unerwartete Entscheidung ihres langjährigen Kollegen. »Der Filou hat mir kein Sterbenswort von seinem baldigen Ausstieg erzählt. Jetzt leuchtet mir natürlich ein, warum mir sein Verhalten in der letzten Zeit etwas merkwürdig vorkam.« »Stimmt! Jetzt, wo du es sagst! Irgendwie war unser Jaki lockerer als gewöhnlich.« Fritz und Lockenkopf waren doch einigermaßen verblüfft. »Na, ihr Memmen, weint ihr etwa?«, feixte Jaki lachend und hockte sich zu den beiden. »Wisst ihr, es ist einfach an der Zeit für mich. Ich war lange genug dabei. Und was ist mit euch? Vom Alter her seid ihr ja auch nicht so weit von mir entfernt.« Sowohl Fritz als auch Lockenkopf hatten locker abgewunken und schmunzelnd entgegnet, dass sie noch viel zu jung für den Ruhestand seien. Der Kriminaltechniker strich sich über seine Glatze und meinte mit einem Schuss Selbstironie: »Okay, von meiner einstigen Haarpracht ist zwar nichts mehr übrig und mein Spitzname Lockenkopf ist für mich eher eine Reminiszenz an die haarigen Zeiten von Früher. Aber hey, was soll's, so brauche ich im Schwimmbad wenigstens keine Badekappe zu tragen!«

Nach seinem Scherz schauten sie Fritz erwartungsvoll an. Aber er blieb still. Keine flapsige Bemerkung, keine Witzchen, nichts! Sein nachdenklicher Gesichtsausdruck verriet den beiden jedoch, welche Gedanken ihn beschäftigten. Und ja, weil Fritz dem Tod vor kurzem sehr, sehr glücklich von der Schippe gesprungen war, befasste er sich tatsächlich mit seinem Ausstieg aus dem

Polizeidienst. Vielleicht war ja auch für ihn nun der richtige Zeitpunkt gekommen. Vielleicht … vielleicht aber auch noch nicht …« Die drei langjährigen Gefährten stießen schließlich nach einigen wortlosen Sekunden an und leerten ihre Gläser in einem Zug.

Kapitel 42

Am Tag seiner Rettung aus dem Laacher See hatten die Notfallsanitäter Fritz Weller bekanntermaßen ins Krankenhaus nach Mayen gebracht. Er erholte sich schnell von den enormen Strapazen, die ihm widerfahren waren. Seine Vitalwerte lagen schon bald wieder im normalen Bereich. Nach einhelliger Meinung der Ärzte trug die für sein Alter erstaunlich gute Fitness aufgrund des regelmäßigen Laufens entscheidend zu seiner erfreulich raschen Genesung bei. Trotzdem verbrachte der fitte Hauptkommissar sicherheitshalber zur Kontrolle noch eine Nacht im Krankenhaus. Er hielt die Vorsichtsmaßnahme zwar für unnötig, doch befolgte er die Anordnung der Mediziner. Am frühen Freitagmorgen allerdings, und noch ehe ihm die Ärzteschaft ihre finale Aufwartung machen konnte, hatte er sich bei den Krankenschwestern mit einem kurzen »Tschööh dann und Dankeschön für alles. Hab` gleich einen wichtigen Termin« selbst entlassen.

Vom Krankenhaus aus organisierte sich Fritz einen fahrbaren Untersatz und fuhr auf schnellstem Weg zum Koblenzer Hauptbahnhof. Karin wartete schon seit zwanzig Minuten in der Bahnhofshalle auf ihn. Ausgerechnet heute war der ICE aus Berlin pünktlich gewesen! Fritz nahm seine Frau in die Arme. Sie küssten sich wie frischverliebte Teenager. Von irgendwoher hörten sie, wie jemand »je oller desto doller« sagte. Ob sie gemeint waren oder nicht, es war ihnen schnurz. Karin hatte für ihren Mann eine Überraschung im Gepäck. »Wenn du nichts dagegen hast, dann bleibe ich auch die nächste Woche noch hier bei dir!« »Na, mal überlegen …«, entgegnete Fritz mit einem Augenzwinkern. Prompt erntete er ihr freches »na warte, wenn du mir nach Hause kommst«, begleitet von jenem gewissen, vielversprechenden Augenaufschlag.

»Es ist ein wirklich unbeschreiblich schönes Gefühl, wenn du bei mir bist. Ich will dieses Gefühl nie wieder missen.« Fritz hielt kurz inne. Dann hob er entschuldigend die Schultern und meinte: »Ist bloß schade, dass ich nächste Woche arbeiten muss. Wir sehen uns dann leider immer erst abends.« »Nööö! Dein Chef, übrigens ein sehr netter Mann, hat mich gestern angerufen und gesagt, dass du solange frei hast, wie du möchtest. Denn am allerwichtigsten sei, dass du dich erstmal gründlich erholst.« »Das hat der Lomax gesagt?« »Hat er.« »Und hat er dir auch davon erzählt, weshalb ich mich erholen soll?« »Nein. Er meinte, dass du das sicher gerne selbst übernehmen würdest.« »Okay.« »Ja und seine besten Grüße soll ich dir natürlich von ihm ausrichten. Wirklich, du hast einen sehr freundlichen Chef. Aber nun raus mit der Sprache. Was ist passiert, Herr Kriminalhauptkommissar? Ich will alles wissen!« »Okay, Karin. Ich erzähle es dir gleich beim Frühstück. Es ist eine längere Geschichte. Nur schon mal so viel vorneweg, es war dieses Mal echt knapp.«

Am Samstag hatte das Ehepaar Weller wie mit Fritz` Kumpel, dem Immobilienmakler Winni Höttges, vereinbart, das zum Verkauf stehende Häuschen am Ortsrande Wellings besichtigt. Und wie Fritz war auch Karin davon hellauf begeistert. Der Sonntagabend stand dann ganz im Zeichen des Mayener Lukasmarktes. Gemeinsam mit Anton und dessen Frau sowie Anette und Jörg bummelten sie zunächst über das Volksfest. Nach dem Verzehr von Bratwurst, Backfisch, Poffertjes, einigen Glühweinchen und dem Kauf von Maronen, Kräuterkamellen und gebrannten Mandeln, bestaunten sie schließlich vom oberen Marktplatz aus das beeindruckende Feuerwerk, welches immer den Abschluss des Lukasmarktes markierte.

Das Wetter wurde besser. An einem wahrhaft goldenen Oktobertag nutzten Karin und Fritz die Gunst der sonnigen Stunde und wanderten am späten Vormittag um den Laacher See herum. Ab und zu stoppten sie, um ihre Blicke übers Wasser hinüber bis zur Abtei Maria Laach schweifen zu lassen. »Alles ist so friedlich. Kaum zu glauben, dass so schreckliche Dinge hier vor ein paar Tagen geschehen sind.« »Ja, Karin. Nun ist es wieder friedlich.« »Was würdest du tun, wenn du nochmal in einer vergleichbaren Situation wärst?« »Die Frage habe ich mir auch schon gestellt und noch keine Antwort darauf gefunden. Außer wenn ich genau erkennen würde, dass jemand am Ertrinken ist, dann würde ich wahrscheinlich wieder hineinspringen … wahrscheinlich.« Sie gingen ein paar Schritte. Dann meinte Fritz: »Es ist schon krass. Letzten Endes beruhten Heike Grünauers und Kristin Mittags schlimme Taten auf einem Missverständnis.« »Einem Missverständnis?« »Ja. Und ironischerweise war es Ute Marx selbst gewesen, die das Missverständnis heraufbeschworen hatte.« »Ute Marx? Das erste Opfer der beiden? Wieso sie?« »Naja, Mendigs Bürgermeister Paul Grünauer wollte seine Frau Heike verlassen, weil er sich in Ute Marx verliebt hatte. Heike hörte einige seiner Telefonate mit Ute mit. Paul und Heike zweifelten nicht an Utes Worten. Und das war das Fatale! Gemeinsam mit ihrer Halbschwester Kristin, die sie erst kurz zuvor in Mendig auf dem Hof von Ester Endress wiedergefunden hatte, schmiedete sie ihren perfiden Racheplan.« »Bedeutete Ute ihr Techtelmechtel mit dem Bürgermeister denn überhaupt was?« »Zumindest in einer Sache! Ute Marx war bekannt dafür, dass sie für die erfolgreiche Umsetzung ihrer geschäftlichen Projekte alles gab und gerne auch mal zu, na sagen wir, unkonventionellen Mitteln griff. Und ein paar flotte Nummern auf dem Schreibtisch ihres Büros mit einem lokalen Entscheidungsträger, den sie leicht um den Finger wickeln konnte, gehörten zu ihrem Businessplan. Für Ute als taffe Geschäftsfrau stand der Erfolg des Laacher See-Projektes an erster Stelle. Alles andere war völlig zweitrangig. »Der Sex mit Grünauer war für Ute also nur Mittel zum Zweck? Und sonst nichts?« »Sonst nichts. Zumindest soweit wir wissen.« »Und ihr Mann?« »Knut Marx? Er hatte sich über die Jahre mit ihrem egoistischen Verhalten abgefunden. Wie sagte er noch gleich … meine Frau geht halt über Leichen!«

Epilog

Irgendwann in der Zukunft. Ob nah oder fern, wer will das schon wissen? Die Menschheit hatte sich längst abgeschafft und mit ihr war alles verschwunden, was sie jemals hervorgebracht hatte. Nichts auf dem blauen Planeten erinnerte mehr an die einstige Herrschaft der humanen Spezies. Die Natur hatte alle Lebensräume zurückerobert. Zu Lande, zu Wasser, in den Lüften und den Himmeln. Ob in den tiefsten Tiefen, den höchsten Höhen, den weitesten Weiten, der kältesten Kälte und der wärmsten Wärme. Ozeane, Berge, Wüsten, Täler, Ebenen, Flüsse und Seen. Das menschlose Leben regierte die Erde und die menschlose Erde regierte das Leben.

Und aus dem Herzen der Erde schoss ihr rotglühendes Blut als gewaltige Fontäne durch ein stilles Wasser empor. Mehr und mehr! Schneller und schneller! Höher und höher! Ein ekstatischer Klimax! Und die Sterne am nächtlichen Himmel formierten sich zu Lettern. Und die Lettern zu einer Botschaft. Und obwohl doch weit, weit entfernt, erkannten und verstanden alle Lebewesen auf Erden die himmlische Botschaft. Und die Botschaft übersetzt in die Sprache der Menschen lautete: »Die Erde ist nur ein Campingplatz. Jedes Lebewesen hat darauf für eine gewisse Zeit seinen eigenen Stellplatz. Nicht mehr und nicht weniger.«

MARKUS THEISEN

Wer schneller läuft ist länger tot

Eifelkrimi

354 Seiten, 17,00 EUR

ISBN: 978-3-96123-016-7

Alles beginnt im Mai 1986 mit einem bizarren Leichenfund in Nettetal. Das Opfer ist ein bekannter Mayener Läufer, der offenbar während des Trainings dahingemeuchelt worden ist. In seiner Brust steckt ein Wurfspeer, wie er in der Leichtathletik verwendet wird.

Rasch nimmt Kommissar Weller, selbst leidenschaftlicher Läufer, die Untersuchungen auf. Erste Hinweise lassen ihn vermuten, dass der oder die Täter im Sportumfeld des Ermordeten zu suchen sind. Doch wer würde hier einen kaltblütigen Mord verüben? Aus welchem Motiv? Und sind gar noch andere Sportlerinnen und Sportler in Lebensgefahr?

Dramatische Ereignisse nehmen ihren Lauf …

Peter Splitt

Eifel-Date

Eifelkrimi

230 Seiten, 15,00 EUR

ISBN: 978-3-96123-095-2

Dating ist eine harte Sache. Man wird unweigerlich mit den eigenen Unzulänglichkeiten konfrontiert, schließlich kann nicht jeder ein Topmodel sein – Und nicht für jeden steht ein Topmodel als potentieller Dating-Partner bereit. Aber wenn die Damen wenigstens nicht auch noch bei diesem einen, kleinen Fetisch immer so unwillig wären! Dann könnte man sich hinterher wenigstens das Verscharren der Leichen ersparen.

Die Kölner Kommissarin Christel Golombek wird kurz vor ihrer Pensionierung von den geschätzten Kollegen in die Eifel abgeschoben. Ausgerechnet nach Weidenbach, kleiner geht's kaum. Und schlimmer wohl auch nicht. Nur noch das letzte Dienstjahr in dem Baucontainer absitzen, der als Behelfsdienststelle herhält. Ein paar kleine Delikte aufklären, hier ein Einbruch, da ein Wildunfall … und dann endlich Ruhestand.

Denn immerhin, was soll in dieser verschlafenen Eifel schon groß passieren?

UTE MAINZ

Steling: Wolfsgeheul

Kommissar Steffens vierter Fall

202 Seiten, 15,00 EUR

ISBN: 978-3-96123-091-4

In der Nordeifel ist das Geheul groß: Mehrere Wolfsrudel treiben rund um Mützenich ihr Unwesen und rufen immer wieder die Gegner der Wiederansiedlung des bedrohten Raubtiers in der Region auf den Plan. Nachdem eine Bürgerversammlung zu diesem heiklen Thema völlig aus dem Ruder gelaufen ist, wird auch noch der wichtigste Befürworter der Eingliederung der Wölfe ermordet – für Kommissar Steffens scheint der Fall zunächst klar.

Doch ist der Mörder wirklich im Kreis der wütenden Wolfsgegner zu suchen oder spielen noch ganz andere Motive eine Rolle? Als die heimischen Imker die Diskussion aufgreifen und die Einschleppung der Asiatischen Hornisse zum öffentlichen Thema machen, befürchtet Steffens gar eine bizarre Form der Selbstjustiz. Kann er einen weiteren Mord verhindern? Ein Wettlauf gegen die Zeit beginnt.